狼粮

3

兵不血刃

刺血 著

朝华出版社

图书在版编目(CIP)数据

狼群.3/刺血著.—北京:朝华出版社,2005.9
ISBN 7-5054-1397-X

Ⅰ.狼… Ⅱ.刺… Ⅲ.长篇小说—中国—当代 Ⅳ.247.5

中国版本图书馆 CIP 数据核字(2005)第 117169 号

狼群.3

作　者	刺　血	
责任编辑	田　辉	
特约编辑	张应娜	
封面绘图	诺　亚	
责任印制	赵　岭	
装帧设计	李　洁 姜利锐	
出版发行	朝华出版社	
地　址	北京车公庄西路 35 号	**邮政编码**　100044
电　话	(010)68433188(总编室)	
	(010)68413840 68433213(发行部)	
传　真	(010)88415258(发行部)	
印　刷	三河市三佳印刷装订有限公司	
经　销	全国新华书店	
开　本	787×1092　1/16	
印　张	16.5	
字　数	340 千字	
版　次	2006 年 1 月第 1 版	
印　次	2006 年 1 月第 1 次印刷	
书　号	ISBN 7-5054-1397-X/G·0766	
定　价	23.00 元	

目录

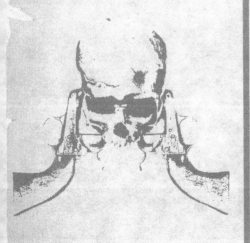

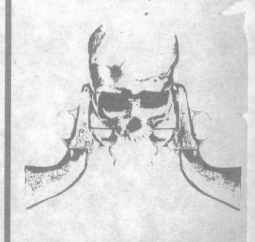

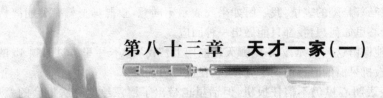

第八十三章 天才一家（一）

撞针击打在底火上的声音对我们来说是再熟悉不过的了，任何枪支开火一听便知道。所以当扳机手中的USP击发的那一瞬间，大家便听出来有问题。果然，枪没有响！

扳机闭着眼，枪仍顶在太阳穴上，汗水把脸上的灰泥冲出几溜印记。虽然枪没有响，但抱着必死决心从鬼门关转了一圈的感觉并不会马上就消失掉，从他额角跳起的血管和死死扣住扳机不放的僵硬手指上，可以明显地感觉出他的决然和无法逃避的恐惧。

好半晌，扳机才意识到自己仍活着，他赶忙松开紧扣的扳机，用难以置信的眼神盯着手里的枪支，愣在了那里。其他人包括我在内，看到扳机还活着，虽然意外，但并不感到匪夷所思，因为队长的为人我们很清楚，他虽然身经百战，但不像屠夫那样是个极残忍的刽子手。

队长满意地从扳机的手中拿回了手枪，一拉套筒，伴随着子弹一同跳出的还有一小块带血的铁屑。那是医生刚从我身上挖出来的铁皮，上面被撞针击出一个小坑，是它挡住了子弹的底火，救了扳机一命。

"你证实了你的忠诚，孩子！也赢得了我的信任。"队长拾起那枚子弹举到空中，向周围的其他人示意道，"我用生命担保，扳机不是出卖我们的人！"

"我也是！"骑士没有听到枪响便转过了身，看到队长的举动后也激动地搂着扳机的肩膀，拍胸脯向大家保证。

扳机毫不犹豫的决然，让大多数人疑虑尽失。虽然我心中仍存有芥蒂，但也不得不承认这家伙为自己的清白做出了最好的辩护。看着扳机双手支桌大口喘气，仍未从惊骇中醒来的样子，可以体会到从万念俱灰到柳暗花明不仅仅是"又一村"那么简单。因为是自我伤害行为，它对心理的伤害比战场上的绝境逢生更加严重。从他逐渐出现的面色潮红、盗汗、心率过速等后怕反应，可以想像他事先并没料到队长会放他一马。

"一切你说了算！"无论是思及往昔的战友情，还是被扳机自我了结以证清白的行为所感动，其他人都放弃了再深究下去的想法。

"你怎么说？"队长得到大家的答复后满意地点了点头，最后把目光落在了我的身上，因为刚才反应最激烈的便是我。

我四下张望了一圈，水鬼、DJ等和扳机感情最好的几个人全都殷切地盯着我，因为我的表态可以说是代表了快慢机、屠夫、狼人和大熊等人的态度。看了一下屠夫他们惟我马首是瞻的表情，我了解如果我表示不同意，狼群马上就有分崩离析的可能。不论心里如何想，我都只能做出一种回应。

　　"我替他保留这颗子弹，说不定哪天还能用上！"我从队长手里拿过那颗45的手枪子弹，在扳机呆滞的眼神前晃了晃，故意在他耳边说道。

　　虽然我表明心里仍不信任扳机，但话里也带出了愿意给他一次机会的意思。这件事情勉强算是有了个圆满的结局，大家一阵哄闹，希望把这件不愉快的事给一笑带过，没想到扳机突然一阵咳嗽，竟然吐出一口胃酸。他竟然紧张到这种地步，大家看着地上的秽迹都愣住了。天天在鬼门关前游逛，死亡何止见过千万。一个人自我结束竟然如此痛苦，大家确实没有想到。

　　"自杀是违背上帝教义的，死后灵魂不被圣灵接受就上不了天堂。"Redback趴在我背上无端地来了一句，将我的注意力吸引了过去。

　　"是呀！自残是违背生物本能的行为，只有心理消极到病态的人才会这样做。这除了给生理带来伤害，瞬间极度消极还会造成心灵极大的扭曲，越是生存欲望强的人，日后留下的阴影越大。"Honey仍抱着那包海洛因站在那里，听到Redback的话接了一句。她说得倒是很有道学的味道，只是和她现在的外形十分不相衬，听起来不但没有说服力，反而让人觉得有故做深沉的矫揉造作。

　　"小孩子家，装什么大瓣蒜！"这小妮子刚才否定我冒着生命危险去救她的价值，现在想来仍禁不住想剌她两句。

　　"我的心理学硕士学位可不是白拿的。"Honey仰头叉着腰，用手指着我的鼻子叫道，"别以为我不知道，像你们这种人，心理各个都不正常，最低也有战争后遗症。还不如让你们都死在外面，放你们回去的话，不定要有多少人误死在你们手里呢！"

　　Honey的话像块巨石扔进了冰湖，将在场所有人自我冻结的防线砸碎，瞬间在大家的心海掀起滔滔巨浪。所有嬉笑一扫而空，人人脸上现出了愁痛的表情。尤其是我，如遭当头棒喝一般，脑海中立马浮现出母亲在家中喋血的那一幕。不自觉地，我握住了腕上的手镯，拼命压抑着皮肤上泛起的如蚁噬般的胀麻感。

　　"没事，没事！一切都很好，别担心！"Redback看到我的表情，马上明白是怎么回事，她熟练地从背后紧紧抱住我的身体，将下巴抵在我的背上并腾出右手不停地在我手臂上揉按，好一会儿才把我的思绪拉回到现实中来。

　　Honey似乎也发觉自己失言的后果远比想像中的严重。看着周围那些陷入沉思、身上冒着血气的"伤心人"，她不自觉地将手中的那包海洛因抱在胸前，咬着下嘴唇犹豫着不知道应该如何击开这种沉闷的局面。

　　"刑天！嗨，刑天！"美女的声音在一片静默中格外引人注意，"Redback也许不介意，不过天气转凉了，你不怕冻着你小弟吗？当然，如果你是故意让我们参观的，我们也不介意再观赏一会儿，不过为了看得更通透些，麻烦你把剩下的那块破布扔掉成吗？"

"妈的! 糟糕!"被她一说我才注意到,刚才为了取弹片,我把已经千疮百孔的衣服都给剪开了,本来因为清理毒气的缘故就把所有衣物都扔了,这身偷来的衣服是光着屁股穿在身上的。现在可好,裤裆已经擦在脚背上了,虽然被女人看到裸露的身体并不会让见惯风浪的我感到羞耻,但大庭广众之下,些许尴尬还是有的。

其他人的注意力这时也都被美女的话从痛苦的回忆中引到了我的身上,看着我除了腰上的皮带和遮住半个屁股的破烂裤腰外一丝不挂的滑稽样子,大家伙儿都会心地笑了起来,有的人则趁机开始起哄。

"刑天,没发现你还挺有货嘛!"

"的确,以前都没注意!"

"妈的! 你要是盯着他那儿一直看,他还不把你的眼睛挖出来?!"

"就是! 大家肯定给你起个新名字叫'芭比'!"

"美女,他和狼人谁比较大?"

"当然是我们狼人的大了! 对吧,亲爱的?"

"……"

一时间熟悉的、不加遮拦的粗口,扫淡了刚才 Honey 引起的感伤,扳机也恢复到了常态,我也从痛苦的感觉中逃脱了出来。虽然是被取笑了,不过我还是很感谢美女的好意,但这并不妨碍我给她一根友好的中指。

"好了,不要闹了! 天才,你去找你的那个朋友查一查,为什么那三枚 VX 毒气弹会出现在我们的军购单里,并关注钢铁厂事态的后续发展,有什么变故要第一时间通知我。我和骑士会去见几个'老朋友',想办法摆平影响。至于谁走漏了风声就交给你,扳机! 你也是美国军方出身,利用你的渠道给自己一个答案吧!"队长打断我们的说笑,接过天才刚才一直在划的花名册翻看了一下说道,"虽然这次偷袭我们受到一定程度的损伤,但战果还是有的。85%的目标被清除,足够给妄动者一个警告。至于下一步是否继续进行清除,要等我和骑士去探探风声再做决定。在此期间,大家不要轻举妄动! 明白吗?"

"Yes, Sir!"

"受伤较重的刑天、天才和 Honey 一起到 Honey 的实验室找医生做进一步治疗,其他人按原计划保护林家后天撤出美国。解散吧!"队长做了下一步安排。

"狼——群!"

"Hoo——Ah!"振奋的口号声响起,像是在为今夜升天的亡魂送行。

走出肉类加工车间,看着头顶破曙前的最后一丝黑暗,我心中不禁感叹:在黑幕的笼罩下,即使在世界上自称最民主的土地上,也发生着不为人知的丑恶。

"扳机,你来一下! 我想我们能帮你找到一些是谁泄密的线索。"精英和冲击示意扳机过去。走过我身边的时候,扳机扭头瞥了我一眼,眸子里闪动的复杂情绪让人无从解读。不过我并不在意,即使他记恨我,也在我的意料之中。

倒是上车时 Honey 塞给 Redback 的一张纸条引起了我的注意,上面写着:"成长时期所遭受的精神创伤,能够改变其大脑中主导学习和记忆区域的正常发育过程,对其大脑的正常发育会产生永久性负面影响,甚至会导致强迫性神经官能症,一旦想起痛苦的回忆,便会有强迫的肉体幻觉症状……"

"这是什么?"我抢过纸条颠来倒去看了几遍。

"你的病况分析!"Redback拿着那张纸条仔细地阅读起来,车厢内昏暗的灯光拂洒在她脸侧的发丝上,折射出铂金般的细腻质感。我禁不住伸手捞起她耳边的一缕诱惑贴到鼻尖轻轻地呼吸,力士洗发水淡淡的清香沁人心脾,这就是她的感觉!

"你每次受重伤或者发病后,就会这个样子!"Redback仍读着文字没有抬头,只是轻轻向我这边歪了歪脑袋。

"是啊! 这些经历总会让我有不同的感悟,并想好好把握眼前的拥有。别看那些有的没的,我们来亲热吧!"我轻轻地啮咬着她的耳廓,并不时地向她耳朵里吹气。每次死里逃生后,不管体力如何,我总是欲望满满的。

"妈的! 听你的话,让我想起公子哥地窖里 Absolute Vodka(绝对伏特加)和金色鱼子酱,我们确实应该去把握一下眼前的拥有!"屠夫的话瞬间洗去了原本一副猪哥嘴脸盯着 Honey 的公子哥脸上的血色。

"屠夫! 你要是敢打我'黄金罐头'的主意,我一定和你拼命。"公子哥不顾左臂的伤势冲到副驾驶座,探出半个身子在屠夫的耳边叫道,要知道那可是 12000 英镑 1 千克的极品珍馐。

看着屠夫和公子哥为了是吃掉地窖藏的所有鱼子酱还是只食一听争得面红耳赤时,我不禁想起了以前没尝过鱼子酱的日子。算一算在中国这一听罐头已经可以换一套像样的住房了,那可是多少人劳动一生的梦想啊! 而在我们这一行,只要指头轻轻一扣,钞票就像天上落下的雪花一样来得轻而易举,怪不得无数人为此投身到这个存活率只有千分之一的圈子中。就像我在莫斯科前后击毙的 14 名意图暗杀汉克的杀手一样,其中就有四人是从中国越境而来的淘金者。我记得很清楚,最后一个躺在我脚边的中国青年只有 18 岁,为了不到 2000 美金的酬劳,他天真地握着一把破斯捷奇金手枪在零下 20 度冰天雪地的别墅外等待了四个多小时,等我们车队路过时,他已经迈不开冻在地面上的腿脚了。

从他身上搜出的最后的遗物是啃了一半的黑麦面包与一张 1000 美金的汇票。我仍记得上面的附言是:妈! 俺已经找到工作了,这是第一个月的工资。二妹上学的钱有了。记得告诉她要好好学习,以后就不用累得像条狗似的才能赚到钱。北国这边的天确实挺冷的,不过我还挺得住。放心吧!

当时看完这封信时,躺在地上的青年还没有断气,胸口中枪处喷出的鲜血仍冒着热气,但他已经说不出话了,只能眼巴巴地盯着我手中的汇票,流露出充满痛苦和乞求的神色。边上的汉克想要上来补上一枪,被我阻止了,我知道他想要表达和乞求什么。在亲手替他结束痛苦前,我告诉他我会帮他汇出这笔钱的,他脸上不带悔恨的释然表情让我终身难忘。1000 美金! 甚至不够一汤匙鱼子酱的价钱。但当时躺在我脚边的他用消逝的生命,却只换来了这么点钱。我为他感到不值,虽然我也当佣兵和杀手,但我的最初动机不是为了金钱,走到这一步到底为了什么,有时候也是我困惑的原因之一。

想起这些往事，我的心不由沉重起来，顿失调情的欲望，无意识地把目光移到了身边的 Honey 身上，只见她下巴撑在那包海洛因上，不时偷偷打量我们几个，并暗中相互比较，好奇的神情如同在观赏珍稀动物一样。

"你既然懂得那么多，为什么还要去偷人家的海洛因？还拿了这么大一包，瘾够大的！"我看她并不像常见的隐君子那般浑浑噩噩的，不由问道。

"这些？"Honey 听到我的问话，指着怀里的锡箔包反问道。

"对！"

"是呀！我也挺好奇的，毒品哪儿都有卖的，你干嘛非要跑到奇奥·耶立那里去呢？"Redback 听到我的问话也好奇地问道。

"这不是我用的，是给我哥的！"Honey 赶忙摆手表明自己并没有吸毒的嗜好。

"那也够厉害的！这么多够他吃一年了吧！"公子哥气呼呼地坐回位子上，正好听到我们讨论的话题，打量一眼她手里包的大小说道。

"不，通常半个月就用完了！"Honey 低头看了一眼怀里的海洛因，估量了一下说道。她这么一说不要紧，把车里的人都吓了一跳，连开车的快慢机都惊奇地扭过头看了一眼她怀里的包说："这最少也有 10 公斤吧！半个月就用完？你开什么玩笑？"

"就是！吸毒过量会要人命，你这个化学家不会不知道吧！"屠夫也好奇地扭过头盯着 Honey 手里的大包问道。

"二乙酰吗啡（海洛因）过量使用会致命我当然知道。"Honey 一张嘴就是各种学名，听起来就很专业，不过这反而更激起了大家的好奇心。

"谁半个月能用得了这么多的海洛因？你以为是吃面粉吗？"我从她怀里拿过那包海洛因，从裂开的包缝中抠出一点放到舌头上一尝，那类似鸡精的味道告诉我这东西的纯度还挺高，"是好货！"

"嗯！能提纯到 95％，这些哥伦比亚人比以前更重视质量了，不过手法还是太粗糙，他们仍是在吗啡中添加冰醋酸等物质来提炼二乙酰吗啡，这都是上个世纪的老方法了，能提到这么高的纯度确实不易。"Honey 看着我，一副探讨学术研究的口吻。

"不管他们是怎么提炼的，海洛因仍是海洛因，你哥半个月能吃一包，这毒瘾也太不可思议了。"我们没少接触毒品，见过形形色色的吸毒者，然而就是连全身烂透流脓的静脉注射患者也没有她哥这么大的毒瘾。

"我哥没有毒瘾！"Honey 抛出一个更大的炸弹。正好赶上红灯，全车人都把脸凑到她近前好奇地盯着她，惊讶地道："这怎么可能？这么大的用药量怎么可能让人不上瘾？"

我们这些佣兵在枪林弹雨中穿梭，多多少少都会受重伤，大家一般都硬挺着也不愿注射止痛药或吗啡，因为那东西虽然止痛效果确实好，但把握不好剂量，副作用也大。不少军人都是在某一次重伤后便染上了毒瘾，从此一蹶不振的不在少数。这东西曾被戏称为"军旅杀手"！

"当然,吗啡是作为什么用途开发出来的,我相信作为开发对象的大家都明白,军用止痛剂!最初用来做镇疼的药剂是鸦片,但医生很快发现鸦片不但效果有限,还致使不少军人产生了依赖性,于是便提炼了更优秀的镇痛剂——吗啡,但随即发现,伴随优异止痛性能而来的是过后 10 到 20 倍的成瘾性。数以万计的一战和二战伤兵成了世界上吸毒大军的中坚力量!为了弥补这个过失,海洛因出现了,可是噩梦并没有过去,这东西疗效比吗啡好,但成瘾性也更强上了 5 倍。任何人试过之后都再也没有从它的怀抱中逃脱,所以全世界立刻禁止了这种东西的传播。"Honey扬了扬手中的银包颇有讽刺味道地笑了笑,"吗啡的再度使用不能不看作是医学迫不得已的倒退。"

"你是用它来止痛的吗?"Redback 听出点眉目,插了句话打住了 Honey 的"深入讲解"。

"聪明!"Honey 摸了摸 Redback 的金发羡慕地说道,"你的头发真好看,能长成接近银白色,太美了!是天生的吗?"

"……"大家看着她像同性恋一样在 Redback 头上摸来摸去,不由得把目光都投向了我。我只能报以苦笑。难道让我打她一顿不成?

"那你哥什么病啊?竟然这么大剂量地使用海洛因?不管怎么说它用多了都是致命的呀!别的东西不能替代吗?"Redback 没有因为 Honey 的骚扰分散精力,仍不懈地追问。

"不能!"Honey 叹了口气颇为无奈地说道,"我哥是天生的神经痛,是基因缺陷引起的显性表现,必须服用镇痛剂才能正常生活。"

"吗啡不能替代吗?"

"不能!吗啡连癌症的疼痛都没有办法完全抵制,何况是我哥的病情。他起初只是普通的酸痛,但随着年龄的增长,病情也不断地恶化,前两年还能用海洛因控制住,可是这两年连使用海洛因的效果也不明显起来了,如果停止用药,我哥就会痛死。为此,我们全家才开发出了这个!"Honey 从怀里拿出一个小注射器,里面金黄色的药水在座的各位再熟悉不过了。

"'最后的挣扎'是你开发的?"我们几个人都愣住了,谁也没想到,狼群最后的生命防线竟然是眼前这个不大的孩子开发的。

"'最后的挣扎'?"Honey 显然没有听过这个名字,不过很快就明白了我们的意思,恍然说道,"噢!……想来那是天才那家伙起的名字吧!是不是颜色和这个一样,能激发潜能的药水?不错,那个东西也是我和父亲开发的,但是那东西和我手中的药水不一样,我管这个叫'一夜好睡'!因为它能让我哥好好地睡上一夜。天才给你们的那种药剂的止痛效果只有'一夜好睡'的一半,并且加入了我父亲新发现的几种生物成分,主要是以激发潜能、延续生命为主。"

"'最后的挣扎'是从海洛因中提炼的?"我们大家都不知道"最后的挣扎"的具体化学成分,只是用的时候才拿而已。没想到这东西是用海洛因提炼出来的,那以后用起来要三思了。

6

"你们用的那种吗？我手里的是，你们用的不是。你们用的是拿河豚毒素提炼出来的，本来是我们研制出来用以代替吗啡、杜冷丁、阿托品和南美简箭等现有的用于治疗神经痛的药品，有镇痉、松肌的疗效，镇痛时间长，并与海洛因等中枢神经兴奋剂机理相反，不产生累积效果，不上瘾。还有，你们用的麻醉剂也是我们用河豚毒素开发出来的，镇定效果好，还无任何副作用。你们放心用吧！"Honey 收起手中的小药瓶，看着大家眼中的不解开心地笑了起来。在她眼中，我们这些人估计现在反而成了弱智了。

"河豚毒有那么厉害的效果吗？"我虽然知道拼死吃河豚的典故，但也只是以为是像四大毒蛛一样，虽然吹得很厉害，实际上是只要身体好就能顶得住的生物毒素。可没想到它的功效有这么厉害。

"尻！河豚毒只需要 0.5 至 1 毫克就足以致人死命。根据河豚品种的不同，其毒性是氰化钾的 10 到 1000 倍。市面上最常吃到的虎河豚的脏器含有足以毒死 10 到 50 人的毒素。你连这个都不知道？那你可要小心，中了河豚毒 20 分钟就能要你的命，快赶上芥子气了！"Honey 的一席话让在座的受益匪浅，谁都没想到那种看上去挺可爱的大肚子家伙，竟然这么毒。

"那你为什么不给你哥用这种药，而要研制你手里的'一夜好睡'呢？不管怎么说，海洛因提炼出来的东西对身体的损伤和成瘾性都太大了。"我们都奇怪了。

"那东西本来就是研制出来替代我哥一直使用的吗啡的，可是研制成功了，我哥的病情也加重了，这东西已经没有办法满足他的需要了。"Honey 颇为无奈，忧虑的脸上写满了手足之间的深情。

"真没有想到还有人要靠海洛因才能活下去这种事！"

"这种人多了。我已经说过，我哥的病是基因缺陷的显性表现，也就是说我也存在这种缺陷，但却没有表现出来而已，就像双眼皮父母却生出单眼皮儿女一样的道理。并不是孩子变异，而是他们双方都带有的没有在自己身上表现出来的单眼皮基因在下一代身上显现而已！"Honey 指着我的单眼皮，似乎在说我就是那个基因外显的孩子。

车子停下了，大家下了车抬头向外一看，发现是一座样式独特的研究中心的后门。门口站着的数名携枪门卫告诉我们，这里不是普通科研场所。

"这是哪儿？"

"美国联邦科技武器开发中心！"Honey 指着大门边上的门牌说道，"这么大的字你看不清吗？"

"你在这里住？"

Honey 看了一眼远处的大门后，一扭头指着路另一边的一座巨大仓库说道："不，我不喜欢被拿枪的外国人看管起来，所以我住在那儿！"

"你不是美国人？"她说话的口音倒是很纯正的西海岸口音。

"不是。我是以色列人，是犹太人。"Honey 从脖子里扯出一条挂着大卫星的项链在我眼前晃了晃说道，"我来美国也不是自愿的！"

第八十四章　天才一家（二）

　　Honey 兄长的藏身之处比我们想像中的要简单得多，除了在进入仓库时有两个警卫把守外，整个实验室看上去都处于不设防状态。正当我们惊诧于如此机密的机构防卫却如此松懈的时候，天才的声音从无线电中传来："Honey，你个小骗子！上星期你告诉我全磁场防卫系统还没有开发好，那你告诉我为什么我们的车刚才到草坪边上的时候，我的反扫瞄器会有反应？"

　　"你自己都说了，那是上星期的情报了！"Honey 一脸的不以为然，根本没有把天才的愤怒放在心上。

　　"全磁场防卫系统？"我们大家都听天才提起过，他正和朋友搞一种防卫系统，利用任何物体都有磁场且不同的原理，设计了一种磁场感应系统，可以将狼群的基地笼罩在一个无形、巨大且无害的磁场中，一旦有任何其他磁场，例如人或车辆，进入这个磁场系统，系统便会利用数据库中的参数将入侵物识别出来。这种防卫系统的好处便是作用范围大，可以节省大量的防卫人员，且不易被渗透者察觉。其作用的原理并不高深，已经有许多农场使用由这一原理开发出来的磁力栅栏。但像这种具有识别定位功能的设备，其技术仍属于世界各国的军事机密，只在机密设施中投入使用。而天才他们设计的这种防卫系统有一个更特别的地方，便是可以在发现入侵者后，将入侵者周围的磁场调节成杀伤状态，从而将敌人神不知鬼不觉地全部杀死。这种无所不在的防卫系统，确实可以说是完美了，只是听天才说有几个小毛病还需要做改进，然后才能投入使用。

　　"那现在怎么样了？"天才透露出无比的关注。

　　"各种不同物体的磁场参数仍在收集中，除了人、狗、猫等宠物和常见的车辆，其他东西仍无法识别。杀伤效果也无法控制在一个精确的范围内，连续使用后因磁场不稳定可能会造成误伤。"Honey 略带无奈地说道，"我们的人手太少了，收集数据是一个繁重的工作。"

　　"噢！没有办法，这可是私人研究！"天才叹了口气接道，"等这次事完了，我可以向我们队长借些人手帮你收集数据。磁场的问题还是要和你哥再研究呀！"

　　车子在仓库前门停定后，Honey 率先下了车，大家跟在她的后面，互相搀扶着也下了地。刚一露面身上便聚集了密密麻麻的红外线定位点，吓得大家立刻卧倒拔出枪四下张望起来。

"不用紧张！那些只是激光射线，不是武器，是用来吓人的！"Honey看着大家狼狈地从地上爬起，可能是为了自己的点子很有效而高兴，竟咯咯地笑了起来。

"很好笑吗？"我捂住被路面撞出血的腹部伤口，满肚子火气地向Honey质问道。

"不好意思，我道歉！"看到大家身上重又渗血的绷带，Honey收起脸上的笑容，郑重地向我们表示了歉意。

"不用了，快开门吧！"我有点儿受不了这个思维不太正常的女人。

Honey向我吐了吐舌头做了个鬼脸，然后扭过身掏出一个小巧的汽车防盗遥控器，对着门一按，我们身上所有的红点便都消失了，面前的大门在一阵电弧闪动后也缓缓地升了起来。

看着门上闪过的极地之光，想到刚才误以为这里防卫松懈，我不禁在心里痛骂自己，这哪是松懈呀，简直快比上白宫了！

这里的设施看起来就像是狼群基地防御系统的原型，刚才如果不小心摸上那道门，那么烤人肉的味道三里外都能闻到。

"欢迎来到我临时的小窝！"Honey做了个里面请的手势后率先向里走去，快慢机等人也驾着车缓缓驶进了这个超大号的仓库。虽然我对这个女人的精神状态有点持怀疑态度，但对她拥有如此之多的先进玩意儿还是颇感羡慕。

身后的大门砰然关闭，我搂着Redback的肩，边向里走边打量周围的环境。这个仓库看起来就像一个另类钢铁艺术家的工作室，整个空间被各种各样的闪光金属架构分割成了几个独立隔间。中间是一个圆形的主控台，其他研究室围在四周。透过大块透明玻璃可以看到里面放着各种不同的物件，有的室内摆放着各种化学试管、烧瓶和试剂，有的室内摆放着各种精密加工用的机床，有的室内则摆放着各种奇花异草。最后我看到医生和牧师还有个白眉毛的医生在一间医疗室内围着一张手术台转来转去，一个壮年男子满头大汗地坐在旁边，戴着电子观察镜嘴里念念有词地似乎在指挥医生，而Kid则插满管子躺在手术台上。

Honey看了一眼医疗室内的情况，放下手中那包海洛因，扭过头对我们几个问道："谁受过医疗训练？"

"我们都受过！"大家都明白她的意思。公子哥、Redback和鲨鱼撇下我和屠夫，脱掉外罩跟着她走进了医疗室的隔壁，过了片刻便换上了无菌服，通过空气隔离间进到手术室内帮忙去了。我和其他人站在医疗室外看着里面被揭开脑壳躺在那里的Kid，先是悲怜，而后是庆幸，最后再是愤怒，这种感情变化已经成了可预知的规律。

"不能就这么算了！"Tattoo脱掉上衣露出纹满图案的上身走到人群中间说道。其他人都没有回应他，他的愤怒在大家的意料之中，因为Kid是Tattoo的堂弟。

"你想怎样？"屠夫坐在台阶上盯着里面的Kid叹了口气。

"一定是被拿走的这几页资料中的人告的密。"Tattoo从宽大的裤兜内掏出几张纸扔到身旁的电脑桌上。我瞄了一眼那些皱巴巴的纸，没有去翻动它，因为我早已将上面的数据记在了脑中。

"这些人全是政府官员或和政府有密切利益关系的供应商。"天才站在一个简单升降器上从我们头顶落了下来。看他仍挂在脸上的眼镜和手里的文件夹，可以猜想到他一定去查情报了。

"如果我告诉大家美国政府知道我们所做的一切，你们一定不会感到意外。毕竟我们之中五成的人是来自美国的退役军人。美国军部有专门负责监视退役军人的机构，用以防止政府机密外泄，当然其他国家也有这样的部门。像罗杰队长那样优秀并知晓无数机密的上级军官，更是排在名单的第一页上。美国人也不是万能的，不想让他们知道的，当然可以瞒过他们。但如果不让他们感觉到我们仍在他们的掌控中，对我们不是一件好事……"天才坐到主控台前的转椅上，去掉眼镜揉了揉鼻梁，打起精神说道，"所以，任何和美国政府利益有关的事件，都在美国内务部的机密档案中有存档，这一次在美国干这么一大票，当然也不例外。显然，原定的目标中的某些人的级别已经高到可以了解这些机密资料的程度，而且他害怕不会受到保护，于是将队长知会过军部高层的信息透露给了他认为可以借来杀人的刀子。"

"是谁？"Tattoo从天才手里夺过那叠资料。其他人也凑过去看了起来，隐约可以听到"前国家安全顾问……参议员……"等官称从他们口中传出。

"没有命令，没有行动！"屠夫看到Tattoo青筋跳起的脑门，冷森森地提醒血气上涌的其他人。

"妈的！"Tattoo一巴掌将那叠资料拍到桌上，抽出刀子凶狠地将纸上的照片钉穿在台面上，气喘吁吁地叫道，"我不服！我难受！我需要鲜血来平息我的怒火！"

"你会得到足够的鲜血！但现在闭嘴！"快慢机抱着膀子声音不大地命令。Tattoo被他不客气的言语呛恼了，恶狠狠地转过头想要找他打上一架，却发现快慢机根本没有看他，仍是目不转睛地盯着手术台上的Kid，而手术室内操刀的白眉医生正转过身对着我们怒目而视。Tattoo立刻醒悟到这里不是吵架的所在，只好自嘲地闭上嘴，抱着头坐到台阶上生闷气，最后恼怒极了，竟把自己的头发扯下来一把，鲜血顺着眼角渗进眼眶，血红色的眼神有压抑不住的疯狂。

"兄弟！你需要这个！"天才将自己口袋内的大麻扔给Tattoo，希望用大麻的镇静作用压住他难以抑制的激动。Tattoo本能地接住了飞来的烟卷，等看清手里的物什后，他恼怒地将烟卷揉成碎渣摔在地上，骂道："老子还没有孬种到要靠毒品来控制自己！"

"不要被痛苦打垮，要学会享受！"其他人看着摔在地上的烟丝不约而同地笑道。

"你从哪儿得来的情报？"我们都知道美国内务部的情报档案是一个独立系统，和互联网并不相通，外人是无法侵入的。

"我有渠道！"天才的话引来一片不满的目光，Tattoo血红的眼神尤其吓人，天才被吓得浑身一哆嗦，他赶忙补充道："大家看到这个实验室就应该想到，我以前也为美国政府工作过一段日子，当然是被迫的，但认识了些能了解高层机密的技工……对！……技工！"

"和 Honey 她们一家一样?"我看着角落里摆放的防辐射服上的军方编号问道。

"不!更得信任的那种!"天才笑了笑道,"Honey 她们不是美国军方的人,只是从以色列借来的技术顾问。他们只能接触学术上的秘密,政治上还不够格。"

"光学迷彩、下一代主战坦克火控系统、NMD 拦截定位参数这么重要的东西他们都能接触,竟然还不够格?"我有点纳闷地问道。这一屋子的资料都是世界各国拼了多少人命想搞到的,现在就像小学生的废课本一样被扔得到处都是。

"当然了!你看这一家子有一点儿能保守秘密的样子吗?科学上谁都不会永远领先,露出一点也没有什么,说不定原来的症结再偷回来的时候就已迎刃而解了。可是政治不同,只要一个模糊的信息就有可能引起一场战争,其危险性要比原子弹大多了。"天才握住一个滑鼠,查看着一台电脑里的资料,对着屏幕说道。

"那会不会是美国政府要对付我们呢?"我对队长总是将队伍的信息透露给美国政府的行为并不赞成,因为这给我一种替美国政府打工的感觉。

"应该不会!我们没少替美国政府干脏活,猛然少了我们,他们会抹不开手脚的。就在前两天美国政府还给我们一个新的任务,目前根本没有理由对我们下手。而且,如果下手也不会让我们只伤及皮毛便放过。否则那会是一场灾难。"天才转过椅子面向大家点根烟吐了个烟圈,看上去一脸的轻松。

"什么任务?"屠夫把脚高高地靠在台阶上,失血过多的脸上透着苍白。

"现在美国最大的心腹之患除了恐怖分子便是家门口的毒品市场,不过,拉美人种植毒品的历史还短,缺少经验,收成很一般。但美国政府得到情报:最近拉美的毒贩从正全面禁毒的东坞淘到一批种植罂粟和提炼鸦片的'下岗工人'。如果这批人被运到拉美,明年美国的缉毒署面临的不只是翻数倍的产量,还有世界上最精纯的隐蔽手法,以及满街吸毒致死的尸体。"天才有意无意地瞅了我一眼,似乎这事和我还有关。

"那让联邦缉毒署的人在公海上把船扣了不就行了?"Tattoo 的注意力也被吸引了过来。

"没有理由,那些人都有正式的护照和签证,人家可是去建设新美洲的。"天才说到这里忽然笑了,"而且这不是第一批了,已经有一批工人进到热带雨林中了。"

"劫还是杀?"快慢机直截了当地问。

"所以要我们扮海盗,至于是杀还是劫,最后的主意还没拿定。"天才有点受不了快慢机对这种不道德交易直白到无耻的态度。

"多半是杀光了!不然还扮什么海盗?还能怎么办,又不能放回去。"我对天才谈论这种事时,仍想保留点"我是好人"的想法报之一笑。

"你还说呢!如果不是你把李干掉,引起东坞最后的两大毒枭为抢他的地盘而火并,政府军也没有能力趁机扫掉北部最后的私人武装,这些下岗工人也不用远涉重洋地跑到南半球来种鸦片。还敢笑我!"天才把手里的烟头扔过来,我没躲,任由火星在身上炸开。我还真没想到这事和我有关。

"希望队长这一次能吸取教训,不要什么事都知会美国政府。我对政客没有好感!"我将手臂上的烟灰弹掉,淡淡地说道。队长是一个令人敬佩的军人,带兵训练、行军打仗、待人接物都没得说。可是回过头来说,他终究是个美国人,越是出色越是对自己的国家有种责任感。虽然他通常能顾及到我们这些非美裔队员的感情,但有时还是会引起一些非议。

"你不是对政客没好感,而是对美国没好感。"屠夫"卑鄙"地点破我的心思。

"我不是美国人,在所难免!难道你不是?"我用不着否认,谁心里不都是向着自己的国家?

"呵呵!这你就错了,欧美人虽然也热爱自己的国家,可因为欧洲受天主教天赋人权、人生而平等的思想的影响,所有人只是把政党和国家作为争取和维护自身权益最大化的工具,当有更大的利益时,这些东西都是可以抛开的。所以,如今的欧洲人并不像你想像中的那样那么死忠于自己的国家。"天才笑着说道,"他们更注重自己的家庭血统!"

被天才一顿抢白,虽然知道他说得很有道理,但心下仍有不甘,正欲接着跟他辩论下去,就见 Honey 陪着那位白眉的医生走出了医疗室,大家忙拖着伤躯凑了过去,还没张口问话便被 Honey 的白眼给撅住了。倒是天才比较有眼力见,先拉过一把椅子让老医生坐下,倒上水后让他俩缓了口气才问道:"怎么样?"

老人接过杯子,拉下口罩。这时我才看清,原来这位医生已经最少有 60 岁了,花白的胡须上挂满了汗水,鼻梁上架着副无边眼镜,嘴角有道疤痕,显示嘴曾经被扯裂过,不过这些都没有他那快占了整张脸三分之一的大鼻子引人注目。等喝了口水缓过劲儿,老人张口便是带有浓烈异国口音的英语,和 Honey 的完全不同。

"来得还算及时,淤血已经清除了,只剩最后的收尾工作了。他生命没有危险,不过脑部机能有没有受到影响,仍要等醒来观察后才能确定。"老头脱掉身上的手术衣随手扔在地上,看样子 Honey 那马虎劲应该是从这家伙身上遗传到的。

"Mr. Gibson?"我试探着问道。我记不太清 Honey 姓什么了。

"什么事?"老头回过头看着我。

他一回答,我反而不知道应该说什么了,支吾半天挤出一句:"谢谢!"

"不客气!"Gibson 老先生笑了笑,便扶着椅背站了起来向楼上走去,边走边说,"没什么事我先走了,我还有点课题没搞清楚。你们先玩着!Honey,好好招待客人!"

看着老人消失在楼梯拐角,我讶然问道:"Honey,你们家常招待我们这种客人吗?"

抬进来这么多荷枪实弹、满身鲜血的大汉,任谁也要问个所以然出来,可是看他老人家毫不在乎的样子,倒把我们几个给吓着了。

"哪有?这是第一次!"Honey 白了我一眼,为我把她们家当土匪窝生气。

"你老爸够看得开的。"其实我想说他老爸胆儿够大的。

"还成吧!你们是天才的朋友,还为我们提供了大量资金,也提供了不少稀有的原材料搞私人研究。这算是互相帮助吧!"一个有气无力的声音从背后传来,我扭头一看，只见鲨鱼推着一个坐轮椅的中年男子走了过来。说话的就是这个面色发青、嘴角不断抽动的男子。

看到男人这样的表情，Honey忙拿过一枝注射器，将搞来的海洛因与她拿的金黄色药水按比例调好，抽满针管，撸起男子的袖子，系好皮管，将针头扎进他的静脉，这要人命的液体便进入了他的体内。按她调制的浓度，这针下去一般人早就昏死过去了，可是这个男人竟然没有任何反应，倒是嘴角的抽搐停止了，然后他就慢慢地从轮椅上站了起来。看来这个男子便是Honey那位"神奇"的哥哥了。这回眼见为实，世界上真有人要靠毒品来维持正常的生活。

"杰克，你还需要适应加重的剂量，不要立刻站起来。"Honey用手指按着她哥哥的手腕，观察着他的反应，神情看上去就像个专业的医生。

"又麻烦你了，Honey！"杰克搂过Honey，亲了亲她的脸颊。兄妹情之深让人羡慕，这不禁让我想起了我哥，不过他从没亲过我，倒是常揍我。但现在想来，除了暖暖的幸福，其他什么也感觉不到。

"各位！医疗室已经腾出来了，有伤的可以进来了。"医生擦着汗水靠在门口对大家说道。

大家相互看看估量谁的伤最重，结果屠夫第一个被抬了进去。Redback也换好衣服重新回到我身边，从湿湿的发梢可以看出刚才手术台旁的工作确实把她累坏了。我轻轻地握握她的手，对她为Kid所做的表示感谢，而她只是回握住我的手抬头笑了笑，便又低下头拿块手帕帮我擦拭手镯上的血污。

"很感谢你们帮我把妹妹救了出来。我父亲并不知道发生的事情，所以由我代为感谢大家，也希望大家不要让他知道发生过的事情。谢谢了！"杰克搂着Honey站到我面前伸出手，友好地说道。

"不客气！"我握住他仍在轻颤的手掌不由心生感动，注射了药剂这么长时间了，神经痛引起的肌肉痉挛还没有停止，可以想像，刚才他帮助医生救治Kid时忍受了多么巨大的痛苦，就冲这一点，为他冒险救出Honey就值。

"你在废车场是怎么发现我的？"Honey看大家都没有大碍，便引大家到控制台后面的休息间坐下，我屁股刚着地她便劈头问道。我以为她早就忘了这回事了，没想到她还惦记着。

"先是感觉出来的，上心点就可能看出，走动时光暗得不和谐！"无奈之下，我只好如实说出。

"感觉？什么感觉？"Honey拿过那块桌巾大小的变色迷彩，反复在头上罩来罩去，想找出我所说的感觉，但一无所获。

"就是有生物出现在周围的感觉。"我也说不清这种生死冶炼出的第六感，当年快慢机向我描述这种感觉时，也只是说了句"到时就会明白"。

"详细点！再详细点！"Honey把光学迷彩夹在腋下，不知从什么地方摸出一个记事本，像个记者似的记录起来。

听到她的催问，我们相视无语，摸摸鼻子无声地笑了。这种事怎么形容呢？就像有人问你恋爱是什么感觉一样，一千个人有一千个答案！我耸耸肩想把难题推给快慢机，没想到他竟然扭过头装做没看到我求助的眼神。正在我为这混蛋不讲义气恼怒的时候，Honey那催命似的追问又来了。

"这种感觉说不清楚，就像……就像……"我思索再三也想不出个所以然，而Redback看我被小女生逼得结巴无语，忍不住趴在我背上轻笑起来。我灵光一闪道："就像有人在你背上呼吸一样，虽然隔着衣服，但挠得心头痒痒的！"

话一出口，顿时所有人的目光都定在了我背后的Redback身上，Tattoo和鲨鱼几个沉不住气的，已经撇起嘴角准备大笑了。而趴在我背上的Redback进退两难，起来的话，就等于承认我说的就是她，不起来的话，众目睽睽下亲热颇有些别扭。最后没有办法她只好装傻，低头用手指在我背后画起画来，就好像没有听到我的话似的，但动作还是稍慢了一些，一举一动已经被大家捕捉到了。这样一来她的行为反而更成了她害羞的表现，引得原本不想笑的队员，此时也忍俊不禁。一时间，除了仍在揣摩我的话的Honey，大家都指着Redback嘲笑起来，臊得她揪住我一块皮使出吃奶的劲拧起圈来，我痛得龇牙咧嘴，为这个灵感之语后悔不已。

就在大家笑闹时，面前的Honey突然做了个出人意料的动作。只见她转过身背对着我，伸手抓住后衣领一拉，脱掉了上身的衣服，雪白的后脊背整个展现在我面前。

"你吹我一口，让我感觉一下！"Honey接下来的话更是令我傻在了那里。

14

第八十五章　天才一家(三)

　　看着眼前雪白的肌肤,我有点傻眼,虽然知道这个女人神经比较粗线条,但没想到竟然会白痴到这种地步。背后传来的痛楚迫使我把目光从 Honey 圆润的胸线上撤开,虽然她傻傻的,但不得不承认她很有"货"。

　　"噢! 噢! 噢! 爽噢!"边上的一群损人开始叫嚣起来,一个个流着口水幸灾乐祸地看着我。还有的人竟在一旁扯着嗓子大叫着:"吹! 吹! 吹! 吹! 不吹不是男人! ……"我不用回头就能感觉到 Redback 身上的怒火,这不是给她难堪嘛!

　　"Honey! 不要闹了!"在同那群混蛋同样一阵大笑后,杰克这个当哥哥的总算站出来说话了。我心中不自觉地松了口气。

　　"怎么了? 我只是让他吹口气而已! 你知道他描述的是怎么回事吗?"Honey 仍自顾自地把光溜溜的后背凑到我面前,她身上散发的奇异的药草香气逼得我频频后仰,几乎要躺倒在 Redback 的身上了。

　　"嗯哼!"杰克用下巴向我身后点了点,示意她我的情人在身旁,她这样做是很不礼貌的行为。

　　Honey 看了看我背后的 Redback,不解地回头问她哥:"怎么了? 我知道他们是情侣,但我要和他探讨的是正经的科学问题,又不是要上她男友。"

　　"哐当"一声传来,大家扭头看去,只见天才拎着摔掉在地上的假腿,趴在桌面上肩头不断地耸动。"噢——吼!"刚刚止住调笑的其他人听到她的话,又看到天才的反应,忍不住又笑闹起来。这一回笑得更夸张,肚腹受伤的几位捂着肚子指着我,脸上笑意盎然但嘴却直抽冷气的样子引得我也不禁莞尔。

　　刚笑两声,突然想起这种状况下不是高兴的时候,我赶忙忍住将要出口的笑声,扯回脸上泛起的笑纹,深吸口气,装出一脸的无辜扭头看向 Redback,摆出一副等候上级指示的表情。可是迎上的 Redback 的表情可乐观,虽然同样也是笑容满面,眼睛眯成月牙形,但她额头上跳起的血管不消说,哪有人咬着后槽牙笑的?!

　　"没事! 你吹吧,我不介意!"Redback 的声音根本是从牙缝中挤出来的,带着柠檬味的口气像冷风一样将我的皮肤吹起一层疙瘩。

　　"不,不! Honey! ……不! 嗯……Sweet Heart! 我才不干呢,这点小事谁都能做的。"平常我都喊她 Honey 的,可是现在有了个真叫 Honey 的站在边上,这亲密的昵称也没有办法用了。我不常说亲热的话,一时间还真没想出什么好词儿来。

"叫你吹，你就吹！哪那么多的废话！"Redback 不停地用她的小刀在我屁股上扎来扎去，脸上却一副无所谓的样子。

操！伸头是一刀，缩头也是一刀，反正今天的事是不会那么容易混过关了。一只羊是放，一群羊也是放，什么时候我变得这么惧内了？想到这里我壮起胆子，欠起身在 Honey 背上吹了口气，沿着她的后脊柱向上一直吹到后脖梗，直到她浑身一抖，耳边的汗毛都立起来，我才停下动作。

我坐回椅子上，看着仍在体会的 Honey，与其他人一起相视微笑。因为一般人即使了解了那是一种什么感觉，没有经历过那些生活也没有办法完全领悟。就像你没吃过菠萝，虽然有人告诉你菠萝吃多了舌头会痛，如果你不去尝试，也永远不会理解那种感受一样。

"就这样？"Honey 穿好衣服回头像怪物一样盯着我们一群人，"就凭这个，你就看穿了我花费数百万美金研究的光学迷彩？"

"对！"

"这完全不合道理！这理论根本没有任何科学依据……这太唯心了！"Honey 气呼呼地将手里几百万美金做出来的布料扔在地上，一屁股坐到杰克身旁，趴在她哥腿上盯着我们上火。

"要知道人类才是最精密的仪器！"快慢机拾起地上的布料，掂在手里晃了晃，又在身上比了比，轻描淡写地说道。

"他的话有道理！"杰克轻拍着 Honey 的后背笑言。

"一点点而已！"Honey 虽然不满意我给出的答案，但作为生物学专业人士，她倒是可以理解发生在人身上的众多不可解释的异能。

"这东西不错的，你们为谁开发的？"屠夫被医生推出了医疗室，换其他人进去疗伤。看到快慢机手里的东西，他好奇地问道。

"美国政府！"杰克看到 Honey 仍气鼓鼓地不愿说话，便替她回答。

"如果美国政府普及这种作战服，常规战伤亡绝对可以减少一半，渗透等秘密行动的成功几率更是倍增。"Redback 虽然生气，但并不影响她作为军人对 Honey 的研究发出赞美之词。

"普及？怎么可能？"Honey 坐直身子盯着快慢机手里的布料说道，"这个研究项目五年前便已经成功，但现在仍未普及的最大原因便是……"她顿了顿，咽口吐沫接着说道，"造价过高！这么一小块布料已经花费了百万美金，每个美军士兵普及一套作战服，不计算每年的常规损耗就要上千亿美金，当然大批量生产后造价会有所下降，即使如此，把美国一年所有军费预算都打上也不够。"

"呵呵！那是当然。已经缩减到 15 万美金一辆的轻装甲悍马，美军仍不舍得大量普及，何况是百万美金一套的军装。"天才在电脑上一阵敲打后前门打开了，队长和骑士的悍马吉普正好开进来，天才指着那辆明显不是狼群内部的军车说道，"原本是好车，被他们东缩一块西省一笔，整得这东西几乎挡不住 AK47 的子弹！"

大家都知道这些，这种美国陆军制式悍马和我们用的根本是两回事，我们一辆车的造价顶得上他们的十辆，除了反坦克火炮什么也不怕。

"美国军方不愿掏这个钱，卖给我们如何？"快慢机把布料传给其他人，抬起头看向 Gibson 兄妹。

"说到点子上了！"我们大家都冒出了共同的念头，这东西虽然在运动时稍有瑕疵，但瑕不掩瑜。不说别的，单对于靠隐蔽活命的狙击手来说它便是无价之宝了，有了这东西后，我对再危险的行动也有活命的信心。

"价钱由你开！"我一副大款的样子。

"你开再高的价钱，他们也不可能卖给你们的！因为那是美国陆军的财产。"两个陌生人提着皮包跟在队长后面走了过来，说话的是其中一个穿西装的白种男子，黑发，黑眼，戴了个无框眼镜，看上去有三十多岁，他身旁是一位穿海军常服的上校，笔挺的军装服贴地突现出他强健的体格。他们站定后仍挺胸收腹，目视前方，一看就是当兵当傻了的军人。

"这位先生是？"我奇怪地问。有点不解队长为什么会把外人带到 Honey 他们家的实验室来，这会给 Honey 一家带来麻烦。

"我是克莱森·施密斯，白宫幕僚长。这位是查理·本特上校，军事情报官。"克莱森做了简单的介绍后，将手中的公文包放在面前的茶几上坐到了大家中间，而查理上校则双手扶膝地坐到了我旁边。

"白宫幕僚长？军事情报官？"这两个官衔我都听过，但不太清楚他们是负责什么工作的，便略带疑问地看向队长。

"就是出坏主意的政客和间谍头子！"Honey 在边上看到我的神色插了一句。如此直白的解释将我吓了一跳，更别说边上正掏文件的两位，气氛立时显得有些僵。

Honey 左看右看发现大家都不说话，一脸怪相地看着她便不解地摊开手："我说错什么了吗？"

"没有，你说得太对了！"克莱森掏完文件笑着看了一眼 Honey，"所以才会这么有效果！"

Honey 根本没有在意队长把这两位带到实验室，这倒让我非常奇怪。不过有这两位在，我也不好问什么。队长和骑士脸色抑郁地坐在那里没有说话，看来他们和上面的交流并没有达到预期的效果。听说队长带回来两位外人，刚给队员做完包扎的医生也端着医疗器具走了出来，给不愿离开会议的伤员处理伤口。

"我们从罗杰上校那里了解到今夜大家遭遇的……意外！"克莱森顿了顿想好词接下去说道，"我们对此深感难过和……"

"难过你妈了个×！就是你们这帮王八羔子中有人出卖我们……"Tattoo 将原本钉在另一张桌上的资料扯过来，一把摔在两人面前骂道。Tattoo 还想骂下去，被边上的快慢机拍了拍肩膀，在他指点下发现队长脸色极难看的样子才强忍下火来。

"……和同情！"克莱森虽然被 Tattoo 的话打断了，但只是停了停便接着前面的话继续说下去，只是眼睛不停地在面前的资料上扫来扫去。

"没想到你们的情报竟然如此精确，这么快就找到了罪魁祸首！"说着他掀开纸张瞅了两眼,当看到上面甚至连对方家里的保安系统都摸得一清二楚后,脸色也变得不自然起来。抬头看了一眼队长和骑士后,他把原本掏出的一叠材料推到了一边,靠在椅背上思考起来,手也不自觉地从上衣袋内掏出烟和火机,等点上了才问我们:"介意吗?"

大家都懒得理他,只有 Honey 又蹦出来叫道:"不许吸烟! 这里都是外伤病人,尼古丁会妨碍伤口愈合。"看到克莱森悻悻地将还没吸两口的烟头摁灭后她才满意地坐回她哥哥身边。

"这小妮子还真是谁都不在乎!"Redback 在我耳边轻轻说道。

"她傻的!"

克莱森沉默片刻在查理上校的耳边低语了两句,上校点了点头,他才又倾身凑到桌前说道:"原本想好的废话就不说了。既然你们已经查得很清楚了,我就把话挑明,狼群为美国政府做了不少事,以此为交换条件,政府默许了你们昨夜的行动。但行动受到了狙击,你们查到了前国家安全顾问凯尔特·华特与内务部干员尼科·舒尔等数名政府人员,在这里我可以明确地告诉你们,确实是他们串通泄秘的。但政府不批准你们对他们下手。"

"为什么?"医生凑到我身边,用剪刀挑开布结一层层地揭掉我胸腹的纱布,看了一眼原本缝合好的却又崩裂的蜿蜒伤口,他皱了皱眉头。

"因为,这些人中有人涉及到一些国家安全事务,我们已经派人对他们进行了监视,但现在仍无法从中确定具体谁才是目标。所以,你们这个时候不能动他们。"克莱森被我身上血淋淋的伤口散发的腥味熏得掏出手帕捂住鼻子才把话说完。他的样子引得大家一阵哄笑,连身旁的查理上校都不屑地瞥了他一眼。政客就是政客,虽然他们一句话就能令无数人赴汤蹈火,但他们根本不知道阵前卒所付出的血腥代价。

"失陪一下!"克莱森在看到托盘中不断堆高的从我体内挑出的铁片,脸色越来越苍白,直到医生从我胸前扯出一根连皮带肉的镙丝钉后,他实在忍不住了,捂着嘴离席顺着 Honey 指的方向,向室内跑去。

"他说的是什么意思?"我也看不下去医生在那里扒开皮肉翻来挑去的,好像我是个大垃圾筒似的,扭头向队长问道。

"Spy(间谍)!"队长只扔出一个词,大家便明白了。原来这些人中有潜伏在美国的间谍,怪不得不让我们动,我们把他干掉了,美国政府的线索就断了,造成的损失是不可估量的。

"那你来干什么?"我对边上头冒冷汗、对我不停侧目的查理上校问道。

"噢! 本来我们是要先对狼群为美国政府所做的贡献进行表扬,然后陈述你们给国家造成的损失,以此为由要求你们放弃报复行动。"查理上校听到我的问话,收回投在我伤口上的目光回答道,同时不停地在我脸上寻找什么。

"损失?"我奇怪了。一般来说,作为雇佣军会尽量避免和大国产生明显的利害关系,所以,欺软怕硬和黑吃黑是雇佣军生存的不二准则。而且,队长还是美国人,总会有念旧的感情。

"是的!"查理将面前的资料推到桌子中心,大家各自取了一份阅读起来。

"Ghoul(食尸鬼),真名:刑天,中国河南人,22岁,直系亲属,父:刑建军,母:袁媛,兄:刑风(注:现任中国兰州军区特种部队教官)。1999年加入狼群。随军参加任务:扶南剿匪,戴尔蒙都平叛,康哥拉营救,苏禄和北国反恐,安格鲁和苏丹镇压暴乱,替以色列抢回失落文物,在哥伦比亚缉毒,在南联盟……"查理上校如数家珍般地将我所参加的任务一一背出,"私人执行的任务:暗杀东坞军阀李及保镖47人,为北国黑帮抢地盘杀63人,暗杀英国人科克·威尔士、杰魁宁·威森、艾伯特·克拉克等12人……"说到这里,他颇有深意地看了一眼边上的Redback说道,"……在英国保护证人组的眼皮下,袭击中国籍男子刘强、买买提·赛拉姆、白辛等人的车队,杀死17人。狙杀印度克什米尔地区边防兵9人,巴基斯坦6人……"

他说完我的事,又将其他在场的人一个不漏地点了名,不为他手里掌握的情报,光冲他超强的记忆力,我就十分吃惊。他所说的前面的事,我还不算意外,因为那些事情都是明火执仗干的。在苏丹和安哥拉镇压暴乱的时候,还因为错杀万国联盟维和部队士兵上过报纸,虽然报纸上没有指名点姓说是狼群干的,但明眼人一看就知道是我们。可是他后来提到的暗杀英国人等暗杀行动,都是受私人之托干的,队里面人知道的都不多,美国政府是怎么知道的?!虽然他们掌握的只是我们一少部分的行动,但仍够叫人心惊肉跳。

我和刺客等常出私活儿的几位对视了一眼,心里都知道泄密的人肯定出自泰勒夫人那里,因为在她那儿接的差事,查理的资料中没一项漏掉的。泰勒夫人靠得住,但她手下的人就不一定了……

"这和美国有什么关系?"我们暗杀人除了照片和日常行程,其他一概不问,至于对方是谁的人,更不愿去了解。

"你们在南非干掉的偷猎者和象牙走私者,是美国情报收集人员,在地中海被炸沉的捕鱼船上坐的全是美国军人,艾伯特·克拉克是美国派在英国的王牌间谍……"查理举出几项无关紧要的小秘密,示意我们在何处无意中损害了美国的利益。

说到这里,那位跑去吐的克莱森幕僚长面带水珠地走了回来,听到查理上校的话向我们大家说道:"本来美国政府没有必要向你们解释的,但是狼群中大多是美国培养出来的精兵,雇佣你们可以为政府省却不少麻烦,以后我们仍有合作的可能,所以,政府不希望损失掉如此称手的武器。"

开始威逼了!如果狼群真的有他说的那么容易摆平,美国政府也就没有必要派他堂堂幕僚长来当说客了。狼群中虽然有一半是美国人,可是仍有一半不买账的外国人,就算队长应了你们,我们这些外国人不乐意,过两天私下回美国一趟,凭我们的身手,杀谁不行?!我看着面前这个戴眼镜的白痴都懒得理他,倒是他把我们的底细摸得一清二楚让我很伤脑筋,这摆明了是告诉我们:跑得了和尚跑不了庙!这时候我开始羡慕屠夫这种一个人吃饱全家不饿的家伙。

好汉不吃眼前亏！能在狼群里活到现在的，没有当兵当傻了的木头。就连最恼怒的 Tattoo 看到美国政府如此重视这件事，也愤愤地坐到沙发上不吭声了。

"虽然我们已经消灭了大部分向狼群挑衅的目标，但既然这些家伙有胆子动我们，不管美国政府怎么说，不杀光他们我就不放心！"看到大家都默认了克莱森的话，我只好说出自己的担心，"还有，调换我们武器的事，你们怎么说？"

"什么调换武器？"克莱森一头雾水的样子，使我打住了继续问下去的念头。既然他不知道，说出来还不一定招来什么麻烦。

"我想任何消息灵通的人，知道昨晚死在你们手里的人数后，都不会再有招惹你们的念头的。"查理上校挑动淡黄色的眉毛笑了笑。

"好了！既然大家都达成了共识，两位就请回吧！"队长看到大家不再言语，便站起身做出了送客的手势。

克莱森看到这次前来的目的达到了，很高兴地站起身便要离去，不过在收拾东西的时候，有意无意地看着 Honey 说了句："希望大家都能保守秘密，不然会付出代价的。"

"不就是光迷彩吗？有什么了不起，姑奶奶我有更好的东西，就要卖给他们。有本事你咬我！"Honey 对着克莱森的背影比了比中指，一脸老娘有的是好货的表情。

"到底是什么东西能让你如此夸口，真是好奇死了！"医生将我身上原本没有除净的铁片全部挑出后，虽然痛得我连站起来的力气都没有了，但没有了异物埋入身体的难受感觉和功能妨碍，心情不免大好。

"为什么要给你看？"Honey 拿过桌上我的资料，看了看又扔回桌上，"没想到你是中国人，还以为你是日本人！"

"为什么他妈的是个陌生人就把我认成日本人？美国很常见这么高大的日本人吗？"虽然日本实行"每天一杯牛奶"的强民计划多年，而且有资料显示日本城市男子的身高已经追上中国，但长到 185 公分的日本人仍是少之又少的，连日本国家篮球队的身高都低得可怜。

"中国人和日本人看起来都差不多！"Honey 不以为然地道。

"巴勒斯坦人就比以色列人多个鼻子吗？"我反唇相讥。

"巴勒斯坦与以色列是两个不同的民族和国家。"Honey 听我提到巴勒斯坦这个想把以色列人赶尽杀绝的"国家"，马上庄重起来。

"中国和日本也一样！"我的话说完，便看到天才在对着一个录音机笑，不禁问了一句，"天才，你笑什么？"

他拿着录音机走过来说道："刚才我用窃听器想把那两位的话都录下来，结果录到了这个……"

"录到什么？"屠夫也奇怪地问道。

天才按下播放钮，录音机开始工作，可是等了半天，除了几声微弱的静电声外什么也没有。我们大家都以为又是天才在耍宝。

"这是什么？"屠夫把手里的酒瓶递给我，一脸被耍后的恼怒表情。

"什么也没有！"天才关掉录音机说道，"窃听器的无线电信号被拦截或干扰了，只有几米远却没有发送过来。整个屋子里所有的无线电设备都失效了。"

"全频段干扰器有什么奇怪的吗？"做军人的谁都知道这是打信息战最重要的一件东西。

"你们看到他们背什么东西了吗？"天才说到了重点，特工使用的小型干扰器没有这么大的功率，如此大功率的电子设备是很不容易隐匿的。

"也许是他们在外面用移动式电子车对这里进行干扰。"我喝了口酒说道。

"磁场监视器显示，就是他们身上的东西！"天才摇摇头。

"都别猜了！想要你就说，干什么还装模作样！"Honey从口袋里掏出一个和我们用的一样的铱星手机扔到桌上。

"这么大的很常见嘛！"我看了一眼桌上巴掌大的机器说道。

"谁说是手机了？"天才很识货地拿过来，揭开后盖取出电池要过我的手机装上，然后扔还给我说道，"是电池！笨！范围和频段可调，以后偷袭建筑物时，切断对方联络也用不着专门让DJ背着偌大的机器对目标进行干扰了。任何人都可以操控，这是我让杰克专门为我们做的。"

"那还怎么打电话呀？"

"把自己电话的频段给空出来不就得了！"天才接过杰克从里面抱来的小纸盒，从中取出几块扔给大家。

"从人群中一过，所有人的手机全失效，不引人注意也难！"快慢机接过看了看，没兴趣地扔到了一旁，倒是Redback颇为喜欢地向天才要了一块。我也不知道她高兴什么。

"天才，你订的一些东西，按你给的资料我已经做出来了。要看吗？"杰克话不多，总喜欢坐在那里对着大家笑，也是个怪人。

大家都怀着猎奇的心情，跟着天才和杰克走进了仓库的地下室，这里是更现代的研究室和试验场。各种各样的新奇玩意儿，看得大家眼花缭乱。怪不得老妈从小就告诉我，长大要当科学家，当了科学家要什么有什么。虽然不清楚她老人家指的是钱还是别的，但现在看来，科学家确实是想造什么就有什么。

其实，这里的东西大多是美国政府的科研成果，光看这些先进设备，让人觉得美国军人穿上这些，各个都成了机械战警了。可是，现役的装备中却从没有见过它们，看来解决造价是一个令美国军方头痛的问题。

"OK！是这里了！"杰克推开门，带大家走进一个试射场，"你告诉我要来美国看货，我便做好了准备。"

面前的桌面上摆着几样东西，和外面那些高科技装备相比，简直不可同日而语，一挺M134 Minigun转轮机枪，几把各式枪械和几盒颜色各异的子弹，几套瞄准器、夜视装备和数套军装，两个字便可以概括所有人看到这些东西的感觉——寒酸！

"先介绍我的最爱！"杰克拍了拍那挺M134六管机枪说道，"这是天才让我给你的悍马车设计的主武器。"

"7.62 毫米是不是太小了？"公子哥抱着膀子充满怀疑地盯着这挺机枪说道。因为我们现在使用的是 14 毫米的重炮，但我们仍对它的火力不满意，在遇到路障时仍需要全自动榴弹炮辅助才能过关，而且个头太大，没有办法加装掩护设备。M134 虽然个头够小，射速也够快，可是威力实在是小，对掩体后的枪手根本没有任何作用。

"我不是介绍枪，是子弹！"杰克架好枪对准不远处临时用速干水泥垒的一堵矮墙一阵扫射，虽然打得石屑乱飞，但墙体仍无大碍，大家都露出意料之中的表情等着看好戏。

接着杰克从边上另外一个弹箱内拉出一条弹带装上，对准矮墙只轻开了几枪，对面的矮墙便如同被火箭弹击中一样轰然炸响，硝烟过后，墙体已然不见了。

原本大家都想到了他的设计一定是高爆弹，不然不可能提高到足够的杀伤力，可是谁也没想到这子弹威力这么大，比得上 20 毫米口径高射机枪的威力了。大家立刻明白这东西的好处了，7.62 毫米口径的子弹只有手指长短，可是 20 毫米口径的子弹快有手臂粗细了。悍马是轻型快速机动车辆，装弹空间本来就小，再坐上五六个全副武装的士兵，空间就更显狭小了。有了这东西后，在威力加大的情况下还倍增了装弹量，而且个头缩小一半，能安装射手堡垒，减少受伤机会，确实完美！

杰克看到我们脸上的表情笑了笑，伸手在桌上一按，对面那堵墙后面吊着的一块铁板沿着层顶的导轨滑到大家面前，我们仔细一看，发现平展的钢块上多了数个凹坑。原来这子弹是按照反坦克用的多程复合子弹设计的，高爆层里面仍有穿甲弹芯来杀伤掩体后的目标。

"考虑到射程，我也有设计更大口径的备用，如果你们对这种设计不满意的话。"杰克话不由心地说道。他根本就没有把更大口径的设计摆到试射场来，摆明了就是对自己的设计充满信心。

"不用了，这个我们很满意！我们对两公里外的目标没有兴趣！"队长笑道。其实 M134 的射程对于杀伤有生目标已经完全够用了，超出有效射程的目标用枪打还不如用坦克轰。

"当然，那种设计我们也会准备几套，供不时之需！"Honey 拿着一个凯夫拉头盔走过来，将一个瞄镜装在机枪上，从头盔沿里卸下一个护目镜递给队长。队长戴上后满意地点点头，然后传给其他人试戴。传到我的时候，从他们交流试用感受的对话中，我已经知道这是个全息瞄准具，戴上后发现一只镜片中间多了一个准星，如果摇动枪管，准星会在镜片上跑来跑去，如果你发现敌人调转枪口，当枪口和你的视线处于同一视界时，准星就会出现在镜片上，辅助你校正弹道。如果你看向其他方向，准星便会消失在镜片中，使用设定还能在镜片上方设置一个小窗口，显示枪口指着的方向的画面。

"这个东西是你们现在使用的瞄准具的改进型，也能接到狙击枪和轻武器上。"Honey 将瞄准具装在其他枪械上递给我们。我觉得这个功能更适合 AUG 等无托枪使用,除了能加快遭遇突发状况的反应速度,还可以不用抵肩瞄准,避免由于抛弹口靠近脸引起的声音振耳、硝烟熏眼等弊病。也许中国应该搞一套来用,因为中国新一代武器全是无托结构的。

新型的防弹服除了防弹外又添了除臭和防毒气功能,也有变色功能,但效果和外面那块布的效果相差得比较大,只能将服装的色调自动调节到接近周围环境的色调。不过,即使这样我们也已经很满意了。

还有新为我和快慢机设计的狙击弹和野外伪装衣,奇怪的是,这东西的变色功能竟然比外面那块破布看上去还有效,看上去就和真的草叶一样。我和快慢机都奇怪极了,不由问起。

"这东西原本是淘汰的方案,它不是光学变色系统,是生物变色系统!"Honey说完这句话就看到我和快慢机的脸色变得很难看,赶忙补充道:"不是说这草有生命,而是上面有一种变色菌类,120℃到零下40℃的常规环境下都能正常生存,所以能变色……"

"效果如此好,为什么会被淘汰?"我们两个知道难听的肯定放在后面。

"因为这种菌类能在体表生存,同时会引起肌体病变。"Honey用了个比较文明的词。不过我们大家还是听明白她的意思了。

"你是说这衣服穿时间长了,会浑身长毛? 那不成了绿毛龟了!"我大叫起来。而其他人则冲着我和快慢机大笑起来。

第八十六章　凋谢的雏菊（一）

在众人的注视下，快慢机穿上了那件被称为"军用生物科学新突破"的伪装衣。虽然那些伪装网和伪装叶上长满的数以万计的奇怪菌类让我恶心，可是看到快慢机的身形慢慢地同化在墙体中，我不得不承认这东西确实神奇且有效。

看着 Honey 递过来的药瓶，我无奈地看了一眼快慢机。要知道"是药三分毒"，很明显这东西绝对是有弊端的，不然研究项目也不会被搁置到现在。用这东西绝对是拿自己的生命做试验，可是在战场上狙击手可以说是队友心中最后的安全底线。有我们在黑暗中给敌人以重创和心理压制，对战局的影响是不可估量的，而这一切的前提是我还有命在。

衡量两者的轻重，最后我伸出手接过了药瓶，玻璃触手的冰凉触觉就像我的决心。握紧手里的玻璃瓶，我感觉背上被人拍了一下，回头看是队长正赞赏地看着我，其他人也眼含微笑对我频频点头，他们能理解我们做出的牺牲，这对我来说已经足够了。

正当大家沉浸在理解万岁的气氛中时，边上的屠夫坐在轮椅上伸长脖子看了一眼我手里的药瓶，坏坏地说了句："希望这东西不会影响性功能！刑天，你为什么不扔了这东西？但我还真想看看你长满绿毛的样子。"

"Redback，甩了这小子跟我吧！你不会想和一个长满绿毛的家伙睡在一张床上吧？"

"对呀！刑天，那时候你就不叫食尸鬼，可以改叫龟公了！"温馨只存了刹那，这群混蛋很快便恢复了常性，一个个指着我和快慢机调侃起来。

"是吗？那我今天晚上给你留着门，有种你就过来！"Redback 咬着下唇走到说话的天才面前，脸贴脸暧昧地用手指从他的额头划下直到嘴唇，在他下巴位置画了个圈后放进嘴里吮吸道。

就在天才被她挑逗得神魂颠倒之时，冷不防 Redback 张开嘴对准他的鼻子咬了下去，两排银牙在他眼前"嘎嘣"一声咬合在一起。虽然没有咬到，但却把他吓得不轻，他本能地猛然仰头想躲避 Redback 的袭击，后脑却重重地磕在了墙上，痛得他抱着脑袋龇牙咧嘴地直叫唤。原来就在他沉迷于 Redback 那勾魂的秋水之时，已经被她引到了墙边，这一仰头还不磕个正着？Redback 还算有良心，没有挑个有铁钉的墙角算是不错的了！

24

看着 Redback 得意地走回我身边，我只有无奈地扫一眼被大伙围在中间笑话的天才。想调戏别人却出了自己的洋相，真是得不偿失，调戏 Redback 前也不想想，她是这么好相与的人吗？

由于身上受伤失了点血，加上喝的那半瓶酒，弄得我有点瞌睡，对于 Honey 下面介绍的各种注定与我无缘的反坦克火箭筒等武器怎么也提不起兴趣。可是看 Gibson 两兄妹兴高采烈地向大家介绍自己的"作品"又不好意思离去，只好踱到屠夫身边，屁股一沉坐到他的轮椅扶手上，单手支着脑袋等着眼前的展销会结束。可是没想到杰克拿出的几样小玩意儿连 Redback 都被吸引过去了，正在介绍的那个新型的"水肺"，只有口罩那么大，据说不用氧气瓶可以在水下两百米自由呼吸。其实，这东西在 1964 年冷战未结束时就已经研究出来了，一种是美国人研究出来的，是用硅酮橡胶制成的，号称"人工鳃"，这种硅酮橡胶薄膜极薄，水通不过，而溶解在水中的氧却能安然通过。但它的渗透能力有限，当时很难满足人类在水下呼吸的需要。不过听说美国科技研究院后来突破了这一极限，制造出了实用的人工鳃，美国的"海狗"退役队员曾自称用过这东西。

然而看眼前介绍的东东，更像是前苏联生化学家开发的第二代产品——改用饱含血红素的海绵做成的"人工鳃"。原理是当海水通过时血红素能将水中的氧气吸收，然后再借助真空技术或施加微电流，将氧气提取出来，猎鹰和勇武者都曾用过。这种东西虽然神奇方便，但能制出的氧气有限，潜行还可以，但无法提供在水中搏斗所需要的巨大氧气量和换气速度，所以像美国海豹突击队这样出名的部队，仍宁可使用老式自循环供氧系统，也不愿正打着架喘不上来气。看大家兴趣盎然的样子，估计我是有的等了。

正坐着无聊之际，突然背后有人拽我的发辫，回头一看是鲨鱼。

"干嘛？"看他一副偷偷摸摸的样子，我也不敢大声说话。

"忙了一夜加一上午了！"他指了指手表说道，"我的货到了，和我一起去取吧！"

我看了一眼他手上的防水表，已经是中午十二点多了，大家已经忙了一天一夜了，竟然不记得吃饭，还有这么大的劲头听两个神经病在那里唠叨，真是神奇！不过对于鲨鱼要取的"货"，我是心知肚明的，不就是达·芬奇的那颗脑袋吗？虽然我杀人，但我不喜欢抱着颗死人头乱转，多丧气呀！

"你不会自己去？队长的车子就在外面。"我奇怪他为什么要叫上我。

"这不废话嘛！我要是自己能去，还叫你干嘛？"鲨鱼指了一下腿，我才注意到他小腿上缠着绷带。想来是冲进停车场接应我和屠夫时受的伤，既然这伤是因我而受，我也有责任帮这个忙。想到这里我便起身披上外衣，试着活动一下腰部，虽然伤口众多，但都是小口子，痛是痛，并不影响活动。

"那走吧！"我拍了一下屠夫腿上的伤口，在他巴掌落在我屁股上之前，跳离了危险半径，气得他脸上的刀疤发红。

临出门前，队长没有回头，只说了句："走路带眼！虽然刚才那两个家伙保证这个保证那个，但现在仍是危险时段，不要大意！"

"是，爷爷！"我们两个举起右手，竖着中间的三个手指，顽皮地向队长的背影行了个童子军礼。

"有事给我打电话！不许去鬼混，晚上我要检查。"Redback现在也弄不清是神之刺客的负责人，还是狼群的职业佣兵，天天跟着我跑，神父也不管管她，现在弄得快成了我的管家婆了，我不禁在心里问候了一下天上那位纯洁的母亲。

我垂头丧气地跟着鲨鱼走出了这个私人仓库。外面的阳光灿烂，九月的美国天气还算暖和，我拉好棒球衫掩住腰上的绷带，坐进队长停在门外的道奇公羊，在鲨鱼的指引下驶向了承运货物的汽运公司。

因为我和鲨鱼都对纽约的路况不熟，两个人靠车载GPRS系统那劣质的电子地图，在483平方公里的"大苹果"里绕起了圈子。加上是正中午车流高峰期，可算让我见识到了数公里长的堵车是什么概念。

身旁的出租车司机显然已习惯了这种情况，互相亲切地打着招呼，聊着上午发生的新鲜事，只有乘客满头冒汗地看着计价器上疯狂跳动的数字。最后我们两个都丧失了耐心，干脆把车子停到了路边小巷内，然后钻进百老汇大街和唐人街交叉口附近的一家中餐厅内。

一天没吃东西了，闻到空气中弥漫的肉香，连原本急躁难耐的鲨鱼也不由抛开念头，捧着菜谱全神贯注地在饭厅内各桌面上搜瞄起来，样子好像在找落在饭店里的钱包一样，引来众食客奇怪的目光。

看到他猥琐的样子，我忍不住偷笑出声。狼群在我的带领下都迷上了中国菜，可是他们对中国千奇百怪的菜名还是记不住。以前都是我给他们叫菜，可是自从被我用青龙卧雪和蚂蚁上树戏弄过后，这群人便再也不信任我了，现在养成的习惯是，如果菜谱上没图片，他们便在其他人桌上找目标。

"我要那个！"鲨鱼指着一个年轻人桌上的红烧肘子叫道。估计他是觉得那里面肯定是肉，而且这么香一定好吃。叫完便乐滋滋地看着我，仿佛自己干了什么了不得的大事一样。边上的服务员等了一会儿，见他不再叫菜，便奇怪地问道："先生，不再要点什么了吗？"

"对！就要那个！"鲨鱼很肯定地点了点头，认真的态度把服务员下面的话给憋回了肚子。服务员只是奇怪地看了一眼鲨鱼，然后扭头咨询我想要什么。我看了一眼菜单，没想到小小的饭店会做的菜还不少，便点了一份金丝官燕、火腿炖鲍翅、龙虾刺身和海宝。

鲨鱼看到服务员临走时欲言又止的样子，起了疑心问道："我叫的菜不好吃吗？"
"好吃！"我一本正经地回答道，其实肚子里已经笑开锅了，他点的是带把肘子，那么大一个，又是极油腻的菜，连配菜都没叫，厨师手艺再好也要腻死他。

看鲨鱼从开始大口称赞到后来食不下咽，抢我叫的菜，这顿饭吃得开心极了！

让过了车流高峰期，付了20美元的小费向饭馆内的服务生打听好路线后，我们才在一条布满涂鸦的黑巷尽头找到了那家承运公司。百米不到的小巷，我们竟然碰上了四拨抢劫的，都是些挥舞着跳刀的飞车党，撵走一批又跳出来一伙，最后逼得我们两个把枪抽出来亮在手上，才镇住了仍在探头跃跃欲试的小朋克。

"谁给你介绍的托运公司？"

"巴克兄弟！"

"想来也是！"只有巴克两兄弟才对纽约这些下九流熟得流油。

取货很顺利地在一群快三百斤重的壮汉的"关注"下完成了，饼干桶大的一个箱子要了我们三万美金，就算运的全是可卡因也没有运费贵。不过谁让人家是吃的这口饭呢？什么都敢给你运，只要你出得起价钱！

当鲨鱼"验货"时，边上的几位壮汉脸上马上就没有了刚才的彪悍，尤其是刚才将箱子夹在腋下带出来的家伙，脸都白了。当鲨鱼满意地将装满福尔马林液体的瓶子装进背袋后，负责人马上"热情"地将我们"送"出了门外，然后"砰"地一声摔上了铁门，紧接着是一阵急促的跑动声向着洗手间方向而去。

"他们没有运过这种东西吗？"我问。

"看起来是的！"鲨鱼答。

"我以为纽约黑帮什么都干的！"

"那北野武的片子就不会有那么好的市场了！"鲨鱼做了个切腹的手势，又做了砍头的动作后和我一起大笑起来。看来传闻有误啊！

"现在去哪儿？"我用枪顶着两个小混混的脑袋逼着他们重新把刚卸下来的轮胎给装上，对着正在检查其他部件有没有缺损的鲨鱼问道。

"风暴住的医院！"我明知道是这个答案。

风暴自从在日本受伤后，便连夜被专机送到了美国，现在住在林氏的一家疗养院中，如果估计不错，那应该是华青帮的产业。我们行动前除了鲨鱼曾去看望过他，想来鲨鱼是因为达·芬奇的人头不在手中，没有实现对风暴的承诺而不愿见他。怪不得鲨鱼要叫人陪他来取货，他还不知道疗养院在哪儿呢。

车子驶上路后，兜里的手机不停地叫了起来，接通后队长的声音传来，又是一番关切的叮嘱，要我们一定注意安全。直到我们发誓说我们检查了身前车后，并没有发现任何跟踪车辆和可疑人物，并通报下一步目的地后才收线。

"他快成我爸了！不，我爸都没有管我这么严！"我无奈地摇了摇头，把手机装回口袋。

"有人关心的时候好好享受吧！等关心你的人去了，你捧着黄金跪在街头也换不来一句真心的问候。"鲨鱼不知想起了什么，搂紧怀里的人头，不知道的人还以为他抱的是什么稀世珍宝呢！

"也是，有道理！"我突然想起了远在黄河之畔的父母，心中一不痛快，脚下不由加力，车子像吃了火药似的冲上了高速。当时速表的指针打到"180"这一血红的阿拉伯数字时，边上一直不动声色的鲨鱼从牙缝里挤出一句话："到底了！再踩指针就打断了！"

这时候我才发现自己的车速有多快。说来也好笑，我本来学会开车就比较晚，通常心里总觉得开快车是极危险的，通常我开车总是不温不火的，因此常被 Redback 和恶魔这几个飞车族取笑为"骑兵"——骑牛的兵。

不过，现在看来开快车确实能带给人超强的快感，是惊心动魄的刺激，身家悬于一线的危机，征服极限的满足和能人所不能的自豪。怪不得 Redback 甚至屠夫他们都如此迷恋飞车，这种运动带来的感觉类似冲上敌人阵地的那一瞬——在死亡与荣誉间走钢丝。

车子在我郁闷的心情没有完全舒解时，无奈地冲下了高速公路，减速驶进了纽约近郊的一所疗养院。

从远处看，这所疗养院的位置确实得天独厚，与热闹的城区一街之隔，却幽然独立于喧闹之外，大片的草坪和落叶林围住了它的三面，珍珠白的房舍在满目的绿色中显得格外安详而圣洁。怪不得它取名叫"该亚的珍珠"！

刚拐进疗养院门口的岔路，打横突然冲出一辆复古的福特雷鸟抢进我的车道，一个漂亮的甩尾将车子挤进了路边最后一个停车位上，从车上下来一个十六七岁、染着满头红发的男孩和一个亚裔美女，只见红发男孩对着我被迫停在路中间的皮卡挑挑眼皮在女伴耳边低语了两句，引得女孩格格地轻笑不止。他抢了我们的停车位不算，还扭过头对我们指了指整齐地停靠在路边的车队，假装遗憾地卖弄了一下同情心，然后潇洒地对女伴做了个女士先请的手势，得意洋洋地准备离去。

如果是平常，照我的性子也就忍了，可是今天身上挂彩本来就不是很爽的事，再加上刚才没发泄完的狂劲，让我忍不住跳下了车，走到那辆今年新产的雷鸟 Sports 概念跑车前停住了脚。那个青年看我走到他的爱车前，害怕我划花他的车，又搂着女伴走了回来，隔着老远就叫了起来。

"嘿！老头儿，看什么看？划花了你可赔不起！"少年停在我和鲨鱼两步外嚼着口香糖看着我，就像看着瓶过期的花生酱一样。

我伸长脖子看了一眼停车位边上常青树花坛后的斜坡，确定下面没有人后，扭过头对小伙子问了句："2001 年新款，刚买的？"

"当然！刚下线的第一辆！"不少男人除了爱女人就是爱车，也许有的更爱车一些。看这小子的自豪样就知道他有多么以拥有这辆车为荣。

"希望你在带女友出来兜风之前，没忘了上保险！"说完我和鲨鱼伸手抠住车底盘，轻易地把这辆轻得像铁皮糊成的跑车当着他的面掀了个跟头，车子打个翻身顺着花坛另一侧滚下了斜坡，重重地摔在了水泥地面上。玻璃碎裂和钢板变形的爆响充分满足了人心中的破坏欲。看着精美的跑车瞬间摔成了废铁，我突然发觉今儿的天气还是挺好的。

当着两个呆若木鸡的小朋友的面，我把车子停进了腾出来的停车位。甩上车门经过两人身边的时候，鲨鱼仍不忘调侃地丢给红发小子一句："它现在看起来只有五成新了！"

我并没有笑，因为欺负弱者虽然快意，但没有成就感。

走进风暴的房间正好碰到一名护士端着托盘从房内出来，透过仍未闭合的门缝我们听到了队长和骑士的声音，看来他们两个又马不停蹄地跑到了这里。

　　和门口负责保安的狼群外围成员打了招呼，推门走进去便看到队长、骑士和天才陪着 Honey 的父亲和哥哥正在和风暴谈话。看到我们进来，Honey 的父亲和我们打过招呼后便继续指着风暴的 CT 图片，给风暴分析他的病情，看来他过来是给风暴看病的，因为他是医学和生物学界的权威。

　　从讲解中可以听出，他对于风暴的伤势也是无可奈何，脊柱可是人体的第二大脑，它损坏了可不像接骨头一样，对上便可以再用。虽然他举了不少数据和成功病例来给风暴打气，但仍能从中感觉到康复的希望并不大。边上的鲨鱼抱着人头看着风暴脸上强装的释然，有点听不下去，重重地哼了一声，打断了他们的谈话，弄得 Gibson 先生挺尴尬的。两人又安慰风暴两句便被天才送了出去。

　　不一会儿，门一开，快慢机和刺客从外面走了进来，加上送客回来的天才，虽然贵宾病房挺大，但一时间仍是人满为患。

　　鲨鱼当着大家的面从包里掏出了那颗装在瓶子里的人头，连同风暴的 Benchmade Nimravus(猎虎)军刀一起捧到了风暴的面前，嘴里不停地念着："我做到了！看，我做到了！……"在风暴颤巍巍地接过去后，鲨鱼如同虚脱似的一屁股跌坐在身旁的椅子上。实现承诺放下负担后的鲨鱼，脸上露出了发自内心的轻松。

　　而风暴则捧着人头不知所措起来，想来受伤后虽然痛苦，但心中始终有个模糊的人影作为目标给予他仇恨的力量。现在人影清晰、目标消失了，支持他的仇恨也随着人头接过的真实触感而融化殆尽。他茫然了！就像所有人一样……

　　"安东尼奥！"鲨鱼靠在椅背上轻喊着风暴的名字，面带疲惫地从上衣口袋摸出一张照片说道，"我昨天向家乡的邻居要了一张我们老屋子的传真照片。你看！样子并没有什么大的变化，那棵老梧桐树下的秋千仍在，也许你回去后仍可以坐在上面抽古巴雪茄喝红酒，还能闻到身后月季和杜鹃的花香。就像我们小时候想像的那样，这样的生活也许不算太坏。不是吗？"

　　"是啊，不算太坏！"风暴仍捧着那个瓶子发呆，听到鲨鱼的话只是木然地重复着。

　　一个撕虎裂豹的大汉，竟然在一夜之间变成如此模样，我实在看不下去，默默地退了出来，跟我一起出来的还有除鲨鱼以外的所有人。没有人愿意看到战士行尸走肉般活着，因为那也可能就是我们的明天。门轻轻地合上了，最后传来的是鲨鱼的轻叹："已经九月了，最耐寒的雏菊想必也凋谢了！"

　　那声音如同从幻境中传来般不真切，透过门上的防弹玻璃，我仍能清楚地看到鲨鱼脸上梦幻般的神采。他的灵魂似乎已经脱离身体穿越时空飞回了遥远的意大利，飞到了窗前那丛紫丁香前，透过窗口窥视着往昔的美好。

　　如同是节日里的烟火，巨大的声响和灿烂的火花出现在我的眼前，破墙而出的冲击波带着灼人的烈焰将站在门两侧的人全都掀翻在地，50 毫米厚坚如钢铁的防弹玻璃被炸得粉碎，仅凭夹层里面的强力胶膜丝将绝大部分玻璃碎片粘连成蛛网状，平直门体被气浪冲成了凸起的球体。外侧边缘刚好击打在正对着门的我的胸口，巨大的力道如同飞驰而来的汽车，将我砸在背后的墙面上又弹回到地上。

还没弄明白是怎么回事，门框失去墙体做支撑摇晃了几下后，重重地砸在了我的背上。还好，爆炸将原本硬如石板的玻璃门体炸成了支离破碎的网状，整扇门不是砸在身上，而是把我扣在了玻璃网内。

　　等我忙乱地摸索了半天，无意中旋动门把手打开了扣在身上的"牢笼"后才发现，其他人已经都爬起来了，正围在破损的大门口，面无血色地向风暴所在的医疗室内张望。

　　等我想起刚才的情形，才突然意识到，刚才是场爆炸，而且是发生在刚离开的VIP病房内。我发疯般扒开面前的人群，向里面看去。

　　什么也没有！房间内所有物件都消失了，只剩下涂满血肉的四块巨大铁板从炸落的水泥墙体中裸露出来。

　　弥漫着血腥和石灰的空气中夹杂着一股奇怪的杏仁味，大家还来不及为鲨鱼和风暴的悲惨死去伤心，大脑已经本能地分辨出，这种独特气味是C4塑料炸药特有的味道，而这种炸药是——军用的！

30

第八十七章　凋谢的雏菊(二)

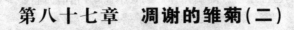

　　手里肉块的温热感觉告诉我们,它十秒前属于我朋友鲨鱼或……风暴!可是现在我们不但分不清它的归属,甚至找不到合适的容器来盛装。捧着手里冒着热气的脸皮,一股热气从脸颊冲入眼眶,我跪在地上不自觉地泪流满面。

　　如果现在上帝站在我面前,我一定用刀子架着他的脖子威胁着让他放鲨鱼和风暴回来,可是这个从没人见过的高高在上的主宰没有向我们显示他全能的神迹。所以,我们只能靠自己用手把"鲨鱼"和"风暴"一块块从墙上揭下来。握着滑腻的人体组织,我知道自己这时候应该感到伤心的,可是除了透骨的冰凉,我心中没有任何感觉。

　　"我分不清哪块是鲨鱼的,哪块是风暴的!怎么办?怎么办?"哭声从背后传来,我回头看到天才坐在地上,抱着一大截肢体痛哭流涕。他的裤腿冒着青烟,金属假腿已经不知被炸飞到什么地方,看样子是爬进屋内的,地上的肠子肉沫沾了他一脸。事发突然,队长和其他人也都对着满屋子的狼藉傻了眼。呆站在屋内过了好半天,大家被爆炸震得发晕的脑子才灵光起来。

　　这他妈的是怎么回事!哪个王八蛋暗算我们?下这么黑的手,连瘫痪的伤员都不放过。风暴已经高位截瘫,根本造不成任何威胁,他的人生已经完了,竟然还有人要打落水狗。想杀我们可以在任何地方下手,为什么非要在他的身上下套子!

　　屋外急促的脚步声一波波赶来,伴随的是潮水般的尖叫和呕吐声。即使是身经百战的我们也很少面对如此血腥的场面,何况是普通人。闻声赶来的医院保安围成人墙隔离了仍在向这里涌来的人群,有几个好奇的保安伸头向屋内瞅了一眼,便立即吓得脸色苍白,再也不敢回头了。

　　"怎么回事?我们刚走到路口便听到这里的爆炸声……啊!上帝呀!……"Gibson和杰克的声音从房门口传来,话没说完便变成了祈祷声。

　　终于,我在墙角花盆的碎屑下找到了鲨鱼的半拉脑袋,门关上前那抹凄凉的遗憾仍挂在脸上。具有讽刺意味的是,达·芬奇的炸烂的脑袋也散落在这里,就在离鲨鱼脸前一尺处,睁大眼睛正对着他,烧焦的脸皮揪起嘴角呈现出令人毛骨悚然的微笑状。

　　"像C4!"Gibson先生从惊慌中缓过神后,抽动鼻子从血腥中辨别出那股杏仁味。

"像！但不完全！确切地说应该是C4S，从墙体的毁损状况可以看出，爆速应该到了9000m/s以上，如果不是这房间是特制的防弹型，半栋楼的人都要飞上天。普通C4达不到如此高的爆速，这是特工专用型，军方科技院刚开发的新东西，一般军人搞不到这种东西。要搞掉你们的人不简单，相信你们要寻找的范围缩小不少。"杰克是化学专家，看了看现场便得出了结果。

没有人回话，大家都沉默着。我们轻信了政府官僚的保证，为了调查的保密性，看起来他们并没有警告过任何人，甚至连暗示都没有。发生这样的惨剧我们怨不得他人。

信任是把刀，如果你把它给了别人，别人便可以用它来伤害你！

杰克蹲在天才身边查看他的状况，天才从没有和我们出过任务，也没有多少作战经验，猛然碰到这种事，受到惊吓有点神志恍惚，正抱着半截尸身坐在那里发傻。

刺客看到杰克摆弄天才半天也没有唤回他的注意力，便走过去扒开杰克，照着天才的脸就是一巴掌，响亮的掌声在寂静的房间内格外刺耳。天才的脸立刻便肿起多高，不过这一招也格外有效，他的注意力立刻被痛觉唤醒，慌忙扔掉了手里的肉块，在杰克的搀扶下站了起来。

"50毫米厚的钢化夹层防弹玻璃，抵挡得了40毫米火箭筒和12.7毫米直升炮的轰击。来者很清楚从外面无法攻击，从而选择在里面下手。这家伙很清楚屋子的构造！"快慢机站在炸得支离破碎的窗口前向外看了看说道。只有他从头到尾都很冷静，冷静得像北极冰层中的岩石。

"绝对不是我的人干的！"林子强脸色难看地从外面走了进来，后面跟着小猫和美女，他和他的四个孩子就住在疗养院后面的秘密别墅中。

"没有人说是你的人干的！"刺客在查看周围的废墟，不时地从地上拾起些东西观察然后丢掉，最后找到一个细小的部件捏在手里走了过来，"无线电雷管！远程遥控起爆，做工精细。"

"这个房间是在疗养院建好后进行改建时建成防弹室的，原设计图上都没有标注。我们内部除了老爷子、我和院长，连护士都不知道这屋子的构造。"林子强听到刺客的话，心里没有那么紧张，说话也顺溜很多。

"改装房屋必须要在当地警局备案，查一下警局数据库的登陆日志，便能追踪到谁下的手，我现在就去查个水落石出！"天才找到自己的假腿装上，听到这里突然插话，说完便要动身出去。

"没有必要了！"半晌不作声的队长铁青着脸转过了身。

"没有必要？"

"对，没有必要了！"队长的目光从我们每个人脸上扫过，"我们知道是谁下的手。他就在那串名单上，用不着去查了！"

"难道？那可是……"快慢机意外地回头看着队长，大家都知道那叠名单有多厚，上面人物的背景有多大。

"斩尽杀绝！"这四个字传进所有人耳中时，我看到队长的眼睛变成了血红色，我

32

从没见他有过这样的眼神,那是饿狼看到了血肉后的疯狂。

"我去准备家伙!"天才听到队长的话,立刻由悲痛中逃脱出来,迫不及待地向门口走去。从他咬牙切齿的声音中,可以想像得到他打算为我们提供的复仇工具有多残忍。

"不!你的军火渠道政府一清二楚,你动手会把政府的眼光吸引过来,行动就会受阻。"刺客捏着鼻梁揉动发红的眼角,"我们需要不会引人注目的方式。"

"我不管你们怎么干,用什么方式,代价有多大。"队长扭过头死死地看着我们几个,冰冷地道,"我要三天内看到那些人的尸体照片登在《今日美国》的头条!我的意思表达得清楚吗?"

"清楚!"我们死命地吼道。

队长说完这句话,转身便走了出去,抛开顾虑、放下心里负担的身影显得格外轻松,留下的是满屋子的决然——鲨鱼和风暴的血逼迫他在国家意志与兄弟情之间做出了选择!

"警察一会儿就来了!把能拿走的都拿走,不然他们两个的肉块不用多久就会堆在一群三流法医的办公桌上了。让我们把兄弟收拾一下吧!"骑士在队长说出刚才那番话时在旁边一直欲言又止,似乎想阻止队长做出"过激"的决定,可是在看到队长冒血的眼神后他只叹了口气,把到了嘴边的话又咽回了肚子,看到队长离开后才一脸无奈地说道。

"我们用自己的方式来收拾这里!"刺客拒绝了华青帮兄弟拿来的铁锹和簸箕,颤抖着将手中最后一块血肉放进床上的收尸袋,拉上袋子拉链前,大家沉默无语地看了兄弟最后一眼。等我们几个抬着裹尸袋走出来时,全身上下已是鲜血淋漓,如同刚从屠宰场的流水线上下来。

我们四个人提着尸体包走出来的时候,根本没有注意到身边嘈杂的人群,手里分量十足的袋子第一次给了我沉重的感觉,因为我知道袋子里装的"曾经"是两个人。这时候我才发现现在除了身边的战友和亲人外,其他任何东西在我眼中似乎都已经和人这个词不搭界了,只有他们中的人生老病死,我才会有种心被触动的感觉,看着陌生人时感觉就像隔着玻璃看假人模——好生疏,好隔阂!

等我们将鲨鱼与风暴的残骸放到汽车的后备箱中坐进车内后,刺客从口袋里拿出那块黑黑的炸弹残片说道:"从这件东西上看,这次袭击绝对是专业高手。可是让我百思不解的是,如此专业的高手,又早有计划,怎么会在我们大家都离开屋子后才引爆炸弹。"

"没错,我也在想这个问题!"骑士说,"对方是故意要做成仇杀来掩盖下手动机吗?"

大家陷入了激烈的讨论,想为这个百思不得其解的问题找到答案。我没有心情听他们接下来的讨论,因为满手的血迹已经开始干涸,如同带了个不断紧缩的硬壳手套一样箍得我手发酸。我开始专心地抠手上的血块,因为这就像揭掉手上的干皮一样,会给我带来一种解脱感——从鲨鱼和风暴的死中解脱出来。我已经可以较快地从队友阵亡的激动心情中镇静下来，用屠夫和快慢机的话说就是——我成熟了！

是的，我成熟了！我由一个胸怀热血、喜欢交际、喜欢散文、喜欢边洗澡边唱歌，甚至在挖过鼻屎后再细细欣赏的"孩童"，成熟为一个孤僻、冰冷、满脑杀人技巧、漠视生命，甚至看到好友被炸成碎片后心跳也没有超过 90 下的"大人"。

来不及为我自己的冷漠自责，口袋内的电话响了。接通后原来是 Redback，她听说了发生在医院的事后，打电话过来向我询问情况和下一步的打算。铃声提醒了其他正在猜想众多无法解决的疑问的队友，他们这时才想起，发生这么大的事，竟然这么长时间没有和其他队友联系，于是纷纷掏出手机开始打电话，可是直到我打完电话，他们一个电话也没有打出去。

"这是怎么回事？有人干扰我们！"刺客立刻把脸转向车窗，开始搜索周围的可疑车辆。

"刑天！你的手机里装的还是我昨天给你换上的电池？"天才夺过我手里的话机，拆开后盖查看，看完后双手一摊说道："原来是刑天救了我们一命！我们的电话打不出去和炸弹没有爆炸都是因为这个！"

大家都凑到天才的手前，这才发现原来我的手机内装的是昨天 Honey 给我的那块强干扰电池。

"他用的是强干扰电池，周围五米内所有的无线电信号都被全频干扰了，对方的无线电信波也被堵塞了，所以没有办法引爆雷管。并不是他好心放过我们！"天才把手机后盖重新装好扔还给我，然后扑过来抱住我叫道："你真是个福星啊！每次都能自己死里逃生不说，还救了我们大家一命，上帝真是对你好啊！"

我没空搭理他，因为他的话让我想到，如果对方是因为我站在炸弹边上干扰了无线电雷管的信号接收而没有引爆炸弹，那么说明炸弹就在我周身五米内。我在偌大的房间里只坐了一个地方，便是角落里的沙发，身边能装炸弹的东西屈指可数：沙发、茶几和花瓶。而且对方在队长和骑士等狼群最有价值的重要人物早到多时的情况下没有引爆炸弹，说明炸弹并不比我早进病房多久，如此一算答案就呼之欲出了。

花瓶！只有它是在我进来之前刚送进病房的，因为在房门外我还碰到收拾花瓶里残花的护士。

"是那个护士！"我不禁兴奋地脱口而出。

"对，就是她！你来之前只有她一个人进过屋，换了点滴和花。"骑士听到天才的介绍和我的话，立刻明白了我的意思。

我马上给林子强打电话，要求他将医院包括地下停车场内的摄像机的带子立刻给我们带过来。他当即便答应了，并保证亲自去办这件事。讲完电话收线后，我似乎已经看到了杀手跪在我面前受死的画面。

"我们怎么处理车后备箱里的……兄弟！在美国非正常死亡是没有办法下埋和火葬的，我们也不能像你们野外行军那样处理，还是在市内随便架堆火烧了吧！"

天才也开始不适应皮肤上干涸血渍的紧缚感，搓动双手说道。

"也只能这样了！外面太多人盯着我们了，不马上处理警察就会缠上来。"快慢机边开车边说，"而且我们需要另找一帮人替我们处理这件事。"

"我想华青帮会有自己处理尸体的办法！我们不妨让他们给我们找个地方来处理。"骑士看了一眼背后的车箱，落寞地说道。

大家达成共识后，便不再言语，直到汽车停在林子强给我们找的一家饲养厂内。已经有华青帮的人在那里等着我们了，一个号称是华青分支 COCO 帮小头目的中国人，帮我们找到了足够的燃料和场地。在那里我们将尸体浇上油点火烧成了灰烬，就像在战场上一样，只保留了一小包骨灰，其他的全都冲进了下水道。

处理完这些，林子强也已经办好医院方面的事情，在小猫和美女的陪伴下来到了饲养场，带来了整个医院数十部摄像机的所有录像带。接过林子强带来的录像带，刺客递给林子强一张纸条，说道："我知道你不想插手华青帮的非法交易，也不难为你。你看看这些东西，你能搞得到吗？"

我知道刺客是想让林子强动用华青帮的存货给我们提供武器装备，这样可以不惊动政府，我也相信林子强绝对有能力搞到任何武器，所以并没有注意纸上写的是什么。

直到林子强奇怪地把纸张凑到我面前问道："奥斯屈莱特 G 是什么？"我才把眼光从顺着水流进入下水道的"鲨鱼"和"风暴"身上移回来。

"奥斯屈莱特 G 是美国非常重要的一种液体炸药。它是上世纪 60 年代初美国火炸药公司从一次火箭推进剂爆炸事故中受到启发而发明的。其最大的特点是具有相当高的能量，爆速高达 8600m/s。它主要用于大面积快速安置地雷，以达到杀伤、炸毁装甲车辆和清除雷区、开辟通路的目的，还可非常方便地开挖个人掩体和工事，工业上用于大面积土方及矿山爆破，所以有工程公司的话就比较容易搞到。它的配方中使用无水肼，无水肼的价格较贵，毒性大，并且是一种强还原性物质，其蒸汽与空气的混合物很容易发生爆炸或燃烧，是属于高危管制类物品，你弄不到也没有关系！"

我奇怪地看了一眼单子，发现上面并不像我想像的全是各种武器的名称，而是石油一桶、延长线 20 米、杀虫剂一瓶、网球一个、奥斯屈莱特 G20 公斤等奇怪的东西。看得我一头雾水，一时摸不着头脑。

"没有关系，这种炸药以硝酸 NFDA4 和高氯酸 NFDA4 为氧化剂，肼作为可燃剂，加入一定量的氨，按照化学计量，定量的硝酸 NFDA4 及高氯酸 NFDA4 和液体肼混合，利用氨的存在对液体炸药的物理性能起改良作用，降低炸药的冰点及粘度，然后再往该混合物中通入氨气，使肼盐完全溶解在肼溶液中，控制合适的氨量后，即可获得奥斯屈莱特 G 液体炸药。只要提供给我硝酸 NFDA4 和高氯酸 NFDA4、无水肼和氨，我可以很快地帮你们制取。"杰克从医院出来就没有离开我们，听到我的话在边上说道。一连串的专业词语，听得大家有点发癔症。

看着手里的单子，除了奥斯屈莱特 G 液体炸药外，其他的东西我都不明白干什么用的，我奇怪地看了一眼刺客，不知道他打的是什么主意。倒是小猫走到我的身边看了单子之后，在我耳边轻轻地说道："看起来刺客是顾虑到狼群人手已经大量分散离去，想要用隐秘的手段了！"

"什么隐秘手段？"我奇怪道。

"等着看吧！那可不是军人的常项，是我们间谍和专业杀手喜欢用的手法！"小猫神秘地说道。

虽然我很好奇她所说的是什么手法，但我并没有继续问下去，因为现在不是热烈讨论这些东西的场合。

"我能搞到这些东西，没有任何问题！我也能提供你们枪支，作为你们多次拯救我全家性命的报答！"林子强看了看手里的单子后，思量了一会儿后下定决心说道。

"那就太感谢了！"骑士握住林子强的手说。说完他转过身又对我们说道："等一下找个地方休息一下，今天晚上又将是一个忙碌的夜晚。"

第八十八章　复仇

车缓缓开进位于华盛顿西湍急的波特马克河边的乔治城。这里是最著名的华盛顿富人区,无数富商和名流都在这里置产,有钱的政客当然也不例外。一路走来,发现沿途保留了不少十八、十九世纪的建筑物,街头上到处有喷泉和雕塑,河边还铺有木板路,非常有情调。整个城区不仅拥有迷人的风景,还集中了许多小型复古餐厅和服饰店,中心地带的威斯康辛大道更是华盛顿的购物天堂。情侣们喜欢午后沿着河岸漫步,欣赏沿途风景,随后找家小咖啡店坐坐,或者看看有什么吸引人的东西可买。和 Redback 从纽约出发,走高速公路,开了约三小时的车才到达华盛顿,面对如此慵懒的美景,我真有种冲动想坐在夕阳下看着河水缓缓带走时间存在的证据,如果不是车后面还坐着刺客和快慢机,以及成箱的"全金属包装"的话。

高低不平的殖民地时期的砖路旁是一座外表简陋的豪宅,半人高的矮墙望过去是一片长青树的叶顶,陈旧的红砖墙、白窗框与繁华的商业街相映成趣。

"闹中取静!价值不菲!"刺客的评语简洁而切中要点。

"一会儿就不会了,我保证!"Redback 手指敲击着方向盘,跳动的眼神写着两个字——危险!

"你要干什么?"在车上补了四个小时的睡眠,但这根本不足以驱赶抗生素带来的嗜睡感,一时间我头脑有点反应迟钝。

"他们安炸弹炸我们,我们就炸回去!我不相信他的防弹密室能经得起 40 公斤塑胶炸药的威力,后面的东西够劲到能把半条街都炸成灰。"Redback 指着后备箱里华青帮提供的塑胶炸药说。她脸上贴的易容用的胶原复合活性皮把尖瘦的瓜子脸变成了鸭蛋型,胖胖的,看上去挺不习惯。

对 40 公斤塑胶炸药具有怎样大的威力我很清楚,但是我现在担心的是在美国这个世界警察的前院点把火可不是闹着玩的。虽然我们看不起美国任何军方力量,但并不代表我们认为自己能从盛怒的山姆大叔手里逃出美国。

"不,我们不那样做!"刺客推开身边的弹药箱,拉开门下了车,看着远处的豪宅抽出根烟点上,深吸一口吐了个烟圈。

"我们也不能那样做!看到隔条街外那栋复古的咖啡馆了吗?三层上有人。"刺客调整眼镜腿上的旋钮提升镜片的对焦功能,对所有可疑的现象进行过滤。

"你怎么知道?"Redback 奇怪地问。

"现在是下午茶时间，如果有人费劲多爬三层楼，我不相信只是为了一杯咖啡，而不观赏风景！"刺客的话是指三层上所有的窗户均拉上了窗帘，"还有发传单的肯德基雇员，在一个只有20户人家的街上发传单，用不了那么厚一叠吧？"

"他们也在等！"快慢机没有下车，也没有向外张望。

"天才给我们的信息告诉我们，这家伙这些日子一直龟缩在家里，有50名保镖护卫。"刺客把烟头扔到地上那张原本握在他手中的纸张上，看着它由焦黄转黑直到冒烟起火，烧掉了那一行小字——前政府国家安全顾问……

"那些保镖是PVT（保护政要组）的特工，是联邦政府人员！这个家伙不但出卖我们，也把这些拿工资的都蒙在鼓里。"我看着那群保护政要的特工道。这个家伙现在虽然不在位了，但仍是掌握国家机密的重要人物，政府仍派有众多人手来保证他的安全。而我们确信他就是那个吃了脏钱给罗特朗的毒品大开方便之门的家伙。可是现在的事一旦曝出来他就玩完了，也许他不知道美国政府已经盯上他，只是为了不打草惊蛇才没有办他，所以他才有胆利用人脉派人想干掉我们和林子强。

"没错！"

"我们怎么做？"刺客是这次行动的负责人，我们都要听他的。

"很简单！利用后备箱里的东西。"刺客靠在车门上掏出手机，将一个硬币大小的东西贴到话筒上后拨了一个号码，边等接通边若无其事地四下张望着，一副在等人的样子。

"喂！请找一下史密斯先生。你可以叫我绑匪先生！"刺客那张不属于他的蜡黄脸上的微笑让人看了毛骨悚然，停了片刻后刺客接着说道："请问是史密斯先生吗？劳拉·史密斯的父亲？请你按一下话机上那个标有防止窃听字样的红色按钮，谢谢！"刺客对于政府官员的座机挺有研究，停了一秒后才又接着说道："谢谢配合！史密斯先生，你是忙人，为了节省时间，我就说得简短一点。劳拉在我手中，你可以打电话到她的学校核实，五分钟后我再给你打电话提出我的要求。"

打完电话后，刺客拿出掌上电脑调出另一个地址递给Redback说道："到这个地址去。"

我侧头看了一眼屏幕，那是下一个目标——情报收集官杰佛森情妇的地址，于是奇怪地问道："怎么现在就走？这个放过他吗？"

"山人自有妙计！"刺客的中国话讲得语法挺正确，就是有点大舌头。

"你是头儿，听你的。"我耸耸肩。以前和他出去干私活大多是远处一枪毙命，但看样子这回他不想弄得动静太大，白费了车后面装载的林家老爷子的一番"好意"。

车子只在乔治城停了片刻便直奔华盛顿北部的马里兰的蒙格马利郡，这里是一个更加平静的小镇，一排排的独立院落看上去和常见的美国电影里的乡下别墅并无二致。

在车上刺客又给史密斯打了个电话，利用手机的三方会议功能让史密斯听了他女儿的声音，证实她确实在我们手里后，提出了让他把一百万美金送到马里兰的蒙格马利郡来的要求。而且还着重强调了对交钱的要求，例如只要小面额的旧钞，

第八十八章 复 仇

用什么类型的袋子装,走哪条路线和不要报警等等,只在最后才轻描淡写地提到,如果看不到他亲自来送钱,便等着从邮局收回他女儿的零件之类的威胁。

"他会来吗?"我问,因为我不确定这个家伙是否会为了女儿而以身涉险。为了钱而杀妻杀子的人我不是没见过,我对人性的信心并没有正常人那么足。

"会的!他妻子早丧,只有这么一个女儿,平时最疼的便是这个女儿,从不离她左右。这次还没对我们下手,他便把女儿转到了澳洲去上寄宿学校。他以为把人送走我们便找不到了吗?"刺客伸手在我脖子上按了按,将没有粘牢的假皮给按平。这种易容皮肤看上去和真的一模一样,只是时间有限,24小时后会出现失水现象。

"你找的人可靠吗?"Redback将车缓缓地停在居区街角,从倒后镜中看着刺客问道。

"不熟但可靠!我通过网络接过他们几回生意,这次我提供了照片和地址,让他们把人绑走。他们不认识我,只知道我是个杀手!代号WILK。"刺客指着前方不远处的小树林说道,"把车停在那里等我一下!"

等车子停下,他抱着箱子跑进了不远处的电话亭内,从箱子里拿出一本厚厚的电话簿将原来的那本换了下来,然后又跑回来钻进车内给史密斯打电话道:"史密斯先生,你到哪里了?……你还要听你女儿的声音?没问题!"刺客把电话再次接通澳洲,结果电话中传来的却是一阵男人的吼叫与女人的喘息和哭叫声。

"你们这群不守信用的猪、禽兽、婊子、狗娘养的。我绝不会放过你们!"史密斯立刻就听出了他女儿正在遭受凌辱,扯着嗓子在电话里骂了起来,声音之大逼得刺客不得不将手机拿到窗外才停止耳鸣。

"史密斯先生!我提醒你,我还有三十多个兄弟正在排队,如果你希望看到还能走路的女儿,就加快车速赶到蒙格马利郡,不要惹我不高兴,不然就把你女儿卖到东南亚的私娼寨里,让那群挖煤割胶的黑汉子撕烂她。"刺客切断了和史密斯的连线后,对着仍连通的澳洲一端说道:"埃尔,你知道规矩。刚才谁动了那个女人?把他的老二给我剁下来,不然等我赶到悉尼的时候就没有这么好解决了,我在线听着……"直到从话筒里传来一声惨叫,刺客才满意地收线。

"你准备怎么处理那个女人?"Redback扭过头看着刺客。

"干嘛?"刺客不解地看着她。

"你根本没有打算放了她,我没说错吧?"Redback定定地看着刺客,好像他犯了滔天大罪一样。

"你问这干嘛?又不关你的事。"刺客猜到了Redback的意图,但不想回答她。

"回答我!"Redback声音加大,车内的火药味开始变浓。我知道是为了什么,Redback最受不了两件事:一是叛徒,因为她父母是因此而死;二是逼良为娼,因为她从小在东南亚教会救济过太多雏妓。如果不是神父的收留,那些十一二岁便被黑帮逼迫走上街头出卖肉体的同龄人,便将是她悲剧人生的参照,那流着脓水的稚嫩阴户便成了她童年的梦魇。

"对!"刺客毫不示弱地顶了回来。

"你要把她卖到妓院?"Redback 双眼发红,死死地盯着刺客。

"关你什么事?"

"她才十四岁!"

"那又怎么样?"

"那他妈的是灭绝人性的行当,是要遭天谴的!以圣母玛利亚的名义!你要是敢这么干,用不着上帝,我就亲手杀了你!"Redback 一把揪住刺客的衣领拉到眼前,咬牙切齿地把脸压在刺客的鼻子上骂道。

"灭绝人性?灭绝人性又如何?你他妈的没看到鲨鱼和风暴的下场吗?!不是你一片片把他们从墙上揭下来的,不是你用袋子把他们两个像垃圾一样提下楼的!我们甚至没有办法将肉块收集完全,要靠铁锹才能把他们铲进袋子里。那可是老了十年来出生入死比血缘还亲的兄弟呀!"刺客伸着双手,仿佛手中仍握着一团团的肉泥,双眼也是一片血红,他用手格开 Redback 抓住领子的双臂叫道,"那是谁干的?谁下的手?老子留她条活路,没有把她剃了头发喂猪已经是格外开恩了!人性?哼!几百年前就不知道怎么写了!"

提起鲨鱼和风暴,Redback 的气势顿时矮下去半截,那装成一包、冒着热气、分不清嘴脸的肉沫,让她心里正义的天平不由得失去了平衡。她看了我一眼,希望我帮她说两句,但我没有理她。虽然我不赞成刺客把史密斯的女儿卖到妓院去,可是手上仍没洗掉的血腥味却让我觉得就是杀了他全家也不是过分的事,就连快慢机也默认了刺客的话。仇恨就像火苗,蹿烧起来便无所忌惮。

"一人做事一人当,株连他的家人,不是好汉所为!"得不到大家的支持,势单力孤的 Redback 虽然没有刚才那样咄咄逼人,但口气仍不善。虽然按照道德伦理来说,她是持真理的一方,可是当所有人都无视这一准绳时,原来如山般的依靠顿时成了虚影。这时候 Redback 才发现,原来道德是要在所有人都认同的情况下才具有相互的约束力。

"放心吧,刺客不会那么干的!不然他也不会让澳洲那边惩戒那个犯事之人了。"我拍拍 Redback 的脸,指着两条街外的小院子说道,"那里便是情报收集官杰佛森情妇的家,开过去!不要吵了!"

我的话起到了作用,Redback 停下了与刺客的对峙,扭头气呼呼地把车子向前开进了百米,到杰佛森情妇家路对面停下。很明显,这个家伙并没有任何人保护,估计他认为自己并没有对任何人造成威胁,也相信自己的风流韵事无人知晓,更感觉自己有应付任何突发事件的能力。但他不知道自己传达、组织的行动得罪了一伙世界上最危险的人,而这群人今天只是为了一纸出自他手里的计划书前来寻仇。

我和刺客抱着一捆电线钻出车外,蹲到低矮的栅栏边上向屋内观察了片刻,确定屋内只有一名女子正在做晚饭,并以此判断杰佛森今晚会到这里来后,我便留下盯着那女人和把风,刺客则爬上楼将二楼浴室下水道的金属过滤网用导线连到房后的变压器上。

不一会儿,刺客便摇晃着手里的遥控器走了出来,拍拍我的肩示意做好了。于是我们两个一前一后又回到了车里,让 Redback 将车开离杰佛森情妇的家门口,停在一个既可以看到电话亭又可以观察到杰佛森情妇家情况的隐蔽处。

"好了,现在我们只需要等着便成了!"刺客靠着座椅仰躺在车内,快慢机把短枪管的 WALTHER WA2000 狙击枪架在椅背上,瞄准了远处的电话亭,而我则负责用微型望远镜观察杰佛森情妇家的情况。

华灯初上,正是大都市多姿多彩的夜生活拉开帷幕的时刻,可是纯朴的乡镇公路上却已是空无一人。我望着远处住宅投射到路面上寂静的灯火,一时间,车内鸦雀无声,静得可以听到心脏在胸腔中跳动的声音。大家从苏禄出来虽然没有多长时间,但这种令人窒息的安静似乎已久违多年一般。

不久前的争执留下的尴尬像膨胀的二氧化碳挤压着每个人的神经,没有人出声,甚至连大气都不喘,共同默默地享受着这压抑的氛围。直到远处公路弯道上驶来的三辆林肯的车灯撕破了夜色,我们才伸展肢体从车内坐起来。

前面的车子在邮局门前停下后,一群穿着黑衣西装的大汉从车内迅速地钻了出来,将仍未停稳的第二辆汽车保护起来,等到第三辆车上的保镖也下来后,一个满头银发的中年人才从防弹林肯内钻了出来,看着手表四下急切地张望着。

刺客没有立刻给他打电话,而是慢慢和他耗了起来。看着史密斯越来越频繁地查看手表的急切模样,Redback 流露出了不忍的表情。虽然史密斯是我们的血海仇人,可是他冒险赴死展露出的父爱,正是 Redback 人生最大的缺憾,连我都不由得暗地为他挑大拇指。

不过因为可以预见他的下场,所以心中又不由得感慨,其实任何人都有可杀的凭据,也皆有被宽恕的理由。

"对面山坡上有狙击手!看来他们在绕过转弯前,先放下了些人马。"快慢机脸靠在狙击枪的贴腮垫上,轻轻地调节瞄准镜的放大倍数。虽然这枝改装的WALTHER WA2000 全长只有 80 厘米,但它因为是无托枪架构,弹匣后置的优点便是它拥有和 PSG1 狙击枪一样的 65 厘米长枪管的同时,全长却比 PSG1 短了近半米,因此在如此小的车厢空间内也能自由地携行,而且点 300 WINCHESTER 的口径能精确地打击 1000 米内的任何有生目标。

"不要管他们!"刺客笑了笑,"他们不会发现我们的。因为我们根本不会出现!"

说完他便掏出手机拨打了一个电话号码。几钞钟过去了,并不见史密斯接听电话。向不远处的一个发声物件看过去,是刺客刚才进过的电话亭。

原来刺客不是给他打电话,而是给那个公用电话打。电话又响了两声后史密斯不敢再犹豫了,但也不敢亲自去接电话,便派了一个保镖去。只见那个被指派的人走三步退两步地磨蹭了半天才打开了电话亭的门,用炸弹探测仪上下检查了一番,确认没有危险后才拿起听筒。

"让你的老板听电话!"刺客在他自报家门后只是冷冷地扔下了一句话便不再言语。等史密斯在众保镖的保护下进入电话亭关上门后,众保镖立刻围成人墙将他和电话亭挡得严严实实。如果不用 50 口径的重型狙击枪,我也不敢保证一枪能打死他。

快慢机看到他们的严密防护后皱了皱眉头说道：“准确命中率只有 40%。没有办法射击！而且他肯定穿有防弹衣。”

“用不着你射击！”刺客胸有成竹地回了快慢机一句，然后拿起手机说道：“史密斯先生，你交款后我的手下便会把你女儿放回去，你不要耍花样。”

“没有问题！我一定合作。”耳机中史密斯的声音略带颤抖。

“交钱地址就写在电话簿的第 200 页上！找到后把钱放在指定地点，你女儿便会安全到家。”刺客说完便收了线，端着望远镜顶着前排的椅背，饶有趣味地向远处看着。

我好奇地透过夜视望远镜顺着他的目光看去，只见史密斯正在掏出老花镜，抱着刺客放进去的电话簿查找着，等他沾了沾唾沫揭开第 200 页时，他突然抽了抽鼻头，然后面带惊讶无力地靠在电话亭的玻璃上，继而昏倒在了电话亭内。电话亭边上的保镖听到响声，立刻砸开了电话亭的门，想将史密斯从电话亭内拖出来。可是手还没有摸到史密斯，便纷纷如被砍倒的麦穗般倒在了电话亭旁。

“你用了什么？迷幻气体？生化病毒？”Redback 瞪大眼睛看着如同魔术般的神奇效果。

“嘿嘿！”刺客得意地笑了笑后，轻描淡写地说道，“是氰化氢。”

“氰化氢？”我也吃惊了，那是处死犯人时常用的一种毒剂，因氰化钾会与湿气反应，产生剧毒之氰化氢，强烈刺激鼻及喉咙，吸入高浓度可导致几分钟或一小时内死亡。以前在非洲见过政府军处死反政府游击队俘虏时，为了节省子弹，经常将大量犯人关在一个密闭的大屋子内，在屋子中间放盆水将一小盘氰化钾吊在水盆上方，关上门在外面一拉绳子，氰化钾便倒进了水盆中，一阵惨叫后，再通会儿风，便可以进去收尸了。可是据我几次观察，那么做的效果并不是立竿见影的，有很多吸入者抬出来时根本没有死透，刚抬出来只是有眼和上呼吸道刺激症状，呼出的气带杏仁气味，有心悸、脉率加快、皮肤及粘膜呈鲜红色的症状，不及时接受治疗才会呼吸加快加深、脉搏加快、心律不齐、瞳孔缩小、皮肤黏膜呈鲜红色，接着出现阵发性强直性抽搐、昏迷和血压骤降、呼吸表浅而慢，以至完全停止，随后，心脏停搏而死亡。如果身体好的话，甚至只有头痛、头晕、乏力胸闷、呼吸困难、心悸恶心、呕吐等表现。根本没有见过如此好的效果。

刺客看着我会意地笑了笑道：“我们在非洲看到的那些使用方法是极简陋而不正确的做法，他们不知道当氰化氢浓度为 110ppm（百万分率，即表示 1 百万毫克单位中有多少毫克，近似等于毫克/升）时，超过 1 小时人才会死亡；当浓度为 181ppm 时，10 分钟左右人死亡；当浓度为 280ppm 时，人才会立即死亡，也就是要每立方米 300 毫克的浓度。可是氰化钾和水的反应并不剧烈，而且他们为了一次性解决更多的人，用的屋子又那么大，根本无法在短时间内产生足够浓度的气体来杀死那么多的‘气体消耗者’，才会有那样的现象！他们应该用氟、镁、硝酸盐、硝酸、亚硝酸盐才对，那才会发生剧烈反应。燃烧产生有毒氮氧化物，加热分解放出氰化氢和一氧化碳,杀伤力才够大。不过水比较好找且便宜,他们也只是为了让游击队的人再也没有作战能力,那种用法达到他们的目的已经绰绰有余了!"

他停了停,看着我和 Redback 专注的神色得意地接着讲道:"我已经把书挖成中空,密封的纸张中充满了超高浓度的氰化氢气体……"

"超高浓度?"Redback 在中间插了句话,打断了刺客的讲座。

"对!高出致死量百倍的浓度。吸入者立刻就死,其实就算在空地上也能造成猝死,根本不用把他骗进空间狭小的电话亭,那些打开电话亭的保镖就是例子。不过我更喜欢百分百的把握在手,所以……嘿嘿!"

正当我们为刺客这位死亡大师的杀人手法多种多样而惊羡不已的时候,一直沉默的快慢机突然插嘴道:"在这里用毒气会引来麻烦吧!上次在钢铁厂,是政府拿我们来试验新武器,有他们给我们擦屁股,我们才能稳坐在这里,没有飞机大炮追着我们屁股后头满地球跑。可是这一次……"快慢机想了想,总结出一句令人绝倒的定论,"危险!"

虽然对于快慢机的表达能力,我和 Redback 是鄙视到五体投地的地步,可是他的话绝对是一针见血,在美国首府使用化学毒气谋杀政府官员,套个现在时髦的罪名叫恐怖主义活动,我们都成了恐怖分子了!

我和 Redback 的担心,反而让刺客没来由地高兴起来,坐在那里不住地傻笑,笑得我们三人直发毛。最后还是快慢机把枪管顶到他嘴里,才止住了他那抽筋般的笑声。

"你笑什么?"Redback 抱着膀子看着他。

"我笑你们笨呀!我们是怎么来的?易容来的!就算有人看到我们了,能查出我们是谁吗?书上又没有指纹。氰化氢易挥发,能均匀、迅速地弥散到空气中,在大气中,夏季约 10 分钟,冬季约 1 小时,氰化物就会在紫外线作用下氧化成氰酸,进而分解成氨和二氧化碳。什么也留不下,他们怎么查?再说了,这个家伙可被怀疑是间谍,我们可以放风说是那边发现他暴露了,没办法收回他就处理掉。这在谍报界是再正常不过的事了。"

"死这么多人,一会儿警察就会到。可现在我们被狙击手压在这里,如果我们离开,不就暴露目标了?"Redback 到底没有刺客老练,有点沉不住气了。

"他早跑了!"我看了一眼快慢机说道,"如果那个狙击手还在的话,快慢机根本不会和我们说话的。他插嘴进来就说明危险解除了。"我对快慢机甚至比对我爸还了解,这家伙只要进入战斗状态,对方不死,他的目光就不会离开瞄准镜一丝一毫。

快慢机听到我的话,破天荒地在执行任务时抽动嘴角笑了笑,不过这丝笑容出现在他现在这张油头粉脸上,显得极其猥亵。对,猥亵。

WALTHER WA2000 狙击枪

WALTHER WA2000 型狙击枪是由卡尔·华瑟公司针对反恐怖警察部队所开发出来的一种半自动狙击枪。WA2000 的特色就在于它那特殊的外形。这种步枪的枪机容纳部藏在枪托之内,形成一种所谓的犊牛式步枪,而这种步枪的优点在于可以在不改变枪管长度的前提下缩短枪支的全长。由于 WA2000 采用了这种设计,因此即使它的枪管长达 650mm,全长也不过只有 905mm 而已,和 H&K 公司的 PSG1 比较,两者同样具有 650mm 长的枪管,然而 PSG1 的总长度却达到了 1208mm。将总长度缩短的好处,除了便于搬运之外,在进行狙击时也可以减少被人发现的几率。

WA2000 的枪托上具有拇指开孔的设计,而开孔的后方即为弹匣的所在位置。弹匣是属于可拆卸式,如果是 7.62×51 mm 口径的 WA2000 的话,那么弹匣的容量便是 6 发,而如果是点 300 温彻斯特口径的话,那么弹匣的容量为 5 发。

WA2000 的扳机扣压力量可以在 1.2～1.5kg 之间进行调整,而且在扳机的扣动方式上,包括了单段与双段扣动两种类型。在瞄准具方面,对外销售的 WA2000 附有 2.5～10×56 可变式倍率的施密特 & 班特型瞄准镜。之后,WA2000 又经过了枪托、枪口防火帽、枪管以及双脚架等方面的改良,而改良后的产品改为采用价格较为便宜的固定倍率施密特 & 班特瞄准镜,这种瞄准镜包括了 100～300m 与 100～500m 射程两种类型。另外,WA2000 的脸颊托片以及枪托底板等部分,都是才用固定式的设计。

口径	.300 Winchester,.308(7.62×51mm NATO),7.5×51mm Swiss
全长	905mm
枪管长	650mm
空枪重	6.95kg
弹匣容量	5(.300 Winchester),6(7.62×51mm NATO)
最大射程	1000m

第八十九章　兵不血刃（一）

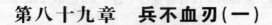

　　我们在笑闹中看着杰佛森的保时捷开进了情妇家的车库，大家的笑声随着关闭的大门消于无形。两人的欢笑声穿过窗口被装在车顶上的声波探测器采集到，可是还没有说两句话声音便没有了。

　　"怎么回事？"Redback奇怪道。

　　"等一下！"刺客拧大了便携式接收器的声音后，原来静默的频道中阵阵喘息声由无到有逐渐清晰，直至充斥了车厢狭小的空间。车内刚刚稍显轻快的气氛立刻尴尬起来，有经验的人不用脑子也知道那是什么声音。

　　"看起来杰弗森太太已经让他老公饥渴很久了！"刺客想把声音调低，但似乎屋内的两人已经转移战场，靠近了敞开的窗口，现在不用增大接收灵敏度便可以清晰地接收到。

　　"男人，喜新厌旧兼用下半身思考的低等动物！"Redback脸不红气不喘眯着眼仰靠在车座上，跟随着扬声器中传来的音乐摇动脑袋，沉醉的表情与嘴里吐出的脏话一点也不和谐。

　　"你这可是一竿子打翻整船人，连你亲爱的小热狗也骂进去了！"刺客坐在后面把头伸到驾驶座伸手指着我的脸坏坏地说。

　　"老娘骂的就是他！"Redback停下摇头的动作，垂着眼皮把眼珠转过来从盖在脸上的发缝中斜瞥着我，既像鄙视，又像挑逗。

　　"我又怎么了？"她的眼神如同手握实据证明我不忠似的，那种被人抓奸在床的感觉让我有点沮丧。

　　"你以为瞒得住？我知道所有的事，所——有——的！"Redback说话的样子颇像在诈供的条子，号称自己无所不知，其实手里没有半点凭据。

　　"你又知道什么了？"我奇怪地问。我自己都不知道自己干过什么，她从哪儿知道的？

　　"你觉得我会告诉你吗？我又不傻！"Redback得意地翘起下巴，样子像得到了我的口供，坐实了罪证一样。

　　"那你就把话烂在肚子里好了！"我懒得为这种子虚乌有的事理她，随手调大回放器的音量，想把大家的注意力转到正事上。

　　"我偏不烂在肚子里，你不让我说，我还偏要说。你别以为你在泰勒那个老婊子那里干过的事我都不知道，如果不是一直公事缠身，我早就撕烂那个新加坡的小骚货了。"Redback抛出一颗令人惊讶的炸弹。我知道她说的是王静，那个新加坡的华裔，家里有人在中国大陆做生意，她也长住过大陆，所以我有时候想家了，就会约她出来聊一聊。但我从来没有和她发生过关系，也不知Redback从哪儿捕风捉影得到的消息。

"我没有……"我没有蒙受不白之冤的习惯，赶紧出声解释。

"不要说了，解释便是掩饰！"Redback不愧是在华语区长大的，连这种"名言警句"都会。

我张着嘴看着她，舌头僵直在口中，不用看其他人的脸色就知道我现在的样子很傻，也直到现在我才明白什么叫有口难言。

"我们先不说这个，情况有变！先听这个……那些事过后我再找你谈……"声波收集器中传来屋内两人的对话，解决了我的尴尬处境。Redback虽然仍不解气，但还是收住了势，闭上嘴静静地听起来。

"……唔！唔！……够了！杰佛森，你弄痛我了……"

"宝贝儿，不好意思，我来晚了！你知道的，最近工作上一团糟，我分不开身……"

"分不开身还有这么大的酒气……我知道你和你的金发秘书在华盛顿的秘密小巢，我不是你老婆，你骗不了我，也没有必要！"

"你怎么知道的？"

"我看到你小弟弟上的牙印……你老婆是暴牙，对吧！你的保密措施还是有漏洞，亏你还是在保密局工作。"

"呵呵……你知道我爱你哪一点吗？就是你的善解人意！"

"少给我灌迷魂汤了，我给你放了水，快去洗个澡！一身的臭气……"

"我们有多久没洗鸳鸯浴了？一起洗吧！"

"那我做的饭可就要放凉了！"

"没关系！今天晚上我只要吃了你就够了，你一定要把我喂饱哟！"

"这话应该我来说才对！"

听着两人在屋里调完情一路走上楼去，直到浴室的灯亮起，刺客拿出摇控器在两人滑进浴缸的嬉水声传来后，按下了血红色的按钮。屋内灯光一阵剧烈闪动后归于黑暗，屋后不远处的变压器一阵火花乱爆后冒起了青烟，整条街的电力都发生了短路，半个小镇成了漆黑一片。也许是眼前的影像从灯火通明到伸手不见五指变化得太快，所以视网膜上仍留有团团光晕包围着远处陷入黑暗的建筑，感觉就像看到了海市蜃楼一样。

"警察一定喜欢这个现场，尤其是没吃晚饭的。楼上那两个家伙会像两条热狗一样冒着热气等着他们。"刺客收起摇控器撇嘴笑道。

"听起来很恶心，不要说了！"我不想听刺客描述杰佛森的下场有多惨，虽然我弄不清电流是否能产生如此高温将人烤熟，但我知道那可是100千伏变压器，又是在电阻那么低的水中从人体通过。通常只要超过 220 伏的电压,瞬间便可以引起心室和呼吸中枢同时麻痹,而刺客引的线带的电流瞬间通过人体的电压却高达数万伏。那两个人死是死定了,但几分熟我就不想知道了。

"下一站! 诺福克。目标是杜特·罗森。但在渥尔特里格陆军医院那儿拐个弯,排在第七的弗利特·英格纳因为糖尿病住进了那家医院。本来他还能过个不错的周末的,这下子只能和 Cerberus(冥界的守卫者三头犬)一起逛公园了。"Redback 看着手上的纸条,将下面的地点和目标名字念了出来。

"诺福克,靠近海边,不错的地方! 渥尔特里格陆军医院就比较麻烦,想做得不留痕迹收尾就长了。"刺客看着窗外一个由远及近的遛狗妇女,头也没回地说道。他的话声刚落,便是一阵刺耳的尖叫,那个女人发现了倒在电话亭边上的尸体,捂着脸蹲在路边尖叫起来,超高分贝的噪音立刻便引来了刚出门打听停电原因的人群。当我们的车子经过事发现场的时候,地上的尸体已经被人山人海包围了起来。所有人远远地围着地上的尸身指指点点,根本没有人注意到我们的经过。

"队长只是让我们把名单上所有的人都干掉,没有要求我们收尾要干净,所以我们只要达成目的就可以,没有必要瞻前顾后的!"我知道刺客和快慢机作为杀手和狙击手的习惯是高效干净,不喜欢打打杀杀、被警察追等,只好自己把话说了出来。

渥尔特里格陆军医院就在华盛顿的正北方,没用多长时间,我们便在午夜前赶到了。医院是军方的医院,不像私营的那样松懈,门卫哨兵没事便会出来转悠转悠。潜进去容易,但想在偌大的医院中找到弗利特·英格纳就有点像大海捞针了。

"等我一下!"刺客从身边的口袋中拿出一个名牌塞进上衣口袋,然后大摇大摆地走向医院门口的哨站,和里面的哨兵比手画脚地交谈了两句后,对方便点头示意通行。刺客回头对我们招招手,Redback 这才把车子慢慢地驶了过去。

等进了医院大门,刺客坐进了车子,我才问道:"你给他看的什么?"

"内务部的通行 ID! 我最喜欢的部门。"刺客从袋中拿出三个分发给我们,"我告诉你们,冒充什么 CIA、FBI、DEA 都是扯淡,不是一个部门的根本没有人甩你,只有内务部的我从来没有碰到过麻烦,即使军方也没有人敢得罪。"

"看起来你常对美国佬下手?"车内坐的四人都不是美国人,所以这个话题引起了一阵嬉笑。

"一点点,一点点!"刺客不停地翻弄一直被称为狼群三大神秘之一的工具包,不知道都藏有什么稀奇古怪的东西。而另外两大神秘则分别是天才的实验室与女士们的化妆间,里面也经常蹦出奇奇怪怪的玩意儿,据说化妆间曾掉出过比驴鞭还粗的按摩棒,虽然我没有亲见,但也能想像当时天才和狼人的脸色。

车子停在停车位,我们四人下了车。站在空旷的停车场抬起头向上看,映入眼帘的是昏暗的星光和乌黑色的天空,即使身后的罗克克里克公园一望无际的绿色也没有过滤掉吞噬天地的都市排泄物,一句话不自然地溜出了我的嘴:"星空不是这样的!"

我的声音虽小，但在寂无声息的停车场仍是传入了其他人的耳中，他们看着昏黄的夜空，不约而同地说道："是啊！"

我话一出口心头就泛起了一股奇怪的感觉，听到他们的回应后，那股感觉如同弥漫在空气中的水汽一样，将我们四人笼罩。是生疏！对现代化的生疏，对现代化城市、现代化物欲、现代化生活的生疏。而那些原本是我们挤破头想为之奋斗的诱惑！

摇摇头甩开满脑子的奇思怪想，我加快脚步跟上已经走远的快慢机他们。身后的 Redback 从侧面抄起我的手攥在掌心细细摩擦，我回头对她报以一笑。她可能以为我又犯起了思乡病，才会这么紧张，白皙的额头上挤在一起的双眉，和刚才痛骂我不忠的神情在我脑中不断地重叠，搞得我真是摸不透是她奇怪，还是所有的女人都这样。

走入医院前厅的时候已经是深夜了，除了值班室仍有灯光外，整个走廊都静默在黑暗中。不时能听到从走廊两侧的病房中传来各种机器运转的轻微滴滴声。坐在值班室的女护士正在聚精会神地研究一本美容杂志，如果当年她能把那劲头放在学业上，一定不会在三十几岁芳华老去时仍是无名的小护士。

听到我们的脚步声，她抬起头，发现我们四人后奇怪地站起身，声音不大地责问道："谁放你们进来的？已经过了探视时间，谁都不能进来打扰病人休息的。"

"是门口的警卫放我们进来的。你好！我是特拉·华特，内务部的。我有紧急的事要见弗利特·英格纳上校。"刺客故技重施将那张证件亮了出来，满以为可以顺利过关。没想到那名护士竟然不买账，一脸严肃地说道："不管是哪个部门的，过了探视时间都不能会见病人。对不起，请出去！"

她的声音逐渐大了起来，把边上保卫室内正在打牌的军警给惊动了，先有一个黑人探头向外张望了一下，紧接着几个穿着军装的男人手里捏着扑克拉开门走了出来。

"嘿！史黛西，发生了什么？"一个少尉军官和护士打了个招呼，顺便在她屁股上摸了一把后才笑嘻嘻地正眼瞄上我们。

"他们说是内务部的，要见弗利特·英格纳。"护士并没有在意那只咸猪手，反而很享受地抛给那个少尉一个媚眼后才说道。

"内务部？"那个少尉一惊，立刻停止和那名护士打情骂俏，接过了她手中的证件，等看到刺客胸前代表职务的别针后，立刻表情庄重地正式站好对我们敬了个军礼说道："对不起，长官！请问有什么事吗？"

刺客没有说什么，从腋下夹着的皮包内拉出半截文件夹对他晃了晃，那名少尉立刻吃了一惊，我瞅了一眼那个文件夹，原来印着美国军方的徽章，封皮上印着"最高机密"四个血红的大字。

"长官！虽然您的事情很重要，可是我们职责所在，现在不能放你们过去。我们必须核实你们的身份并请示主管，希望您能理解！"那名少尉的手伸向了边上的话机。

我悄悄地把手伸进了腋下，握住枪套内早已上好消音器的 MK23，一边打开保险，一边确认对方的人数和站位，以便他拨打电话的动作引起其他人注意力分散的时候，以最快的速度将他们全部放倒。

就在我要将枪抽出衣襟的时候，脚上传来一阵疼痛，不用看也知道是刺客在踩我。但我在他侧后方看不到他的表情，不知道他在想什么，不得已只好松开了枪，顺手掏出一根烟放在鼻前轻轻地闻了起来。

"先生，这里不能吸烟！"那名护士看到我的动作，立刻出声制止，由于激动，声音稍大，在深夜的走廊内让人觉得刺耳，引得正在打电话的少尉也停下了动作，抬头看向了我。

"哦，对不起，对不起！"我连连道歉，把烟又装回了口袋。

"喂！你好！请帮我查一下编号是 7416624 的探员的资料好吗？……"那名上尉一边打电话一边看着我们四个，脸上的表情已经告诉我们结果是"查无此人"！

"对不起，先生！我们查不到你的资料，现在要以冒充公务员的罪名扣留你们！"那名少尉放下电话后，突然拔出腰上的 M9 手枪指着刺客叫道。他的动作吓得身旁的护士赶忙蹲到了柜台下面，身后的同伴也吃惊地立刻在腰上摸索起来，有个家伙摸了半天没有摸到枪后才想起枪不在皮带上，赶紧冲进了保卫室，叮咣地响了一阵才拎着一把雷鸣霰弹枪冲了出来。

边上的 Redback 对着这群军人抽了抽鼻头不由一笑，这群人确实素质差了点，甚至比不上在哈林区值勤的街警。与此同时，头顶上的天花板传来一阵整齐的脚步声，不一会儿便从二楼奔下来一个班的正规军，手里提着 M16 冲到近前，将我们四人围在了中间。被一圈枪指着脑袋不是第一次了，不过仍叫我很不习惯。我扭过头看着眼前的一群大兵，似乎都是刚从被窝里爬出来的，除了带头的两人精神好一点外，其他的眼睛都是勉强睁开的。离我最近的那名士兵的枪口都快戳到我的脸上了，枪口传来一股宝马专用的合成机油味。"没想到军队也有人用这东西擦枪，干嘛不用发的专用枪油？"在这紧张的时刻，我的脑子里竟然跳出这么一个念头，确实让我自己都有点佩服自己。

"放轻松！"刺客看着面前黑洞洞的枪口，眼皮不眨地说道，"你查不到很正常，我们是内务部的！你不明白吗？你能在普通军籍管理处查到三角洲的军籍号吗？"

"不能吗？"刚才那名探出头的黑人傻傻地问了一句，引来身边的同伴一手肘。

"笨蛋！美国政府是从不承认三角洲等秘密部门的，当然查不到了！那是五角大楼的机密！"刺客给予在边上展示自己博学的军士一个善意的微笑。

"那怎么办？"那名少尉虽然被刺客的话打动，但仍没有放下枪的意思。

"打这个电话！"刺客伸手扔出一张卡片，动作吓得几名军人一阵骚动。

"是什么？"那名少尉探头向柜台上的纸片看了一眼，没有伸手去拾。

"打了便知道了！"

"你自己打！动作小一点……慢慢来……"那名少尉自以为很老练地向后退了几步。

刺客做了个无奈的表情，按下免提拨打了纸上的那串号码。一阵接通提示音后传来一阵电子合成的女性声音："对不起，您拨打的是保留线路，请重拨！"刺客没有挂电话，按了一下♯号又输入一串号码，两声提示音后便传来"咔嚓"一声，电话通了。

"内务部！请核实身份！"又是一阵电子合成音。刺客输入他的证件号码后传来一阵复述声："军籍号 7—4—1—6—6—2—4！身份核实正确，欢迎你！特拉·华特少校，有什么可以效劳的吗？……"

刺客对那名少尉做了一个请的手势，看到他摇了摇头后，便挂断了电话。

"现在可以了吗？"刺客仍是十分有礼貌，说话的口气是我在狼群这么多年都没有见过的和善。

"对不起，长官！我们仍要请示上级。"那名少尉领头放下了枪，一脸赔笑地将手中的证件递了过来。四周的军人也放下了手中的枪，但仍没有离去，一个个眯着眼睛看着我们。

"当然，公事公办！你做得很对，我会跟你们上级提到你认真的工作态度的。"刺客一脸官僚嘴脸。

"那就谢谢您了！"少尉接通一阵电话后，在电话中向对方保证已经核实过我们的身份，然后又让那群士兵的头儿听了电话，这才将包围我们的士兵撤去。这样我们才顺利地在护士的指引下，又通过两道审核手续并交了身上的枪支，才来到了弗利特·英格纳的病房门外。

能通过如此繁琐的程序进入机要人员的入住区域，我不得不再一次对刺客刮目相看，几乎没有这家伙干不了的事。他从哪儿弄的内务部的 ID 卡？竟然还有内务部的机密电话，如果是我也不会怀疑他是杀手的。

刺客让快慢机和 Redback 在外面等着，和我两个人进了房间。已经是深夜了，弗利特·英格纳已经睡熟了。我们进门后他听到了声响睁开眼向门口望过来，刺客很善解人意地对他笑了笑，并示意一同进来的史黛西护士先给他换药，她转身为弗利特调整枕头的时候，刺客在我的掩护下将夹在文件夹中的输液袋和针管与她托盘中的调换了一下。

那东西是中途路过一家药店的时候他下去买的，当时我也没有注意那是什么。护士打过针挂上输液袋之后便出去了，弗利特·英格纳奇怪地看着我们问道："你们是……"三个字刚出口便昏过去了。我伸手在他的颈侧动脉上摸了一下，没死，只是昏过去了。

刺客坐在床沿看着这个四十多岁的灰发男子并没有说什么，在房内待了二十分钟后，便示意我可以走了。

等出了门到了停车场，我才奇怪地问道，"那是怎么回事？"

"他死了！"刺客笑了笑道。

"怎么死的？你下了毒？"我奇怪地问。走的时候那家伙明明睡得香甜得很。

"没有，我只是把胰岛素换成了镇静剂，生理盐水换成了葡萄糖而已。"刺客看着住院部的大门说道，"糖尿病患者由于体内胰岛素不足，致使血糖过高，身体又不能很好地利用血糖作为能量的来源，只好大量分解脂肪，于是产生过多的酮体。酮体含量过多，导致血液变酸，出现了代谢性酸中毒，就是糖尿病酮症酸中毒。我给他用的是高单位的葡萄糖并停用胰岛素，在镇静剂的作用下，他会在睡眠中出现急性酮症酸中毒，不知不觉地死去。"

"这可是医院，他们可以抢救过来的。"

"所以我们才在那里待到了足够的时间！"刺客挥挥手说道："祝好梦，弗利特·英格纳先生！"

将车子开到一家报废汽车回收站，看着巨大的机器把它压成四四方方的废铁，我们才离开，在路上随便撬开一辆福特，大家便又上路了。一直出了华盛顿，刺客才慢悠悠地说道："其实像英格纳那样的死法也不错，悄无声息，没有痛苦！"

"你不是他，你怎么会知道他没有痛苦？"Redback坐在我身边问道。

"至少他没有看到自己的肠子流出来。"刺客笑道，"我们都曾那么接近死神，虽然不知道死后的世界是什么样子，但对它的感觉肯定不陌生。对吗？刑天！"

"哼，还是不死的好！"我对他的悲观看法颇为不屑。

"我们这一行干到我们这种地步，有不死的吗？"刺客对我仍报有侥幸心理感到很不可思议。

"常在河边走，哪有不湿鞋？可是如果你根本就不往河边靠，怎么会湿鞋呢？"我掏出根提神的烟，摸出ZIPPO点燃，拇指摩擦着上面的弹头说道，"你会觉得自己必有一死，那是你从来没有想过自己会退出。如果你现在就下车，到南美找个封闭的小镇一住，断绝一切和外界的来往，肯定没有人能找到你。凭你赚到的钱，你可以过上皇帝般的生活。"

"哈哈哈！"刺客肆无忌惮地狂笑道，"现在就下车？你认为我会放心地让你们三人对付这些混蛋吗？你认为我会舍弃大伙躲起来，直到一天在FOX的战争报道上看到你们横尸街头的新闻吗？换了你，你能吗？"

我沉默了。这答案根本不用想，不能！虽然我们都赚到了别人穷极一生都无法实现的财富，满足了最初做佣兵的初衷，并有能力离开这个混乱的世界，穷奢极欲地过完下半生。但没有人退出，冒着流干最后一滴血、曝尸在无名荒野的危险留下，便是因为这份超越血缘的感情。

一只大手拍在我的头顶，我抬头一看是正在开车的快慢机。他在对我笑！那笑容很凄凉，也很满足！

"他妈的看什么看？开你的车！"我格开他的手臂骂道，"老子就是死也要死在战场上，绝不想因为你开车跑神死在高速公路旁一辆破福特里面。"

话没说完，边上的Redback便扑了过来，骑在我腿上抱着我的脸疯狂地啃咬起来。我们两个旁若无人地在后座亲热起来，当炽热欲火冲垮理智的最后防线时，一点冰凉滴落在我的脸上。我没有睁眼去看，也没有伸手去摸，我知道那是"情人伤"。

SOPMOD M14

　　SOPMOD M14 的设计师是特洛伊公司的 Mike Rock, 因此有人称这种枪为 Troy SOPMOD M14 或 ROCK SOPMOD M14。SOPMOD M14 是使用"94 禁令前"的 M14 步枪改装的, 具有全自动发射功能, 枪管采用 5R 级的比赛型枪管, 并根据战术需要可在 12 英寸(305mm)、14 英寸(356mm)、16 英寸(406mm)或 18 英寸(457mm)这四种长度的枪管之间更换。

　　固定枪托被杆形伸缩式轻合金枪托代替, 长度有多个位置可调。采用 16 英寸枪管时空枪重 8.25 磅(3.75kg), 全长 30 英寸(762mm)~35 英寸(889mm)。导气系统也重新设计以减少枪口跳动, 导气活塞通过连杆与枪机连接。护木上有 M1913 导轨, 以便于安装多种标准接口的战术附件。采用一种类似 M16A2 式的新消焰器代替原来的 USGI 消焰器, 并有螺纹方便外接消声器。

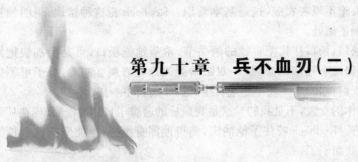

第九十章　兵不血刃（二）

　　美丽的阳光,美丽的沙滩,美丽的海岸线。这是一小段美丽的公共海滩,像所有人梦想中的那样,是一个周末带上妻子儿女吹海风、吃三明治的完美地点。正如现在海滩上嬉戏的一家人一样,天真的孩子在追逐海浪,美丽的妻子在准备午餐,而慈祥的父亲正在用手提电脑为家里赚下一笔成长基金。一切看起来很完美,除了在一里外的海岸公路上,有四双冰冷的眸子正在他们身上无情地打量着。

　　快慢机降下车窗,将 WA2000 架在车窗上瞄准了正在抚摸小朋友脑袋的父亲。

　　"身份锁定! 杜特·罗森。就绪!"快慢机的语气逐渐缓慢起来。不用看我就知道快慢机的瞳孔已经由浅变深,变成了如同铁块般的坚实,那是他动了杀机的征兆。

　　"目标核实! 杜特·罗森! 距离 530 米,风速 10 km/h,大范围,来自右侧……"作为他的观察手,我再一次确认目标的身份,确保没有杀错人,准备在最适当的时候给予他下手的指示。

　　"看在上帝的份上,我们不能当着孩子的面枪杀他的父亲!"Redback 看着那个孩子天真的笑容,伸出手握住了快慢机的枪管。

　　"那我们就连孩子一起干掉!"刺客从口袋中抽出一把造型独特的狙击枪,看上去像是特别改进型 M14 突击队员卡宾枪,利落地抽出枪托抵住瞄准海滩上一家三口,没有任何犹豫地扣动了扳机。

　　我在观察镜中很清楚地看到他的第一枪打中的竟然是那个天真的孩子,第二枪是抱着孩子的母亲。当难以置信的父亲擦拭着脸上爱子的脑浆从震惊中醒转过来,慢慢地转头看向我们停车的地方,分辨出是谁在攻击他们后,刺客才射出第三发子弹将他的脑壳打飞。

　　我们大家都被他的残忍震惊了,连快慢机都扭过头皱着眉瞪了他一眼。

　　"啊! 狗娘养的冷血杂种! 我要杀了你!"Redback 从我身边突然一跃而起扑向刺客,疯狂地撕抓他的脸面,冲动的情绪如同失去理智的精神病患者。她不停地撕扯着刺客的衣服,抠抓他的身体,我抱住她的腰都压不住她的疯狂劲,最后是我们三个人合力才压制住她的动作,但她仍不停地冲着刺客叫骂,什么难听的字眼都用上了,最后挣扎不动便狠狠地咬住了他的肩头。

　　"刑天! 你最好让你的小花豹松开口,不然我就要晃肩膀了。"刺客咬着牙忍痛对我说。Redback 咬得这么紧，如果刺客用力晃肩膀的话，衣服就会带掉她满嘴的牙。在战场上咬人绝不隔着衣服，这是基本常识。Redback 犯这种错误，说明她被刺客的行为刺激到了痛处。

"Redback！松口，松口！"我捏着她的颌关节，希望她能松口，可是我都快把她的关节卸掉了，她仍没有松口的意思，一双眼睛死死地盯着刺客的脸，鼻子里不停发出"哼哼"的喘气声，如同斗牛场中正进行生死搏斗的公牛一样。

"刑天！她是你的女人，不是我的！这是我最后的通牒了！让她松嘴，现在！"刺客满头大汗地叫道。Redback 咬住了他的肉，痛得他浑身颤抖，他能坚持这么长的时间，已经非常给我面子了。

逼不得已，我只好拇指加劲四指用力将她的下颌给卸了下来。Redback 的牙关一松，刺客便飞快地逃离了虎口，捂着肩头坐到车厢的最后一排，像看怪物似的边盯着 Redback 边揉动痛处。

"你发什么神经?!"刺客拉开衣服，肩头的两排牙印已经几乎咬合，再停片刻，那块肉肯定会被 Redback 咬下来，看到自己的惨状，他忍不住冲着 Redback 怒吼起来。

"冷血的畜生，连孩子都不放过！你不是人，我诅咒你不得好死！"Redback 甩开我的手恶毒地指着刺客骂道。

"这一点不用你提醒！"刺客活动着肩膀说道。

"你这个比马桶圈还恶心的混蛋！"Redback 抓起边上的东西扔向刺客，眼睛充满泪光，这是我第一次看到她为了死人哭。但我很确定她不是为了那两个成人哭泣，而是为那个孩子，而且也知道她不是真的想要刺客的命，因为如果是那样，她腰里的手枪从来都是上好膛的。

"我们是军人，但不是魔鬼。"快慢机没有多说，只扔下一句便打着车子迅速离开了现场。

"不能留下活口，这海滩到最近的城填也要一个小时的车程，如果不灭口让他们报了警，我们没有办法顺利逃跑。我们没有选择！"刺客看到快慢机不理解他，真的有点生气了，扶着椅背伸着脑袋叫道。

"五岁的孩子能报什么警？你个嗜血的混蛋！"Redback 脱下鞋子扔了过去，被刺客打落在地。

"我们都沾过无辜的血！不管在哪里，多少都一样，上帝不会原谅我们！所以，不要拿那些无聊的正义伦理来教育我。我不在乎那一套，也不想上天堂，省省吧！"刺客抓起地上的军靴又扔了回来，用手指着 Redback 说道。

"但我从没有枪杀过幼童！"

"你肯定吗？你每一具尸体都翻过来确认过吗？你怎么知道那些被炸得连上帝都不知道它以前是什么东西的肉团多大年纪?"刺客把脸逼近 Redback，"那些肉渣看起来多么相似，红红绿绿，五彩缤纷。不是吗？神之刺客的 Redback！"

"不！那不可能发生。别说了，看在上帝的份上，别说了！"Redback 捂着耳朵不愿听刺客的话，我们都知道他讲的是实话，但从没有人认真去思考这个问题，因为

54

没有人能面对它带来的负罪感。

"别逼她，刺客！"我伸手将刺客从 Redback 身边推开，怕继续刺激她会出现什么意外的情况，然后一把将 Redback 搂在怀里安慰。

"我没有做过那种事，你知道的！告诉我，我没有做过！"Redback 揪着我的衣领，颤抖地看着我，满眼写满了渴望。

"当然，你没有做过！当然，别往心里去！"我把她的脑袋按回胸口，没有安慰人的经验，只好不停地重复那两句话。

刺客气呼呼地坐在最后排的座位上，看着我们两个，张嘴仍想说什么，被我用手势制止了。我知道他说的是实话，但这会刺激到 Redback，就像提到我那段不愿想起的回忆一样。就像当初在康哥拉时，医生告诉我的，无论多坚强的人，也有不能碰触的死穴。

"下来！换车！"快慢机把车停在一家超市门口的停车场上对我们说道。

我伸手去扶仍抱着头沉浸在痛苦中的 Redback，没想到她竟然拨拨头发没事人一样地整整衣服，推开我的胳膊下了车。看她那副不似装出来的镇静样子，倒是把我们三个吓了一跳，我赶紧追上去想嘘寒问暖一番，但被她拒绝了。

"我不想和这个混蛋坐一辆车了，我们分道扬镳吧！"Redback 吸吸鼻子扭过身对着快慢机说道，看都没有看刺客一眼。

"你退出也好，我送你回去！"我看她和刺客闹成这个样子，也不可能很快和解，既然她提出来也只有这么办了，说到底她毕竟不是我们狼群的人，参加我们的任务纯粹属于陪我。我扭头看了看快慢机和刺客，两人也点了点头。

"名单上还剩几个？"我们把负责的名单按远近排序，这两天一路杀下来已经干掉了数人，剩下的应该不多了。

"两个！"快慢机从掌上电脑中调出最后三份资料看了看，"怎么了？"

"其他组剩下的加一起还有多少？"我的掌上电脑被刚才一阵撞把屏幕给撞花了。家用的东西就是没有军用的结实，我平常习惯了不把电脑磕磕碰碰当回事，现在可算吃苦头了。

"还有 11 个！不过明天周末加加班也就做完了。"刺客说得好像是上班族写报告一样。

"纽约还有几个？"我才问了两句话，Redback 已经搞来一辆奥迪 A4 停在了边上。

"两个！"快慢机留下继续给我讲解，刺客已经去搞车子了。快慢机不愿意再废话，直接把手里的掌上电脑扔给了我，吓得我赶紧双手一捧，生怕再掉在地上摔坏了。

"我回去顺路料理了，其他人就不要管了。"我在电脑上划下了这两个人的名字，表示由我负责，其实我是为 Redback 擅自离队找个台阶下。

"没有问题！队长正愁这两天海上劫船任务腾不出人手呢。"刺客搞了一辆雪佛兰越野车，靠在车门上抽着烟对我说道。

"我们还要为美国政府干事？这回我们搞掉的这批人可有不少是美国官员呀！我以为干完这一票我们就逃之夭夭，再也不踏上美国的土地了呢！"我意外地看了看刺客。就像刚才我们干掉的那个家伙，明着是黑市的中间人，其实也是美国政府的外围线人。

"所以我们才不能帮美国政府干这件事。也算是打个掩护吧！拿着这个。"刺客把车调好头向我们两个点点头，说完这句扔给我一个沉甸甸的包裹便走了。

看着两人的车子渐行渐远，我心中稍稍升起了股惭愧的感觉。毕竟这也算战时，而我为了自己的女人中途退出任务，有逃兵的感觉。当然，这只是我一个人的想法，"兄弟如手足，女人如衣服"是中国人由来已久的价值观。"生命诚可贵，爱情价更高"则是西方人观念中的理所当然。

"走不走？一会儿车主出来就麻烦了！"Redback坐在车内不耐烦地向我招手。

"来了来了！"我拎着沉重的提包坐进车内，示意她可以走了。

车子顺着洲际公路开向纽约，我打开包发现里面是刺客常用的一些易容工具和武器，拉上包沮丧地仰头叹了口气。如果刺客没有给我这些东西，也许我只是觉得有点内疚而已，可是如今怀里这沉甸甸的关心，压得我没有勇气再一次面对它的主人。

"怎么了？"Redback一边开车一边问。

"没事！"我把怀里的东西卷了卷扔到后座上，不想因为这个再分心，也不想让她为此而感到内疚，今天的事以后我再出面向刺客道歉好了。

"你的伤没有事吧？"Redback扭过头看着我关心地问，她把我的感叹当成了抽泣。

"没有关系，好得差不多了！"我骗她。刚才我还感觉腹部上的纱布有点发潮，估计是两人争执时碰到了我的伤口，导致又出血了。

"你骗不了我，我闻到了！"Redback把车停在一个加油站内，俯过身解开我的衣服看到纱布渗出的红色喷斥了我一眼，那神情除了责怪还有浓浓的关心，看得我心头一暖，那份关心让我不禁握紧了手腕上的手镯，这种感觉自从我在医院与母亲离别后已经好久没有出现了。

就在Redback趴在我腹部给我整理伤口时，不经意抬头让我看到一幅哭笑不得的图面：正在加油的工人，踮着脚伸长脖子正在向车内张望，脸上猥亵的笑容、咬在唇外的舌尖和他通红的脸颊，无法掩饰地昭示着他下流的想法。看到我发现他时，那个家伙竟然没有任何不好意思的表示，而是含笑对我点了点头，做出一副你知我知的表情。那副看得理所当然的模样，让我觉得美国人还真无所畏惧啊！

"你他妈的看什么？"Redback收拾好我身上的伤口，抬起头也看到那个家伙的表情，便向他勾了勾手指，把他叫到近前一把抓住他的领子将脑袋拉进车内，按下自动升降器用玻璃将他的脖子卡在车窗顶部骂道。

"唔！……唔！……我什么也没有看！什么……也没有看！咳，咳！……"那个家伙双手伸进玻璃缝内使劲扒扯，想为自己争取一点呼吸的权利。

"是吗？"Redback将车内的电子打火器按下去片刻抽了出来，将烧红的电炉丝逼近他的眼眶说道，"我不这么认为！"

"我真的没有看！我什么也没有看到！真的！"那家伙被火热的炉丝逼得睁不开眼，一边侧着脸拼命地想逃避，一边又怕被车窗玻璃刮破喉咙，眼泪都被吓出来了。

"什么都没看到，你笑什么？嗯？笑什么？"Redback漫不经心地用点火器将他额前的发丝一根根烧着再吹灭，车内一股子蛋白质烧糊的味道。

"我没有笑，没有笑！"那家伙被卡得口水都流出来了，但Redback仍没有放人的意思。

"没有笑？可是我看到了！"Redback把有点冷却的点火器又插回去加温，扭过头冲他一笑，"我知道你在想什么。你在想这个女人真够骚的！光天化日下给男人口交，不是好东西。对吗？"

"咳！咳！"她大胆的言语将我吓了一跳，慌忙咳嗽两声提醒她不要太露骨。

"现在！我告诉你我现在在想什么！我在想，如果把这个烧红的东西放在人的眼球上，烧出来的味道会不会和头发不一样呢？这中学老师可没有教过。你知道的，我是一个很爱学习的好孩子！"Redback将再次烧红的点火器抽出来，还没凑到加油工人脸前，那家伙便已经杀猪般惨叫起来。

"算了，放他走吧，我们还有事！"虽然我也很讨厌这家伙刚才的行为，不过人家也是误会，没有必要搞这么严重。

"这是油钱，这是小费，这是理发的钱，你应该洗洗头了！"Redback掏出钱塞进这家伙的衣领松开车窗，那家伙立刻一屁股坐到了地上捂着脖子大口喘气，而Redback则一踩油门蹿出了加油站。

听着身边Redback银铃般的笑声，我真是摸不清这家伙到底在想什么。刚才还为死在刺客枪口下的小朋友而难过，现在却又开始疯狂的行径，她不会有神经病吧？想到这里我突然忍不住被自己的奇思妙想给逗笑了。

"刚才你在笑什么？"Redback在车子驶入市区停靠在火车站外后问我。

"没什么，我只是为你能这么快从悲痛中解脱出来而高兴。"我提着包和她一起走进了火车站，买了票登上一辆前往纽约的高速列车。

"我没有！"Redback挑了个没有人的座位，坐在我对面说道。

"我以为……"我为自己的估计错误感到无措。

"但我能顶住，又不是天塌了！"Redback用手指理了理她被阳光照耀得闪着银光的发丝，看了一眼窗外说道。

"那就好，那就好！要不要来一杯？"我看见她胸口起伏幅度又略有变大建议道。

"你陪我？"Redback扭过头看着我，淡蓝色的眼眸充满笑意，明知故问道。

"那不行，我还有事要做！而且我也不需要。"我将服务生送上来的酒水递到她的面前，自己拿了杯牛奶。

"我怎么不知道你爱喝牛奶？世纪末新好男人！"Redback给自己倒了一杯威士忌后笑话我道。

"其实我不喜欢喝酒，你不知道吧？"为了转移话题，我把面前的 Jim Beam 威士忌推到一旁说道。

"不知道！你那么能喝，开什么玩笑！"Redback 常看到我和狼群其他成员把酒吧喝到没有酒，突然听到我这么说颇为意外。

"应该说我不喜欢喝洋酒。"我看她喝得美美的，飘过来的酒精味让我舌根发酸，颇想抢过来一饮而尽。

"为什么？"Redback 的酒量不错，一杯接一杯地喝，还没事对着酒杯吹口气，让味道传到我这里。

"小时候家乡酒给我留下的坏印象！"中国的白酒比较辛辣，外国白酒虽然也有挺高的酒精浓度，可是除了冲，没有什么辣的口感。所以美国人喝酒才会不像中国人那样需要配菜，可以干喝半天，更不要提如同加了酒精的像水似的韩国酒了。

"坏印象？"Redback 小时候在教会长大，很少接触到酒精，更没有痛饮的机会。

"对！我很小的时候曾经被我的亲友灌醉过。你知道的，就是那种本来是开玩笑想用酒逗我玩，结果被我喝去了半瓶。那感觉对于一个四岁的孩子可真是一场灾难，把隔夜饭都吐出来后又因为烧心，我在床上翻了整整一下午的跟头。噢！想起来胃就不舒服！"我讲起小时候一次极坏的经验，它是导致我在成年之前再也没有碰过酒的主要原因。

"呵呵，好可怜！不过看你和他们拼酒的样子可不像是童年有什么阴影！"Redback 听完笑了起来，

"我是加入佣军后才发现，有时候酒精也是一样好东西！尤其……"

"尤其是当你遇到不好的事情、招来不好的心情时！"Redback 替我将没有说完的话讲完，"就像我今天看到的事情一样。对吗？绕了这么大的圈子，你还是要宽解我！"

"没有！我只是觉得你今天的反应有些过度！"

"小时候看着玩伴们一个个血肉横飞地倒在我面前留下的……嗯！……坏印象。"Redback 抓起刚才放下的酒瓶又添了一杯。

"我很难过。"

"感谢你的好意。但他们已经不需要了！"Redback 将杯中的液体一饮而尽后，想再倒一杯的时候被我拦住了："我可不想下车的时候背一个醉醺醺的女人。"

Redback 会意地点了点头。我们两人面对面没有再说话，只是等待着火车到站，直到边上两位年轻人的对话吸引了我们的注意。

"尼克，你知道如果弹头恰好击穿了动脉，在心脏泵血 83.3 毫升/秒的强大压力下，血液可以喷射到 10 米以外的地方吗？可以想像如果是在房间里，血迹会铺满墙壁、家具和天花板。可真酷！"

"是啊！听这段：当一颗 7.62 毫米口径的步枪子弹以 850 米/秒的速度射穿人体之后，它会在正面射入的皮肤上留下一个直径不到 1 厘米的小口，而弹头在经过身体时形成的巨大力量会震伤脏器，然后以 570 米/秒的速度穿出人体，震波形成的

第九十章 兵不血刃(二)

出弹伤口直径有可能达到12厘米以上！如果是打在头上，创口将更为可怕，它将掀飞你1/3的头盖骨。这才叫知识，教授天天在课堂上讲的什么函数和矩阵哪有如此实用……"

"是啊！化学老师怎么从来没有告诉我们在弹头上涂一层二硫化钡（Molybdemum Disulfide）可以增加弹头和枪膛间的润滑度，有助于弹道系数，也可以延长枪管寿命呢？什么是二硫化钡？如今才发现这么好的书真是可惜，不知道以前错过了什么，回去希望能让我找到合辑……"

"我也希望！"

我和Redback回头想看看是什么杂志让他们这么着迷的时候，看到一个熟悉的封面字样"SOLDIER OF FORTUNE（命运战士）"，那是本佣兵杂志。

第九十一章　兵不血刃（三）

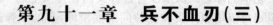

　　看到那两个家伙手里的杂志，我和 Redback 相视而笑。他们所说的都是我们耳熟能详的基础知识，对于军事爱好者来说，也不是新鲜东西，但对于身边这两名十七八岁的少年来说，却是无比新鲜和刺激的内容。

　　"你在笑什么？"Redback 笑着问我。

　　"我在笑如果这些家伙知道，即使被子弹擦过屁股尖也能痛到你眼前发花，我想他们就不会那么兴致盎然了！"我喝了口牛奶，向过道那边的两少年看了一眼，他们仍在津津有味地学习着不应该属于他们这个年龄知道的东西。

　　"不过我记得你在看这种杂志的时候，也是这样的。"Redback 看我有点装过来人的样子，便泼我冷水说道。

　　"那不一样！我现在是干什么的？我已经陷进去了，没有别的选择了！他们不一样，他们仍有大好的青春，不应该早早地就夭折在异国他乡。"想起我加入佣兵无奈且带有戏剧色彩的过程，不禁有点泄气。

　　"男生都有对冲锋陷阵、驰骋疆场、马革裹尸的向往和手刃罪恶、主持正义的幻想。这很正常，你小时候没有想过当兵吗？"

　　"当然想过了，那时候我就觉得当兵真是太刺激了，能玩枪还能当英雄，电影最后他们总是能抱得美人归，从来都没有看到英雄都是踩着尸骨登上荣誉宝座的。"

　　"现在，你如愿以偿了！感觉如何？"

　　"确实刺激！不过没有荣誉。"我说出了佣兵最大的悲哀，"我羡慕你！Redback，你即使作为佣兵也是为自己的信仰战斗，你得到了荣誉……从心灵上！"

　　"你也可以做到的，你可以加入神之刺客。神父年纪大了，神之刺客面临着无以为继的局面。上一次在康哥拉，狼群的表现让教廷记忆深刻，所以我一直和你们在一起。你知道的，神父希望能得到狼群的支持……嗯！人力上的……或技术上的……"

　　"我知道这事，不过最适合借给你们的不会是刺客，也不会是屠夫！我想牧师不错！"

　　"那就是我们要的！他们两个我们也不敢要，我们是神之刺客，不是神之绞肉机！"Redback 想到刺客的作风，叹口气摇了摇头。

　　"刑天！"

"嗯?"

"刚才很抱歉,我和刺客的事让你难做了!"Redback双手交握支着下巴,睁着大眼看着我。

"听着! Redback,你没有错,不用抱歉。在战场上伤及无辜在所难免,但像他那样蓄意杀戮,没有人会赞同的。"我说到这里脑中突然出现屠夫搓着双手阴森森的笑容,不禁改口道,"嗯! 大多数是不会赞同的,至少我是!"

"扑哧!"Redback看着我出神的样子笑出声来,她知道我在想什么。

我也忍不住跟着她一起笑了起来,原来以前引以为傲的果断和冷静,回到和平社会就变成了残忍和没人性。这时候我才发现,原来我们是生活在双重标准下的,同时也发现为什么有那么多佣兵常年待在兵荒马乱、落后贫穷的战区不愿回来,因为是自由,完全的自由,超越法制、超越伦理控制的自由。凭着手中的枪和矫健的身手,我们可以占山为王、窃土为君;我们可以尽情地呼吸,尽情地玩,尽情地烧杀掳掠,直到死!

这种无限的自由像免费的鲍翅大餐一样充满诱惑,这份诱惑之大促使无数人为此抛家弃子,永远留在了烽火之地。

"你在想什么?"Redback把手在我眼前晃动几下。

"噢,没什么!"我回过神来慌张地喝了口东西来掩饰自己的多愁善感,结果入口后才发现是拿了Redback的杯子。

"哈哈哈!"她笑得不加掩饰,灿烂的笑容引来无数目光,包括身边的两位小朋友,其实他们两个从我们上车便看到了迷人的Redback,但碍于我相陪在侧,不好意思上前搭讪,于是便大声交谈,并在交谈中有意透露出一些另类刺激的内容,借以吸引Redback的注意。小朋友的把戏! 如果是平常女性也许会有兴趣,不过他们的算盘显然打错了,Redback不是普通女人。

"你们在看什么? 小鬼!"Redback含笑看着这两个望着她出神的小子,挑眉问道。

"没什么!"两个小鬼迅速地低下头看自己的杂志。

"看这个! 想要一夜致富吗? 想要成为世界上最成熟、最有致命吸引力的男人吗? EO永远为你敞开大门。"

"是佣兵公司的招兵广告,下面还有电话和联系地址,EO是什么简写? 你知道吗? ……"两人相互低语,想打破被斥责的尴尬局面。

原本一直盯着两个人的Redback听到这里笑了起来。因为他们说的EO是一家军事服务公司,1989年建立,拥有700名成员,全称是南非保安公司(EO)。它是世界三大雇佣军公司之一,另外两个分别是在巴哈马注册而在伦敦有数个办事处的SI公司,以及日益活跃的美国弗吉尼亚军事职业资源公司(MPRI)。三家公司的"干部"均由来自军事领域的名人组成,EO的主要领导人都是南非保安力量的成员,而MPRI公司则是由退役的美国将军弗农·刘易斯在1987年创立的,拥有美军入侵巴拿马和海湾战争指挥官之一的卡尔·布诺将军、美国国防情报局的埃德·

索伊斯特将军和美军在欧洲的指挥官弗雷德里克·克罗将军等。

这三家公司在业界都是鼎鼎有名的,他们两个刚才还想装得像非常有胆量、见过世面的"酷男",竟然连如此有名的大公司都不知道,当然让 Redback 觉得滑稽。

不过两人显然被下面更有价值的东西吸引住了,竟然没有听到 Redback 的笑声。其中金发男孩子径自念下去:"我们在此保证每人每月的报酬至少为 2 万至 3.8 万美元,战时酬金更加丰盛。此外还有一笔很高的生命保险费和价值不菲的用各国武器装备武装起来的武器装备系统。嘿!兄弟,我父亲是联邦调查局探员,同样在枪林弹雨中工作,一年税后才能挣到 3 万美金,竟然没有这份工作一个月挣得多。你看到这括号里面的内容了吗?这甚至是非战时的薪水!不如我们去试试吧。你想上大学,这些钱足够你开着 BMW 风风光光地带走校内最漂亮的金发妞……艾尔!想一想,不动心吗?"

"雇佣军都干些什么?打仗会不会太危险?让我看看……"叫艾尔的男孩也颇为心动地抢过杂志接着念道,"……雇佣军公司的工作相当简单,他们只要完成大量训练军官和民兵的任务,负责空中侦察和拍照,制订战略战术计划及训练使用新型器材、购买武器咨询等任务,还有有计划、有目的地在战争和冲突地区的民众中,制造恐慌和进行诋毁反叛组织的'心战'活动……听起来不错!不用打仗,有点像老师!"

看着两人心有所动地在那里讨论加入佣军后的美好前景,我和 Redback 相视摇头。这两个家伙一定不知道,1995 年塞拉利昂政府就曾两次与南非保安公司(EO)和 SI 签订雇佣军合同,雇佣了 500 名雇佣军为其政府效力。在这场政府与反叛者的冲突中,造成 3000 人死亡,约 25 万人无家可归。而且两公司替政府军出人打仗的同时,趁机哄抬物价,卖给了叛军 2500 万美元的军火,据说黑市上 300 美金的 AK47 曾卖到 700 美金一把。战后两公司除了各自从政府那里海削了一笔后,也接管了叛军控制的最大的两个钻石矿区。在不要钱的奴隶的"热心帮助"下,3 个月的时间内开采出的钻石产量便达到 1 万克拉,价值 200 万美元。而直到现在,塞拉利昂的内战仍未结束,他们开出的钻石通过南非的管道贩卖到世界各地,为他们赚进数以亿计的美元。

火车进站的通知打断了两人的对话。纽约到了,我和 Redback 收拾东西要下车时,她突然凑到仍未到达目的地的两位已经打定主意的"准"佣军近前说道:"最新消息,在科索沃和巴勒斯坦的佣军有 700 名,普通佣兵每月的报酬约为 600 美元到 1000 美元,教练和军官才能拿到 1.8 万美元,2001 年上半年两地阵亡的佣兵数为 347 人。而你要在部队中存活三年以上才能成为教官,相信我!85% 的人没有熬到那一天!"

看着两人灰白的脸色,Redback 得意地笑着下了车,捉弄人是她的爱好,不知道恶作剧在不在下地狱的罪行中,如果是的话,那她一定会跌进最深的那层。

"她的话别太往心里去,其实美国弗吉尼亚军事职业资源公司不错的。自己国家的佣军队伍,负责人都是前军方高级将领,背后有政府支持。替政府军干点送货的保安工作,生还的几率还是比较大的。"我想替 Redback 的唐突圆一下场,却发现没有起到作用,两人的脸色更苍白了,只好赶紧跟在 Redback 的身后下了车。

"你干嘛要打圆场?我说的都是实话。"Redback 瞪着蓝眼睛用手指点指我额头,"看那两个菜鸟的样子,去了也是死路一条。"

"那也是他们的选择!再说我说的也是实话,与其让他们死在 EO 那些冷战时期便已经'大杀四方'的廓尔喀人手里,还不如让他们加入自己国家的佣军,说不定能碰到个老乡照顾一下。"

"那群死英国佬!"Redback 口中的死英国佬便是我说的英国人自上个世纪就一直雇佣着的一支廓尔喀人的部队。在英王室的命令下,这支部队曾转战杀戮于第一次和第二次世界大战的很多战场,当然也曾参加过镇压艾兰登独立运动。到了 20 世纪 90 年代,当英国人决定从他们的现代战略中取消这支部队时,这支世界上最著名的雇佣军中的八千多人便失去了自己的工作。同时和他们一起下岗的还有随着冷战的结束,兔死狗烹的世界各国数百万计的多余军力,但由于这些军人中大多数不愿退出其喜爱的军队成为退役军人,从而走入了雇佣军的行列,成为支撑多年来各战区持续战乱的中坚力量。

"没有时间诅咒别人了,看那边!"我指着人群拥挤的火车站出口,无数的警察忙忙碌碌地正在对进出火车站的旅客进行检查。

"见鬼!怎么回事?"Redback 踮着脚张望了一会儿,没有看出个所以然骂道。

"有人死了!"我吸了口气,淡淡的血腥气从入口处飘了过来,Redback 本应也能闻出来的,估计她喝了酒,所以嗅觉被混淆了吧。

"你鼻子越来越灵了,和狼人那家伙似的,越来越不像人类了!"Redback 如同在看动物一样,还伸手按了按我的鼻子。

"尻!别按了,本来就不挺,再按就全塌了!"本来我长得就不帅,这几年被战火摧残得颇有点见不得人了。

我掏出了刺客在医院给我们的那两个内务部的身份卡挂在胸前,扒开人群径直走到了正在临检的警察面前,向他们出示了假的身份证明,告诉他们我们是出任务的内务部探员,正在押送重要物证,希望他们放行。

一个负责的巡警例行公事地检看了一下我们的身份卡与真人是否符合后,便派另一名人员按照我们给的查询电话核对身份去了。趁着他核实的空隙,我和 Redback 扫视了一下地上不远处躺着的一具尸体。

那是一名白种男子,三十多岁,棕发,大鼻子,西装革履,枪杀,头、胸两处中弹。犯罪现场鉴证人员仍未到场,几名警察正在维持现场秩序。

衣服没有烧焦的黑晕,伤口平整,没有烧伤痕迹,伤口流出的血水有稀释现象。看样子这个家伙是在兴冲冲走出火车站准备回家时,被人射杀在火车站的大门口的,从手法上看是职业枪手干的。

"这个家伙在我们的名单上吗?"我看着这张少了半个鼻子、被血喷成血葫芦无法辨认的脸,问身边的 Redback。

"应该不在！但我不能肯定，这脸怎么让我认？不过那个大鼻子看上去不像美国人，有点像欧洲人。"Redback探头看了一眼，低声在我耳边说道。

　　我使用手机给天才发了条短信，询问有没有人在火车站狙杀目标，得到的回复是没有。倒是Honey给我补了个信息，刺客要的奥斯屈莱特G液体炸药已经配好了，在植物园附近等我们去取。

　　"朋友！你要找的枪手不在这里，看到他头上的枪口了吗？从创口看应该是7.26毫米口径，是步枪！7.62毫米的步枪弹在100米内击中人脸，中枪后脑会飞出一个你想像不出的距离，而且从流出伤口的血水颜色不纯来看，杀手使用的是干冰子弹，子弹射入人体时会因为摩擦部分化为水，其他部分也会被死者的体温融化，不会留下弹头的痕迹。子弹是从鼻梁上方打入，从切入角度可以看出那一枪是从45度角打进来的，所以对方是从对面那栋大楼13层打过来的。伙计！要找的可是职业杀手，按时间算你们应该找不到他了，但如果运气不好碰到了，最好自求多福！上帝保佑你们！"在获得通行许可后我便"好心"地提醒巡警队长。纽约聚集了很多为了钱前来袭击我们的杀手，不管这个是不是，出于私心我不愿放过任何威胁或可能有的威胁。

　　"谢谢，朋友！伙计们，你们听到了！留下一组人保护现场，其他人跟我走！"巡警的队长很配合地下令。估计是我的高级国家公仆的身份增加了不少说服力。

　　"不客气！"我边客气边面带微笑地领着Redback上了一辆出租车。我不是假笑，借刀杀人就是爽！

　　"我们被跟踪了！"正在我高兴的时候，Redback在边上用汉语说道。

　　我吃了一惊，聚神在倒后镜中看了一会儿，发现一辆蓝色的老式美洲豹房车远远吊在后面不急不徐地跟着我们，不知道是哪方神圣。

　　"怎么办？"Redback把手放进了我提着的袋子中，想要抽出里面的TMP，但被我阻止了。因为我发现开车的司机会不时从倒后镜中慌张地看我们两人一眼。这家伙有鬼！

　　"前面世贸大厦停！"车子停下后，我扔给司机100美金便携同Redback走进了世贸中心大厦。

　　"四个人！一个灰夹克，两个穿白色多功能背心，一个戴棒球帽。"我从手腕上宽大的白金手镯上看到了从美洲豹上下来的人的样子。

　　"看到了！"Redback手里握着自己的太阳镜。

　　我们两个没有说话，快速地冲进一部无人的电梯，并迅速合上了门，利用包里面的喷雾剂喷花了摄像头后扯下了头上的面具，并扯掉身上的外层衣服露出里面的运动衣，取出包里的易容箱，以最快的速度改头换面。等到电梯在43层的咖啡厅停下时，走出来的我们已经变成了两名肤色发黑的金发混血儿。

　　我们两个提着箱子直接顺着紧急标志来到了无人的消防通道，将箱内各种武器弹装备好后，打开了易容箱最边上的两个小瓶，并锁死了金属箱。那里的军用燃烧剂和纯氧气，保证提供足以毁掉箱内所有东西的热度，并保证不会冒出烟雾引动

64

烟雾报警装置。

"刺客这些东西可值不少钱呀！"我叹息道。这些特制的易容品甚至比象牙还贵，光是那个巴掌大的指纹掩盖器便值50万美金，这一箱东西……我是不敢算，反正是要破财了。

"那烧着才解恨！"Redback看着银白色的金属箱表面迅速变成赤红散发着高温，颇有快意地说。

"没时间想这些了！"我本想给天才打电话，但想到无缘无故地暴露身份又不禁收起了手机。二十倍于中央情报局的美国国家安全局雇佣的专门监视电子通讯和收集国外情报的万名数学硕士、博士不是吃素的，虽然我们的信息也是加密的，但天才不是神，肯定有比他更厉害的高手。

"除掉他们吗？"Redback和我处理好累人的行李回到咖啡厅。

"看我的！"我掂了掂手里的迷你香水瓶，"让你看看什么叫兵不血刃！"

"兵不血刃？"Redback松开枪把看着我。

"当然！这楼里有上万人，在这里开枪绝对是不明智的行为！"我们找了个位置坐下，我在口袋中摸索着刺客留给我的各种小"工具"。

"那你想怎么处理这群看门狗？"Redback看着电梯口站着的两个大汉，从他们不经意的动作中，可以看到他们使用的是MK24（P226政府使用型），一看便知道他们是军方或政府的探员。看来政府已经要采取措施了。

"政府已经要采取行动阻止我们了，看来我们要处理得更小心点。"我翻出两个喷雾剂罐和一小瓶药水，自己喝了口后递给了Redback，她没有任何犹豫将剩下的一口饮尽，然后问道："这是什么？"

"提神剂！下回我给你东西，不要喝得那么干脆，好吗？"看她喝下去的利索劲儿，我摇了摇头。Redback就是这样的女人，对于相信的人，她从不设防。

"OK！"Redback毫不介意地笑了笑。脸上的仿真皮让她笑起来像个30岁的花花公子。

等到我刚弄妥一切的时候，在人群中寻找我们的探员发现了我们，也许是我们的易容术没有刺客那么精湛，也许我不应该把Redback这么漂亮的女人装扮成男人的模样，所以它只为我争取了一点时间，没有瞒过经验丰富的联邦老鸟。

"我们是联邦探员，现在怀疑你们两人与最近发生的数起恶性谋杀事件有关。希望你们跟我们走一趟。安静点，跟我走！"一名联邦调查局的探员走到我们两人面前，出示他的证件后低声对我们说。

"你是老大！"我示意Redback听从他们的话，站起来夹在两人中间走向电梯。

六个人挤进电梯后，四名联邦探员礼貌地拒绝了其他欲上电梯的乘客，使用无线电通知其他在楼下的人员我们要下去了，并要求不要让这部电梯再上人。等到电梯门关上后，四人把我们夹在中间，要求我们两人举起双手想要搜身。

我和Redback很合作地举起手，让他们搜去了我们两人身上的武器，但是他们还没有把武器装到自己身上，便一个个开始行动迟缓，在没有意识到自己反应不正常前,便全部双眼发直地呆立当场。

"怎么回事?"Redback在四人眼前摇动双手,看到他们的眼球没有任何反应便奇怪地问道。

"我也不太清楚,这东西似乎是某种迷魂气体,提炼自南美洲一种树皮。刺客和我去巴恩的时候用过一次,见效很快,但时效有限,只有不到三分钟的时间,我们一般用他们迷住看门人。"我伸出手,Redback从我手掌揭下一层透明胶膜,那是我烤到手上用来掩饰指纹用的。

"三分钟?还不够电梯下到楼底!"Redback掏出枪指着其中一个人的脑袋想在他醒来前解决掉这种可能。

"不,不!今天没有枪声,OK?你在这里杀了他们,电梯门开了,一样会引起骚动!"

"那怎么办?"

"我们可以坐另一部电梯。"

"他们醒过来会告密的。"

"给他们找点事就可以了!"我搜走了他们的无线电和手机后,扯下其中一人的衫袖裹住他的手,抽出刀片在他的手腕上划了一刀,鲜红的血液立刻无声地洇透了白色的布料,但被拉下的黑色的西装挡住,无法被别人看到。Redback看到后恍然大悟,依样画葫芦把其他人的腕动脉划破。然后我们两人停下了电梯,在四人开始恢复意识时,按下直达顶楼的按键后离开了电梯。

"等他们醒过来,忙着给自己止血还来不及,根本没有精力顾及我们两个的去向。"Redback扯掉身上几分钟前刚弄好的伪装,和我顺着应急通道到楼下坐另一部电梯直达一楼。铃声响后电梯门打开前,我心中已经勾画出若干可能的突发状况,也幻想过数套应急措施。多项选择从小就是我的弱项,当电梯门中间那条缝透出第一道光线时,我背后升起一股冷气,带动全身肌肉一阵抽动,压抑不住的冲动濒临爆发的边缘,恨不得将身边的一切瞬间摧毁干净。

电梯门完全打开时,从第一个出现在我眼中的女白领到穿过人群最后一个擦肩而过的大肚汉,每张陌生的面貌都深深地刻入我的脑海,直到我看到远处数名耳带无线电的特工心无旁骛地盯着我们刚才乘坐的正在上升的电梯聚在一起讨论着如何应变,我才把注意力勉强从身后电梯关闭的铃声上拽回来,同时也发现手心已经湿了一层。

看得到的威胁比无形的臆测造成的压力小很多!

"保持呼吸平稳!"看到那些家伙的注意力并没有在我们身上,刚想长出一口气,身边的Redback抓起我的手轻声说道。她的话像个瓶塞般堵住了我的气管,憋在肺里那口气差点呛到我,费了好大劲我才在掩饰下平顺地将它分口吐出。

显然Redback对于这种阵仗的经验要比我多,她并不急于离开这里,反而拉着我在一名探员身边亲热了好半天,还上下打量他数眼,引得那人失神,直到被无线电中同伴严厉的词语唤醒,他才将眼神移向别处,这时Redback才拉着我离开了这栋大楼。

"你刚才是干什么？发什么神经？"我明白她刚才的表演，但仍忍不住想多问一句。

"走得太快会引起他们的怀疑，我那样做是为了让那名探员在汇报情况时，在心理上产生障碍，不敢提及自己的失职。"Redback的心理战应用明显比我学得精细。

"我不喜欢那样！我们不是间谍，没有必要牺牲色相。"对于她在陌生人面前表现出妩媚的一面，我心里感觉像被贴上一层胶纸般不舒服。

"所以我才当佣兵！"Redback含笑拧了我一把，"你吃醋了！"

"没有！"

"有！"

"没有！"

"有！"

"没有！"

"就是有！"

"……随你说吧！"我不愿被她用那种兴奋的眼神看着，让我感觉很……畏怯。自从第一次在浴室看到自己没有温度的眼神，这种感觉已经好久没有过了。

"我喜欢你害羞的样子，真可爱！"Redback和我顺着人流走进近在咫尺的地下铁入口，买了票走进正巧停在眼前的列车。

"可爱？"我摸着脖子上粗糙的刀疤，咀嚼着这个别扭的字眼，"是可怕吧！"

"没有关系，我喜欢就行！"Redback用鼻子磨擦我脖子上的刀疤，呼出的暖气像羽绒般轻抚过我敏感的新生皮肤，让我感到很舒服。

"他们似乎不知道我们的真面目！"我把她头上仅留的黑色假发扯下来，露出被汗水洇湿的满头银丝。

"别转移话题！"Redback将我解开的发辫重新扎起，用手轻抚两鬓上刚长出的发茬。

"别这样！我们还有活要干。看样子这些人仍不知道我们的身份，也许是因为我们下手的范围跨越了州界，才引来了联邦调查局。"我抓住她的手拉到我腰侧，环住她的腰，每次劫后余生她都会变得很冲动。

"管他们啊！干完我们再也不来美国不就结了！"Redback无奈地搂住我的腰趴在我心口，听着我的心跳声闭上眼说道。

我没有接话，因为我们两人都知道，如果这么简单就好了。虽然在一定层面上我们和美国政府有不错的"过去"，但"婊子无情，政客无义"这条佣兵准则谁都不会忽略，他们被惹恼了就绝对不会轻易善罢甘休的，即使无法派正式部队跨国度追杀，但无数瞪着血红眼睛盯着狼群的佣兵队伍便是最方便的刀子。这次行动可以说是衡量狼群对美国政府有多大用处的赌局，队长知道，我们也知道，所以队长才会在如此缺乏人手的时刻仍把主力派去执行劫船计划，而且派的全是美籍退伍兵身份的队员，这也是种表态，有没有用就只有天知道了。

"嘿！刑天！"过了一会儿，在车子停下又开动后，怀里的 Redback 突然抬起头看着我背后说道，"我看到个熟人！"

"谁?"我扭头看去，发现她看的是一个留着大胡子，戴着黑色粗框眼镜的阿拉伯男子，他拉着吊环正和身旁的另一名阿拉伯裔男子谈话，不过我不认识那个家伙。

"他是谁?"

"哈立德·穆罕默德。"Redback 扭过头不再看那个人，害怕被他发现。

"谁?"我没听过她说出的名字。

"哈立德·穆罕默德，在科威特出生并长大的巴基斯坦人，哈立德并不是他的真名，因为他至少用过十几个化名。他是'圣战者'的成员，是个危险人物。"

"危险?"从 Redback 口中听到这个词让我颇感意外，不禁多看了几眼那个有点像隔壁大叔的平凡男子。他个头中等，身材臃肿，五指白嫩，一看就是个不常开枪的生手，除了对周围环境敏感的反应外，实在没感觉他有什么危险的地方。

"不要看不起他，他干过的事，列出来绝对能吓你一跳。你知道 1993 年世贸中心地下室的卡车爆炸案吗?"

"我知道！把世贸地下停车场炸出半个足球场大的洞，死了六人，受伤的人数一千多。全世界都知道，我当然也知道。不会是……"我说到这里，吃惊地扭过头又看了一眼那位"大叔"。

"没错！就是他干的。美国军舰'科尔'号在也门被炸、美国驻非使馆爆炸案等恐怖事件都是他一手策划的。他炸过的飞机比你开过的还多，联邦调查局悬赏 500 万捉拿他，他竟然还敢出现在美国的地盘上，一定有什么事要发生。"Redback 详细地将哈立德的身份向我介绍了一遍，让我对这个貌不惊人的家伙"肃然起敬"。

"你怎么会认识他?"我奇怪地问 Redback，因为"圣战者"很排外的，她一个天主教徒怎么会认识其中的人员，这让我不解。

"那说来就话长了！"Redback 又瞅了一眼远处的两人，低声说道，"1994 年圣诞节前，教皇保罗二世计划于次年 1 月对万尼拉进行为期 5 天的访问。1995 年 1 月 6 日，就在教皇抵达前的一个星期，梵蒂冈驻菲律宾大使官邸对面的一座公寓楼发生了一起火灾。公寓楼的一半是旅馆，火灾发生在 603 室，里面住着两位阿拉伯游客。在疏散人群的过程中，一位女警官推开了客厅的门，猜猜在里面发现了什么? 烧杯、漏斗、棉絮、汽油罐和两个装满液态硝化甘油的大号果汁瓶。经过进一步搜查，警方又发现了更多的化学药品、化学书、牧师用的法衣、项圈、圣经、十字架、教皇预定的活动路线图、一个已经完工的管状炸弹和一个半成品，此外还有 12 本护照和用来做炸弹定时器的 12 块卡西欧手表。如果不是那起意外的火灾，教皇就很有可能被炸死在万尼拉街头了。警方在 603 室还找到一部笔记本电脑，他们在里面发现了更让人心惊肉跳的阴谋——企图在空中同时引爆 12 架美国客机。他们打算分成 12 个小组，分别登上 12 架美国航空公司的航班，将炸弹带上飞机，然后恐怖分子趁飞机在亚洲某地中转时下机，将炸弹的定时装置设定在同一时刻，让飞机在飞越太平洋上空时同时被引爆。我们对他们炸美国飞机的事情不感兴趣，可是有人胆敢对教皇下手，在宗教界可以说是惊天动地的大事，神之刺客曾受命追捕这件事的参与者，一干人员均被我们秘密解决了。但只有这个家伙逃到了中东，受到了当地势力的保护，你知道我们是教会佣兵，由于各种问题，我们根本无法进入卡塔尔这个全伊斯兰信徒的国家展开行动。所以，最后这件事就上交给教廷与卡塔尔政府去交涉了，听说他们最后驱逐了他，但隐匿他的去处不肯告诉我们。这么多年了，没想到在这里见到他。"

"我们现在自顾不暇，不能动他。"我对加入佣兵这一行前的事了解有限，听到Redback和哈立德的旧账也颇为吃惊，没想到这家伙这么极端，竟然敢对教皇下手。

"我知道。不过我要通知神父这意外的收获。"Redback掏出手机与神父通起了电话，通完电话便盯上了哈立德。

"怎么了？他让你盯着他还是做掉他？"我看着她逐渐阴狠的眼神，肯定是神父下了什么指令。

"跟着他，有机会就做掉他！"Redback拨开了枪套扣开始做后续准备。

这时火车进站了，哈立德和那名小伙子率先走出车厢，然后原本散落地坐在车厢各处的几个人也起身跟在他的身后走了出去。如我所料，他带了不少的保镖。Redback亲了我一下，便要下车跟踪而去，却被我一把拉住了。

"怎么了？"Redback回头奇怪地看着我。

我没有说话，用手指点了点一个靠在车厢过道尽头原本不省人事的醉汉，现在他正目光炯炯地盯着哈立德的背影，手按耳侧对着空气说着什么。

"警察？"Redback松开了枪站回了我的身旁。恐怖分子身后跟着的，不是警察便是情报人员，这两种人都是Redback和我现在不能碰到的，而且有他们在哈立德后面，Redback也没有下手的机会。

"也许是中央情报局或国家安全局的。"车门关上后，那位醉汉伸了个懒腰拿出手机拨了个电话开始做汇报，他使用的器材看上去像是情报部门专用的能给无线电加密的仪器。

Redback看到无法跟踪后，只好又给神父打电话，讲了几句便草草收线了。

"怎么样？"

"没有关系！他已经通知美国纽约的主教，让他向政府提出申请，如果哈立德被抓住后，希望能得到一些和教廷有关的情报。"Redback收了线看着窗外闷闷不乐地说道。

"你看起来很不高兴！"我坐到空出来的靠椅上，拍拍身旁的位置让她坐下。

"当然，我两个朋友死在那次追捕行动中，全部是身首异处。我却没有办法亲手宰了那王八蛋，真不甘心！"Redback啐了口唾沫骂道。

"这就是你为什么痛恨这伙人的原因？"我这才明白Redback对中东人除了宗教信仰的原因外，还有这段旧恨在其中作祟。

"对！"Redback伸手隔着我的衬衫抚摸着挂在士兵牌下的"修士"的十字架，"他们是我的兄弟,是我世界上仅剩的亲人!"

"也是你对过去的回忆!"

"对!"Redback 握着十字架眼眶红了,但泪水在眼中转了几转最终没有掉下来。

车到站了,我和 Redback 下了车,那名探员并没有下车。出了地铁站坐上出租车,顺利地到达了植物园附近的停车场。Honey 和华青帮一名护法在这里等着我们,带着刚合成的奥斯屈莱特 G 液体炸药。

"我不知道佣兵也会多愁善感!"Honey 看到我们两个冒出的第一句话让我大吃一惊。

"你偷听我们?"我突然意识到她意有所指,稍加思索便明白她肯定窃听了我们的谈话。

我翻出手机卸下手机电池,这是我身上惟一和她有关的东西,这才发现电池上的说明贴纸似乎有点厚了些,揭下来一看便明白是什么东西了。

"那不怪我!这东西是我哥为了确保我的安全给我特制的,是你用我的电池,不是我硬塞给你的,所以我并没有做任何违背道德的事情。"Honey 抢过我手里的电池,递给我一块新的。

"你听了多少?"Redback 有点恼怒,因为除了我,她不想任何人知道她也有脆弱的一面。

"没多少!"Honey 睁着大眼睛装出无辜的样子,那副天真带白痴的模样让人实在下不了手扁她,气得 Redback 只能把气撒在我身上,实实在在地给我屁股上来了两脚。

"好了!下一步要干什么?"Honey 坐进车后座看着我问。

"你上来干什么?"我奇怪极了。

"没什么!我好奇,想跟着你们去看看新鲜!"Honey 一副跃跃欲试的样子。

"你哥哥知道吗?"我脑子转了转,想到她那高深的学识和各种先进的发明,也许借这个机会把她拉下水是个不错的决定。

"我又不是小孩子!干什么用不着他同意。开车!"Honey 很帅气地挥挥手。

我对 Redback 耸耸肩,她一脸不满地踩下油门将我们带到了一家进出口公司门前。这是一家挂牌公司,老板吉姆·卡特尔,是卡特尔军火公司老板麦文·卡特尔的弟弟,通过这家进出口公司,他们向内向外出口了大量非法的武器。不知道为什么,一向与狼群无怨无仇的他,竟然不顾我们的警告,主动向攻击我们的佣军提供军火。如果他以为有个政府背景的哥哥我们便怕了他,那他可打错了算盘。

"你要怎么办?在他车里装炸弹吗?"Honey 颇为紧张地凑过来问道。

"是装炸弹,但不在他车上!"我笑了笑说道。

"那你要装在哪儿?"

我笑了笑,提着那桶奥斯屈莱特 G 液体炸药下了车,走到停车场出口,将桶里的液体均匀地倒在了地上,然后在路边的墙角装上一个遥控雷管便走了回来。

"我只知道奥斯屈莱特 G 液体炸药最大的特点是具有相当高的能量,爆速高达

8600m/s，大多是用来炸山和开矿。蒸汽与空气的混合物很容易发生爆炸或燃烧。但没想到还能这样用。"Honey看着我只是如此简单地便回来了，惊奇地叹道。

"呵呵！奥斯屈莱特G型液体炸药易被土壤吸收并保持爆轰性能。因此，它被直接浇注在土地上，并能用压发雷管或普通雷管直接起爆，作为'无壳'地雷或'液体'地雷使用。它主要用于大面积快速安置地雷，以达到杀伤、炸毁装甲车辆和清除雷区、开辟通路的目的。我们常用它来开挖个人掩体和工事。当然也能杀人！"

我们在停车场前等了片刻，到晚上下班时便看到楼上停车场的下车道缓缓驶来一溜车队，中间一辆银色的凯迪拉克便是吉姆·卡特尔的车子。我把遥控开关递给Honey说："你不是想刺激？自己按！"

Honey接过我手里的遥控器，像捧着件名贵珠宝一样小心翼翼。看着越来越近的车子，她十分为难地左顾右盼，然后看着我和Redback。这时她才知道杀人这个词说起来容易，真到下手的时候才知道对自己有多大的压力。

车子渐行渐近，已经出现在我们的水平视野内。这时候Honey仍捧着遥控器，不过已经满头大汗，双手颤抖，在车子驶进我布好的雷场时，她突然尖叫着一抖手，大叫道："不行！我下不了手。"

边上早已做好准备的Redback接住落下的遥控器并按下按钮，空无一物的地面突然爆起万丈火焰，将行驶中的车队炸上了天。硝烟过后，路上便只剩下数辆燃着熊熊大火的轿车，没有一个人从车内钻出来，因为巨大的冲击波早已将车内的人炸成了碎块。

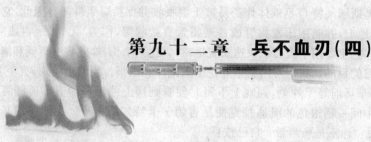

第九十二章　兵不血刃（四）

坐在车中看着远处燃烧中的车队不断炸出的火花,我想起童年过节时的礼花,不过被边上的哭声惊醒,扭头一看发现 Honey 趴在仪表板上,双肩抖动,低低地抽泣。

我没有说话,伸出手拍了拍她的背,谁知原本只是低低的抽泣声在我掌下却变成了号啕大哭,而且她还抱着我的胳膊不断把眼泪混着鼻涕蹭在我的衣袖上。看着布料上粘着的一坨坨青黄相间的糊状体,我无奈地扭头冲 Redback 做了个鬼脸。

本来以为她一会儿就停了,没想到这小妞哭起来还没完没了。现在这种形势下我们可没有时间给她浪费,这么大的动静警察五分钟内就会到。现在隔街的警笛声都已经能听到了,车子却还没有发动,这不是等死嘛。

“够了吗?”我小心翼翼地把她抱着的外罩褪下,生怕上面那种混合液体粘到皮肤上。即便那是从美女鼻子里流出来的东西也让人恶心。

“我害怕!”Honey 松开我的胳膊,伸手抹了把脸,眼泪和鼻涕连成线绕着嘴角画了个标准的 C 字,“我从不知道原来杀人是这么可怕的事情,想到只要手指按下去,数条鲜活的生命就会被我夺去,他们的父母子女便会失去他们,并会永远生活在痛苦中,我便心脏狂跳到揪痛,无法呼吸,关节像上了石膏一样僵硬,我甚至想吐。上帝呀! 我刚才竟然想杀人! 和我一样的人!”Honey 移开屁股坐到副驾驶位子上后,又开始不停地自言自语,最后又抱着脑袋趴在膝盖上痛哭起来。

顾不得安慰她,我先把车子发动驶离了爆炸现场。我从倒后镜中向后排的 Redback 使眼色,想让她安慰一下边上的小女孩,却被她还以白眼,弄得我莫名其妙。不过,如果有名年轻女子不停地在你车内哭泣,尽责的美国警察或公民极有可能告你虐待或强暴。我可不想还没有逃出爆炸现场,便带着遥控器和装过液体炸药的容器被执法机关抓个现行。

“别哭了!”Redback 最后经不住镜中我的无敌连环瞪,憋着粗气说道,“又不是你按下的按钮,你对那些人的死没有责任,哭什么哭?”

“我一直以为杀人是件极 COOL 的事情,只是轻松地一扣扳机,哇拉! 职业杀手! 听起来那么有型,没想到真实情况竟然会是这样。”Honey 抽出张面纸把脸上的脏东西擦净后,一边擤鼻涕一边支吾道。

“那是你身边这样的人太多了,导致你有了这样的错觉。杀人绝不是一件轻松

72

的事情,杀人者会恶心,会后怕,但绝不会感到酷。"说完这话有些人像出现在我的脑中,逼得我又加上了一句,"也有些人甚至会感到快感,但也不会感到有形!那太幼稚了。而且你也只是按动按钮间接地下手,如果你面对面将一颗子弹射入人体,那种弹头打进人体组织的声音绝对够你做一个月的噩梦了。听过瘪车胎爆洞的声音吗?类似那种'波',声音并不大。"

"别说了!"Honey把擦鼻涕纸扔过来骂道,"你们这些人怎么能坚持干这种事如此久的时间?我的天!你们太疯狂了!难道你们的良知没有办法阻止你们的行为吗?幸好我有。"

"心悸、头痛、激动不安、肌体轻盈、有呕意!你知道为什么你会出现这种感觉吗?"Redback剔着指甲中的填充物和手掌上没揭净的指纹掩盖胶体,漫不经心地问。

"为什么?"Honey喘着粗气,试图用深呼气缓解狂跳的心律。

"你是化学家,提示你一下。C9H13NO3,这个分子式有没有让你想到什么?"Redback故弄玄虚的语气和奇怪的问题立刻成功地转移了Honey的注意力,让她陷入了思考,但几乎是同时她便想到了答案。

"肾上腺素。"Honey露出恍然大悟的表情接着说道,"专门用来'战斗或逃命'的荷尔蒙,调节心肌、增高血压、活化交感神经、运送葡萄糖给肌肉、促进肌肉的活动,用来应对压力或危险。它可以瞬间给人强大的机能提升和恐怖的爆发力,但如果分泌量过高,超过机体可承受限度,便会使毛细孔和血管紧缩,甚至会阻塞输送血液至心脏等反效果,出现心悸、头痛、激动不安、有呕意的现象或体能障碍。"

"所以才会有的人遇到危险时,头脑清醒却无法驱使身体做出反应。这东西过低过高都会害人命。"Redback笑了笑说道,"你只是感觉这事刺激过头了而已,和良知没有关系。这是常坐在办公室不活动导致体质不良的坏处,以后要常做运动哟!"

"你胡说!这不可能!"Honey无法接受自己停止犯罪行为不是因为理智回归而是慵懒造成的体质不及格。Redback的这种假设既突显了她体质的羸弱,更重要的是营造了她道德上犯罪的故意,这是她不能也不愿接受的事实,"我才不是你所说的那样,我身体好得很,根本就不是因为体质问题,适应那点肾上腺素根本不成问题,根本就是我的良知制止了我。"

"是吗?我都不敢这样夸口,你竟然这么自信?应该让屠夫和大熊给你展示一下肾上腺素的威力,你才能明白刚才你的话简直像小儿辩日一样无知。"Redback哈哈大笑起来,仿佛Honey的争辩是在说笑一般。

"你什么意思?"Honey又一次被Redback的话引开了注意力,忘记了为自己内心的原罪作辩解,睁大眼好奇地问道。

"你既然对肾上腺素这么熟悉,应该明白这种荷尔蒙比较特殊,是一种可由大脑控制其分泌的激素,如果你觉得压力、紧张或危险,便会刺激肾上腺髓质分泌这种应激激素。所以,某些经过特殊训练或经历过大灾难的人可以驱使自己的思想,造成假想的危险状态刺激本身的肾上腺素分泌,给自己以强大的力量。而这种人通常必须有超强的肉体作为发挥器械，不然就会出现肾上腺中毒，下场只有死。想想屠夫和大熊的体形或看看你身边的司机，你才能明白什么叫控制肾上腺素，不让肾上腺控制你。至于你，省省吧！"Redback撸起袖子握紧拳头向Honey展示蕴藏在温玉般光滑皮肤下的强健。扭头一看，她棱角分明的线条也吓了我一跳，平时我也没注意，原来这小妞的肌肉也够劲爆的。

"Redback，够了！换车了！"我把车停在市中心一个大型公共停车场，催促两人下车。这家伙可算逮到一个向人说教的机会，而且对方还是号称天才的人物，她当然不会放弃这个满足自己虚荣心的机会。

"控制自己的内分泌？"Honey下了车，边走边瞪大眼看着我，"你一定是在开玩笑！还用来作为战斗的动力？即便这从理论上能讲得通，我也不相信真的有人可以做得到。"

"那是你见识短！我们刑天就可以做到。对吧！"Redback走在我左侧用手肘捅我后腰一下，挤眉弄眼地笑道。那副模样让我想起买了新衣服一定要穿戴整齐到同伴面前炫耀一番的小孩子——天真得可爱！可是看着她那副样子，我怎么也笑不出来，因为我知道她的话引来的只有一种结果。

"我要看！"Honey高叫的声音立刻印证了我的预测。

翻翻白眼摇摇头，满街飞驰的警车一遍又一遍地在路边疾走的人群中筛滤着可疑人员，如果不是正赶上下班高峰期，我们早就被警察给拘起来了。这两个女人一个比一个不知什么叫紧张。

"没空！"我懒得理她，径直拐进一家正在营业的俱乐部。这是资料中提到的，最后一个目标常来的夜店。金·哈姆，一个世界有名的黑客，进出世界各国所有连接入网数据库偷取情报卖。他被美国安全局抓获后，便归顺了政府，成了领薪水的网警。但狗改不了吃屎，据说他仍私下接活，替人偷取情报，林家的黑帮身份和狼群的行程安排就是他破译的，甚至还把国安局中收集的狼群成员的资料都搞了出来，害得我们的第一次偷袭行动被人识破，差点中了埋伏。天才费了一个星期才好不容易在网络上把他揪出来，但碍于他的身份一直没有下手。

坐在昏暗的夜总会中，震耳的音乐声把一切嘈杂都掩盖在疯狂之下，面前的酒桌上一名裸女在收了我1000美金后卖力地扭动着她的身体。玻璃桌面下的紫光灯把这个只在重要部位涂了层银粉的女郎照得如同穿着比基尼一般。也许是我出手大方的原因，这姑娘十分热情地不住往我身上蹭。说实在的，这个混血非裔女孩长得真是不错，如果不是Redback在边上翘着脚盯着，我颇有把她"就地正法"的冲动。

Redback对这个女孩根本不把她放在眼里的行为竟然没有生气，如此平静的态度反而让我颇有压力，不过也乐得清静，讨厌的倒是Honey听到了Redback的那番理论后，一直纠缠着我要看演示，大有如果我不演示给她看，就要把我开膛破肚研究一番的意思。

"快给我看，不然我就去报警说你杀人！"Honey这种天才的想法永远也无法按正常逻辑判断，竟然拿自己共同犯下的罪行来威胁人，她的话实在是把我打败了。

"好吧,你坐开点!"为了不让这个神经病女人出问题,我逼不得已只好让步,伸出胳膊为她展示这种其实在军界很多人都能做到的技能。当她看到我小臂瞬间爆胀两圈把衣袖撑烂,又毫不费力地用两根手指将三立方厘米大小的冰块捏碎后,竟然拿出一个计算器低头做起了演算。

原本以为这就完了,谁知道她算了一阵后,竟然又转过来扔了一句:"再来一次!"

"这又不是吐口水随便就有,现在我的心跳还没有恢复正常,做多了会肾上腺素中毒、心律紊乱甚至死人的。"我指着脖子上鼓起的血管和满头的虚汗吼道。

"别叫!打扰我看表演。"Honey满脸惊慌,没有作声,倒是Redback从边上给了我一肘。

"你知道捏碎这么大的冰块需要多大的力量吗?这太神奇了。"Honey伸手撸起我的衣袖抚摸我正在消退的肿胀肌肉,"让肌肉在瞬间如此充血,要有多么强有力的心脏才能承受这么高的血压。"

"人体是最神奇的机器!"我笑了笑把胳膊从她手里拽出来,喝了口伏特加润润口不经意地说道,"在中国练过气功的人也能产生如此的爆发力,他们随便踢出一脚就能产生半吨的力量,可以轻易地将人体的骨架粉碎,而且不用像我这样冒生命危险催动自己的内分泌。"

"神奇的东方武术!"Honey也像其他西方人一样,无法理解东方的无法用解剖学解释的各种武术,所以那些东西在她的思想中便被蒙上了神秘的面纱。

"是啊!"我叹了口气。虽然我练过硬气功,但是由于是半路出家,总是无法达到那种高手级的程度,倒是由此锤练出来的强大肌体,成为我承受过量肾上腺分泌的坚实容器。

"你的身体能承受这种过量分泌带来的坏处吗?"Honey作为一个化学家和医学高手,很清楚其中的危害,略带关心地问我。

"还可以!"我摇了摇头把脑中泛起的各种血腥或恐怖的画面驱走,这是我惟一痛恨这种体能提升办法的地方。医生曾经告诫我,虽然我的身体能承受得了肾上腺素的爆发力,但肾上腺髓质在分泌了能提供给我强大力量的肾上腺素外,还同时分泌了另一种激素——正肾上腺素。这种只有一字之差的激素对一个上60岁的老人才急缺,对我来说却有如噩梦般的功能——增强神经传导,形成永久记忆。这也是为什么我的战争疲劳相对于其他士兵严重得多的主要原因。

遗忘已经成了奢望!

"别聊了,看!"Redback用军靴碰了碰我的脚背,向入口处挑了挑眉。

顺着她的指点,我扭头望去,金·哈姆出现在我的视线内,1.9米的高大个头在人群中很好分辨,沾了酱汁的灰白夹克皱得像桌布(也许那的确是桌布),除此之外最显眼的还是苍白的脸颊上核桃大小的鲜红胎记。看得出他对这里很熟悉,进来便和其他常客调笑起来,还不停地在相熟的舞女身上揩油,引来一片嗔骂。

在裸女惟一的着装——高跟鞋内塞入三张百元美钞后,我挥手赶走了依依不舍的她，戴上特制的防护手套，从口袋中拿出一个小小的除口臭的喷雾器，这是刺客常用的暗杀武器，里面装的是高纯度的芥子气，只要在人身上喷上一下，这种强渗透性糜烂性毒剂甚至能穿透普通防化服毒杀目标。而且有两小时到四小时的潜伏期，能让我们顺利地逃离案发现场，等被杀对象症状出现的时候也已经无药可医了。

"你想干什么？"Honey看到我拿出这东西惊讶地拉住我说道，"你想在人群这么密集的地方使用糜烂性毒剂？要是沾染到其他人怎么办？这东西可是无药可医的！"

看着Honey的样子，我和Redback都无奈地摇了摇头。妇人之仁！

"用这个！"Honey随后从背包内拿出来几样东西递给我，一罐防狼剂，一管护唇油和一小瓶香水。

"是什么？"我对于她知道我手里容器中装的是芥子气十分吃惊，这一家到底和狼群的关系有多亲密，现在实在是让我困惑。

"听说过多元化毒剂与真菌毒剂吗？"Honey夺过我手里的瓶子时还低声嘟囔着，"淘汰的东西还在用，真不怕死！"

"多元化毒剂是将几种原本无毒的化学物质分装在弹头的不同部分中，在爆炸前让它们混合在一起便能产生剧毒的药剂合成方式，例如二氟甲膦酰和异丙醇混合可以产生沙林毒气，有时也添加胺类化合物作为催化剂以加速反应。QL〔O-乙基-2-(二异丙胺基)—甲基亚膦酸乙酯〕和斜方晶硫黄能产生VX毒气，这很常见！我们不用的原因也很简单，一是因为多元化武器需要时间进行化学反应；二是它很难完全反应生成毒剂，其杀伤效果通常只及一元化学武器的70％～80％；第三条，也是最重要的一条就是多元组分在合成毒剂的过程中会产生强烈的刺激气味，降低了毒剂杀伤的隐蔽性，这对暗杀是致命的缺陷。至于真菌毒剂，我就不清楚了！"我虽然对化学不如Honey专精，但高等化学还是学过的，对于各种武器杂志上介绍过的简单东西还是能理解和记住的。

"真菌由菌丝组成，无根、茎、叶的分化，无叶绿素，不能自己制造养料，以寄生或腐生方式摄取现成有机物的低等植物独立类群。真菌具有分解或合成许多种有机物的能力，可用于获取维生素、抗菌素、酶等制剂，而有些真菌也可产生毒素，引起动植物中毒生病，由真菌所产生的毒素就称之为真菌毒素。真菌，作为病原微生物，还能侵入人体和动物，引起毛发、皮肤、神经系统、呼吸系统和其他内脏的病变，如头皮屑和脚气。真菌武器，便是应用真菌的制毒和入侵人体两个特性发明的毒剂。"Honey拉我坐下后将三样东西摆在我面前说道，"这些东西是我自己造来防身用的，结合了上述两种化学特性。这种防狼水和护唇油中包含一种真菌，单独使用都是无毒的，在人体上生存两个小时便自然死亡，甚至还可以保养皮肤。但是如果这两种菌类与香水混合，便会产生变异，形成一种新的真菌，其合成的有机蛋白毒性可媲美蓖麻毒素，且发作更快。"

"啊！"我和Redback听了这一大串后，只能报以两声惊叹来捧场，当然其中也包含了一丝恐惧。如果说神经毒剂是新的"毒剂之王"，那么蓖麻毒素便是"毒神"了！蓖麻毒素是从蓖麻子中提炼出来的一种天然蛋白，70 微克～100 微克就足以致命，其毒性是有机磷神经毒剂(VX 毒剂)的 385 倍，是氰化物的 6000 倍，最重要的是没有解药救治。这东西毒性这么大，让我接过去的时候心头扑扑直跳。

"怎么用？"听了她的介绍我都不敢用一只手拿这三样东西了，生怕万一它们漏出点混在一起，那我死得才冤枉呢。

"随你便！只要让他接触到这三样东西就可以了！这可以保证只杀死他一个人而不伤及无辜。"Honey 给我一片口香糖说道，"这是解毒药，看把你吓的！孬种！"

"……"她刚才还为自己杀戮的欲望自责，现在便趾高气昂地鄙视我，我一时无语。

嚼上口香糖从死亡的笼罩下逃离后，我心里的压力便轻多了。这种东西虽然用起来烦琐不少，但既然杀伤性与保险性都增加了不少，就没有不使用的理由。

其实，想要害一个没有戒心的人很容易，我只是给金·哈姆点的脱衣舞娘屁股上喷了些香水，并尾随金·哈姆到厕所上大号时把其余两样东西分别涂在洗手间的水龙头与门把手上，便坐回自己的位置等着看好戏。

二十分钟过去了，只有刚才进厕所时正在里面注射毒品的女人步履蹒跚地走了出来，又过了五分钟洗手间仍没有动静，这时候不只是我感觉出不对劲，连迟钝的 Honey 也发觉有问题了。等我再一次摸进洗手间时，发现金·哈姆仍坐在马桶上，只是少了半拉脑袋。

"有人抢先一步！"我愣了一下，马上回到座位拉起 Redback 和 Honey 就向外走。在从洗手间出来时，我还碰到了两个耳带无线电的嫖客，不用问也知道那是特工，这家伙已经被政府监视起来了。看来白宫幕僚长所指的混进美国的间谍便是这个家伙了！

"怎么回事？"Redback 看我紧张的样子，皱皱眉向我身后望去，结果看到钻进厕所的两名特工飞快地跑出来，一边用无线电通告一边紧张地四下张望，她便一下子明白了怎么回事，赶紧和 Honey 一左一右架住我，装成我酒醉，挽着我一起出了门。

"怎么回事？"出了门坐进一辆出租车后，Redback 低声在我耳边问道。我没有回答她，仍装做酒醉趴在她的酥胸上，并偷偷地用手捏了她和正要说话的 Honey 一下，让她们闭嘴。直到车子拐过了两条街，在一片无人的小广场下了车后，我带着她俩缓步走到广场中央的喷泉附近，才开口说道："金·哈姆被人先下了手，这家伙便是美国人要抓的间谍。"

"谁下的手？"Honey 非常可惜地收回我没用上的超级毒剂。看到她摇头的样子，我便明白又一次被她当成了试验品，这东西一定没有进行过人体测试，心里不禁又对她给我的解毒药产生了不信任，沾过那些化学药品的手因心理暗示而开始有些发痒。

"另一个间谍！"我搓搓手驱走心中的阴影。

"间谍战？酷！"Honey 为搅进两国的暗流中而兴奋不已。

"看到杀手的相貌了吗?"Redback 问得比较有营养。

"应该是那个我进去时就已经在里面注射毒品的舞女,那段时间里只有她进出过洗手间。"我还记得那个女人长着绿色的眼眸、漂亮的金发和性感的菱角嘴,但我也同样清楚那绝对不是她真实的相貌,出了夜总会的门,她就会变成另一个人。

"你在进洗手间后是不是在什么东西上使用了我给你的三样东西?"Honey 这句话说出来,才让我觉得她还没有傻到家。

"防狼水和护唇油都用过了。"我想起了涂在水龙头和门把手上的东西,这两样东西都带有独特的气味,只要找条狗便可以方便地追踪到那个杀手。

"那找到她就肯定没有问题。防狼水和护唇油混合后半小时内,如果她没有服用解毒药就会产生晕眩,这种晕眩会持续 24 小时! 这是我在防狼水不管用的时候对付歹徒的另一招。所以,你只要在附近的街道上查看一下有没有睡美人,便可以找到那名杀手了!"Honey 的好消息给我带来了一个非常诱人的灵感。

第九十三章　手到擒来

本想通过电话告知其他已经收工的狼群成员我这边的情况，要求他们现在到这边来帮忙寻找一个昏迷街头的女子，没想到得到的消息竟然是大伙正在开 party，谁都没空来帮忙，气得我差点把价值数万的手机给摔了。这群王八蛋在战场上有今天没明天的环境下，早已养成了这种醉生梦死的习惯，这不，子弹壳还没凉透就开始给自己找乐子了。

听着话筒在几个人手里转来转去却都是一片言词不清的大舌头，我就知道这群家伙都喝高了，想找个明白人是没那么容易了。我只好耐着性子让他们把电话一个一个地挨着传，直到转了十几手才碰到了 DJ 一个明白人。等听到他清晰的嗓音，我才想到这家伙酒精敏感，喝多了身上起疹子。

"DJ 呀！可算让我找你了！快，快！帮我监听一下警察的无线电频率，看看有没有哪个地方碰到了一名昏迷女子。"看着表已经过了十分钟了，加上从厕所里出来的时间，按 Honey 所说的，那女人应该不知倒在什么地方了。既然我们抽不出人手，就只有麻烦政府暴力机器了。

"怎么回事？"DJ 倒是没耽搁，不一会儿听筒里传来警方无线电的嘈杂声。

"金·哈姆那个家伙被一个婊子给抢先杀了，这不正让你帮忙找吗？"我带着两个女人走街串巷地转了半天，确定没有人跟踪，才找了间阴暗小巷里的酒馆坐下，慢慢地给 DJ 解释。

"婊子？他嫖妓没给钱？"DJ 听我一说笑了。

"扯淡！谁他妈知道这小子偷偷地把美国国家安全局收集的各国情报过滤下多少，重新卖给各国谍报机关了。这不明摆着是给人灭了口嘛！"

"灭了就灭了呗！反正都是杀，你杀她杀都不一样吗？"DJ 越听越觉得有趣，推开不知哪个醉鬼的纠缠，乐呵呵地说道。

"放屁！你忘了咱们杀这些人冒着多大的风险？为什么冒的风险你忘了？你整个一白痴。"这家伙反应这么迟钝，我恨不得一巴掌把他脸扇歪。

"噢？"听我这么一说，DJ 收起了打哈哈的语气，慎重地说道，"对呀！是那个美国政府的家伙说我们要干掉的人里有他们'钓鱼的饵'，所以才派两条狗来警告我们。难道……"

"八九不离十呀！"其实我也在考虑这个问题，不过既然自己不了解其中的奥妙，想破了脑袋也没有用，找到那个女人就一切都明白了。

"等一下，马上就好！"DJ放下电话去操作了，不知是谁拾起电话口舌不清地对着电话支吾道："喂！谁？打扰你爷爷我的酒兴。哦，原来是刑天呀！刑天，刑天，我亲爱的兄弟！你知道我有多想你吗？来，跟我亲爱的兄弟刑天说声'嗨'！"

"嗨！"一个妩媚的声音从电话筒中传来，声音中夹杂的妖娆感觉让我的胃一阵翻滚。

"兄弟，这是嘉宝，嘉宝可是个大美女，是《花花公子》的专职模特噢！噢，上帝作证。她绝对是个浑身充满危险的炸弹，能将任何男人炸得粉身碎骨。她特别喜欢三人行，你要不要来掺一脚？"公子哥对我说完又扭头对着身边的女人低语道："我兄弟是个很劲爆的中国人噢！你听到他的外号'食尸鬼'就明白他有多酷，他还会中国功夫！想不想见识一下？"

"当然，求之不得！你知道我就喜欢劲爆！"

"是吗？"

"当然！"

"看看这个劲爆不？"

"……"两人没说几句便只剩下一阵肢体交缠的摩擦声与喘息声。我真是不想听这些令人讨厌的声响，可是我还等DJ的信儿，又没有办法放下电话，只好尴尬地硬挺着。边上的Redback看到我脸色难看，加上刚才漏出的只言片语，略一思索便知道是怎么回事，抱着膀子远远地坐在那里不停冲着我坏坏地笑，倒是边上的Honey很关心地不停问长问短让我更加难受。

"刑天，快回来吧！我要和美人去洗个温暖的泡泡浴，给你留着门如何？这妞的舌头可真够劲！"公子哥简直是精虫上脑了，满嘴没有人话。

"对呀，食尸鬼，让我见识一下你的中国功夫！等着你哟！"

在我多番的祷告下，上帝终于听到了我的呼唤，让DJ抢回了话机。

"刑天！"DJ一边说话一边用脚踹开粘过来的酒鬼，最后终于找到了一个安静的地方停下来，喘着气对我说道，"那群混蛋！好了，听我说！从八点到九点一刻没有任何报案发现有昏迷女子，医院也没有接到任何接诊通知。如果她有人接应，被自己人带走的话，昏迷也没有什么大不了的。"

"是吗？"我想想也是。我身边的Honey张嘴说了几句话，却被嘈闹的音乐掩盖，她便在纸上写下一串字举到我面前，我凑上去仔细看，才看清漂亮的字迹写的是：如果她有同伴，那么我们要找的就是一群昏倒街头的人！

我接过笔在纸上写道：两种药水混合后会传染？但你说不会具有传染性的。

Honey在我的字下面接着写道：三种药水混合不会，两种会，但药效会在传播中减弱。她的英文写在我的字下面，我的字和她的相比，就像个刚学写字的小孩子写的。

我看着Honey的样子，尽可能地想组织语言向DJ解释这件事，最后还是放弃了这种想法。第二语言还是无法像母语那样用得心应手！

"你把他们的无线电接到手机上可以吗？我自己听好了！"我也懒得解释了，只好让他帮忙把手机接到无线电频道上。

"信息时代的好处便是一切都在空中飘！"DJ说出自己常挂在嘴边的座右铭后，顿时纽约警察的一举一动都在我的掌握之中。

坐在昏暗的酒吧中昏暗的角落里，看着舞池中当众交媾的男女，被保镖搭出去的嗑药嗑到挂掉的同龄人，走马灯似的前来搭讪的私娼，倾听着耳机中传来的笼罩在夜色下纽约各处的罪恶，这些都给我一种奇怪的感觉，如同自己是书中描述的观察人间的守护天使，也许这样称唤自己有点美化自己的形象。但我现在明白了如果天使有感觉的话，冰冷会是惟一的感觉！即使这并不是人性最丑陋的一面。

"1号台，这是12号车，我们在第十大道需要支援。一辆92年的大众冲进了超市橱窗，车内有三名昏迷人员，后备箱里有些东西平常你可看不到。"无线电中终于出现了我需要的信息。

等我们风风火火地杀到第十大道的时候，两辆警车已经到了，除了一名警察叉着腰在看守车中昏迷的人外，其他三人都围在车后面对里面的东西指指点点。

我审视一下自己黑人说唱歌手的打扮后，再扫视后面穿着陆军裤加军靴的Redback和Honey，发现原本计划使用内务部身份劫走人犯的想法遇到了一些障碍。

"别想得太多，只管去做就行了！"Redback很干脆地打开车门把我拽出车来，迈着大步走向那些警察。我在后面跟着她，心里好奇极了，为什么她能那么自信去骗人？平常她连一句话都不愿和别人多说。

"对不起，伙计们，内务部！"Redback出示假证件对站在那里的警察说道。

"什么事？"四个警察把手扶在腰间的枪把上盯着我们。

"这几个人杀了我们监控下的恐怖分子，我们现在要带他们回去审问！我想警局已经接到协助要求。"我也出示那张假证件，如果一样东西成功骗过两次人，那么原本应有的心虚也会消失掉。

"没错！刚才上面的确提到过这回事。这些家伙就是？"几名警察查看过我们的证件，相互点头后便离开了车子让我们接手。

"那名恐怖分子一定死得很惨！"站在身边的警察看着我们将三名人犯抬出来放进Honey开过来的车里，指着那辆冲进超市的大众车后备箱对我说道。

我扭头看了一眼，里面有些市面上买不到的全自动武器，比如机枪和微型火箭等之类的。不过在我眼里那并没有什么，因为我们车里也有不少。

"车内的东西，你们拖回警局就好了。这些人是中了化学武器，我们要立刻对他们进行急救，如果你们有人接触过死者，请回去将接触部位清洗一遍，不要让其他人碰触任何车内的东西，并控制这一段街区不要让任何车辆接近或通行。生化部队立刻便会到！"我远远看到一辆黑色的福特开了过来，那车在我走出金·哈姆被杀的夜总会时看到过它停在不远处的路边，所以我长话短说，扔下一群惊慌的警察，飞快驶离了现场。

看着塞在座椅下的两个男人和那名已经面目全非的"舞娘",我拨通了队长的电话。

"队长！我有个好消息,也许可以让你有办法对那群可能咬我们的鹰犬交待了。"我很高兴地向队长通报道。

"是什么?"队长的声音似乎很劳累的样子。

"记得那个白宫幕僚长吗?他不是说要查间谍的事?也许他会不爽我们干掉了他几个饵,不过我们可以还他几条鱼!"

"是什么?"队长的声音立刻精神了不少。

"公子哥那里见吧!"我卖了个关子,"对了,找个身强力壮的帮我抬东西。"

"你又要半夜来半夜去?你把我当什么?不用付钱的肉体按摩器吗?"传来的女人的声音让我了解队长的声音为什么这么疲惫了。

等我们把车停到公子哥的地下停车场时,看到的是快慢机与队长等在楼下。

"那个女人是谁?我都不知道你有情妇!"我了解的队长并不留恋花丛。除了全能,他和牧师是狼群中最洁身自爱的两人,比我这个保守的东方人还厉害。

"我是没有情妇!"队长看着地上如同醉倒的三人,头也不抬地回道。

"你没有告诉我你结婚了!"我说出这话就后悔了,我还看到过他女儿上高中时的照片,怎么会忘了他结过婚呢。

"离了婚你仍去睡你前妻,那可不道德!"Honey那个白痴又在不该插嘴的时候讲话了。

"我和她离婚只是为了让她有机会去寻找一个更可靠的男人,而不是夜夜等着我的阵亡通知书。她并不知道佣军没有阵亡通知书!"队长将其中一个男人拖进电梯的样子,仿佛拉着的并不是活人一样,"我仍爱着她!却要看着一群男人围着她打转,想着她有可能和另一个男人住在一间屋檐下,我没有把那些家伙的皮扒掉挂在自由女神的火把上,我觉得自己已经很有道德了。"等到那家伙像蹉脚垫一样被摔在墙上,是人都能看出队长并不想继续这个话题,连 Honey 也缩着脖子钻回了车子里。

当我们扛着这三个家伙走进公子哥的超大房子时,看到的是满地醉鬼。只有 DJ 和 Tattoo 坐在那里等着我们回来,两人都在文身。

等到那三人醒来后的第一声惊叫响彻全屋时,所有人都被这亲切的响动惊醒,像幽灵一样突然出现在他们周围,醉眼惺忪地对着三个惊慌但不失措的羔羊兴奋地惊叫。高分贝的叫声和呛鼻的大麻味让我敏感的鼻子和耳朵十分不舒服。

等大家的新鲜劲过了,又都晕乎乎地坐回沙发,我才重新打量这三个人。两个男人都是白人,还都是黑发、长脸、双下巴,猛一看有点像兄弟,不过两人的眼眸不一样,一个是黑色,一个是灰色。那名女子长得非常漂亮,同样的黑发、黑眼、尖下巴,还画着眼影和唇膏,在我去除她牙齿上的氰化物时,还看到她舌头上穿着舌环。她的样子就像一个垃圾乐吉他手,只差一些文身而已。

三人面对面地被绑在屋内的大理石柱子上,在企图嗑毒未果后,三人冷静得挺快,打量过四下的环境后才开始观察我们。

"专业!先观察环境方便逃跑!"刺客灌着黄汤用手挑起那个女人的下巴端详起来,那个女人没有任何反应,只是静静地看着他。等刺客看了片刻放开手的时候加了一句:"没有咒骂,没有乞求,冷静但不挑衅。我给你 A⁺!"

"你们要审问他们吗?"Honey 搂着抱枕坐在 Redback 的身边,紧张地看着这三个人。

"对。"

"你们会轮奸她吗?"Honey 的话让在场仍在喝酒的所有人都呛到。看到我们惊讶的表情,她更是出乎意料。

"不会!"

"为什么?电影上都是这样的。"

"强奸是指一个男人违背女人的意志,使用暴力、胁迫等手段,强行与其发生性交的行为。强奸的重点不在暴力上,而是在于违背女人的意志,如果她不在乎,便无法使她内心充满愤怒、恐惧、焦虑和紧张,也就不能在精神上给她以恐惧并击溃她的心理防线。所以这起不到什么作用还浪费时间!"必须有人向这个小家伙解释电影与现实差很多,当然有时候也有人会这样做——为了快感!

"还浪费体力!在战场上会要你的命的!"屠夫坐在推动轮椅上来到三人面前,在三人脸上端详了半天后,指着其中一个灰眸男人说道:"他最脆弱,可以从他身上下手。"

"为什么不从女人身上下手?"Honey 看到屠夫挑的是一个最强壮的男人,奇怪地问道。

"女人意志力的韧性和承受压力的能力比男人更强,而强壮的男人把自己的强壮当做坚实的后盾支撑自己的意志,一旦他发现自己的强壮无法发挥作用时,便比软弱的人更容易被击垮。最直接的办法便是先伤害他的肉体,让他产生无力和挫败感,然后攻击关于男性尊严的方面来击溃他们,如:讥讽他面貌丑陋,性器细小或直接找个男人鸡奸他……"Redback 端着奶茶轻啜,很惬意地向 Honey 介绍如何从精神方面击溃一个强壮的男性。那些无所不用其极的下流方法,把所有人的目光聚集在我身上,那怜悯的眼神仿佛在说我的未来会比眼前绑在柱上的三人更可怜。

"不要再说这些了!Redback,你是服侍上帝的人,怎么可以说出如此下流的言语?赶快开始工作吧,联邦特工不是白痴,找上门来只是时间早晚而已。"

"为什么我们不使用最常用的法子,把他们扒皮抽筋或剁成肉块?至今还没有人能熬过半个小时。"Tattoo 一面用纱布擦掉 DJ 背上渗出的血水,一面向大家展示自己的新作品——中国的"福"字。自从我数次中枪不死,大家都喜欢向我请教我怎么能如此走运,这个中国的 Lucky 是他们的最爱。

"因为这是在我的房子里,你们知道这种黑曜石柱子要多少钱吗?"公子哥搂着一个金发女郎从套间内出来,布满吻痕的上身像被谁虐待过一样。他走过我身边的时候对着我不停地挤眉弄眼,用唇形无声地说:"你错过了很多!"那个女人更过分,竟然对我伸出舌头不停地挑动。

"跳进去!"快刀从浴室里抱来一个大澡盆放在那个大个子身下,当他熟练得如同屠宰高手一样将他扒光后,那家伙的眼神便开始有些跳动了。恐惧是个好的开始!

"我们不能把他们千刀万剐!在我们将他送给那群政客之前,要保证他是完整的一块。"队长制止快刀用手里锋利的刀刃将那名壮汉肢解。

"那怎么办?"我看着队长。

"我们没有必要审问出结果!只要你确定他们是杀死金·哈姆的凶手就可以了,交给FBI保证他们还活着,我们就可以达成交换。以我在军界的关系再加上这三个家伙,我们大家就可以从这件事中脱出身来而无需负责。"队长的话让那个大汉心头一松,从他放松的手部肌肉可以看出来,他正从恐惧中挣脱出来。

"啊!"一声尖叫吓了所有人一跳。原来 Redback 一刀飞射在他的手腕上,血立马从他的手腕上喷出,虽然没有像扎进主动脉那么夸张,但厚浓的血水瞬间便将他全身涂满。从最放松到直面死亡,转变之大连训练有素的间谍也一时无法适应,慌了起来。

"你的国家?"快刀在他尖叫声刚起时趁机问道。

"U……"那人很机警,只吐出一个字母便闭住了嘴,并不停地大声向上帝申诉他的痛苦,想掩饰自己刚才不小心透出的那个微弱的音标。

不过那个家伙的奢望并没有实现,悄然无声地站在他身后的快慢机轻轻地摇着手指走到了他面前,大声重复了一遍那个字母。

"OK!现在我们知道了,这个国家的缩写是 U 开头,URT(坦桑尼亚联合共和国)、UAE(阿拉伯联合酋长国)、UK(大不列颠及北艾兰登联合王国),不过英国大家常用 Britain 这个词。看你们三个纯正的日尔曼血统,是 URT(坦桑尼亚联合共和国)的人的几率比较小,他们自己还顾不过来,更不会也不敢派人来美国作乱。UAE(阿拉伯联合酋长国)作为伊斯兰教国家,对血统和信仰极其重视,不可能派一个信仰天主教的家伙来执行这种万分机密的任务。"天才和医生推着各种医用器械走到人群中,医生开始给每个人检测身体,做行刑强度估计,"如此一来,所有的一切又都被推翻了,看来我们必须有所牺牲才能问出点有用的。"

两个人不停地在壮汉身上做着手术准备,却对他淌血的手腕视而不见的态度,让那名壮汉万念俱灰地闭上了双眼。

"兄弟们!不知道你们有没有想到,还有一个国家也是 U 开头的,不过因为是受害一方,而被我们无形中排除在外了。"我听到那名壮汉叫出的那个字母时,他们所提到的国家我一个也没有想到,第一个出现在我脑中的是便是 USA(美利坚合众国)。

"你是说……"所有人都若有所思地看着我,一个个眼睛瞪得和铜铃那么大。

"希望不是那样!不然的话,这里面一定有什么惊天动地的秘密。"我自言自语地说道。

第九十三章 手到擒来

第九十四章　9·11

　　就在我们为是否继续拷问下去犹豫不绝的时候，扳机脸色难看地推门走了进来，手里提着个大塑料袋子，里面飘出的浓浓血腥味和凸现在袋壁上的人脸告诉所有人这里面是人头，还不止一颗。

　　"那不会是人头吧？"坐在人群中的 Honey 指着扳机手里的袋子小声问身旁的 Redback。不过她也是明知故问，所以 Redback 懒得理她，只是耸耸肩表示不知。

　　"你们问完了的话，我还有事要问他们！"扳机伸手从袋中掏出一颗血糊糊的人头，从桌上抄起一瓶酒倒在脸上洗净五官，提到三个人眼前晃动起来。

　　"见过这个人吗？"扳机锋利的眼神在三个人脸上扫过，看到三个人没有任何反应，便把人头扔在地上的澡盆里，又从袋中掏出一颗脑袋，洗净后在仁人眼前过了一遍，看到仁人仍没有反应便又扔到盆中，掏出第三颗洗净后在仁人面前晃着，这一次三个人虽然面上仍没有表情，但眼球上的瞳孔不由自主地缩小了。

　　"OK！"扳机把剩下的一颗人头和袋子扔在了脸盆里，把手中的脑袋放在茶几上，点着根烟不急不徐地吞云吐雾起来。

　　也许是桌上的人头和自己项上的脑袋有太多的相似，看着面前放着的球体，总让人产生一种想伸手抚摸的冲动。最后快刀还是忍不住伸出手把那死鬼的脑袋转了个个儿，把脸转过来对着大家，细细端详起来。

　　这是一个女人的脑袋，脸色仍未发灰，看起来死的时间不长，娇好的肌肤和面貌显示她很会保养，脸上的淡妆经过血迹和酒精的冲刷仍未褪去。如花似玉的美人就这么挂了，挺可惜的！刚想到这里就听到公子哥"啧啧"的叹惜声传来，看来男人都有怜香惜玉之感。

　　"看起来你们和这个女人是认识的。我去查一些和我们有关的事情，却发现我的目标被人抢先了一步。"扳机指着盆中的人头说道，"你们的手伸得够长的，军需处都摸得门儿清。说吧，为什么要杀掉给我们提供军火的人？"

　　原本平视的三颗脑袋在听到了扳机的问话后，不约而同地扭到了一边不再看他。

　　"不说？"扳机也慧眼识人地挑上了那个壮汉，撕开了医生刚给他包起来的绷带，用刀尖挑断缝合好的线头，顿时黏糊糊的血浆顺着手腕流了出来。

　　"作为间谍和用刑高手，你们应该知道血液占人体比重是百分之七左右，像你这种肌肉型的应该是百分之八，你也知道血液流出三分之一人就会死。不过死亡不是一件很爽的事情，我会让你好好体会体会的！"扳手慢条斯理地向这个男人解释着自己在做什么，一边验清他的血型，一边将一袋 O 型血扎在他另一只没有受伤的手上。一边放血一边输血的法子，并不是很快的办法，但只要尝试过大量失血的人都知道那种半死不活的痛苦，大量失血带来的冰冷和绝望感能将人的灵魂冻碎，每一秒都像一个世纪那么长，扳机人工加长了这种痛苦的时限。想到面前这名壮汉将要体验的痛苦，我不由自主地打了个冷颤。

"队长，其他两个人我就没有什么用了。"扳机扭过头对队长说道，"我去调查军火问题的时候，发现给我提供武器的军需官已经被人干掉了。好不容易摸到了点线索，可惜没有抓到活口。既然他们了解底细，就留一个让我来问个究竟吧。"

"不行！天亮之后不管招没招，我都要把人带走。我已经通知过负责此事的联邦调查局了，天亮我们便要用他们仨人来交换政府的特赦令，一个都不能少。"队长看了一下表，离天亮只有一个小时了。

扳机看了看表，又看了看背后正冷静地打量自己流血手腕的壮汉，为难地说道："这种受过特训的人，不用大刑不可能这么短时间问出什么的。"

"那就看你的本事了。"队长的手机响了起来，他看了一下显示屏上的密码转身走向外屋，不过在门关上时仍不忘回头叮嘱道："天亮的时候，我要看到的是一整块的活人！"

"Yes, Sir！"扳机丧气地行了个军礼，知道自己能问出个结果的可能性太小了。

"没有关系！扳机，刚才那些人的反应足够证明你和这个军需官没有关系，大家都是明眼人，这些证据足够了！"骑士满脸疲惫地走过来，拍拍扳机的肩头安慰道。

"我想，我还是去给他们加点冰，看看能不能问出点什么。"扳机看了我一眼，握了握骑士的手向他笑了笑，然后绕过他走向已经开始发冷的那名壮汉。

看着三个人被分开后，只剩下那名大汉一个人颤抖着在生命线上挣扎，大家都对这种文明的审讯方式失去了兴趣，开始逐渐离场。而我在扳机给此人输入体内的血浆加冰的时候，也失去了兴趣。

我端着酒走出审讯的房间，留下津津有味地研究扳机审讯手法的 Honey 和 Redback，出了门正好碰到了收线的队长，看他满脸的笑容，似乎很高兴的样子。

"有什么好消息分享吗？"我坐进沙发把脚架在咖啡桌上，对着队长晃动脚尖，心里充满了得意，因为我能猜出队长得到了什么好消息，而这一切功劳来自我抓住的这三个家伙，这多少让我有点飘飘然。

"没什么，只是特赦令已经批下来了。"队长抢过我手里的酒瓶，把剩下的小半瓶威士忌一饮而尽，用衣袖蹭干小胡子上的酒滴高兴地说，"他们很兴奋，一会儿就来接人，我们可以在自己指定的地方领取赦免令。"

"听着怎么这么像应付劫机者似的。"我觉得美国政府给的条件很优待，但语气很鄙视。

"管他呢！能不得罪当权的政府就不要得罪，这是佣兵的生存守则！"队长拍了我脑袋一下,把手里的空瓶子扔给我,"我要去让扳机下手轻点,这些家伙可是我们的护身符,死一个都是大损失!"

看着队长兴奋地推门走进隔壁,我觉得自己有点像向敌人求饶的战俘,队长表现得越高兴,我越觉得窝囊。他高兴一小部分是因为可以避开与当权者敌对,更多的是因为不用和自己的祖国开战。

正当我起身想找间没人的屋子打个盹时,队长又拉开门冒出个脑袋说道:"天亮了你和我一起去,这是你的功劳,应由你亲手接过赦免令。"

"OK!"谦虚对西方人不适用,还不如直截了当点好。

等我被队长的大皮靴踹起来的时候天已经亮了,到了客厅,我发现大伙都不知哪儿去了,只有 Redback 搂着 Honey 躺在客厅的大沙发上。两个金发碧眼、细皮嫩肉的美女衣衫不整、姿势暧昧地倒在成堆的酒瓶和沾血的刑具中间,两张天使般的面貌倒映在刃尖的血珠上,这绝对是一幅颓美、残酷的后现代主义画作。

看着空空如也的审讯室,我知道那三个人早已经被接走了。看着屋中间放着的澡盆中那超出正常人全身血量的液体,我真不愿去想像那家伙承受了多少痛苦。面临死亡时,精神就如同绷直的钢丝,不知道那家伙的钢丝有没有绷断。如果有,我们肯定收获颇丰。

要想从铺满杂物的房间走出去,而不惊动一个游击战高手,比登天还难,何况 Redback 在我推门进来时便已经有所察觉,所以开向曼哈顿的车上多了两个半睡半醒的女人。

早晨的阳光像情人的抚摸掠过每个人的肌肤,淡淡的温痒激起心头一种叫幸福的感觉。一夜未眠的扳机红着眼整理着手头的资料,看样子那个壮汉的精神钢丝是绷断了。

我们在圣彼德教堂和世贸中心的一家古朴餐厅前下车,这间餐厅是队长的一个旧相识开的,地处纽约最黄金地带,在这里,只有两层的小餐厅确实少见。等我们走进去才发现,这实在不是一个高雅的餐厅,至少在我来看这和哈林区的咖啡馆差不了多少。

不少衣着粗糙的上班族在这里吃着廉价的早餐,更多的则是匆匆地拿上一份三明治便冲出了大门。这是一个时间胜过黄金的都市。

"罗杰!"我们正走向二楼时,一个胖子从柜台后面伸出圆滚滚的脑袋叫道,"刚才来了几个金主,包下了二楼了!"

"什么?"队长瞪着大眼吃惊地看着这个家伙,"我不是说过,我要包下二楼谈点事情吗?"

"他们付的是现金!我给你留了个小桌子在角落里。"肥佬一点愧疚的意思都没有,说完便缩回了脑袋,举止和语气都说明他只是通知队长一下。

"你朋友?"我站在队长身后笑问。

"对,我朋友!"队长无奈地摇摇头,一副交友不慎的样子。

"没关系,至少他给我们留了个位置。"我看到队长调整手表,里面显示出其他队员的位置,他们已经在这里埋伏起来了。

等上了二楼我就明白了为什么队长会挑这个房间。餐厅二楼虽然仍不上档次,但很有特色的便是黑色单面玻璃构成的围墙和屋顶,坐在这里可以 90 度地仰望高耸入云的世贸中心。而民用的单面玻璃根本没有办法阻挡军用的光谱分析瞄准具,不管谁使用这些瞄具,我们都会毫无遮掩地袒露在他面前。

当我们刚踏上二楼的地板,数只粗壮的大手便伸到了我们面前,八个头戴白巾的黑衣大汉拦住了我们。

"这里已经被我们包下了,请你们去别处吧!"其中一个最高最壮的大汉操着熟练的英语对我说道。

"是吗? 可是我的朋友就坐在那里等着我呢!"队长指着角落里克莱森·施密斯白宫幕僚长和查理·本特上校。他们俩没有穿军装,都很随意地套了件夹克,像平常的上班族一样坐在那里品着咖啡,看着报纸。

"那也不行! 我们允许两个人待在这层楼已经是最大容忍限度了,你们人太多了,不能上了!"大汉向我们身后看了一下,确定只有我们六人后,向不远处围坐在东南角的一大桌人看了一眼,回头颇为不讲理地说道。

"你……"身后的 Redback 要不是被我拉着,早一脚端在他的脸上了。这女人如果没有睡好的话,脾气臭得像变质的咸鸡蛋一样。

小巴克仍穿着超夸张的大裆裤和棒球衫一步三摇地凑到前面,对着几个大汉晃着大秃脑袋叫道:"纽约什么时候他妈的改交易市场了? 一群他妈的卖油的牛 B 什么,找操是不是?"

"啊!"他话还没讲完几个大汉怪叫着就要冲过来,冲在最前面的是一个比我还高的大胡子,挥动如锤的拳头一记侧勾拳便砸向巴克的耳根。巴克还没有动手,我就觉得头顶上一阵风动,Redback 酝酿了好久的倒槌腿终于派上用场了。别看她个子和这个大汉差了十公分,但这小妮子的弹跳力很惊人,她蹦起来半米高,左腿如鞭抡圆了,由上至下贯在大汉的鼻梁上,藏了钢板的军靴后跟加上离心力,如同铁锤一样砸向那向前冲的大胡子。在血花飞溅中所有人都刹住了身子,看着两百多斤的大汉飞出一米多远,重重地摔在桌椅中,将地板砸得直颤。

"踢不死你丫小样的!"Redback 从我这里学的具有中国特色的狠话终于派上了用场。

"踢不死小丫挺的!"我纠正她的错误,Redback 是个很谦恭的学生,马上又重复了一遍,语气嚣张极了。

几个大汉起初是被 Redback 这个纤细的小女人有这么大力量给惊到了,等到她第二次叫嚣的时候,他们已经都恢复过来了,纷纷叫嚷着冲了上来,远处靠近那桌主人的保镖已经排成人墙将几位年轻人挡在我们视线外,手插进了西装中,看样子身上都带着家伙。

"别浪费时间!"队长不耐烦地低声下了命令。

队长声音还没落,我和巴克、扳机便将冲上来的保镖撂倒在地。触手的肉感告诉我们这些人都是受过严格训练的武者，虽然健身也能将肌肉练起来，但和军事训练逼出来的体质是不同的。最大的区别是抗击打能力的不同，这些人身上传来的如同岩石般的坚硬质感是千锤百炼才锻造出来的，如果是普通人根本打不动他们，可惜他们碰到的是我们这些连岩石都能砸碎的破坏者。

看着满地的呻吟者，队长很满意地拍拍我们的肩头，笑着欲跨过失败者走向我们的座位，刚一抬脚我便看到两道寒光从那排保镖身后飞来，我来不及细想便拔出手枪本能地向着银光开了两枪。

"当！当！"两声细响，两把细长的军用飞刀被我击歪了准头，扎在了离我们不远的地板上，蓝汪汪的锋刃上冒着热气的缺口散出淡淡的腥味。

刀身煨了毒！我皱了皱眉头。使用这种锋刃超长、质量轻飘的飞刀本来就很考验投手的功力，再煨上毒更加大了投掷难度，什么人喜欢使用如此狠毒的暗器？想到这里我不禁向刀子飞来的方向望了一眼，看到的是一双隐在高高人墙后的细长眯眯眼，半闭的单眼皮中闪动着慑人的冷光。由于被前面身体壮硕的保镖阻挡，他的脸我看不细致，不过从肤色可以看出应该是个黄种人。

由于我拔了枪，原本就早有戒备的保镖们也纷纷拔出了家伙。清一色的 MP5K 短冲，人手一把，看看我们大家手里的小手枪，即使我们每人有两把也被他们从火力上压制住了。我这个恨呀，今天出门怎么没多带点武器？就算装上两颗手雷也好呀。

"放下枪！"

"操你妈！你们先放下枪！"

"放下枪！你们没有赢的希望！"

"有本事开枪呀！"

"……我数三声……"两帮人端着枪伸长脖子对叫起来。不同的是我们一边叫一边向可以躲藏的掩体靠近，这群保镖因为有职责在身，只有看着我们藏好却不能挪动分毫。等我按着 Honey 的脑袋躲到最近的柱子后面后，我刚开始的沮丧顿时烟消云散。

这群人毕竟只是普通军人或普通特战队，因为他们犯了所有好保镖都不会犯的毛病——迟疑！如果换成我们，从第一声枪响我们便会将眼前所有非己方人员打成蜂窝。给敌人喘息的时间便是把刀子架在自己的脖子上！

两群人隔着几张咖啡桌继续叫嚣着，只是这时候两群人脸上的神色已经掉了个个儿，狼群的大伙都开始面带笑容，而那排保镖，各个如同吃了黄连似的欲哭无泪。

"都把枪给我放下！"餐厅老板的声音从楼梯外传来，他和两个超级大胖子，穿着防弹衣端着百发弹鼓的 M4 冲了上来，最后面的一个还抱着 12 发的转轮榴弹发射器，他们一上来便成了火力最强大的一方，我们两边都不敢先动手了。

"别冲动！"由于冲突发生得过快，克莱森·施密斯和查理·本特放下咖啡冲过来时，两帮人马已经亮出了家伙，长短十几条家伙吓得他们两个先躲了起来。等到餐厅老板和他的肥佬军团冲上来后,他们看情况得到了控制,才从桌子下面伸出手叫了起来。

"别开火!"队长伸手压下了我的枪口,因为他看到远处那桌年轻人站了起来。

"怎么了?"我们已经得到了远处埋伏的狙击手的确认,只要一接火,用不了两秒钟就可以把整个二层的所有生命送上西天。

"那几个都是中东的王室和贵族。"队长对着无线电讲了两句话便收起枪走了出来。

"哈辛王子,没想到在这里碰到你!"队长看样子和其中一个小个子的中东贵族认识。

"罗杰队长,好久不见!"哈辛王子很恼怒地瞪了一眼仍躺在地上无法起身的保镖,伸手示意其他保镖放下枪后,对着队长笑道。

"致上所有的敬意!抱歉打扰你们的早茶,我们并不知道这些人是你的保镖。"队长表现得很谦恭,我们几个也没有办法,只好跟着放下枪对那个年轻人行礼。

"我接受你的道歉!"哈辛王子像所有王室成员一样,具有一种高高在上的优越感。而我讨厌这种不平等的歧视,不管是有意的还是无意的。

"作为诚意的表示,你属下的一切损失都由我来补偿。你可以把账单寄给我们!"队长毕竟是老狐狸,一点也没有生气的样子。

"既然是误会,那就没有关系!"哈辛王子笑了笑走回自己的位置。从人墙让出的缝隙中,我看到了那个扔飞刀的黄种人,他个子不高,长得很东方化,扁平的五官,低矮的鼻梁,下嘴线被一道疤痕垂直切开,他站在桌子旁另一个东方人身后,那个男人方脸大眼,四十上下,衣着考究,看样子应该是他的雇主。桌旁其他人都三十岁上下,穿着昂贵的西装,戴着阿拉伯头巾,坐在那里有恃无恐地看着我们。

"他们是谁?"我对中东的了解不多,毕竟和他们的合作比较少。

"人很杂,有沙特的王室,有中东的富商和贵族,但都不是黑道的!"队长压低声音说道。

"有钱人?"我看了一眼身后的人群。奇怪极了,这群世界上最富有的人,聚到这个破旧的小餐厅干什么?这里没有鱼子酱也没有松露,可不是他们喜欢来的地方。

"不管他们!办自己的事要紧。"队长带着大家坐到克莱森·施密斯和查理·本特面前,不再谈论刚才虎头蛇尾的意外冲突。

克莱森和查理很爽快,直接掏出特赦令递了过来。队长示意我接下,当那张签着美国总统大名的薄纸握在手中的时候,我颇有些不以为然。一张薄纸能代表什么?难道没了这张纸我就死定了?不过既然队长这么看重,少点麻烦总比多点强。

既然没有什么重要的仪式,克莱森和查理给了我们这张纸便走了,我们几个没有吃早饭的人叫了杯咖啡坐下准备愉快地享受一顿。当巨大的爆炸声传来的时候,我知道我永远也忘不了那一刻。一架美国767航班带着巨大的噪音冲进高耸的世贸北楼时,巨大的爆炸声震天动地。所有人都仰着脑袋傻在了那里,当雪花般的纸片夹杂着无数砖石碎片从天而降后,我们才意识到发生了什么事。

飞机在楼上炸响时，餐厅中静极了，这种安静持续了十多分钟，直到第二架飞机再一次带着呼啸声一头扎进了世贸南楼。

这是有预谋的袭击！当我意识到这一点时，脑中闪过的惟一的念头便是：还真有比我们胆子大的！

盯着世贸大楼上两个硕大的黑洞，我心中泛起一阵阵的恶寒。2001 年 9 月 11 日，星期二，早上 9 点 5 分，我见证了新世纪最大最恐怖的袭击，也是美国本土所遭受的最严重袭击。

街上行人绝望的哭叫声从打开的窗口传来，我看了一眼远处的中东人，他们没有任何惊讶，看着无数浑身着火的人从一百多层的高楼上跳下来，就像看一部引人入胜的灾难电影一样平静。

队长从惊讶中醒来便大叫一声，带着大家冲出了餐厅，想要冲进大楼救人，但出了餐厅的门就发现这种想法是多么的天真，纽约宽阔的街道上被逃难的人群挤得水泄不通。无数的警车和消防车根本挤不到双子楼跟前，消防员只好步行，像不要命的工蚁一样冲进熊熊燃烧的双子楼，一批批灰头土脸的受害者尖叫着、痛哭着，在消防队员的搀扶下逃了出来。我们冲到百米外便再也无法前进一步。

悲剧发生在 10：03，在无数消防员冲进大楼，更多的工作人员还没撤出时，美国纽约世界贸易中心南楼倒塌了。上万吨的楼体碎块带着排山倒海之势崩塌而下，将无数来不及逃生的人吞噬在万丈烟尘之中。

天崩地裂般的巨响过后，我们被大地传来的震颤掀倒在地，刚爬起来，百米高的灰尘夹杂着呼啸的石屑便扑面而来。我只来得及掀起衣服盖住 Redback 和 Honey 的脑袋，无数细小的碎屑就立即扑打在我们结实的衣料上，我感到背后如同被子弹击中似的巨痛。刺鼻的水泥味呛得我们不停地咳嗽，眼刚睁开一条缝，灰尘便挤了进来，磨得眼珠酸痛流泪。我们几个这时再也没有了英勇救人的念头，纷纷闭着眼慌不择路地想要摸回去。

等过了二十多分钟，烟尘稍散后我们才勉强睁开眼望去，原本高耸入云的双子楼，现在只剩下冒着烟的北楼孤零零地竖立在灰蒙蒙的天空下。

看着北楼墙体不断扩大的裂缝，我们知道它也逃脱不了倒塌的命运。但我们和无数呆立在街头的人们一样，心中虽然仍有前往救人的冲动，但四肢使不上一点力气，整个人像被抽空了一般，只能眼睁睁地看着更多走投无路的人像纸玩具一样从高耸入云的北楼跳下。

等到北楼在二十分钟后崩塌时，致命的浓烟和粉尘再次四处弥漫，严严实实地遮蔽了曼哈顿的天空。成千上万的人尖叫着从我们身后跑过，这些慌忙逃命的人从头到脚粘满灰白色的粉尘，那样子看上去就像鬼一样。

我们灰头土脸地愣在那里，直到数辆豪华轿车在警车的引导下，拉着刺耳的警笛停在我们身边，才把我们从失神中唤醒。扭头望去才发现，那群中东贵族在大量黑衣人的保护下平静地钻进了防弹轿车内，在经过我们身旁时，这群人中传来一句低语："我早就通知过他们，不出预料！还是这结果！"

第九十五章 人性，神性！

　　我们是冷血的杀手，死在我们手里的人成百上千。可是看着两栋四百多米高的大厦崩塌在眼前，仍是超出我们心理承受范围之内。当从天而降的楼体像尼加拉瓜大瀑布一样泛着白光铺天盖地而下时，我甚至能看到楼中原本探出身子向前来救援的飞机拼命招手的人，像洪水中的枯叶一样夹杂在成吨的碎石中砸在铺满消防员的地面上。

　　如果说这些还只是让我们吃惊的话，那么那些阿拉伯贵族道破天机的一句话，便让大家的心如冰窖。不管作为一个外国人，还是作为一个旁观者，我都不愿相信，如此惨剧的发生是某些恐怖分子和无作为的官僚促成的。

　　"两栋楼里可是有五六万人呀！上帝保佑他们能及时逃出来！"Honey不断地在胸前画着十字，两眼泪水盈眶，楚楚可怜地趴在Redback的怀中痛哭失声。

　　"平民死多少我不知道，但我知道那个家伙和这件事应该有关！"我在慌忙之中，眼神被不远处一个熟悉的身影吸引住了。那人异常镇定的神色让我觉得很可疑，等我细看后立刻认出他便是那日在地铁中和哈立德·穆罕默德一起搭车的年轻人。

　　而哈立德的身份与眼前发生的事聚在一起，有脑子的人都能想出个所以然来。队长不认识那个年轻人，可是Redback那天和我一同在地铁中，眼神顺我手指飘过去一眼便认出了那家伙。她的反应之快让我吃惊，几十米宽拥挤的马路用了不到半分钟便蹿了过去。

　　那个正在打手机的小伙子，也被眼前这惊天动地的场面震撼住了，根本没有注意到Redback的接近，等到被Redback一脚踹进地铁通道时才醒过神来。

　　大家都紧跟在Redback的身后冲进了地铁入口，这时原本应该人潮汹涌的地下铁却空无一人、漆黑一片、烟尘缭绕。那个小伙子刚想作势起身便被Redback一脚踢倒，铺着厚厚灰迹的军靴重重地踏在他的颌关节上，当时便将他的下巴踩脱位了。

　　我还没有走到近前，便看到Redback提起那个家伙，信手向后面一抛，一个黑乎乎的东西向我飞来。料想也不会是什么危险的家伙，我便伸手接住了那个扁长的东西，等入了手才看清楚，原来是只高档的手机。

　　按着规矩我查看了一下通话清单，最后一个号码便可能是我们需要的他的同伙。接通了 DJ 的电话,我便让他给我查这个号码的所有人是谁。从电话那头惊讶的语气我知道,这些家伙在公子哥那高高在上的豪宅里,也看到了刚才惊人的一幕。

"你们是谁?要干什么?"那个小伙子看到我们都是穿着便衣,虽然脸上很害怕,但仍强装镇定,下巴刚给他接上便举着手叫道,"我只是学生,没有钱!"

"你撒谎!"Redback 一只手提着这个家伙,另一只手翻出他皮夹内的护照和成卷的大面额美钞,粗略地看了一下,至少有三万美金。我则向队长他们解释这个家伙为什么可能与这起袭击事件有关。

"现在这个社会,带这么多钱在身上的,除了毒贩便只有你了!"队长把那些钞票撂在一起捏着一角照年轻人的脸上摔打了几下。

"塞那耶·阿卜杜拉·阿奇拉,男,科威特人,24 岁……"巴克接过 Redback 搜出的护照,念出上面的字符。

"科威特人?"虽然他的国籍解释了为什么他认识哈立德·穆罕默德这个国际恐怖分子,但我们不了解的是为什么一个科威特人会加入攻击美国的行动中。

"狗娘养的!我们从伊拉克人手里救了你们,你这个白眼狼!"巴克一脚将这个年轻人从 Redback 手里踢了出去,重重地摔在地上。等他抬起头时满嘴是血,门牙也不见了,他刚想爬起来,便又被扳机横着一脚踢起半米高重又摔回地上。即使身边不断有碎石摔落,我仍清楚地听到他肋骨折断的声音。

"你们为什么要打我?"他抱着脑袋在地上翻滚着。

"我曾看到你和哈立德·穆罕默德在一起!不要否认,因为我们不需要你的回答。"我扶着被地上塌落下来的大石块绊倒的 Honey 走过来,蹲在他面前捏着他的脸让他看清我和 Redback 的长相,虽然大家全都灰头土脸,但他应该对我和 Redback 有印象,因为那天他偷瞄了两眼我的女人。

"我们要的是活人!你要活下去!"队长一脚踢在他的脸上,将他直接踢晕以阻止他企图自尽的打算。

"我们要把他怎么办?"扳机取了他的指纹站起来看着队长。这么大的事队长也没有了主意,这可不是一般的小打小闹。从 DJ 报回的消息知道,美国各地都受到了袭击,这在美国历史上是前所未有的耻辱。我们手里的这个人的价值简直不可估量,如果说刚刚交给美国政府的三个人,已经给我们换来一张特赦令,那么这个家伙给我们换块免死金牌也不是不可能的。

想到这里,我看到边上其他人都一副悲天悯人的样子,只有我一个人在这里像奸商算账一样核来算去,突然觉得我还是比他们没有人性,意识到这一点后再一次从心底蹿起一阵恶寒,给人一种自己从内部烂透的罪恶感。这时候我发现原来没有屠夫和快慢机在我身边的话,马上就突显出我的麻木不仁。

"你在想什么?"扳机从头发里挑出几块小石头,贴近队长看着眼前地上昏倒的年轻人。

"这个事我们不要插手,我们现在把这家伙交出去就好了!"队长无奈地摇摇头叹了口气,把后半句话咽到了肚子里。

我们随手用便携的塑料手铐将这个年轻人绑了起来,将他架起来想拖上地面去。可是还没走到地铁出站口,我们便被十几个冲下来的口舌不清的西班牙裔小混混给围上了。其中一个挥着可怜的小跳刀在我们面前晃动着叫道:"钱、珠宝、手表、皮草,全都给我留下!"

我看了一眼面前这群趁火打劫的小家伙,看样子都是街头上打群架的小流氓而已,但每个人手腕上都戴着数只劳力士或伯爵之类的名表和手链,十个手指上套满了戒指,一个个珠光宝气,像发现了所罗门宝藏的冒险者,人人脸上透着大丰收的喜气。

"操你妈!我身上最值钱的就是这个了,有本事过来拿呀!"巴克亮出他脖子上狗链一样粗的铂金挂饰,上面镶满钻石的巨大 BUCK 字母,在昏暗的地下铁中仍闪闪发光。

"拿过来!"其中一个不开眼的家伙根本没有听出巴克话语中的火气,竟然伸出手来扯,结果被巴克一枪打在他的掌心。45 高爆弹当下便将他的手掌打得血肉模糊,那家伙惨叫都没出口就抱着手腕昏倒在地上。

"妈呀!血,血!"其中一个穿着暴露的女孩子被那家伙甩了一脸血水,捂着脸尖叫着也晕倒了。

"哗啦!"那群家伙看到竟然有人拒劫,全都掏出了家伙。美国不愧是世界私枪最泛滥的国家,连这种未成年的小混混身上都别着史密斯·威森纪念版之类造价不菲的手枪,其中两个竟然还有全自动的 M10 这种管制级的冲锋枪。

几声枪响过后,那几把中看不中用的雕花的"艺术品",便四分五裂地散落一地。

"动呀!再动打烂你的脸!"我把枪管顶进其中一个带头的家伙的鼻孔里叫道。看到他们这群人有如此强的火力,我们一点也不意外他们能抢到这么多的东西。如果不是他们拔枪速度还有待练习,估计我们几个也要阴沟里翻船了。

"不要开枪!放轻松,放轻松!这都是误会,误会!"另一个被我用枪抵住下巴的家伙举着双手松开枪把,手枪挂在他的食指上大声叫道。

"误你妈!"巴克一脚将他手上的枪给踢飞后,把枪管伸进那家伙的嘴里使劲向下压,痛得那家伙呻吟着跪倒在地,巴克脸贴脸地骂道:"你不是喜欢抢劫吗?来呀!"

那个跪在地上的家伙痛苦呻吟着,没有办法说话,只能拼命地摇动双手,最后竟然自动把手上劫来的财物都褪下来,双手捧着递到巴克的面前。

"趁火打劫!不要命了!"Redback 把其他人手上的枪都拆成零件扔到一边,最后接过其中一个女光头手里的小刀在她的光头上不停地刮动着。

"就是这个时候警察才没有时间盯着我们嘛!大家都在干呀!"边上被扳机打断食指的一个黑人抱着手喃喃地辩解道。

巴克刚想发作便被队长阻止了,这种趁火打劫的事情我们当然见多了,只是没想过会在纽约碰到。不过现在不是和他们鬼扯的时候,我们手里的俘虏才是当务之急。

"滚!"队长端了其中一个人的屁股放了话,那群家伙便如丧家之犬惶惶而逃,可笑的是其中一个还想着去拾自己得来不易的冲锋枪,结果被 Redback 一通乱射吓得尿了裤子,捂着裤裆跌跌撞撞地逃了出去。

等我们再次架起那个叫塞那耶的年轻人时,他已经醒过来了。嘴里不停地叫着"冤枉"和"人权"之类的词语。

我们也懒得听他叫唤,便拖死狗一样地把他提出了地铁,结果刚一露面,迎接我们的竟然是一通乱石。一群灰头土脸的美国人拎着石块向我们围在中间的中东青年砸来,一边砸一边骂着什么"血债血偿"之类的词语。为了不让这个证人在半路上就挂掉,我们只好充当他的人肉护盾,结果我还被石块狠狠地 K 了几下。直到身边的 Honey 和 Redback 也被石块伤到后,我才忍不住向天鸣枪示警,结果那群平民是被吓到了,却引来一群全副武装的警察。

队长拨通了他认识的军界人物,对着那群眼中充血的老美好一番解释,才让他们知道我们不是恐怖分子,而且我们手里的俘虏也不能交给他们痛扁。最后警队同意派给我们几辆警车开道,让我们押送人犯。不过那些警察满眼泪水的表情却从没有和善下来的迹象,甚至有人在我们护送塞那耶上车的时候还向我们吐口水,结果吐了 Redback 一脸,气得她差点把那家伙生吞活剥了。

等坐进了防弹多功能车后,我们才松口气。幸好这件事发生得突然,这些群情激愤的美国民众并没有做足准备,如果让他们每人都拿把枪冲上来,非把我们打成肉泥不可。

我颇有点自责地看着气呼呼的 Redback。虽然她很坚强也很厉害,但女人毕竟是女人,天性中的某些东西不会因为她的经历便完全消失。被吐口水也许是第一次,看她厌恶地不停擦拭已经发红的脸皮,我觉得自己完全没有尽到保护自己女人的职责,挺惭愧的!所以,我禁不住捧起她的脸,在她一直擦拭的地方使劲亲了一口,嘴唇离开时还用舌头在她脸上轻舔了一下。

"干什么?"Redback 推开我,瞪着眼看着我像看神经病人一样,摸摸我亲过的地方,她指着我的鼻子叫道,"你好恶心!吐我的是个男人!"

"……"我无语了,有时候她挺聪明的,怎么有时候傻得有点令人吃惊?

满车的人看到我吃力不讨好的行为都哄笑起来,甚至连那个中东小子也哼笑起来,不过还没笑两下便引动伤势捂着肚子冒出一头冷汗。

"啪!"我有点恼怒地给了那小子一巴掌,然后捏着那家伙的嘴挤开条缝扔进去两粒止痛药,并灌进去一口威士忌,免得他在路上痛死。

"安拉呀!你这个混蛋!"那个年轻人突然不知从哪儿冒出的力气竟然一把推开我,伸出手指向嘴里抠去,吓得我以为他是要寻死,赶紧一把抓住了他的手腕,用手指一夹把他的腕关节卸了下来。

"真主啊!你确是至赦的,确是至慈的!原谅你的仆人被恶魔所强……"年轻人用阿拉伯语不停地向自己的真神祷告着,我虽然只能听懂一点阿拉伯语,但仍从他断断续续的言语中听出他是在向神认罪，并希望神惩罚他的敌人。这时我才想到酒精是穆斯林所禁之物，怪不得他如此惶恐。

我虽然杀人，但从不拿别人的信仰取笑，因为我有我自己的信仰，当别人侵犯到我的信仰时，我所感受到的侮辱和愤怒让我自觉地也不去侵犯别人的禁忌。

"对不起！我忘记了你是教徒。"我扔掉酒瓶，把他的手腕重新接好。

"安拉不会责怪在暴力下非自愿破坏戒条的行为的！"Redback递给他一瓶清水让他漱口。我看着这个戴着十字架的女人觉得奇怪极了，她又不是伊斯兰教徒，怎么会了解伊斯兰的教义？不光是我，连塞那耶也奇怪地不住向这个异教徒行注目礼。

"所有的神都不会责怪非自愿情况下发生的破戒行为！信仰的共通性！"Redback接过塞那耶用完的水瓶放回车载冰箱内。

"尔撒！祈主赐福予他！"年轻人说了一句祈福的话后接着说道，"尔撒只是真主的先知，你尊其为神，是为入邪！"

这几年在Redback的影响下我也读过《圣经》，虽然仍无法成为信徒，但对宗教已经不像几年前那样雾里看花——非真非切。对于塞那耶所说的话也能理解，他的意思是说基督教的耶稣就是穆斯林所共同承认的先知尔撒圣人，只不过伊斯兰教只把耶稣当做神的使者，而非像基督徒那样把其尊为神子或"三位一体"的神。

"你们说：'我们信仰我们所受的启示，信仰易卜拉欣、易司马仪、易司哈格、叶尔孤白和各支派所受的启示，信仰穆萨和尔撒的经典，信仰众先知受主所赐的经典；我们对他们中的任何一个，都不加以歧视，我们只归顺真主。'这是出自《古兰经》第2章第136节的话，我没有引用错吧？"Redback靠在椅背上随着车势颠动，静静地看着塞那耶，那样子像是一个长者看着一个无知的幼子，"如果你真照着《古兰经》所示行事，那你为什么要违背神的旨意敌视我呢？"

她所提到的这些名字，都是《圣经》和《古兰经》中同样的先知，他们是穆斯林尊重的真主使者，也是基督教徒尊敬的圣人。《古兰经》上这句话是想把基督徒也归于真主麾下，而Redback提到这句话其实有些自甘下风，她意欲何为则不得而知了。

"你……"塞那耶显然没有意料到Redback会让步，一时也接不上话了。

"因此，我对以色列的后裔以此为定制：除因复仇或平乱外，凡枉杀一人的，如杀众人……"Redback不停地引用《古兰经》上的内容，如同一个虔诚的教徒，"既然《古兰经》中并不仇视基督徒，那么又是什么让你参与了这种对平民和非战者的袭击？是复仇吗？还是平乱？"

"从信仰上说不通的话，那么你是科威特人，美国人在海湾战争中赶走了伊拉克人，你也不应该仇视美国人，那你做这件事又是为了什么呢？"Redback不停地发问，看样子并没有为了宗教信仰大打出手的意思。

"自以为是！美国人什么时候帮了我们的忙？你们知道吗？当年我们科威特皇室腐败贪污，平民生活是苦不堪言，萨达姆打进皇室根本就没有遇到科威特平民的抵抗，只遭遇了皇家卫队的小股武装，所以他才那么容易地便攻下了科威特全境。美国人赶走了萨达姆，又把那些腐败的皇室成员接回来，科威特人又重新陷入了苦难的沼泽。石油资源都落入了美国人手里，美国大兵带来的犯罪和亵渎污染了伊斯兰的圣土，我们还要感激你们吗？"长期以来，我们都是接收美系的新闻信息，所以一直把侵略科威特的萨达姆当成是恶人，没想到在科威特平民眼里，他反倒是个英雄呢！

Redback降低自尊套出的话当时就让车内所有人都傻了眼，连正在开车的队长也禁不住惊讶地转过头看着这个小伙子。当年他就带队参与了海湾战争，没想到自己出生入死的奋战，换来的竟然是如此一番言语。从他的眼神中可以看出，没有什么比为这个牺牲更有价值了。

"你……"巴克原本想扑过来痛扁塞那耶一顿，可是看到这个小伙子眼神中仇恨的火焰后他又停住了身势，拳头停在空中进退两难，最后恼怒地一拳砸在了边上的小电视上。

作为一个旁观者，我很难分清他们谁对谁错。如果说以前我也认为美国发动海湾战争虽然是为了石油，称不上正义，但也应该得到科威特人的感激，可是现在当事人都这么说了，美国人可真是吃力不讨好。

把这个家伙送到华盛顿时，我们远远地便看到五角大楼的浓烟和废墟。看着缺了一角的美国军事中心，我简直佩服死了发动这起袭击的策划者，把美国搞得这么狼狈的，他还是头一个。

美国军方的人接走塞那耶的时候，一直不言语的Honey突然开口道："有如此的信徒，不知是伊斯兰教的幸还是不幸！"

"看看十字军东征就知道了！"Redback又蹦出一句不合身份的话。

9月11号晚，我又回到了曼哈顿城，世贸附近的圣三一教堂满是血流满面的伤者。经过圣文生医院，看到连停车场上都堆积着几乎到两层楼高的被烧焦的尸体。因为早上世贸中心的恐怖分子袭击事件，国防部宣布全国Delta级的戒严令，纽约市交通管制，所有对外交通全部中断，任何人都无法离开这人间炼狱般的孤岛。由于害怕再次遭受类似的袭击，所有的高楼都没有点灯，原来习惯的不夜城，竟一片漆黑，纽约市的繁华，在一夜间消失。虽然失去光线的刺激，但视觉惯性上似乎仍留有往昔的幻象，猛地看向昨夜仍耸立的双子楼处，视网膜上不自觉出现了两栋淡黄的光晕。

因为对外交通被封锁，连地下铁都不通了，滞留不去的人们哭着、惊叫着、咒骂着，在纽约街头像是游魂似的荡着、踱着；几个灰头土脸的上班族，像是惊慌失措的孩子，坐在地上放声大哭；更引人注目的则是不断涌向世贸废墟的人流，无数不分肤色和国籍的人不顾危险地冲进了仍在冒烟的石山中。

一名阿拉伯籍的男子，在废墟里抢救了一天的遇难者后，在回家的路上被一群大学生模样的年轻人打了个半死，但第二天早上，我又在废墟边上看到了头缠绷带的他。

看着加诸于他身上的仇恨目光，想起困于心结而驾机丧身于废墟中的恐怖分子，我再一次陷入了对人性的迷惑！

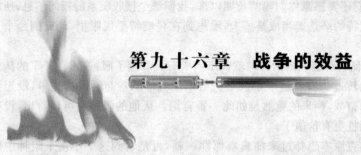

第九十六章　战争的效益

　　躺在灯光通明的房间里，Redback 把头贴在我的胸口，数着心跳并用手指在我肚皮上轻轻地敲击着。其他人也默默地喝着酒，尽量压低声音聊着关于 9·11 的话题。

　　我们送给美国政府的年轻人十分坚强，他的信仰支撑他在那些见不得人的刑囚手段下坚持了近十二个小时，这一点令人十分钦佩，因为人的承受力毕竟是有极限的。作为一个普通的年轻人，即使他受过一些训练，但在美国军方的审讯下也是很难吃得消的。虽然他招供的内容是什么我们并不知道，但美国政府在其后得到各种信息的迅速程度，也让我们猜到小伙子还是知道不少东西的。

　　队长接到了美国军方的电话，希望他去开战争准备会，作为一个美国人，他义不容辞地接受了。我和其他人坐在这里等着他给我们带来消息，内容大家心里已经早有定数，一定是关于攻打甘茵斯坦的。虽然甘茵斯坦的学生军政权已经否认与此事有关，但圈内人都了解打这场仗是板上钉钉的事。

　　"我操！"站在窗口打电话的扳机突然把手机摔在地上，还气呼呼地在上面使劲踩了几脚。

　　"怎么了？"屠夫坐在不远处看着别人手里的酒杯舔着舌头，为了早日复原，他现在必须滴酒不沾，这对于一个酒鬼来说简直是最残酷的折磨，尤其是在身边的其他人仍肆无忌惮地当着他的面豪饮，还不时向他咂吧咂吧嘴的时候。

　　"我向我军队的朋友打电话探听军方的动向，结果他出任务刚回来一无所知，不过却让我问出另一件恶心的事。"扳机气呼呼地坐到咖啡桌上，一边喘气一边将桌上的酒水一扫而光。

　　"什么事？"屠夫伸着脖子看着褐色的液体消失在扳机唇间，并伴着他喉头的抖动咽了口吐沫。

　　"我朋友所在的特别行动队，这两天护送了五批人物，结果全部都是阿拉伯人。其中在 9 月 11 日送走的第一批全部都是一家人，他们都姓拉登！"扳机挠着自己的脑袋，看着大家说道，"既然当天美国便查出这事和本·拉登有关，为什么还要放走他的家人？"

　　"人权，人权！"我用手指刮动着 Redback 光洁的脸庞，禁不住嘲笑道，"他们只是商人不是恐怖分子，他们的安全是要受到美国政府保护的。美国的自由精神！我记得还是你告诉我的。"

"去他妈的人权！我们应该把他们都抓住吊起来鞭打，直到他们把知道的一切都招出来。"扳机忘记了以前他天天自诩的美国精神，两眼血红的样子，像个丧心病狂的纳粹军官。

"你的样子就像那些炸双子楼的疯狂原教旨信徒。"Redback被他大叫的声音吵到，睁开眼睛瞥了他一眼甩给他一句话。

她的话打住了扳机续续发表自己看法的冲动，也引起了我的兴趣。

"Redback，什么是伊斯兰原教旨主义者？为什么他们这么疯狂？"我早就听说过伊斯兰原教旨主义者，这个词近些年几乎和恐怖分子划上了等号。但我在中国见到的穆斯林都很温和，并非像报纸上说的那样穷凶极恶。这几年虽然我们接触过数次伊斯兰独立运动武装，但规模并不大，所以大家也从没细问过，都是管杀不管理。今天弄出这么大的事情，证实我们以前确实小看了这些家伙，也激起了大家对这种极端信仰的好奇心。

"原教旨是对教义的一种保守的，也就是原初的或基本的信仰。"Redback谈起宗教便来了精神，从我肚皮上抬起头，坐正身子，向边上看来的其他人解释道，"与所谓保守主义不同的是：原教旨主义者认为必须强制禁止别的信仰，用暴力推行自己的教旨。换言之，原教旨主义的本质与其说与某种教旨相关，不如说与其推行教旨的方式相关。原教旨主义的实质并非宗教保守主义，而是宗教强制主义或神学极权主义。"

"一般人认为宗教只是个人私生活的一部分，或者只涉及精神修养，宗教不应涉及公共事务，宗教只是个人道德或是一些崇拜仪式、朝圣或做一些慈善事业而已。"Redback拉出十字架接着说道，"但原教旨认为宗教不单只包括精神、灵性、个人私生活，还包括了一般的社会事务和生活的整体，真主的意旨并不局限于精神方面，还指引了人类的行为和操守。"

"所以，原教旨并非是一个宗教那么简单，而是一种生活方式。它包含了一整套信仰和崇拜的方式，它是一个博大的、互相衔接的法律系统，也是一个政府指示人们的生活方式。"牧师拿着水杯坐到人群中间接着Redback的话说道，"所以原教旨主义者用暴力推行的'教旨'中也包括了强制的法律，凡是不合他们教义的都是有罪的。"

"一般人要杀人放火，尤其是不分青红皂白地屠杀无辜者，除了面临法律的压力外，首先难以逾越的就是道德与良心的谴责。而原教旨主义却以所谓'信仰'的理由摧毁了良知的堤防，要人相信为'信仰'而杀人不是作恶而是行善，为了推行教旨杀人者不是罪人而是英雄。"我有点了解他们所说的话了，"怪不得伊斯兰原教旨主义者一直到处杀人，原来他们是在传教。"

"没错！不过原教旨主义并不专指伊斯兰教，伊斯兰信徒也并不全是原教旨主义者。且原教旨主义也是违背伊斯兰的教义的。基督教中也有原教旨主义，十字军东征就是原教旨主义的最好例子，即使到了现代，基督教中也仍有原教旨主义。

1925年田纳西州戴顿城中学教师斯科普斯在课堂上讲授达尔文进化论,竟被该州原教旨主义者以违反《圣经》中'上帝造人'教旨的罪名告上法庭,并以强大的宣传压力迫使法庭裁定斯科普斯违犯该州法律而有罪。可笑吧?"牧师站起来看着窗外远处仍有青烟升起的原世贸中心说道。

"原教旨主义不是宗教,只是以宗教为借口的暴力,所以没有必要憎恨所有的穆斯林,那并不是他们的错! 这是为了私欲而宣扬这种恐怖思想的少数人的错。"我终于明白Redback为什么在涉及到伊斯兰教义时,并没有像我想像中的那么激进。虽然她的信仰和伊斯兰教完全不同甚至有抵触,但互相的尊重是双方都倡导的。宽容和爱才是所有宗教的精髓!

在一片争论声中,队长和骑士推门走了进来,两个人脸上的表情都挺严肃,看样子便知道接到了大任务。我心里的石头也算落了地,狼群铁定要参与甘茵斯坦之战了。

"怎么样? 队长,我们要去甘茵斯坦吃黄沙吗?"医生查看过各位成员身上的伤口后,收拾好东西端着托盘走到队长身后的壁柜旁,把东西放进去拉上门问道。

"可以说是,也可以说不是!"队长示意天才把整间屋子用干扰隔起来,并颇有深意地看了一眼赖在这里想听新鲜事的 Honey,Redback 接到队长的暗示便起身死拉硬拽地把她弄到了别的房间。

队长扫视了一圈,确认没有外人后点点头说道:"我们是要吃黄沙,不过不是去甘茵斯坦。"

"我没弄明白你的意思! 你是说我们不去甘茵斯坦吗?"我意外地看着队长,没想到我们竟然不蹚这趟浑水。

"不全是! 我们去。但只待几天,我们的任务是——伊拉克!"队长扔到桌上一份资料,快慢机拾起来翻了翻递给屠夫,屠夫看完递给我。还没等我看完,边上心急的扳机便劈手抢了过去。

"伊拉克? 9·11 这事和伊拉克有关?"我奇怪极了,无论是官方报道,还是我们私下的调查,都确认这事和伊拉克没有关系。

"也许!"队长揉着眉头看着大家,"不管有没有,我们的任务就是深入伊拉克,把这几年伊拉克几个地下化学武器制造厂给找出来,并收集和确认这些卫星照片上的军事工事,看是否有攻击的价值。"

队长避而不谈 9·11 和攻打伊拉克的关系,我们便明白这里面的弯弯绕了。伊拉克有什么? 石油! 这几年伊拉克石油换食品计划一直被美国人所阻挠,身为世界第二大产油国,近十年出产的油没有以往一年多。现在伊拉克地下的黑金估计都快发霉了吧! 美国身为世界第一用油大国,看着萨达姆屁股下面的油井,眼红得恨不能把伊拉克变成星条旗上的第 51 颗星。9·11 给了美国攻击伊拉克的借口,所以政府下了这样的命令,我们一点也不感到意外。

"那你们美国政府怎么向民众解释攻打伊拉克这件事呢? 是不是像解释五角大楼被撞一样?"屠夫的话让队长脸上有点发红。因为五角大楼被攻击,政府说是飞机撞的，但我们后来到现场看过的，当时的爆炸现场根本不是飞机炸出来的。

当时五角大楼只有外围的第一环受损，内部四环皆无损。一架重百吨的波音757客机，5米高、17米长、13米宽，以起码时速400多公里的冲力撞击只有9米高的建筑物时，只能损毁五角大楼的一层楼？这种飞机携带的8600加仑汽油，落向地球便相当于60000磅汽油爆炸，把五角大楼炸飞一半都没有问题。何况当时现场没有任何飞机的碎片，那么大个的飞机装着那么多人和东西，炸完了连屁都没剩下，唬小孩子呢？看样子就算没有世贸大楼那回事，美国人自己也要给自己找个出兵的理由了。

"这个……"队长挠挠头向小猫说道，"我们要利用在黑道上的关系帮FBI找到伊拉克和甘茵斯坦学生军交往的证据，不管是什么都行。不强求，不强求！"队长变着法子想把话中栽赃的成分淡化，但看着大家嬉皮笑脸的表情，就知道这一招根本没有用。

"操！不就是栽赃嘛！这有啥丢人的？看把你为难的。"公子哥看着队长脸红的样子很不理解，以前狼群干的事也不是什么见得了光的活计，队长从没有不好意思过，怎么今天成这样儿了？

"没啥！"队长笑着打了个哈哈。看得出来队长是知道这次行动的后果不像以往那么简单，一旦把伊拉克和这事扯上关系，死的人就不是十个百个那么简单了，上次海湾战争参加多国部队的国家达到了39个，兵力达80余万人，伊拉克伤亡了十几万，百万人无家可归。

"你应该放弃你那颗渴望荣耀的心！"屠夫点着一枝烟被医生抢走，想抢身边公子哥的酒杯，也被他闪过后，无奈地扔下这句话回房去了。

"我们从中能得到什么？"刺客总是很遵守佣兵的第一守则：利益！

"甘茵斯坦库存毒品的一成。"队长笑了笑。

"上帝啊，美国政府发疯了！"刺客惊叫道。我们常年接触毒品，也卖过这害人的东西。所以我们知道在1999年学生军控制下的甘茵斯坦鸦片产量已经达到4600吨，种植罂粟的面积达91000多公顷，2000年与1999年相比，种植面积增加了50%，在欧洲销售的海洛因总量的80%来自学生军控制的甘茵斯坦。汉克他们那些欧洲军火商每年用落伍的俄式武器换取价值近千亿美元的毒品，所以学生军在被各国制裁且经济崩溃的情况下，不花一分钱便换到用不完的军火。一成！听起来不多，可是换成钱那可是能砸死人的。

"我记得汉克上次还和我说，学生军手里的库存鸦片有2800吨，这样算来可以提纯280吨的海洛因。美国人只要把这东西运到巴基斯坦，按世界上最便宜的批发价也能卖14亿美金，如果卖到欧洲就能赚到800亿美金。"公子哥是法国人，对欧洲毒品市场行情比我们要熟得多。

"你们说的都是学生军和各地军阀共同掌握的数字，美国政府仍要依靠北方联盟来打击学生军，所以他们手里的东西是不会动的。"骑士看公子哥兴奋的样子摇摇头说道，"我们也不可能提纯那些东西，学生军手里的货因为要打仗最近出得很快,估计能给我们留下1000吨就不错了。"

"没有关系!"Tattoo作为一个美籍的拉美移民,他对毒品也颇为了解,"我们可以把毒品囤起来!"

"没错!"天才抱着手提电脑走了进来,刚才听到队长的话便跑进屋查东西去了,看他喜笑颜开的样子,就知道一准儿没好事。

"最新毒市行情!"天才把国际各大毒品市场的价格做了个波形图给大家,"9月10日,甘茵斯坦市场上生鸦片的价格为每千克700美元,是近十年来的最高售价。但是9·11事件后,贾拉拉巴德和坎大哈的街道上生鸦片的价格就暴跌到每千克100美元,但国际黑市的价格走势却截然相反。欧洲和北美地区的海洛因价格节节攀升,法国的海洛因售价已经达到大约每千克2万到10万法郎。发战争财的不只有商人哟!"

"那我们把毒品放到哪儿?"公子哥已经双眼发花,开始幻想着数钱了。这么大一笔均到每个人头上也不是个小数目呀。

"美军基地!别忘了,美国军方才是最大的军火商、毒贩和强盗。"刺客也忙着核算起自己能得到多少了。只有快慢机一脸平静地看着手里的简报,过了好久才说道:"美国政府许诺给我们这么多,又不让我们打前锋冒险,我觉得不是好兆头!"

"你担心什么?你没有看到简报上说的吗?美国又不是只雇佣了我们一支佣军,世界上排得上号的队伍几乎都齐了。拿甘茵斯坦的钱雇兵打甘茵斯坦,美国自己才只准备派几千人便想拿下数千万人口的国家,'羊毛出在羊身上'这句话真是一点儿没错。"

"别忘了还有伊拉克那一摊呢!那才是硬骨头,甘茵斯坦有个屁呀。我们这是超前消费呀!"

"没错!什么证据都还没有,攻伊的作战计划便已经制定好了。美国政府还真是不着急啊!"

看着手里的作战计划和队长的苦笑,可以想像到队长原本想保家卫国的愿望再一次被肮脏的政治图谋给打破了。

"出去喝一杯?"我搂着队长的肩道。队长还没说话,其他人倒是兴高采烈地跳起来叫道:"好呀!为了倒霉的伊拉克喝一杯!"

102

第九十六章 战争的效益

第九十七章　图腾

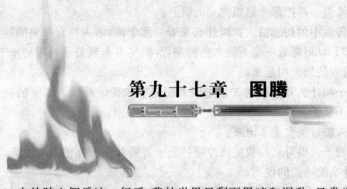

自从踏入佣兵这一行后,我的世界只剩下黑暗和混乱,日常生活就是不停地在战场、酒馆和妓院中打转。屠夫他们从烽火中挣来的银子大把大把毫不心痛地洒在了风月场所,如果说世界各地除了军营驻地外,还有什么是他们最熟悉的,那便是妓院了。

他们只去最豪华的妓院,当然如果战时情况不允许,普通妓寨也是可以忍受的。不过纽约还真是个现代化的大都市,连风月场所也充满了现代化,不像泰勒夫人那里洋溢的是浓郁的文化气息。

坐在成群的美女中,享受着姑娘们温柔的触摸,我一边喝酒一边看着其他人抱着裸体美人在温暖的豪华泳池中畅游。在我面前放着的是我刚从超市买来的笔记本电脑,屏幕上的画像是从我家附近的监视摄像头传来的,既然回不了家,我便只能以这种方式来"关心"家人。

"先生!你需要我帮你舒解一下压力吗?你已经盯着屏幕看了两个多小时了!"边上的一位黑发美女向我贴过身来。这里的姑娘确实都是世间顶级的尤物,当然价钱也是人间少见,她们一小时的开价都要一万美金,而我只是坐在这里看着我的电脑,没有提出任何性要求,她们当然会奇怪。

"不用了!"看着相隔万里、时差12小时的家门,我禁不住伸出手指摸向屏幕中的把手,可惜手指没有触到心目中的金属块,而是泛着水波纹的液晶屏。

一阵惆怅之余,我合上笔记本,切换手机的蓝牙连线,闭上眼推开身边的姑娘,在脑海中构想着"团聚"的快乐。

"人生苦短,及时行乐!就别想那么多不愉快的事情了。"屠夫坐在沙发上擦拭着自己那把被人血泡变色的军刀,看到我多愁善感的样子,拍拍坐在他双腿上的女人的脸自言自语道。

"又在想家了?"快慢机也"忙"里偷闲,向我问道。

"没有!"我猛地站起身,一把揽过快慢机的肩膀走到屋内的微型吧台前坐下。

"没有想家,难不成你想Redback了?"公子哥光着膀子在那里给大家调酒,身边几个穿着比基尼的姑娘嬉皮笑脸地不断拿冰块塞进他泳裤内,把一条平角裤撑成了"丁"字形,这家伙竟然一点恼怒的神色也没有,也不怕老二给冻坏了。

"我看他是想在法国留学的那个静了吧!"大熊搂着个娇小的亚裔女子凑过来

坐上高脚椅,然后拎包一样把那个姑娘抱到大腿上。

"要么是那个传说中的初恋情人?叫什么来着?那个谁,屠夫!食尸鬼的初恋情人叫什么来着?"Tattoo露着一身五颜六色的刺青,摇晃着走到公子哥跟前坐下,然后伸着脖子冲远处的屠夫叫起来。

"嗯……叫……叫什么宛儿!"屠夫记中国人的名字和我记外国人名字的德性一样,能记个名就不错了。

"赵宛儿!"狼人搂着美女走了出来。

"没错!那小妮子长得可真是我见犹怜呀!"公子哥给我倒了杯墨西哥龙舌兰,闭上眼像在回味什么美味似的说道。

"打住,打住!"我伸手阻止其他人想要接着起哄的意图,"我和人家没有任何关系,别拿她说事。"我了解大家是怕我做出什么伤害 Redback 的事,不过我也很奇怪他们这些人的思考模式,在外面嫖娼就不算伤害爱人了吗?

"你呀,根本就是个孬种!心肠软得像意大利通心粉。那种楚楚可怜的小娘们儿两滴眼泪就把你弄懵了!"队长也加入了对我的讨伐,扯着刺客从楼下走了上来。

"别说了!我知道你们是什么意思!"我摆摆手咬了口柠檬,舔上一口盐,然后将手里的龙舌兰一口饮尽,辛辣的口感让我想起 Redback 美艳但辛辣的娇嗔。

"希望吧!"公子哥又给我满上一杯龙舌兰,这回连瓶里的小虫也都倒给我了。

"我是东方人,只要和一个女人在一起了,我就会负责。"我细细啮咬着酒中的龙舌兰虫的肉体支吾着。

"喔!喔!"一群人笑起来,连边上的妓女都捂着嘴双眼挤成一条线。

"我们只是让你认真一点,不是让你负责。没你负责,Redback 就不活了吗?"一群人争先恐后地嘲笑我的落后观念,这是我讨厌和他们一起讨论问题的原因之一。

"刑天!听着,认真和负责是不同的两个词,对待姑娘要认真,只有对待被你开车撞到的牛,你才需要负责。"牧师穿着可爱的白领工作服在这个环境里格外显眼。

"一个嫖娼的神职人员也有资格教训人?"我抓起一个柠檬向他扔过去,不幸被他闪过。

"日本人?"大熊怀里的女人看到我掏出整箱的大额钞票扔到桌上问了一句。

"中国人!"我越来越恨别人看到我有钱便总是把我当成日本人,好像中国人就不能有钱一样。

"抱歉!我……"那个女人毕竟见过世面,看到我额头跳动的青筋立刻明白自己犯下了什么样的错误。

"不要说了……没关系!"我在想用什么办法能让人一眼就知道我是中国人。

正在我将大卷的钞票扔给每位姑娘的时候,通向外面大厅的门突然被人重重地砸响,没两下门板就被砸劈了。离门最近的扳机他们听到第一声砸门声时,便把怀里的女人扔到了一边,站到门边把手按在了枪套上。这里是纽约黑手党的地盘,进这里的人都要搜身,以保证没有人能持枪在这里寻衅滋事。但恶魔曾救过这个在意大利混不下去的教父的命,所以我们能保留两枝枪防身。

砸门的人看起来孔武有力,顶级黑檀木是相当坚实的,这家伙三下便将门砸出一个洞。

第四声巨响后,门板被踢飞了,几个超级强壮的巨汉和数名衣着上乘的男子硬闯进了我们租用的包间。看到这些人都没有枪械后,扳机他们便把手从枪套上移开了。这些人不是佣兵,也不是职业杀手,更不是政府军队,看样子应该是比较有地位的黑社会大亨或富人。呼呼喝喝地闯进来一大群人,瞬间便将整个房间挤满了。

"各位有何贵干?"骑士看着气势汹汹闯入的人群冷声道。

"你们这群王八蛋!把所有的姑娘都要走,让我们怎么办?有钱了不起吗?恶心的日本佬!"跟在说话的疤面大汉后面的一个年轻小伙,看到我摆在吧台上的整箱钞票后蔑视地一笑,那表情就像看到了一个来自乡下的暴发户。

我听到这家伙的话,除了无奈地翻翻白眼外什么办法也没有,这也更加刺激了我要想尽办法把自己和日本人这个词永远地隔绝的念头。

看到一群人为了妓女争风吃醋的时候,如果时间允许,多数人会很乐意抱着膀子乐呵呵地看上一会儿笑话。但如果这事发生在你自己的身上,你就会觉得为了这种无聊的理由发生任何争执都是愚蠢的。但你又无法从其他人的妒忌中挣脱出来,就像掉进一个不受控的漩涡中一样。

"你们这是无理取闹,我们没有把所有的姑娘都请来!"队长穿好上衣,冷眼看着带队的高大黑人。

"但你们把最好的都抢走了!"刚才鄙视我的英俊小伙子向我身边的一位姑娘挑挑眉头微微一笑,引得那位姑娘有些嗔笑,看样子两个人是相熟的。

"看这个……这群家伙在这里和我们抢生意吗?"一个拉美裔的家伙从桌上摆放的海洛因包里沾了一点放进嘴里嚼了嚼笑道,"80%,高纯度,中国货!"他对毒品精确的认定让我们印象深刻,轻轻地一尝便分得出纯度和产地,不是一般人能做到的。

"听着!你们这群狗屎,我要让你们知道一件事,这里是纽约!是美国!不是什么狗屁日本,如果你想请客,最好再学点乖!"进门的疤脸大汉手里变出一把刀子,手腕一抖便飞向我的面门。我没有动,刀子在众多女子的尖叫声中擦着我的脸皮飞过,扎在身后的飞镖靶子上。

"我得了十分!"疤脸大汉在刀子钉在靶心的同时拍手大叫道,话语中充满了得意和嘲弄。可是话音未落,一把巨大的军刀精准地扎进了他大张的嘴巴,强有力的劲道和锐利无比的刀锋轻易地刺穿了他的后脑,将他钉在破烂的门板上。

"这——才是十分!"屠夫笑嘻嘻地搓着手走到队伍前面,眼光凶狠地在其他人惊恐的脸上扫视着。

"操!"从意外中醒转的其他人纷纷冲上来欲动手,但身势停在扳机和牛仔的枪口前。

"我很乐意杀光你们!"牛仔打穿两个执刀壮汉的手腕后,眯着眼面色潮红微醺地说道。

"风度，风度！绅士们！"我从身后的靶子上拔出那把蝎子牌跳刀，走到人群中间甩手扎到面前的咖啡桌上，"让我们用绅士点的方法来解决这个纠纷好吗？不要上来就杀光这个，杀光那个。我们是文明人。"

"你们想怎么样？"这些人看到我们手里有枪，才意识到我们为什么能把整个俱乐部的美女都叫齐，这不是光有钱就能办到的，几个经过风浪的角色老练地晃着脑袋问道。

"按惯例，一对一！"我脱掉上衣露出结实的肌肉，指了指桌上的刀子，"两个人，一把刀！我输了，你们可以带走这里所有的女人，我们认栽！你的保镖的死，随便提出任何条件；你们输了，带着你可怜的朋友滚出我们的视线。如何？"

几个人你看我我看你地议论片刻后，纷纷点头同意了我的意见。正在他们议论由谁出手之时，扳机突然对着一个躲在人群中穿西装的小个子的大腿连开了两枪，吓了所有人一跳。

等散碎的手机零件从他的裤腿中滑出后，扳机才笑笑说道："你不应该给手机按键设定声音，我耳朵很灵！"

妓女们已经知道面前的事情不可能善了了，便纷纷聚到了屋子的角落里，默默地看着我们。双方都不是她们得罪得起的，现在她们惟一能做的便是装出楚楚可怜的样子，当任何一方胜利后，都可以委屈地为自己的行为找到不得已的苦衷。

"我来！"那名英俊的公子哥向背后一名保镖撇了撇头，平头的高壮大汉便站了出来，脱掉上衣后露出满身的肌肉，喉管和上眼皮奇特的文身格外地显眼。

"那是北国佩塔哥监狱的文身，那里关押着北国最凶恶的罪犯，极少数能在还可以站着撒尿的年纪出来。"Tattoo是文身界的专家，一眼便从文身上看出了这个壮汉的来路。

我笑着点点头，从他身上累累的疤痕可以看出，这家伙也是战果辉煌。

"来吧，你这个日本瘪三！我今天就让你和你们该死的日本汽车见识一下什么叫痛苦！"那名大汉满脸恨意地指着我威胁道。我当时就想笑出声，没想到这家伙恨日本人是因为日本的汽车，看来日本的经济入侵在世界上树敌颇多。

"首先，我要声明，我不是瘪三……"我看着那名壮汉趁我张口说话之时，突然蹿到咖啡桌近前，迅雷不及掩耳地伸手抓住了竖在桌面上的刀子。当他的手触到刀把的同时，一抹微笑浮现在他满是坑洼的脸上。

"其次……"我没有去抢那把刀，而是直接一跨步冲到咖啡桌侧面，抢起拳头在他伏身拔刀之时，边说话边对准他盯着刀把前伸的脑袋一拳砸了下去。那家伙听到耳边的风声，发现我根本没有抢刀，察觉到上当，再想缩手防护时，已经来不及了，毫无防备的太阳穴被我实实在在地钉到了桌面上，厚实的黑檀木咖啡桌经不起我的力道，"惨叫"一声夹着这家伙的脑袋趴了窝。被我一拳夯到桌面上的笨蛋，整个脸都变了形，两颗乒乓球大小的眼球被巨大的力道压出了眼窝，鼻梁从中间断开，黄白相间的脑汁从挤扁的眼眶中涌出，原本有棱有角的方脸被我打成了葫芦形，他连个屁都没放便当场毙命。一击必杀，身体便是凶器！这就是职业军人和职业罪犯的区别。

"其次,我不是日本人!"我从一位呆立在当场的西装男的领口扯出领带,擦净拳头上沾到的脑浆和骨头渣子轻描淡写地说道。

"漂亮的一击!"骑士无奈地掏出他收藏的一枚九世纪的刻有盎格鲁·撒克逊国王孔渥夫雕像的古金币递给身后一脸坏笑的屠夫。

"有我的分红吗?"我故意忽视面前骑虎难下的敌人,做了个贪财鬼的表情。

"你又不识货,给你也没用!"屠夫故意把原本就闪亮如新的金币,当着骑士的面在衣袖上蹭了蹭后端详了半天,啧啧有声地边称赞边丢进拉开的上衣口袋,末了还轻轻地拍了拍袋底做个满足的叹息,气得红眼的骑士恨不得撕烂他的脸。

"我们认栽!"年轻的公子哥在我霸道的一击下改变了强横的态度,脸色肃然地说道,"但我希望能了解是败在了谁的手下。"

"事实上,我是一个来自中国的瘪三!"我笑了笑对他拱手作了个揖,在国外这个动作几乎代表了中国。

"OK! 我记下了!"年轻小伙儿做释然状,挥挥手让手下抬起保镖的尸体并卸下门上钉着的另外一个死人,带头走出了房间。

"能屈能伸,有大将之风! 前途不可限量!"大熊看着年轻人的背影说道。

"没错! 可我不喜欢前途不可限量的敌人!"刺客颇有深意的话语给年轻人贴上了死亡的标签。

一群人刚走,迟了一步的俱乐部保安伴着老板便涌了进来,再次将房间占满。看着满地的狼藉,这些人因为了解我们的底细也不好发作,不过免不了一番埋怨,弄得大家都没有了玩乐的兴致。留下恶魔在那里和他们周旋,其他人纷纷扫兴地回到了公子哥的家。

一路上我看着车内这些高鼻梁绿眼睛的白种人出神,到了公子哥家后,我突然冲动地问他们:"有什么办法让人一眼就认出我不是日本人吗?"

Tattoo 坐在沙发上回过头隔着老远向我喊道:"让我在你脸上文上五个字——我是中国人! 绝对任何人都能一眼认出你不是日本人,哈哈哈!"

大家都把他的话当做是笑话,可是我却心头一动,一个大胆的想法在我脑中萌芽,偷看一眼仍在为我背着她去逛窑子生气的 Redback,趁她不注意,我拉着 Tattoo 跑进一间没人的小屋。

看我神神秘秘的样子,Tattoo 也一脸好奇地凑到我跟前,十分配合地低声问道:"有什么秘密要和我分享?"

"不是! 我是想你给我刺青!"我抛出答案。

"刺青? 大家快来。刑天要刺青! 大家……唔! ……"Tattoo 一愣,继而大笑着要冲出屋去与大家分享这个令人发笑的话题。

"怎么了? 叫什么叫? 你有毛病呀?"我一把拽住这小子,捂住他大叫的嘴。

"当然了,哈哈哈!"Tattoo 仍笑得喘不过气,指着我捂着肚子过了好一会儿才继续说道,"记得你第一次见我的时候说的话吗?"

"记得!"我有点脸红,因为我想起了当时说了什么。

"我妈妈说,文身的不是好人!哈哈哈!"Tattoo学得绘声绘色,连表情都模拟得十足,把我演得像个幼稚园的小宝宝,说完又是一通狂笑。

"有那么好笑吗?"我看着笑得前仰后合的Tattoo,再一次感叹东西方人脑子的不同,这除了有点尴尬外,哪有好笑的地方?也不知这个混蛋乐什么。

"当然了!当时你说得那么信誓旦旦,说什么绝不和我同流合污,要坚决划清界线。你忘了?才多长时间,这么快就放弃你的操守了?"Tatto虽然嘴里说嘲弄我的话,但手里却没闲着,拉着我的手臂不停地在我皮肤上抚摸着,看我的眼神像是妇女在菜市场上挑猪肉一样。

"对!我要文个图案,让人一眼就能认出我是个中国人!"我觉得这个问题挺严肃的。

"文什么?文哪儿?"Tattoo对我的皮肤满意地点点头,像个人肉市场上买姑娘的老鸨一样。

"文这儿!"我指着因留马鬃头而剃得光光的太阳穴上面说,"鬓角!"

"哟!酷!会挑地方。"Tattoo兴奋地看着我,像是第一次认识我似的,"文什么图案?"

"龙和五星红旗!"我决然地说道。

"……"

三个小时过后,当我从房间里走出来的时候,屋里所有的人都傻眼地看着我,恶魔手里的酒杯没拿稳掉在了地上。不一会儿所有人便把我围到了中间,从各个角度盯着我两鬓的刺青不断发出奇怪的声响。

Redback走到我近前捧着我的脸,用手指沿着黑色的边线划我从前额一直文到后脖梗的这面布满弹孔燃烧着的五星红旗,痴迷地端详了良久才吐出一个字:"酷!"

第九十七章 图 腾

第九十八章　闲暇时光

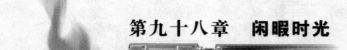

"你喜欢?"我对 Redback 不反对我文身颇为意外,当然也包括我竟然真的让别人拿着电枪和针管在自己脑袋上扎了半天。

"当然!"Redback 摸完右侧的五星红旗,又摸左边的充满中国民族气息的金铭龙纹,"现在只有瞎了眼的人才会把你当成日本人了。"

"这正是我要的!"她每碰触一下我仍在渗血的刺青,我就觉得整个脑袋像被通了电一样抽痛。不过消除了以后被误认的可能,我有种痛并快乐着的感觉。

"这条是龙吧? 可是怎么看起来怪怪的?"一群人看着这种出现在青铜铭刻上的龙形说道,"头似牛首,有须,大耳,体形似虎,有翼,有脚,有爪,爪为三趾,尾长开叉而卷。这不像中国的龙呀!"

"这是中国汉朝时的龙!"我轻轻沿着发线摸过头侧的充血之处,仿佛感觉到有种力量烙印在皮肤上,给我一种支撑和自豪感,"我们汉族便是从那时开始登上历史舞台的嘛!"

"你为什么只文龙? 有点种族主义倾向哟!"巴克兄弟对这个最敏感。

"经过千年的传承,龙已经不止是我们汉族的象征,而是代表了整个中国。难道我应该恨我的族裔吗?"我奇怪地看着那两个家伙,这两个人敏感得有点到变态的程度了,"你们恨自己是黑人吗?"

"当然不!"巴克兄弟知道口舌没有我利索,便打住了必败的口水仗,悻悻地转身走开了。

"感觉怎么样?"Redback 把我推倒在沙发上,骑坐到我腰上,抱着我的脑袋用舌头轻轻将仍外渗的血迹舔净,爱不释口地在那面中国国旗上不停地亲吻。

"除了痛,还是痛!"我头皮仍不停地抽痛,不过她温温的口水倒是掩去了刚才的紧张。

"文身会上瘾的!"Redback 拉着我的手放到她腰后文身处轻轻揉动。

"是吗? 那你一定要看紧我! 免得我做出什么疯狂的举动!"我把手插进她的皮带内轻轻在那幅可爱的文身上划动着。

"例如?"Redback 捧着我的脸,轻轻地咬住我的上嘴唇,喘着粗气问道。

"例如把一个我不认识的女人文到自己的身上!"在她松开牙关后,我马上噙住她的下唇还以颜色。

"你敢!"Redback 从我口中抽回香舌,脸贴脸抵着我的眉头,掏出我腰上的手枪顶在我的脑门上,"这个世界上只有一个女人的脸能被文到你的皮肤上,那便是我!艾薇尔·瑞贝卡。"

"为什么?"

"因为我要!"

"你好霸道!"

"你不喜欢?"

"我爱死了!"

"我知道……"

"……"

"嘿!嘿!别这样,老兄,我们还在这里呢!"我们两个肆无忌惮地在大厅亲热起来,引来的除了满室的口哨和叫骂外,还有大堆的脏衣服和臭皮靴。

正当我抱着 Redback 想找一个无人的小屋销魂一下时,门铃响了。得到天才的示意后,公子哥打开了门。一大群人带着香槟和美食兴高采烈地冲进了房间,带头叫得最响的便是汉克那个大肚子,后面跟着相熟的海盗旗、血腥妖精、猎兽人和 C4 的几个家伙。

"你们听说了吗?"汉克一进门便拍着手大叫道,"美国决定要打甘茵斯坦了!"

"听说了!"队长接过香槟放进冰桶里,扭头看着这些家伙,表情很镇定。

"你高兴什么?你将要失去每年百亿利润的毒品来源。美国政府不会让甘茵斯坦人再种植鸦片的。"我抱着 Redback 又坐回沙发上,看着进来的人群和带来的东西,我意识到这些人是想在这里开狂欢节。

"美国人也不会让全国千万的隐君子死在大街上!"汉克毫不在意地笑道,"战争!刑天,战争!世界上最矛盾的社会冲突,它带来痛苦,带来死亡,也带来进步!顺便说一下,刺青很漂亮!"

"听起来你又做成了一单大生意!"屠夫比所有人都了解这个家伙。

"佛曰:'不可说!不可说!'"汉克满脸笑意地抽着雪茄。

"让我猜一下!"好不容易突破美国封锁回来的小猫坐在天才身边,看不得他得意洋洋的神色讥讽道,"你把手里压的那批一文不值的破坦克和那些没有制导芯片的萨姆导弹都卖给那些连勾股定理都不知道的宗教狂热分子了?然后又把从那赫乔居民手里收购来的军火,卖给了反学生军联盟的那些笨蛋?"

"你怎么会猜到?"汉克意外地看着小猫,而后者则一脸笑意地做了个鬼脸。

"看起来大家都接到大生意了!"刺客看所有人脸上都充满笑意,明知故问道。

"美国政府的委托。攻打甘茵斯坦!这不是什么秘密!"全能的情人亨利代表海盗旗发言,"以学生军的实力,在美国全力的支持下我们轻而易举地便能攻下甘茵斯坦全境!大利益小代价!这是佣军最渴望的战斗,不是吗?"

"赢得美国政府的信任才是你们最想要的吧!"Redback 从我怀里站起来,边整理衣服边说。

"人际关系便是力量！"一个长得像女人的血腥妖精男队员拿起一支飞镖头也不回向后一抛，正中靶心！

"大利益小代价！"我看着这些家伙高兴的样子，明白他们也了解这同样是美国政府的目的。美国想占领一个战乱数十年全民皆兵的国家，还未派出任何士兵便已经在全世界雇佣了数千的佣兵集结在甘茵斯坦边境，允诺的条件是瓜分这个被占领国合法的与非法的财富。这才叫会做生意，我们这些人挣再多的钱，毕竟也只是棋盘上任人摆布的棋子。

为别人而战，是佣兵永远逃避不了的命运！想到这里我便又是一阵失落。

"汉克，你以前在甘茵斯坦打过仗，介绍一下吧。"我记得汉克曾经是北国的特种兵，据说还参加过进攻甘茵斯坦皇宫的战斗。我们都没有去过甘茵斯坦，听他介绍一下也不错。

"噢，上帝呀，那个地方！我真不愿想起来。贫穷、饥荒、战乱、种族灭绝！你想得到的，都能看到！"汉克抚着额头做了个"你难以想像"的表情。

"但你们却败在了这群驴子拉大炮的土包子手里！"扳机满脸嘲笑地看着汉克。

"我们？败给甘茵斯坦？你在开什么玩笑？"汉克哈哈笑道，"你既然能接触到高层军事信息，就应该知道美国政府统计出的我们北国的损失有多少，我们的行动95％都没有伤亡，有的话也只是轻伤。"

"那你们为什么撤出？死了那么多人达到了原本的目的了？"扳机满脸幸灾乐祸地看着汉克。

"我们进入甘茵斯坦是因为当时甘茵斯坦在我们的支持下建立了一个共产党政府，美国支持穆斯林游击队从事反对这个政府的武装叛乱。为了在阿拉伯海寻找不冻港和各种资源，我们只好派军队进入甘茵斯坦来支持政府。结果是北国撤出了它的军队，共产党政府为穆斯林游击队所推翻。"汉克并不能为自己国家的败退找出借口，"甘茵斯坦战争只是一盘棋，北国和美国是棋手，北国最后败下阵吃了亏，但棋高一着的美国有占到便宜吗？"

汉克坐到沙发上，以过来人的身份教育扳机道："穆斯林游击队的崛起得到了美国的金钱资助和政治鼓励，游击队战士不仅从甘茵斯坦人当中，而且从许多其他国家的穆斯林当中招募。共产党政府垮台后，非甘茵斯坦的穆斯林游击队员返回了自己的所在国，他们利用从美国得到的培训，在许多这些国家内建立起半军事组织。他们在阿尔及利亚和苏丹等一些国家成为一股重要力量。尤其是，他们为一个跨国组织培养了骨干，其领导人就是目前震惊世界的风云人物奥撒马·本·拉登。也就是说，现在被称为'文明世界的灾难'的伊斯兰恐怖集团，便是美国一手扶持起来的。"说到这里汉克停了停向窗外看了看，又满含深意地说道："也就是他们炸掉了你们的世贸大楼！"

"我……"扳机也知道这些事情，可是被说出来脸上就挂不住了。

自己挖坑自己跳的事，好说不好听呀！

"甘茵斯坦这块肉我们吃定了！"扳机一脸强盗相，恶狠狠地说道，"就算是为了向世界证明我们比北国强，我们也要啃下这根硬骨头。"

"我们北国现在已经是市场经济了，不养懒人了！"汉克作为北国适应资本主义最快的行业——黑手党的一员，看起来对北国的变革欢迎之至。

一群来自世界各地的激进分子为了各自的主张吵得脸红脖子粗的时候，我突然发现面前的人和一个月前似乎有点不一样了，端详了半天才发现这些人脸上比前些日子多出一样东西——胡子！

"喂！你们怎么都留胡子了？"

"这不废话嘛！甘茵斯坦边上全都是伊斯兰教徒聚集区。男人全都蓄须，不蓄须的一眼看上去便知道是外人，不利于开展工作嘛！"留着胡子的托尔仍是个大光头，看起来根本不像穆斯林，反而像开飞车的三Ｋ党。

"你们应该挎个吉他开演唱会。"我摇着脑袋装出一副嗑药嗑多了的样子。

"你也要留胡子，去甘茵斯坦！"我摇得正欢、笑得正开心的时候，队长突然打断说道。

"嗯？"我一下子愣住了，抬头看着队长，指着脑袋上刚刺好的文身吃惊地问道，"我也要去？我又不是阿拉伯人，我又装得不像，我去干什么？"

"其实在中东，蒙古人种反而比同属的欧罗巴人种更受欢迎。我们在穆斯林眼里简直就是堕落和糜烂的象征！"刺客是以色列人，他对中东最熟悉。

"蒙古人种？！"我愣住了。我对人种地理学不了解，对他把中国人归入蒙古人种一时没有反应过来。

"人类可分为三大人种及其若干分支。尼格罗人种、欧罗巴人种和蒙古人种，都有若干过渡型人种。非洲以尼格罗人种为主，欧洲以欧罗巴人种为主，亚洲尤其是东亚和北亚则以蒙古人种为主。阿拉伯人属于欧罗巴人种印度地中海类型，中国人属于典型的蒙古人种！"Redback从背后悄悄地凑到我耳边低声说道。

"噢！"我对自己粗浅的学识根本不觉得羞耻。这群人都不是一般人，上知天文，下知地理，甚至背中国的朝代表比我还熟。

"可是你们谁见过文身的穆斯林？"得到要到中东去的消息后，队长发给我们很多关于伊斯兰教的东西。

"改变真主原造的行为是来自恶魔的诱惑，凡跟随恶魔者，已受亏折！"Tattoo对于《古兰经》禁止文身、鲸青、锉牙、穿孔、戴假发等最熟悉。

"没有关系，戴穆斯林式围巾就看不出来了。"队长指了指我的脑袋说道，"而且你的图案是文在发线以上的，只要把头发蓄起来就能把图案盖住。"

"我到甘茵斯坦去干什么？"我奇怪极了。

"去适应伊斯兰的世界！东方人在伊拉克比在甘茵斯坦更受欢迎。"队长又抛下一枚重磅炸弹。

"这么说伊拉克还是要派我去？"我捂着脸倒在沙发上，没想到东方人的面孔竟然给我招来如此多的麻烦。

"我们下了飞机走不出五米就会被打爆头的！"骑士满脸笑容地对我说道。

"我一个人去?"

"我们一起出发! 只不过水鬼、你和刺客到巴基斯坦,我们其他人到科威特去。狼人和天才留给你们!"队长说完又指了指边上的其他佣兵,"我们没有必要全留在那里,这么多人在那里,你不会寂寞的!"

我看了看水鬼、刺客,再看看自己,发现队长派到甘茵斯坦的都是看上去比较不那么西方化的面孔,看样子他是深思熟虑过的。

"达克,你们猎兽人前一段哪儿去了? 好久没见了!"

"我们在哥伦比亚和墨西哥,配合当地政府扫毒……"

"以你们的实力收效一定很显著吧?"

"当然。加上你们在公海上干的那一票,几船的高级制毒技术工人都被你们洗了,别说哥伦比亚受损甚巨,连中南亚的毒品市场都元气大伤呀! 现在'金新月'又要被美国洗,毒品市场……"我问到这里,已经没有什么好打听的了。任务内容仍未下达,不过时间是已经定下了,还有半个月的时间准备,这几天在美国的事虽然不大但琐碎之极,弄得所有人都筋疲力尽,原本想到美国来散心的,打算也没有实现,剩下的这半个月可要抓紧时间好好快活一下。我一边和其他人打屁,一边向 Redback 示意准备开溜。

好不容易趁大家狂欢的时候逃了出来,我和 Redback 稍一商量便做了决定,趁这几天空闲陪她到处转悠转悠。等队长骂人的电话打通的时候,我们已飞到了泰国曼谷声名卓著的拍蓬街。

我头戴着插在背包内的电脑上的耳机,光驱里面温习的是刚买的阿拉伯语教学。叽里呱啦的阿拉伯语,把我和面前满街穿着三点式拉客的十一二岁的雏妓隔成两个世界。Redback 左转右转地在灯红酒绿的红灯区边缘找到了一座不像教堂的教堂,巨大的院落内全是层层排排的简易竹楼,未进院门便看到了坍塌的围墙。神父和一名穿着背心露着强壮肌肉的男子正在安抚聚在祈祷大厅的上百名幼童,另有一些年轻人正在修理仍在冒烟的院墙。

"怎么回事?"Redback 看到神父肩头的血迹吃惊地问道。

"抢劫!"神父满脸颓意,看样子有日子没睡好了。

"抢劫?"我也吃惊地关上了电脑里播放的阿拉伯语,"抢什么? 教会有什么可抢的?"

神父没有说话,环视了周围一圈,我跟着他的眼神看去,见到的是满屋睁着惊恐大眼的女幼童,其中有一半多在六七岁上下,她们穿着奇怪,肩上和胸口都烙有奇怪的印记,从仍发黑的焦印上可以看出,这是刚刚烙上去的。什么样的人这么残忍,竟然对如此幼小的女童下这样的黑手!

"我们出去说!"那名不知名的神父把安抚的工作交给一旁的修女,带着我们来到了院子内。

"刑天! 这位是我跟你提过的洛基神父。洛基神父,这位是刑天!"Redback 把我介绍给那位看上去像拳击手的神父。

"你好！久仰，久仰！"

"你好！我也久仰你的大名了！"我们两个客套了两句，其实我根本想不起在哪儿听过他的名字。

"我要感谢你们狼群为我提供了东南亚向欧洲输送雏妓的管道，让我们能轻易地从歹徒手中救出如此多的可怜孩子！"等到洛基神父说到这里的时候，我才想起来在哪儿听过他的名字。这家伙是神职人员中的异数，常年在东南亚打转，号称"大棒神父"，以使用大棒看守教院出名，毕生致力于解救童妓的事业，曾经追踪万里将几个爱好雏妓的颇有势力的欧美官僚和毒贩子绳之以法。如果不是神之刺客在后面撑腰，他早就不知死了多少回了。

"不客气！这是怎么回事？那些孩子是……"我本来想着和 Redback 出来单独散散心的，没想到我们不去找麻烦，麻烦自动找上我们。

"那些孩子都是我这几年来解救下来的……雏妓！"说出这个词后，洛基神父在胸前画着十字一阵祷告，弄得我颇为无奈。这有什么可告罪的，不就说了个词嘛。

"这么多？"令我吃惊的是，屋内的孩子们最小的六七岁，最大的也就十三四岁，竟然都是救出来的雏妓。我开始以为她们只是教会收养的孤儿。

"已经转移走好多批了！"神父最近都在忙这些事，看他两鬓蹭上去的白发，便知道这些丧尽天良的事看多了，对人的精神有多大的摧残。

"那抢劫又是怎么回事？"我正说着，从边上一间挂着白布帘的房间里突然冲出一名修女，趴在栏杆上大吐起来，看她快把内脏吐出来的劲儿，真让人想知道她看到的是什么恶心的画面。

"是为了里面这批刚救回来的女童！"神父的话刚说完，又一名修女冲出了房间，趴到刚才那名修女的身边一同吐起来。

"那些女童有什么特别吗？"我问话的同时，非常不礼貌地一直盯着那两名吐完跪在那里不停向天祈祷的修女，等着看后续发展，谁知道里面一会儿还能冲出多少人来。

"她们都是 Devadasi！"洛基神父说了一个我没有听过的词，把我的注意力唤了回来。

"什么？"我愣住了，看着边上的 Redback，毕竟英文不是我的母语，太多单词我不知道了。

"提婆达悉！"Redback 转动脑子给我解释这个词语，"意思是'神的女奴'。是印度在坦多罗崇拜的性仪式中扮演献身于男神（修行者）的女神的角色，实际上已经由神庙祭司训练成变相卖淫的职业妓女。传说修行者在与神庙舞女进行仪式交媾后可以获得活力达到不朽，通过对神圣的生殖行为的神秘复制来保证维护万物的秩序。"

"通俗点！"听了半天，我仍没能明白她的意思。

"就是庙妓！"Redback 握着胸前的十字架说道，"印度极度重男轻女，为了不养活女孩子，很多家庭都会以一种秘密仪式把女孩嫁给地方寺庙的神，这些女孩会被献给神庙,终生成为庙奴或庙妓。”

“庙妓?”我第一次听说这个词。庙在中国是非常神圣的地方,教法一般是宣扬禁欲的,我从没有听说过把庙和妓女扯到一起来。

“没错!”Redback看着远处那些心智未开的幼童,颤声说,“在印度、尼泊尔、斯里兰卡,五岁至九岁的女童,会在月圆之夜‘嫁’给地方寺庙的神,祭典后其肩膀和胸将被烙印,之后受聘于寺庙祭师,来拜神的人可以向寺庙出钱买这些女孩交媾!”

“你们从印度弄来的?”我吃惊地问道。没想到他们竟然跨越国境去营救这些女孩子,如此一来,风险和经费可是不小。

“贩卖幼女的国际路线分两条:一条是从尼泊尔到中转站孟加拉,然后转手卖到印度,从印度与巴基斯坦转往中东国家;另一条是从孟加拉到东坞,过泰国到菲律宾,然后装船到世界各地。这批女孩子是我们在泰缅边境劫下来的。”洛基神父正向我们解释着,从那间“呕吐之屋”里走出一名男子向我们招手。我认得他,他是神之刺客的队医,好像叫保罗。

洛基神父看到保罗向我们招手,叹了口气向那间“呕吐之屋”走去,我和Redback在后面跟着,也想看看里面到底是怎么回事。边走我边向神父打听:“那打劫的是什么人呀?”

“本地的黑帮和倒卖人口的人贩子!”神父一边走一边整理衣服,“这些女孩子是我们在本地黑帮接货时抢来的,那帮没接到货的黑帮拒绝付钱。人贩子竟然以这些女孩子是宗教祭品、我们是异教徒为名,要求我们归还,结果谈不拢便来硬的了!”

“……”我无言了,今天又长见识了,有时候出来跑,还真是能看到平常人见不到的东西。

“泰国政府不管吗?”我的话还没说完,前面洛基神父掀开的门帘里便传来一阵呛人的恶臭,熏得我一阵窒息。多年的征战经验告诉我,这是人体腐烂时发出的味道。可是修道院里怎么会有这种味道?我更加好奇了。

“泰国1994年已经制定了相关的法律,但处罚力度明显不够。与15岁至18岁雏妓发生性行为,判监1年至3年,以及罚款2万铢至6万铢(约800美元至2400美元);与15岁以下雏妓发生性行为,判监2年至6年,罚款4万铢至12万铢,一般外国人罚了钱就没什么事了。”神父无奈地摇了摇头,东南亚之所以成为“性爱观光国”,也是因为各国政府纵容的结果。

进了屋我才看清楚,这里是一间简易的医疗室。大通房分成里外两间,外间两名修女在给几个幼童上药。从那些女童流着黄水的下身看来,大多已经染上了二期梅毒和淋病。最可怜的是一个趴在床上的男童,从他包裹的部位便可以想像他的痛苦。这些孩子根本还不知道什么叫羞耻,只是瞪着大眼看着我们几个人走进来,一点遮掩的打算也没有。倒是几个忙得满头大汗的修女,慌忙扯来白布替他们盖住了身体。

走进里屋,只见病床上躺着一个女人,看样子已经陷入深度昏迷,恶臭便是从她身上散发出来的。等我们走进去的时候,保罗已经收拾好医疗器具了,看样子她已经没有救了。

"怎么回事?"我皱着眉头,这么冲的恶臭怎么会从一个活人身上发出,难道她烂了?

"这个女人是我们去踩点的时候捡的。她是印度一个农村的妇女,丈夫打仗去的时候她被实行了割礼,她丈夫快有一年的时间没有回来了,传言是死在外面了,乡亲要求她进行'沙帝',她是逃出来找丈夫的。"洛基神父穿上圣袍,抱好《圣经》,看样子是要为这个女人送行了。

"割礼? 印度也有割礼? 她身上的味道是怎么回事? 什么是'沙帝'?"我常年在非洲打仗,当然知道割礼即所谓的成年礼,到了一定年龄,男子必须割除阴茎的包皮,而女子则必须部分或全部割除阴核和小阴唇,甚至将阴道口部分缝合。男子割礼在许多宗教里都有,但对女子施割礼我以为只有在落后的非洲才有,没想到印度也有。

"在印度乡下,丈夫长时间不在家时,有权要求妻子缝合阴道,只为排尿和月经留下一个小孔,来保证不会偷情。结果她的手术不成功,阴道病变糜烂了。她是被人贩子拐到这里的,但他们没想到这个妇人下面已经烂透了,结果在发现后就把她扔到了山里,我们把她救了回来,但也晚了!"神父也整理好衣服做好了弥撒的准备,"'沙帝'是印度的一种古习俗,就是丈夫死了,妻子要自焚殉夫!"

"你们肯定这个女人是来自印度? 你知道的,印度可是号称……"

"没错! 就是那个号称第一信息产业大国的印度!"Redback责怪我怀疑他们的智商,甩给我一记白眼。

"噢!"我咂吧咂吧嘴没说话。虽然我到过印度,但没去过乡下,还真不知道这样一个大国,竟然还有这种稀罕事。

原本想在妇人醒来后,便为她做最后的祷告的,但上帝似乎不想让她多受罪,让她在沉睡中过去了。最后神父他们只是为她做了安魂的弥撒,便把这苦命的女人火化了。

出了医疗室,就见不远处的台阶上坐着数十个骨瘦如柴的小孩子,这种病状我在非洲常见,艾滋病! 世纪绝症。

"我们只能给仍有希望的孩子医治,得了艾滋病的孩子,我们也没有办法了。"洛基神父虽然天天都看到这种场面,但仍是痛心不已,"而且我们天天还要接诊数量众多拿不出钱看病的童妓,那些开妓院的看准了我们不会让孩子们受苦,常让得了病的孩子来我们这里看病,看好了再回去接客。"

"为什么不把她们留下来?"我奇怪道。但这时从边上传过来的一名小女孩跟修围墙工匠的谈话声让我住了口。"你手上的表好漂亮,如果你把它给我,我就陪你睡觉。"一个从小在这种环境下长大的女孩子,她们的价值观早已经崩塌了。身体就等于金钱的观念已经根深蒂固地种植在她们的脑海深处,虽然救得了她们的肉体,但想挽回她们的灵魂就难了。

"每天都有受不了清苦的孩子逃跑,只要出了这堵墙便是花花世界,她们知道怎么换取自己需要的享受！"洛基神父痛苦地说道，"我们现在只好把希望放在这些年纪最小、灵智未开的孩子身上，希望神能拯救她们的灵魂。"

"你让我和你来干什么？打仗？"我奇怪地问 Redback，她没有跟我提过教堂被袭击的事。

"不是，我们只是负责接走这些孩子！"Redback 指着那些烙有印记的幼童说。

"接到哪儿？"

"艾兰登！"

"那里不是也很乱吗？"

"但那里没有雏妓呀！"Redback 拧了我一把，痛得我一龇牙。

"噢！"我不敢再问了，言多必失啊。

"我们等教会签发的收养证明和避难申请一到，便带这些孩子离开这里到艾兰登去。"Redback 很熟练地嘱咐我。

"如果那群家伙在这之前再来骚扰呢？"我身后那些可怜的竹屋，根本经不起任何打击。

"我带你来干什么？"Redback 终于说漏嘴了。

"我就说嘛！还许给我那么多好处，还说和我玩'冰火九重天'、'沙漠风暴'，想着代价就是要当苦力……"我还没埋怨两句，便被 Redback 杀人的目光堵住了嘴。

"老娘也帮过你，出点力就这么多费话，是男人吗？"Redback 听我提到她许给我的多项"好处"，脸红地赶忙把话题岔开。神父是纯洁的神职人员，没听出来我说的是什么。洛基可是常年在情色场中打滚的老泥鳅了，一听便明白我指的是什么东西，只是怕 Redback 恼羞成怒，只好忍着笑意看向别处。

"拿来！"等洛基神父走开后，我伸出手向 Redback 讨要。

"什么？"

"枪呀！"我除了把放进电脑带过海关的刀子，只带了把小得可怜的陶瓷枪跑到了泰国，六发子弹能干什么。

"没有！"神父不好意思地耸耸肩，指着远去的洛基神父低声埋怨道："他脑子不开化，认为上帝的宅院中不能藏凶器，所以没有藏枪。我们来的时候带的武器也不多，你们最好是到黑帮手里去买。我知道你认识人的！"

"杀人还不给枪？哪有你们这样的？"我嘟囔着从电脑中调出泰国卖武器的商人名单。好家伙！一大串好长的名字，怪不得泰国比较招佣兵的喜欢。

等我们两个找到相熟的军火商时，天已经黑了。虽然他这里的东西琳琅满目，但我还是没有找到我最喜欢的 MK23 手枪，据商家说这是因为用得了那么重手枪的人不多，加上它样子又没有沙漠之鹰帅，所以销路不好，想要还需订货。意外的是，竟让我发现了中国刚装备部队的 92 式半自动手枪，有 9 毫米口径的，也有 5.8 毫米口径的，这种 2000 年才装备中国驻澳部队的新枪，没想到这么快就出现在了黑市的桌面上。

我试射了几发觉得不错，出于纪念价值便收了两套，但最后仍是选择了 MK23

TPG1 狙击枪

口径   .223 Rem,.243 Win,.308 Win,.300 WM,.338 Lapua
枪管   镂纹加重枪管
枪管长 660mm
空枪重 8.815kg
全长   1186mm
弹匣   可抽式取弹匣
扳机力 60.0～130.0 g
枪体材料 可调整合成材料

的缩水版——USP 战术型，但轻了一半的 USP 用着怎么拿怎么别扭。为了保证火力，原本我想购买一直使用感觉不错的 HK23 轻机枪的，可是 Redback 不想为教堂添麻烦，最后给我挑了把 UMP45，拿着手里轻得像玩具的塑料家伙，我真是觉得不可靠。

出了门，拎着轻飘飘的口袋，我有点希望这两天最好不打仗，这些东西太让我没有安全感了。

第九十九章　天使的微笑

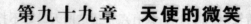

　　"你在想什么?"坐在漆黑的竹屋内,看着围墙外的灯火通明,Redback 检查着刚弄回来的新枪,为过会儿有可能出现的情况做准备,她突然冷不丁地来了这么一句,吓了我一跳。

　　"没什么。"我不安地扭动两下脖子,轻轻地挠挠后头皮,文身的地方痛过了,开始有点发痒。

　　"我知道你一定有什么想说,不要不好意思!"Redback 上好子弹,"卡啦"一声砸下 MP5SD 挂空舱的枪机,把枪放在随手便能摸到的地方扭头看着我。

　　"我没有想说什么,只是被后面的眼睛看得很不舒服!"我挠挠脖梗指了指背后,Redback 回头看了一眼,笑着扭过脸说道:"没想到恶名昭彰的 Ghoul 也有害怕的时候!"

　　"我不知道。没想到被他们看着我竟然有点尿急!"我低着头抱着枪说道。

　　"呵呵! 是吗? 我以前也没有这样的经历!"Redback 躺在教堂的大长椅上,看着拱顶上的圣母壁画,抚着额头说道。

　　"是不是像站在雪山上,面对着铺天盖地的白色?"我想起以前什么情况出现过这个感觉。

　　"那是雪盲的征兆,笨蛋!"Redback 一跃而起伸手想摸东西扔过来,不过最后发现是在教堂,除了长椅什么也没有,只好放弃。

　　"但感觉差不多呀!"想想自己也觉得挺傻的,便拍拍脑袋笑了。

　　"呵呵!"Redback 看我笑,也忍不住"扑哧"一声笑了,满脸欣慰地看向背后的神坛。

　　十字架下的空地上坐满了幼童,一个个抱着膝头睁大眼睛看着我们。那天真的眼神像审判的圣光,映射出人世的肮脏和罪过。每当我面对他们注视的时候,仿佛从他们的眼睛里看到自己所犯过的一切罪行,发现自己成为一个连自己都唾弃的恶魔。

　　"终日沉沦在世界最肮脏的圈子中,对比周遭发生的种种,我们一直以为自己做得并不过分,充其量是杀性重了点。这就像拿一块溅满黑点的纸和整个黑夜对比,总觉得还不错。可是等到阳光照到纸上才发现,原来……"Redback 抱着膀子好像被夜风吹冻着似的,不自禁地瑟缩了一下,我走到她身边搂着她坐下,我们就像冰雪地狱中两个赤裸的罪人互相温暖着。

"所以我们才需要忏悔！向主虔诚地忏悔。上帝是至善至慈的！只要你诚心祈祷，便会得到主的怜悯。"洛基神父还没走近教堂，我便听到了他的脚步声。

"抱歉，我不相信神的存在！"我从不认为没有信仰是可怜的，但其他佣兵却常用"可怜"二字来形容我。

"每个人心中都有神！孩子，每个人。你所需要的是去找寻它，并……"洛基神父不但和海盗旗那个奇装异服的家伙名字相同，而且同样是个彻底的宗教狂，还特爱向别人推荐自己的信仰，只不过祈祷的神不一样罢了。

"神父，我们没有时间讨论这个问题！"虽然我会对自己的行为有负罪感，但我不会向一个不存在的神祈祷。我举起手中的枪向他摇了摇，却招来他一阵白眼。

"在神的寓所挥舞凶器，是不被允许的。"洛基神父画了个十字走开了。

"他以为对着敌人画个十字，便能杀死他们吗？"我真难想像他是怎么得到"大棒神父"的绰号的。

"洛基以前也是神之刺客的一员，但最终他认识到武力不能解决一切，便退出了队伍，来到这里专心为营救雏妓奔忙。他是一个可敬的人，你不要侮辱他。"Redback躺在我怀里看着洛基神父的背影说道。

"你每次敲诈我的钱，就是为了他们吗？"我看着修女给每个小孩分配少得可怜的糖果，不禁怀疑每次 Redback 从我这里弄走的数以百万的钞票都用到哪儿去了。

"不，各区教会每年会给下属的教堂少得可怜的经费，其他的都是靠募捐。在这种穷地方怎么能募到钱？每年买药的经费都是我们自己想办法搞到的。他这里还不是最穷的，你见过肯尼亚那里的情况，那里的神父为了一支青霉素曾奔遍全省上百个教堂，只找到了一瓶生理盐水的情况不是一次了。而且还要提防各种宗教仇杀，不少神父和修女在救治病人时血液感染得了艾滋病，那才是最……"Redback 说到这里突然打住了，因为我们两个都听到了院墙上传来的声音。

我没有惊动正喜笑颜开的修女和孩子，悄悄地拎着枪摸到了门口向外看去。一个挺大的脑袋正架在院墙上向里面张望，脖子后面伸出的枪管告诉我，这家伙便是来抢劫的。

出于习惯，我打开枪口的不可见红外激光瞄准器。等架好枪脸贴上枪托才想起手里不是狙击枪，而是近战用的冲锋枪，而且还没有装夜视装置，光凭那家伙脸上的红点便开枪有点冒险。没有九成的把握不要开枪，这是快慢机的教导，虽然我从不遵守，但现在想来还是照办的好。鬼知道不定哪儿藏着人，我一枪把这个撂倒，突然跳出十几号人对这里一阵扫射，打不打得着我不说，伤着里面的孩子就是罪过了。只能等其他人都暴露后我们才能动手，这样比较保险一点。

我扭头对边上的 Redback 指了指墙上的脑袋，又指了指自己，在脖子上双手一拉做了个绞杀的动作，然后指了指她，把手举到头上，弯曲手肘，掌心盖住天灵盖，做了个掩护我的手势。

她笑了笑点点头，不过等她抽出买来的 AK 军刺时，脸色便沉下去了。没想到买东西的时候，竟然买不到她喜欢的军刀，挑了半天只搞到这把还像点样的俄国货。看着那把充满阳刚之气的刀子，怪不得大家都说她的爱好很奇怪！

我摇摇头，在那家伙缩回脑袋时摸出了门，直奔刚才他露脸的地方。这些家伙毕竟只是杀过人而已，探完路不持续观察目标，还要拖上半天才过来。等我靠到院墙站进阴影中后，这些家伙的脚步才由远及近接近院墙。然而奇怪的是他们并不跳进来，而是在墙边上嘀咕起来了。我心想，他们不会都到门口了才制定作战计划吧。早知道他们这样磨蹭，我就端杯咖啡来坐这里慢慢等了。

等到第一个人跳进院子时，已经是二十分钟后的事了。看着这群人一个个跳进来却从不向背后望一眼的样子，我实在对他们很失望。原本以为能找点刺激，现在看来没有任何挑战性。不过狮子搏兔，全力以赴，无论敌人多弱小，都当成正规军对待，这是我们活下来的保证。

无奈地蹭蹭鼻子，我从后向前摸了过去。在孩子们嬉笑打闹的嘈杂声中，我摸上了第一个家伙的脖子。为了保证安静，我没用刀，而是使用了藏在手镯里的钢丝锯。这本来是我逃命用的，不过几次经验后告诉我，这东西比绞颈丝好用多了。

这东西由钛合金制成，结实到能吊起一辆吉普车，锋利到能锯开高强度的钢条。所以，号称坚硬的人骨在它面前软得如同豆腐一样，用它勒断人脖子是轻而易举。等钢丝锯再一次拽成直线，一颗人头便扑通一声从钢套里掉落在草地上，听上去有点像我们每晚睡觉时把脱掉的鞋子乱扔时发出的响动。

我回过身对着刚才被我打晕的一个年轻小朋友，看着满地的美式精良武器。看来在泰国开妓院可真是一件赚钱的生意，普通的佣兵都搞不到这么精良的装备。

我爬上墙头向外扫了一眼，发现不远处的墙角有一个十二三岁的小孩子，不合年纪地抽着烟焦急地向这边张望。确认没有人后我吹了一声口哨，Redback从教堂门口的阴影里走了出来，手里拖着一个满脸鲜血的强壮大汉。我踮着脚向里面张望时，看到那些孩子满脸欢笑地围着修女做游戏。看他们开心的样子，我突然想抹掉这满地的血水，让他们心中永远保留一个干净的世界。

"怎么样？"我低声问道。

"我这边只有一个人！"Redback把这家伙丢到地上，向神父他们藏身的后院望去，只看到一只手从阴影中伸出拇指摇了摇。

"外面有个把风的，我去看看。看住这个！"我说完就翻出了墙向那个街角的小朋友走了过去，那小子看到有人翻墙出来，开始是一阵欢喜，可是等他看清我的脸后，便惊慌地侧过身想逃跑。估计他原来的任务是接应出来的同伴，可能他不相信进去那么多的人，竟然无声无息地就被干掉了，一边原地踏步想逃跑，一边向我背后的墙头张望，样子可笑极了。

等又过了一会儿他肯定同伴全完了，才转过头准备闪人，我笑着举枪对着他前方开了两枪，打出一溜尘花，吓得小家伙收脚不及，自己绊自己一跟头。慌乱中他拔出腰后的一枝破旧的左轮枪想要打我，左轮枪被我一枪打中转轮震脱了手。

我像抓小鸡一样捏着他的脖子提了起来，从手指缝里看到他脖子上文着一个

第九十九章 天使的微笑

裸体的飞天。这个图案我在其他已死的抢匪脖子上也看到过,看来是他们组织的标志了。这个街口外便是热闹的集市,我提着一个小孩子很快引起了一阵骚动,几个和这小孩年纪相仿的小朋友看到这情况转头便跑,看样子也是传信的。

我提着小朋友回了教堂,这时候神父他们已经收拾好院内的尸体,看到我提着个小孩儿走进来,吃惊地跑过来托住了他悬在半空的瘦小身子。

"松开手!他还是个孩子,你会捏死他的。"Redback捶打我的胳膊,从我手里抢下这个小家伙,她拉过地上的年轻小朋友,给了他一巴掌后,这家伙才慢慢地醒转过来。洛基神父也从教堂里走了出来,我指着小孩脖子上的文身问他:"这个你认识吗?"

"认识!这是个贩卖人口的跨国组织的文身标志!这批'提婆达悉'便是从他们手里抢来的。"神父挠挠头,估计他们没有想到这些家伙这么粘,竟然追过来,还几次三番地对教堂下手。

"我们追过去把他们的老巢给端了!"Redback看着地上的武器,知道这群家伙不简单,闹成这样已不止是一批货的事了,没那么好解决了。

"这是别人的国家,你以为那么容易赶尽杀绝吗?"我挠挠鼻子看着洛基神父,"你招上了一剂没多少毒但甩不掉的狗皮膏药。"

"我怎么办?"因为洛基是西方人,再加上有教会庇护,这些年的活动虽然也招惹到不少黑帮,但没有闹这么大过。他当过佣兵,当然知道什么叫强龙不压地头蛇,以后的日子绝对安静不了了。

"你在这里有多少人?"我看着他问。

"就这个教堂!三名神父,十名修女。这里是我们拯救幼女的中转站,救出的姑娘我们会转移到比较安全的国家。"他知道我的意思是让他们撤离这里。

"一个办法是我和你们扫平这次过来的人贩子。但等到他们的大批复仇军团过来……哇啦!"我做了个火爆的手势。

"第二个呢?"Redback跟着我笑了两声,看到洛基难看的脸色,尴尬地咳嗽了两声捶打我一下。

"我们拖到文件到手便离开这里。我们不是黑帮,没有办法和他们硬耗,这种事托给相熟的黑帮让他们来解决,等过些时间有了效果,你们再回来。"我指了指地上的尸体说道,"不过价钱可不便宜。"

"嗯!"洛基听我说到这里,脸色有点犹豫,看样子他倾向第二种方法,但被我最后一句给难住了。

"这个好解决!对吧,甜心!"Redback听到钱马上想到我,让我开始怀疑自己头上文的是条龙,还是"我是有钱人"几个字。

"那多不好意思呀!不过也只有你们有这个能力。真是感谢你呀!"神父对于钱这个字敏感得很,一旦听到了这个字,智商便立刻跳升两个档次。

"我开始倾向第一种方案了!"我仿佛看到我银行的数字开始飞快地倒减。

"你知道我可以办到的,杀光他们,没有问题!轻而易举!如果你们怕累,我可以自己单独出动,在戴尔蒙都我就自己干过……"我开始极力推荐不花钱的方案。

"算了吧!你要那么多钱干什么?买中国长城吗?"Redback 总是爱讥讽我挣钱比她多的事实。

"就用第二方案,我决定了!"洛基看有希望从中获利马上做了决定。

"很果断!"我除了恶心他两句也做不了什么,自己一个人跑到人生地不熟的国家去杀人?下下策也!

"接下去呢?"Redback 每次敲诈成功后常说的一句话是"中国男人好相处",现在她的表情就是这句话的无声表示。

"看我的!"我看着地上坐着的两个迷惑的小朋友说道,"洛基神父,我说一句,你翻译一句!"

"没问题!"

"告诉他们,把那包东西带给他们的老大!"我拍拍他俩的肩膀深情地说道。

"哪包?"洛基四下张望着。

"那包!"我指着远处装人头的袋子。

"不!"洛基神父一声大叫,吓我一哆嗦,"你不能让两个孩子抱着一包人头。这太残忍了!想想都是犯罪!"

"所以我从不去想,只管做!"我无所谓地耸耸肩,Redback 倒是很配合地把那包人头提了过来。

"挺沉的!"我将袋口系好递给两个小朋友,然后指了指门,傻子也能看明白我是让他们走。

看着两个小家伙吃力地抬着一大包人头消失在门外,我无聊地问了一句:"你们知道一颗人头有八磅重吗?"

"只有你这种人才会去称这东西!"神父听到这个忙啐了两口,仿佛听到这话也玷污了他的灵魂一样。

"不是我,是屠夫他们称的!"我慌忙向其他人解释,但就是没有人愿意听,一个个扭头走开了,气得我直跺脚。

两个小朋友很尽责地把人头带到了地方,当十多颗人头从袋子中滚出来的时候,满屋子的人都吐了。然后是一阵疯狂的叫嚣,一群人抓着枪要冲出来,但被人拦住了。

"这些家伙不简单,去查清楚今天早上进去的一男一女的身份,我们不能再匆忙行事了。向老大汇报这件事,让他多带点人手过来。这里可能已经被发现了,我们要立刻离开。我先走,你们后撤……"一个懂泰国话的队员按着耳朵里的窃听器站在我身旁一句一句地翻译着。给放生的人装点零碎是老习惯了!

"现在冲过去可以干掉很多人哟!我仍推荐第一方案。"我站在房顶上看着不远处亮灯的小屋。

"不,我们并不像你们狼群那样嗜杀!能少杀人,尽量少杀人!"神父这时候发话了,一本正经的样子让我想起了队长,不过队长这时候常下的命令是:杀光他们!最多追加一句：手脚干净点！

"我明白了。"我挥挥手说道，"回去吧，我想这些已经够震撼的了。我殿后！"

"好的。"神父他们走了，只有 Redback 留下来了。

"有什么坏主意快说！"到底她是我的女人，比那几个男人要了解我。

我笑了笑手指指向小屋，她回头看见五个人出了小屋向郊外走去，其他人仍等在屋内。这个人很聪明，一般来说如果屋内仍有大部队的话，第一批走的人很少被人跟踪。

"走吧，送信的人要不了那么多的。"我向那群人追了过去，临走时不忘按下遥控器。小屋内火光一闪，什么也没有剩下。

"我就知道你不会留下活口的！"Redback 由于我的原因常和狼群在一起，对我们的习惯更了解。

我仍是笑而不言，有些东西意会即可，说多了就没有意思了。那五个先走的人很聪明，听到后面的爆炸声，没有停顿反而加快了速度。

看着黑夜中快速移动的人影，我觉得心跳有些加快，这几年凭借着各种先进的仪器，我们都是料敌在先，杀人于无形。好久没有这样只凭双眼和体能追击敌人了，虽然说压倒性优势并不是丢人的事，但注定的结局总让我觉得没有趣味。我还是喜欢这种原始的猎杀！

"达达达……"一阵枪声从前面传来，数发子弹带着哨声从我们身边飞过，带动的风劲让人心头一紧。凭着声音便能知道我们的位置，这些家伙还不错嘛！我摸了摸颈部的动脉，越来越快的波动让我进入兴奋的状态。

"玩玩！"我扔掉手里的长枪，空着两只手对 Redback 笑道。

"奉陪！"Redback 也扔掉 MP5 对我笑道。

我们两个分头钻进了黑暗的树林，分别冲自己选定的目标摸去，我摸到的第一个家伙便是用枪向我们扫射的那个殿后的英雄。Redback 没有和我抢，看来她是去抢前面的大部队了。

我看着不远处小心翼翼防备着的黄毛，摸出装在枪口的战术灯，向他靠近。为了防止自己也中招，我在远处便打开电筒，接近时用手捂住灯口防止光线外露。我将脚边的石块踢飞，在边上弄出一点声响。那家伙没有动，只是眼神向声源闪了一下。而我要的也只是这一瞬间而已，我举起手对准他的眼睛，在他瞄回来的时候移开了放在灯口的左手。战术灯本来的作用便是用来影响敌人的视觉的，所以个头虽小但光线之强却可以媲美监狱的水银灯，强烈的灯光能使任何有视觉能力的人眼花缭乱。

手一松开我便就地一滚，要在他开枪之前接近他。枪声响起之时，我人已经在他的枪口之下了，子弹贴着头皮飞过，未燃尽的火药夹在气流中喷在脸上，让人感觉像被烧红的铁砂洒在脸上一样。顾不得脸上的炙痛，我先用电筒闪了他一下，然后劈手夺过他手里的枪，一脚将他踹倒在地，按住他的脑袋用塑料手铐把他绑住后，才赶忙蹲到地上伸手在脸上扒拉起来。

"呼呼，奶奶的！刺激，刺激！"我一面用手摸着脸上被火花烫出来的小坑，一面把手伸进衣服里摸着后心的冷汗。

　　等我再次追上剩下的四个家伙的时候，却发现他们已经全被 Redback 撂倒了！看着她得意的笑容，我简直惊呆了！这家伙什么时候变得这么厉害了？竟然一个人能瞬间摆平四个大汉！

126

第一〇〇章 大感意外

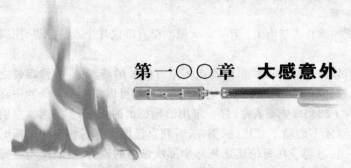

我提着惟一被我抓到的俘虏扔到人群当中，心中纳闷起来，Redback 能打倒四五个男人没什么稀奇，可是什么时候能这么快地办到，真是太让我吃惊了。

"你……"我刚张口想问远处背着手看着我的女人，却被她脸上的表情给堵住了嘴。她那副样子简直就是"求我呀！求我就告诉你"的无声版写照。

我哼了一声，径自翻动身边扑倒在地的猎物，希望能不用张嘴问，自己能解答这个问题。触手生硬的肌肉和几个人捂着脖子的样子让我想起一样不愿想起的物件。

"你不会是用了那东西吧！"站起身话没说完，就看到 Redback 笑眯眯地摇着一个小巧的竹管。

"你知道我不喜欢这东西，何况我们说了赤手空拳的！"我坐到边上的树干上挠着脑袋摇头，过了一会儿终于忍不住颈部的难受，伸手握住脖子使劲掐紧，直到眼前发黑才松开手，如此反复几次才停住了脖子上的窒息感。

"我们只说不用火器而已，没说不许用冷兵器呀！我知道你也有配的，怎么不用？我就讨厌你这种既想当婊子又想立牌坊的样子。"Redback 拿涂成淡绿色的小竹管轻划我的脸，但还没碰到便被我躲开了。

"你看，多有效啊！"看她指着地上的人的样子，我不禁又握了握脖子。

"我们都没有带解药，你只有等了！先问出话的才算赢！"我踢醒我抓住的家伙向他问话，没想到这家伙竟然听不懂英语，换了几种语言都不回答我，等捏开他的牙关才发现，这家伙竟然只有半截舌头。

"哈哈哈！"我自嘲地笑了，Redback 也笑了，不过是得意的笑。

"你死定输了，哈哈！"没想到我冒那么大险抓住的竟然是个哑巴，这不铁定没口供了嘛。扒开衣服看了一下，这家伙身上也只有一个裸体的飞天文身，没有部队或监狱的标志刺青，倒是满身的伤疤显示出这家伙也是生死线上荡过几回的人了。

我正丧气地摇头，就感觉脸上一凉，凭直觉就知道是竹子，慌忙闪身躲开。

"解药！"清脆的声音后，连着是几声闷响。我抬头一看，Redback 又冲每人来了一下。

中箭后不一会儿，几个人便没有了刚才的痛苦，慢慢地舒展了身体，仿佛刚吸多了毒品的隐君子一样，仰面朝天深吸着气，一副陶醉的样子。

"箭……毒……吹箭!"那个管事的头目躺在地上呻吟着吐出四个字,听到这句话让我不由自主地一颤。

"哟,你还挺识货的嘛!去过南美?"Redback根本没有绑这几个人的意思,用脚踢了踢他的头问道。

"哥伦比亚!那可真不是个好地方,西部崔柯地方所产的箭毒蛙,可称毒蛙之冠,毒性大于一切毒蛙。取其一克的十万分之一的毒液,就可以使一个大动物中毒而死。拿根针在蛙背上蹭蹭就能要人命,你一定用的是那里的蛙……"那家伙很明白自己中的毒,虽然刚才不能动了,但五感仍在,听到自己服了解药便在这里拖时间。他详尽的描述让我想起了在哥伦比亚丛林中那次惨痛的经验,被农民当做野兽来上一箭,如果不是老子身体壮,当时就挂在那片水草地里了,想来应该在他刚露面时就打死他,好心没好报!

"哧!"离此人最近的同伴的脸上中箭,细长的针体穿破脸皮扎进了牙床。瞬间那家伙握着脖子又缩成了一团,不过这一次他没有维持这个姿势,而是越缩越小,最后曲成了一团,但恐怖还没结束,那家伙这时仍没有停止缩小,骨头被肌肉压迫变形发出骇人的断裂声,最后腿骨缩进了胸腔顶住了后壁才停下,被骨头茬插破的腹壁破口处,肠子头无声地滑落了出来。

其他四个人眼睁睁地看着眼前恐怖到近乎妖异的惨状,除了害怕什么也做不了,等到那块已经不成人形的肉团停止缩小的时候,四人中三个都尿湿了裤子,丛林里立刻弥漫着一股呛人的骚气。

不光他们害怕了,连我都傻眼了。眼前的景象让我想起初中生物课上讲的"脊蛙反射",什么时候这种吹箭上的药变得这么厉害了?有这么厉害的毒药还发展什么生化武器呀,一百人的部队里只要有两个人中了这种毒就能瓦解全军的士气。

"我养的小可爱是不是比较特殊呀?"Redback笑着单腿跪到那家伙面前。

"这不是箭毒蛙的……"那家伙瞠目结舌地指着尸体叫道,竟然没有发觉自己已经可以动弹了。

"我只知道这是生物酶解技术,是Honey给我的药,让我试效果!"Redback对我耸耸肩说道,"听说能把骨头给腐蚀软,所以肌肉才可以把骨头压断。其实我给那家伙的第一箭便是了,第二针只是让肌肉收缩的刺激剂而已。"

"你们想知道什么?我都说,放了我吧!我只是个干活的……"那家伙的手下先受不了了,争先恐后地喊道。

"砰砰!"叫得最响的那个被Redback送去见上帝了。

"我最讨厌懦夫!"Redback说完,另外三个人都愣住了:怎么还有不愿听俘虏招供的?

"我们不是不想听你们说什么,只是不喜欢这么多人报信。信使一个就够了!"我走到三人面前说道。

"我去!"

"让我去!"这时候发现自己已经恢复体力的两人立刻互相推挤着向Redback

爬去。

"砰！"爬得最快的又被 Redback 毙了。

"我不喜欢体能好的，我怕他回来找我复仇！"我站在她背后笑出了声，她就喜欢这样从精神上折磨敌人。

二选一！最后那个随从看了看身边的头目，似乎明白自己绝对没有他价值大，于是绝望地大哭起来。

"我不想死呀，求你放过我吧！我根本是无关紧要的小卒。求你了！你就把我当条狗给放了吧！"那家伙哭得鼻涕流满地，不停地吸进喷出地恶心人。看着手下丢人的样子，那头得意地笑了笑，结果笑容还没有收起，脑门上便多了个洞。

"越是胆小怕事，我越是喜欢！"Redback 对着脸上仍挂着得意微笑的家伙吹了吹枪口。

看着完完全全傻掉的幸存者，这时我才大笑出声。从大败到大喜，这家伙盯着地上死去的头目没有任何反应。

"嘿！嘿！"Redback 扇了幸存的一耳光，那家伙才扭过脸茫然地看向我们。

"你们对我来说……没有什么秘密……我们只需要一个认识回去路的人而已，你们可以叫人来报复，我们等着……"我举起手示意意图抢白的他不要打断我的话，"不要说你们不想报复，你做不了主……我等着你们，不过……"我突然给了他一下子，将他打晕了。

"能拖点时间更好！"我冲着 Redback 撇下头，然后笑着一起离开了现场。

"杀了他不是更能拖时间？"Redback 总是在结束后才发问。

"他今天死了，明天对方就会不明所以地派人来骚扰。但如果这家伙醒了，给他们一个电话，情况就不同了，他们会猜测，会打听，会计划，会……"

"会耽误时间！"Redback 明白地点点头接道。

回教堂路过集市时，不时有流浪狗闻到了我们两人身上的血腥味跟随在身后，当我们停下挑水果时，流浪狗便将鞋子上的血迹和黄白髓体舔了个干净。

到达教堂墙外时，一切都恢复了往昔的样子，孩子们无忧无虑地在院子中做游戏，欢快的笑声穿透古老的院墙，带着不可思议的魔力滤过我的身体，我仿佛看到一阵发光的风吹过，身体顿时轻飘起来。

靠在长满青苔的青石门柱上，我点了根烟没有跨进院子，不知为什么我总觉得孩子们的笑声如同隐形的推力将我拒之门外！Redback 拉了我几下，都被我甩开了。过了一会儿她仿佛明白了我烦躁的原因，走到门外大芭蕉树下的一眼刻满梵文的古井旁，用绳桶打出一桶清澈的泉水，脱掉外衣只留内裤，不顾行人的注视径自冲洗起来。泛着银光的水花顺着她象牙般的肌肤滑下，给人一种圣洁的启示。

不自觉地，我也加入了清洗的行列，当天地的精华从头到脚洗刷一遍后，我感觉整个人就像由内到外被剖开一样通透起来，远处林立的佛寺传来的经声和教会的唱诗如可见之血输入我的体内。我终于明白什么叫净化，也明白为什么如此多的人在如此发达的现代还会保持信仰！

当修女给我们两人送来干爽的圣袍时，原先对此多有顾忌的我，没有任何犹豫地就把袍子给套上了。光着脚踏上青石阶时，原本横在我心中的阻隔已荡然无存。孩子们扑进我怀里时，我仿佛抱着一团圣光，温暖而纯洁。

这种感觉一直持续到我离开艾兰登，离开在我眼中笼罩在幸福之下的圣玛利亚教堂。甚至在直奔巴基斯坦的军机上，我都没有摸一摸我的装备。

"你在干什么？"好久不见的狼人突然出现在我身边，我出神的状态马上被唤回了现实。

"什么？"

"我说你在干什么？飞机都到了好半天了，你怎么还不下来？害我又专程跑上来接你，是不是和 Redback 补蜜月补到走不动路了？"狼人提到我在电话中搪塞队长的理由。实际上我们两人就一直在圣玛利亚教堂待到昨天，在那里给孩子们看病，带孩子们玩乐。甚至这几晚我都是一个人睡在地板上。

"还好！"我随便应付了一句。

"那还不走？"狼人给了我一肘。

"哦！"我坐着没有动，屁股上像长了胶一样。看着眼前熟到不行的武器，握着胸前挂着十字架的士兵牌，我有种冲动，想对兄弟们说：我不干了！这几天的生活虽然无趣，但我找到了一种安宁，一种庇护。在那里我不是恶魔，不是食尸鬼，不是杀人犯，不是刽子手，不是刑天，不是……

突然一股血腥味蹿入了鼻中，我顺着味道看去，发现狼人胳膊上包着的纱布还渗着血。我心头猛地一跳，不由得脱口而出："怎么了？"

"噢！这个？"狼人抬抬手说道，"唉！'血腥妖精'的那个人妖狙击手，真是废料一堆，一点默契都没有，差点一枪打到我脑袋上，恨得我差点捏死他。现在我才发现，原来你这个笨蛋还是比某些人强上那么一点的。幸好你来了！"

看着狼人殷切的眼神我心如乱麻。等回过神的时候，我发现自己已经拎着家伙站到了机场边上的军车前，刺客、水鬼和天才都坐在车里看着我。掂了掂手里的狙击枪，我苦笑了一下，这时突然想起被 Redback 推出教堂大门时她面色忧伤说出的一句话："教堂是用你的钱盖的，你就当去为孩子们募捐我们无法得到的幸福吧！"

是啊，就当给孩子们募捐吧！我一边说服自己，一边跨上了军车。车门哐当一声关住，就在车子启动前的一刹那，我无意识地向窗外张望了一眼，却突然发现车外竟然站着另一个我，一个穿着运动服、球鞋的我，一个细皮嫩肉、面目齐整的我，一个……正在向我挥手告别的我。

"刑天！哎，刑天！"肩头传来一记捶击，我一震，扭过头看着身边的天才。

"嗯？什么？"我弄不清他要干什么，迷惑地看着他。

"你有同行的人？"天才向我背后张望着。

"没有！怎么了？"

"你一直在向外看。"天才指着窗外迷惑地问道。

"噢，没有什么！这是我第一次到巴基斯坦，只是好奇地多看几眼而已。"我扯掉

130

头上的头巾,抓抓两边裸露的头皮,偷眼向窗外看了一下,那个虚拟的人影已经消失得无影无踪了。

我把脑袋埋进双膝间,搂着冰冷的枪身,双手不停地拍打自己的后脑勺,并扯动背后的发辫。我心里不停地苦笑,原本以为自己有决心脱离这个圈子,但就在刚才我错过了第一次机会。我的心不但不够硬,而且我还为自己找到了借口。

"你还好吧!"天才从边上搂着我的肩膀拍打着。车子刹住时,我发现车子就停在机场入口的大门正中,边上有序进出的车辆被我们的车子打乱了进程,顿时一片喇叭声响起,一片叫骂声传来。

而车内所有人根本没有瞅他们一眼,都扭过头关心地注视着我。从他们的眼神中我可以读出他们在担心什么,每年佣兵里疯上几百号人是很常见的,而且我还有过一次"前科",时常还发发"神经",所以我一直都是其他人关心的对象。

"我很好! 别那么看着我,你们知道我恨那种表情。"我躺倒在靠背上,挥挥手示意他们没有关系。

"哪种表情?"狼人装糊涂。

"就是你脸上那种,装什么傻,小心我打烂你的鼻子!"我把手里的头巾甩过去,但被他躲过。

狼人看我没有问题,笑着向开车的刺客挥挥手。刺客刚要打火走人,就听见窗口被人轻轻敲响,扭头一看是一名巴基斯坦军人,留着大胡子,穿着一身可爱的长袍式军服。

"真主保佑! 先生。请把车停到那边下车接受检查。"士兵的英语说得不错。

刺客从车队中挤出来,把车停在大门外下了车,我们其他人也跟着下车看看这个小兵想干什么。身边穿梭的车队在一阵疏导后恢复了正常,不停有美军的车队从这里开出,巴基斯坦向美国开放了机场和边境换来了美"援",看着机场繁忙的样子,就知道美国军队打击甘茵斯坦的决心不是一般的坚决。

不断有开出的车队向我们打招呼,那些人虽然穿着美军制服,但却没有挂美国国旗,一个个打扮得稀奇古怪的样子,根本就不是制式军容。

"佣兵大聚会。"狼人兴奋地指着一辆辆军车叫骂着。边上的巴基斯坦小兵看我们嚣张得根本没有把他放在眼里很生气,估计他也接到不要和我们这些人争执的命令,所以一直忍着没有发作。

"请出示你们的证件!"小兵已经是第三次询问了,话语中的火药味已闻得到了。

"刷!"一排塑料卡排在他眼前。天才指着其中一张自己的身份证明说道:"抱歉! 我从中学毕业后就没有再照过相了,如果这张照片不像我的话,请你多包涵!"

小兵看完之后便敬了个礼让开道,却特意对我说了一句:"欢迎到巴基斯坦!"

刚要回到车上的其他人意外地看看他再看看我,迷惑地指了指自己问那个小兵:"为什么你只向他表示欢迎?"小兵笑了笑扭脸走了。

"酷!"刺客冲小兵的背影竖起大拇指,扭过脸却对狼人道:"我们离开巴基斯坦的时候提醒我拜访这位友人!"

"算了吧！"狼人摆摆手做了个受不了的手势。刺客上车前在手心吐了口吐沫在我额头的文身上蹭了蹭，仿佛在擦电灯泡似的，最后说了句："把这面国旗擦亮点，也许在这儿能混到不要钱的晚餐！"

"干！"我飞起一脚却没有踢中这小子的屁股。

悍马跑在开阔的大道上，不断有尖叫着的车辆从我们身边飞驰而过，能如此光明正大地去侵略别人的机会，对于佣兵来说可不多见。

"不抓紧机会享受，上帝会惩罚你的！"飞驰而过的军车里传出的叫声被风声带得模糊起来。

"我操！"水鬼掀开天窗钻进车顶的机枪堡垒中，拉动 M2HB 的枪机冲前面的军车开了一枪。要知道重机枪便是反器材步枪的前身，50 的大口径很轻易地就将对方车顶的堡垒掀上了天，吓得对方立刻一个急刹车将车停在了路边，车内的人纷纷跳出车厢站在车旁看着车顶叫骂。

"多吹风不会晕车！"我们的车缓缓驶过他们车旁的时候，天才探出车窗冲着那群家伙叫道。

"操！疯子！"

"神经病！"一群人捡着自己能摸到的东西向我们的车子扔来。

我们大笑着把他们抛在身后，水鬼一直是执行水下任务的，没想到在陆上也这么"神勇"。

"没想到你和屠夫一样神经！"我碰击水鬼的拳头表示支持后笑道。

"你要是在水下见到我，才能明白我有多疯狂！"水鬼露出他手臂上的疤痕横在我面前。

"细小的三角形啮咬痕迹！"我看了一眼纠结的疤痕道，"食人鲳？"

"没错！"水鬼指着自己的后背笑道，"巴西马格格洛，12 名队员，只有我从'水鬼'的追食中逃出来了，你应该看看我的后背，每当水流从疤痕的缝隙滑过，我就兴奋得直发颤。"

"所以你得了这个外号？"我见过这种恐怖的东西，一头羊 5 分钟便会被它们吃个精光，一个 60 公斤的人如果被食人鲳吃光，也只需要 10 分钟时间。

"我的幸运绰号！"水鬼满足地看着我，"每当我听到别人提到我的绰号，我就会想起自己有多幸运。"

看着他既满足又痛苦的样子，我知道他也明白，能从湖里爬上岸，是因为有 11 名同伴为他拖住了食人鲳，我只是不明白他为什么喜欢提到自己的痛处。

我还没来得及询问原因，车子便已经到达了基地，大家鱼贯而出离开了车厢。眼前军事基地的样子大出我的意料，一群包着头的伊斯兰教徒正在基地门口进行抗议。有些巴基斯坦人认为甘茵斯坦做的并没有错，甚至还有人把拉登当成英雄。跑来示威说明这些人已经很温和了，没有向里面扔炸弹就算不错了。

看着被堵在门口进不去的军车，再看看站在门口维持秩序的卫兵，显然没有人敢使用武力对付这些人。

132

"怎么回事?"我奇怪地问水鬼。

"不知道!我们出来的时候这些人还没有聚过来。"水鬼正说着,背后传来刹车的声音,刚才被我们轰掉车顶的佣兵追了上来。看他们气势汹汹的样子,是要打架。

"玩玩?"狼人冲着那群人阴险地笑笑。

"来呀!怕你?"一群人便扑了过来。两伙人便扭打在一起,不过这些家伙明显只是普通的佣兵,根本不是我们的对手,我扛着的枪都没有放回车上,用一只手便摆平了两个瞄上我的家伙。

原本正在看着前面示威的佣兵们,听到响动纷纷调头回来看热闹,不过很快大家都被挑动起了好斗的本能,不知谁开的头,整个场面瞬间便升级为上百人的大混战。最后连示威的群众都不再向基地内的大兵示威,反而凑过来指指点点地看起戏来了。等到基地的宪兵冲出来的时候,反倒是最先打起来的我们几个笑呵呵地从让开的大门进了基地。

进到基地才发现,原来这个基地并不大,前面住的全都是佣兵,只有少量的美国大兵进驻,基本都是进行后勤供给的宪兵,后面则是一个空军停机仓库,停靠的是提供军事运输的飞机。

里面没有美军正式的地面作战部队,也没有明确地挂上美国国旗,整个就是一黑基地。

刚进到基地里面我就看到在飞机场边上有两个巨大的拖车,那东西我挺熟的,是天才的移动实验室,以前我们经常坐着这个东西到各地去实验他新搞出来的武器。于是,我就径直地向那里走去,走了没多远便看到骑士和一个美国军官还有两名东方人走了过来。

"刑天!你来了。正好!给你介绍一下,这三位是肯特上校、堂本少校和叶山上尉。"骑士给大家分别介绍认识。我看着两名日本军人,奇怪他们怎么会在这里。日本的宪法规定是不允许在役军人到海外执行任务的,但如果是首次介绍佣兵的话,一般是不会介绍军衔的,因为佣军的军衔水分太大,像我这种非正规军出身的也能混上挺高的军衔,说出来也没有什么意义。

敬完礼分别握手示意后,骑士说出了一句令我大吃一惊的话:"美军给我们在甘茵斯坦的任务,就是保护堂本上校和叶山上尉的难民援助统计队不受伤害。"

"什么?让我保护日本军人?"我瞪大眼睛看着骑士,仿佛是在看一个脑子进了水的白痴一样。

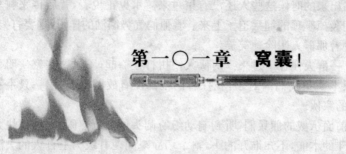

第一〇一章 窝囊!

"没错!"骑士肯定地看着我。

"为什么?"我在狼群这么多年,还没有接过保护日本人的活计,通常队长在安排这类任务的时候,会善意地避开我。

"根据新的日美联合作战计划,日本不仅仅负责美国军队在反恐战争中的后勤和搜救工作,还将在必要时给美军提供战斗援助。日本国会要用难民统计队的工作情况来评估日本出兵的安全性,并以此来测算将来派兵参战将会遭受攻击的可能性。"肯特上校看着我奇怪地说道。

我一把拽掉头上的包巾,露出鲜红的中国国旗说:"这样日本自卫队不就从以前的辅助力量变成了战斗预备队了吗?再过几年日本是不是就要直接参战了?"看到我头上的文身,三个陌生人都明白我为什么抵触情绪这么大了。两名日本军官不约而同地看向骑士,骑士没有言语,冷冷地看着我,那是上级看下级的眼光,不用张嘴就知道他的意思是:闭嘴!这种情况我明白,骑士作为副队长,我应该给他点面子。没有办法,我只好站直敬礼道:"是,头儿!"

两个日本人带着胜利的微笑鞠躬致意,然后和肯特上校离开了我们。

"刑天!"骑士抢在我张口之前示意我不要说话,"队长和我安排你接这个任务,就是要让你明白一个道理:无论你对日本有多么地仇视,这都不应该左右你的判断力。作为一个冷静的军人,你应该迈过这道槛儿,我相信你会想通的。记住我的话:如果势不可挡,便推波助澜!"

"怎么不让黑日来干?"我记得日本是有佣军队伍的。

"日本国会当然知道自己国家的佣军,如果由他们保护,一旦发生了冲突,不就成了针对全体日本人的战斗了吗?那还怎么以外国战斗人员对日本援助人员没有恶意来通过法案?"天才扯扯我的袖子说道,"有我们这些外族人参与,可以把责任推给我们嘛!笨!"

"那不成了我为日本出兵海外开路了吗?"我指着远处两名穿着便服的日本军人道,"老子挂了还怎么有脸去见地下的列祖列宗?怎么有脸见战死沙场的百万英魂?怎么……"我话还没说完便被其他几个人给架走了。

"得了,得了!"狼人架着我的右手,刺客架着我的左手,水鬼从后面抱着我的腰,一溜小跑将我从两名脸色越来越难看的日本军官面前扛到了拖车附近。

134

"刑天！你可不要乱来，不然我们可不放你下来！"狼人把我身上能摸到的东西都卸了下来，然后指着我的鼻子说道。

"我不乱来。"我心平气和地说道。他们三个相互对视一眼，摇摇头不但没放开我，还摸出塑料手铐把我给绑了起来。看他们那副"你小子没说实话"的表情，我差点让这群太了解我了的混蛋气死。

"操！有完没完了？我说让你们放开，就他妈的放开。都他奶奶的是贱人，非得让老子骂你们两句才过瘾是不是？"我运足了气力一挣，套到我手上的两道塑料手铐当下便被崩断了。摇摇膀子甩开身边体格最小的刺客，我腾出一只手伸到屁股后面抓住水鬼的腰带一使劲把他扔出去两米远。狼人看自己是摁不住我了，只好松开了手站到一边。

"刑天，你想想！这种事，你不干也有人干，日本出兵海外是铁板钉钉的事，亚洲各国政府都拦不住，你叫两句有屁用呀。"天才和骑士说完话，跟在我后面走了过来。

"那老子可以眼不见心不烦！"我气呼呼地看着几个人远去的背影，恨不得抢过狼人手里的枪，把那两人脑袋打爆。

"要么说你笨呢！"天才掏出电子解锁器对好密码打开了拖车的门说道，"你这么恨日本人是因为日本曾侵略过中国，可是这么多年过去了，当年侵略中国的老兵还能剩下多少？你们中国人一直抱着不共戴天的仇恨生存下去，这是件很痛苦的事情。"

"我不恨日本的平民，我只是讨厌日本政府的态度。这么多年了，怎么没有人指责德国人？"我扒扒头气哼哼地说，"人家做得好，钱赔了！跪下了！什么事都做得让人没话说，看看日本政府那狗改不了吃屎样子，我就气不打一处来。"

"你这么恨日本人，你对日本了解多少？政治、经济、历史、地理、人文，还有……军事……"天才从拖车里拿出一个遥控器打开开关，从车里跑出来一个小小的履带机器人，它荷枪实弹的样子看着挺逗。

"我看见他们就恶心，还了解个屁！"眼前的小机器人跑来跑去、翻箱越槛儿的样子显得挺厉害，只是上面的 M60 轻机枪让我看着有点不习惯，我不习惯被枪口指着，即使是被一堆铁控制着。

"看看，看看！"天才停住手里的活儿看着我，"你一个常年在外国跑的佣兵都不了解日本人，你让常年窝在办公室内的中国军政人员怎么了解日本人？怎么评价中日军队的差距和优劣？就凭一纸模糊的数据，几次不成熟的军演，加上无端的推算？算了吧！我透过网络到中国去逛过，你们的网络安全便不如日本，电子技术还有待加强。"

"我……"我想到中国军队那些天天只顾强调练习五项全能的基层军人，想想这几年在世界上的见闻，再搜索一下自己脑海中对日本军队的印象，也觉得天才说的有几分道理。

"你不妨就跟着日本人的部队看看，观察一下日本军队的建制如何。这次来的人员还挺齐，海军、战斗部队、工兵、医护，干什么的都有。没事儿你也可以写篇心得体会什么的给你哥看看，证明你的佣兵也不是白当的。给自己捞个拥军爱国的好名声嘛！"天才对于某些方面总是比我看得透彻。

"我女人刚给我擦的皮鞋，看让你们给踩成什么样子了！"找不到话说的我拽过刺客的帽子把军靴上的鞋印蹭掉，招来刺客一记飞腿。

最后在一帮人的冷嘲热讽中，我上了天才的拖车。车里面全是各种特殊装备和天才的机房，据说这些东西运来的时候，曾有几批情报人员打上主意，结果都被狼人他们教训得很惨。看着那个如同月球车一样的机器人跟着我们一起进来，我有点恼怒地说道："你机器人上装什么枪呀？还是荷枪实弹的 M60，有什么用啊？"

"要是碰到不明爆炸物或狙击手，人冲不上去的时候你就明白我的'小铁马'多有用了。你个王八蛋，我给你们的什么东西没有用过？五年前就给你装备的防弹服都淘汰两代了，可现在美军还没穿上呢。"天才原本正常的声音陡然拉高了两个调，他最受不了的便是有人诋毁他的作品没用了。

"不明爆炸物？"我一愣，这几天在教堂里，一直没接收队里发的时事信息。

"你不知道？"其他人也挺意外的，指着外面说道，"甘茵斯坦和巴基斯坦附近出现了生化攻击，出现了类似'依波拉'病毒的攻击，死了不少人了。"

"甘茵斯坦还有生化武器？"我这回才知道自己错过了什么。

"你这都不知道？我们来这里不参加前线战斗，就是以日本难民统计救援队为掩护，负责武器搜索任务。"狼人在如同台球桌一样的仪器上一按，从桌面上交叉射出无数光线，在空中交绘出一幅甘茵斯坦的立体地图。

"三维显示？"我指着空中的图像问天才，"这是什么时候开发出来的？"

"年初吧！"天才没有在意地说道，"你不知道吗？在平民大众刚使用上彩显的时候，军用液晶技术便已成熟了，只不过没有向世人公布而已。这么多年了你都没有发现，我们是生活在超前二十年的世界中吗？"

"没注意！"我傻傻地说道。

"你不会不知道，因特网是军用网民营化的结果吧？"天才原本准备给我讲解地图上标出的亮点，听到我的回答意外地停下手，扭头看着我说。

"这个当然知道了。"我学计算机的当然知道这个。

"这不就结了！"天才又扭过头去切换空中的三维图像说，"再过二十年这种技术才会在大众间普及，有机电致发光显示技术（OLED）还有好几代在那儿排着呢。"

以前我光知道我们使用的武器和军用设备都是世界一流的，有的甚至是试验性质的，没想到全世界用的都是我们玩剩下的东西，这让我的虚荣心小小地满足了一下。

"以前怎么没见你用过？"我奇怪地问。

"你以为我一个人就能搞出这么先进的东西？"天才切换到一个小场影上，指着一个山口说道，"就这里！病毒就是从这里开始扩散的，军方已经采集好样本去分析了，估计结果很快就能回来。本来美国人是想在十月前开打的，不过被这一吓却不敢了，如果甘茵斯坦真的有大规模杀伤武器，美国人可冒不起那么大的险。"

　　我记下他给出的坐标位置，不经意地问："美国人给你这么先进的东西干什么？你不是还被他们通缉吗？"

　　"我有特赦令呀！你忘了？说起来还欠你人情呢。"天才笑嘻嘻地说道。

　　"噢！那你可要给我做牛做马才能还清了！"我把资料下到自己的超微电脑中，等过一会儿自己看，然后抬起头看着这台三维显示器说道："不过我也不是那种人了，你把这个显示器借我用用就行了。"

　　"干嘛？"天才意外地看着我说道，"不是我小看你，就凭你的本事，能玩转这东西就不错了，要它干什么？"

　　"看 A 片呀！"我指着空中显示的甘茵斯坦难民说道，"你看它显示人体可比液晶的逼真多了，看 A 片一定合适。"

　　"我操！80 多亿研发出来的东西借你看 A 片？不是你疯了，就是我疯了。"天才要不是顾着毁掉机器赔不起的危险，他手里的扳手早就砸过来了。

　　晚上躺在军营的木板床上，听着外面车箱里不断传来的叫喊声，我恨不得拾起床头的手雷扔出去，彻底消灭噪音的来源。

　　边上的刺客在整理自己的装备，我发现他竟然在整理以前 AMP 公司送过来的DSR-NO.1 狙击枪。

　　"我记得你不喜欢这把枪的！"看他整理装备，我也忍不住起来再一次检查自己的东西。

　　"甘茵斯坦是个尝试新鲜事物的好场所，天才做了重新改进，让我帮忙检验一下。"刺客把子弹压入 DSR 那奇特的弹匣中扭头看着我说。"你为什么不换把枪试试？甘茵斯坦这场战争没有任何悬念，背着 PSG 翻山越岭不是聪明的选择。"

　　"我不是第一次背着 PSG 翻山越岭了。"我笑着说。我武器筐里的狙击枪都堆成山了，上市的没上市的都有，但我很少换枪用。

　　"多带两把，就像打猎去！"刺客笑着拍拍身边准备的武器，一排的家伙放在床上，简直像是武器测试员的工作台。

　　"我杀人不是为了取乐。"刺客的样子就像甘茵斯坦没有人，有的只是各种动物等着他去猎杀似的。

　　"既然杀戮不可回避，那么如何从中寻找乐趣，才是个保持工作积极性的良方。"刺客的座右铭总是那么不带人性。

　　"我不是你，你是个疯子！"检查好备用枪支后，我开始擦拭我的军刀。

　　"你一定越来越嗜血，只是自己不愿承认罢了。"刺客整理好装备，关掉大灯躺在床上，偌大的军营被我们两人的床头灯照得有点冷清。不知是刺客的话起了作用，还是边上黑森森的床铺让我想起了原本应该躺在上面的战友，一股寒意蹿上了心头，我禁不住激灵打个冷战。我好久没有言语，脑子里不停地浮现出自己和孩子们一起度过的日子，想到那如同冲净自己罪恶的泉水，想到和我告别的幻影。

　　"你相信我们能得到救赎吗？"我呆呆地看着枕下露出的刀柄，突然不自控地从嘴里蹦出这么一句，连我自己都吃了一惊。等看到刺客投来的奇异眼神时，我恨不得给自己两记耳光，我这不是犯癔症嘛。

"当然可以！"如果有什么比我刚才无意漏出嘴的话更让我吃惊的，那便是刺客的回答。

"真的？"

"当然！当一颗子弹击穿我们心脏的时候！"我刚刚支起的身子被刺客一句话砸回了床上。

"那不是我想听的。你这个笨蛋！"我拽过一只枕头扔过去，引起刺客一阵讥笑。他明白我想听什么，但他就是不说。

"没有希望的人死的时候才不会痛苦！"刺客趴在我耳边不停地讲些我不爱听的话。如果有人能做到他所讲的事，那这人一定比死人还不如，死亡对他反倒成了一件好事。

在刺客的聒噪声中，我慢慢地进入了梦乡。梦中我拒绝了狼人伸出的手，回到了艾兰登的教堂，带着小朋友们幸福地生活着。我们野餐，我们游戏，我们说，我们笑，我们在一片阳光和鲜花中奔跑，直到我被东西绊倒在地。等我爬起来看清地上的不是树桩，而是快慢机少了半边身子的尸体时，我才一身冷汗地从睡梦中惊醒。

"做梦了？"正在穿靴子的刺客抬起头看着我问道。

"没有！"我睁着眼说瞎话。

"医生的电话号码就在你的手机上。"刺客穿好衣服出去训练了。我也迅速穿戴整齐洗漱完毕，坐在床上掏出手机翻到医生的号码，犹豫着是否要向他咨询一番。

"刑天！来玩球！"正在我犹豫的时候，窗外传来狼人的叫声。我不由自主地松了口气，把手机丢到床头快速地跑出了屋子。

出了门刚呼吸一口新鲜空气，我就感觉自己的心情没有那么矛盾了，可是抬头却看到基地停车场上十数辆漆成民用色、画有红十字标志的日本 73 式军用吉普正跟在领队的巴基斯坦卡车后面温车。看着车上的红日旗，我刚舒展的心情又窝成了一团。

一排日本军人端着模仿比利时 FN 公司的 FNC 5.56 毫米步枪生产的 89 式突击步枪，正在为检查车辆的工人警戒，我扭头扫视一下身后，回过头向正在打橄榄球的狼人问道："那群小丑扛着枪防谁呢？"

"不知道。我起来时他们就已经站在那里了！"狼人把橄榄球一个长传扔给我，球刚入怀，我便被一个追随而至的家伙一个凶狠的擒抱扑倒在地，球撞飞了出去，结果一群人还不放过我，一个个扑上来堆起了人塔，将我重重压在下面，不知哪个混蛋还在我脸上踩了一脚。

好不容易人们散去了，等我站起来时已经全身脚印，刚才洗的澡是白费了。

"怎么样？过瘾吧！"狼人跑过来凑到我身边拍拍我身上的灰土笑道。

"还好！"我心不在焉地说道。

"你怎么了？"狼人贴着我的脸，顺着我的眼神望去，看到那群精神焕发的日本兵后会意地笑道："看样子训练有素！应该有战斗力，所以我们这会儿的任务不会有很大的困难。"

"这正是我担心的!"从心里讲,我宁可艰苦作战。

一场橄榄球打下来,我是毫无劲头,满身臭汗,被狼人骂了不知多少回。回到屋里我便在掌上电脑上写道:"初步观察:从装备上看,日本军队已经达到世界一流水准;从素质上看,日本军人具备现代化战争所需的各种技能;从制度上看,日本军队纪律严明,体制完善;从精神上看,充满斗志;从经验上看,这是他们现在惟一缺乏的。"

我心情不好地合上掌上电脑,手指不由自主地摸过额头上的布满弹孔、拖着浓烟的国旗,感觉着上面布满的汗滴,心里禁不住说道:"日本又站起来了!"

"刑天,怎么不换衣服?你想带着一身汗臭出发?小心我不让你上车!"天才换了新的机械腿后,走路越来越顺了。

"噢!"我默默走进洗澡间,匆匆洗个澡便跑了出来,扛起背包走向了车队。

从营房到悍马车只有百米远,我却好像走了上百年,顶着那群日本兵的目光,我仿佛感觉有千百人戳着我的脊梁骨骂着,听不清骂什么,但每个字都如烙铁一样炙烤着我的良心。

坐进了车子,看着不远处基地大门口的横木,我不禁扪心自问:我真的要保着日本人出征?

来不及做出结论,车子一晃便冲出了基地,我眼前一黑,脑中跳出几个惊叹号。我真的保着日本人出征了!

德国 DSR NO.1 狙击步枪

　　DSR NO.1 是德国 AMP 公司研制的,设计独特。枪管悬垂于两脚架之上,而不是与其连为一体,这使两脚架可大幅度地做三轴运动。枪托长度可调节,其尾部有手柄。手柄的支撑架可触地,成为第三条腿。有二个弹匣,扳机后的射击用,扳机前的备用。能使用四种口径枪管,变换口径只需调换与之相配的枪管、枪机、枪机卡笋及弹匣即可。零部件采用新材料制造,枪长 990mm。具有射击精度高的特点。枪重 5.9kg。

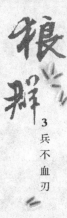

第一〇二章　圣洁的土地

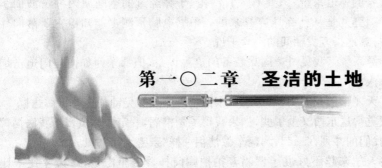

"我们日本的快速反应部队除具有反应速度快、攻击火力强、机动距离较远三大特点外，还具有组织体制现代化、装备武器现代化、战法现代化……"我坐在悍马车顶，眼向前看，但枪口指着身后，透过防尘护目镜上的小屏幕看着自卫队军官向落后的巴基斯坦引路军官炫耀自己军队的现代化装备。从巴基斯坦引路官羡慕的眼神可以看出他的口水没有白费。

不可否认，日本军队的现代化程度和战斗力都是不容小觑的。那个战败后便躲在美国身后的娘娘腔，已经羽翼丰满到可以单飞了，至于何时他会变回一只残忍的秃鹫，这是任何人无法预料的。

"这是我们的 JMPQ-P13 型迫击炮定位雷达，它可以发现处于准备发射状态的迫击炮，并可以精确测算出炮弹角度和弹着点。我们不用担心任何意外的打击，后面那辆卡车上是我们的第三代化学防护除染车，即使碰到生化武器也没有问题……"那位军官仍在滔滔不绝地讲述着，我不禁感到奇怪，按道理说军人是有保密条例要遵守的，他说得这样仔细，简直有泄密嫌疑。

虽然我恨他们，而且这次行动带有一定的炫耀性质，但光是看这一队轻装的快速反应部队所能装备的各种仪器，我就不得不佩服日本科技的发达，基本上美国有的日本都有。

"你看后面那辆像大型麦当劳贩卖车的雷达，他们怎么能带着这么大的东西爬甘茵斯坦的群山？"天才从车里钻出来，他说跟来只是玩玩，但我觉得他一定另有目的。

"你有什么更好的玩意儿？"我知道他说这话一定有原因，也许他就是在等我这一句。果然话音没落他便兴冲冲地扑了过来。

天才扑过来趴在我身上的样子引来不少人的注意，尤其是公路两旁的路人。一旁的巴基斯坦军官尴尬地低咳两声，掩着嘴低声向我们警告道："在伊斯兰教中同性恋是不被允许的！"

"操！"我差点被他的话呛到车底下，正想一脚踹开天才，护目镜中的镜像却让我打住了这个念头。只见眼中的世界变成了一片波动的景象，如同在水下看天一样的感觉，任何动静都会在身旁引起一道道波纹，如同向水面投入一块石子一样。

"这是怎么回事？"我立刻四下张望着，任何事物在我眼前都成了留痕的水波。

"这是我开发的弹道系统,只要有人打冷枪,子弹经过的空间便因冲击波而引起震荡,你就知道弹丸是从什么地方打来的。根据电脑预测也能知道它要落向什么地方。"天才得意地指着我腰间的小盒子说。

"狙击手测算系统?"我见过美国兵装备的这种设备,但那东西如同一门迫击炮大小,要两到三人共同操作。

"最新型!"天才拍拍我的头盔,引起我眼前一阵剧烈的晃动,"这就是雷达!"

"怪不得我觉得这东西又重了些,如果我得了颈椎病,一定要你负责给我医治。"水鬼的军车和我们的并列在一起,两辆车像情侣一样"亲密无间"。

"我们这些人越来越不好混了!"刺客拍拍胸前挂着的狙击枪,对天才比了比中指。

"我最大的梦想便是用电子机械代替活人,这样战争便不会有人员伤亡。"天才的表情给人的感觉就像他跟上帝一样伟大。

"战争最后的胜败仍是取决于有生力量的损失,机械人阵亡再多不会让人觉得伤心。"那名日本军官也懂法语,插言道,"所以使劲全力消灭敌人的肉体才是战争的真谛!"

"啊哈!"狼人他们对我报以一声遗憾,看着那家伙的模样,我心中不由得泛起阵阵寒意。

如果换了旁人我还有兴趣和他争论一下,但是看着那家伙胸前的红日旗,我选择了沉默,扭过头掏出手枪装上消音器,对准天空开了一枪,一道冲击波穿透层层圆圈,划着弧线落在了电脑预测的着弹点周围。察看过数据后我对天才说道:"有误差!"

"当然,还要设定风向、风力、温度和湿度等相关因素。你是狙击手,你应该熟悉这些东西。科学一定有误差!"天才又在我头盔上摸了一下,顿时眼前的画面变得五彩缤纷起来,各种色彩标示的干扰因素纷纷出现在视屏内,画面开始出现延迟和跳跃现象,不一会儿我就感觉脑袋开始膨胀起来。

"微型芯片仍无法代替超大形计算机,完全地实时进行预测仍无法达到。软件是思想的体现,它总是走在硬件的前面。"天才遗憾地耸耸肩。

"这东西全面装备军队要多长时间?"我很庆幸这东西的实战价值仍没有它的科技含量高。

"这仍是个未知数!"天才说道,"这只是试验品,仍在设计阶段,也许十年二十年或更久。"

"这可是好消息!"我收起 TAC-50 抱在胸前笑道,"我活不到那么久。"

巴基斯坦西北的托尔哈姆边哨站是我们的目的地,而要通过的部落区则是我们面临的最大的挑战。那里聚集的是如同氏族一样的伊斯兰信徒,大部分是同情甚至支持甘茵斯坦的原教旨信徒,前两天就发生过路过的军车和外国记者被袭击的事件。

"那些人是干什么的?"我指着身后跟在队伍后面的美国军车和数辆奔驰 G 越

野车问道。

"美国撤侨武装和……"刺客手搭凉棚看了一眼笑道，"和一些记者！这可是世纪乐事！他们可不会放过这种机会。"

"撤侨？"我瞅了瞅那些看上去很生嫩的美国兵，看样子是海军陆战队的新丁。

"没错！美国政府已经呼吁美国国民离开巴基斯坦，并撤离非主要外交人员。接到相同通知的还有在印尼、马来西亚、菲律宾等国的美国人。"天才摆弄着手里不知名的仪器说道，"分散各地的美国公民现在充满了危险。"

"那包括……"

"世界任何地方！"

"哈哈！那美国人可是有得忙了。"我喜欢听到关于美国这种搬石头砸自己脚的事情，幸灾乐祸地笑了。

正笑着，一旁的巴基斯坦军官突然伸手阻止道："不要笑了，我们已经进入了部落区。任何车辆都不要离开主道，跟紧前面的开路军车。"

"为什么？"日本军官奇怪极了。

"部落区是一个特殊的地区，联邦政府都没有法律管辖权力。这条主道是连接巴基斯坦和甘茵斯坦的战略公路，当地驻军多少有些权力，但在这条主道之外，发生抢劫、绑票，甚至杀人事件，当地政府乃至联邦政府都无权过问。这个国家的六百多条法律中，只有四十四条在部落区适用，其他一切由部落头领说了算。"巴基斯坦军官面色凝重地解释道。从他头顶冒出的冷汗可以看出他也很害怕。

我还是第一次听说中央政府在自己的土地上没有任何管辖权，这一下子激起了我的好奇心。放眼四下张望，我发现由于气候和地理原因，民宅是清一色的土坯房，山上山下满眼土黄，几乎没有其他色彩。部落里的房子窗户极小，其间也有几处豪宅，院墙高达三米，长有百米，看上去有点像中国的看守所、小型监狱。透过紧闭的大门，我们看见这些豪宅里一般都停着数辆高级轿车。军官告诉我们，这些都是毒枭的深居之所，别看外面其貌不扬，里面游泳池、网球场等设施一应俱全，佣兵和护院少则几十人，多则上百人。许多美国通缉捉拿多年的恐怖分子就藏身其中，还受到英雄式的崇拜，政府就是拿他们没辙。

村落之间还有许多大型简易的露天市场，这里是走私的天堂。各类武器弹药、毒品和酒都可以在市场里买到。部落区实行的是全民皆兵，不少行人肩上都扛着冲锋枪。在这里我还看到大量的藏羚羊皮公然悬挂在摊位的架子上，印度和这里是藏羚羊皮最大的转销地。这条开伯尔公路，便是通向托尔哈姆的惟一道路，但关卡被山峰挡住了，无法看到那里的具体情况，在蜿蜒的公路两侧，部落里构筑了碉堡工事，架起了机枪大炮，对准一切敢来打扰他们好事的外来者。

我打开热能探测器，看到山峰另一面有巨大的热源聚集，如果那是人体散发的，那么这么大规模的热量表示的数字不是我能猜测的。

随着路边持枪民兵数量的成倍增多，日本军人也开始紧张起来，不断地把车上的机枪转来转去，军车上加挂的反坦克导弹外盖也都打开了，露出里面橄榄球状的弹头。

正当我欣赏路边的奇异风景时,从后面赶上来一辆大卡车,上面站满了纱巾包面的女人和两个持枪的男子,几个手持改装过的 AK74U 冲锋枪的大汉站在驾驶舱外冷眼看着我们呼啸而过。但车子没有走多远便在前方岔路口停住了,边上几个扛枪的民兵走去,几个人围成一圈争论起来。

"前面是怎么回事?"我向后面的巴基斯坦军官问道。

"是民兵设的关卡!"那名军官正解说着,我们便接近了那辆卡车,我也看清了那个奇特的关卡。几个扛枪的农民,一根横在路中间的麻绳,一叠厚厚的钞票,这便成了一道简易的关卡。

几个满脸胡子的民兵,看到我们的大队人马竟然没有任何恐惧,还指着我们不断地说着听不懂的方言。

"他们说什么?"狼人和我下了车看着面前的几个民兵。

"他们要我们交过路费!"军官的话引起我们几个一阵大笑,就这几个人竟然还敢当路霸。

"啾!"狼人向车顶扶着重机枪的水鬼打了个呼哨,指着几个民兵说道,"干掉他们!"

"别!"军官吓了一跳,赶忙伸手阻止我们,紧张地说道,"这是部落首领下的命令,如果我们打伤他们,便会遇到自治区域所有武装的袭击。"

边上的卡车主人似乎和民兵达成了协议,交了一笔钱后民兵松开手里的麻绳,那辆车才重新上路。

"那是人贩子,这些女人是部落战争的'战利品'。她们将被卖给 50 公里外边境省首府艾沙瓦尔的皮条客。"边上能听懂这里方言的日本翻译向我们解释道,"那名哨卫说这些男子是奥拉卡扎部落的,而这些女人可能是伊斯瓦特或马利丹的。"

"在巴基斯坦买卖妇女是合法的?"我看着边上脸色难看的随行军官。

"不合法! 这是部落的习俗。"他无奈地说道。

"我们是为了友谊和提供帮助的。"政府的军车没有被刁难,但日本人的车子却被拦了下来。看着那个民兵小头目搓动的指头,那名日本军官光火地解释着,但别人根本不为所动,仍继续着那个国际性的手势。

"我们是日本人,是朋友……"那名军官扯着胸前的国旗指手画脚地叫着,"军人出来执行任务,怎么会带钱?"他的话让我不自觉地摸了摸口袋里的钞票,我们总是会在身上带点钱,因为有时候这东西比子弹更有威力,还能省掉不少麻烦——就像现在,这群军人还是见识短了点。

后面的美国军车似乎等得不耐烦了,驱车从侧面赶了上来,停到我们车旁,几名抱着 M4 的士兵跟在一个少尉的身后下了车。吸引我目光的是其中有三名女兵,一名是拉美裔白人,一名非裔,还有一名是身材娇小的亚裔,奇怪的是只有这名亚裔女兵抱着的是 M16A2 步枪,一米长的枪身和她的身材很不成比例。在直接战斗部队中见到女兵,是我在非洲外第一次见到。事实上,在拥有 17.7 万女军人的美军中一个显著的特点就是,各军兵种中有大量女军人在不受任何限制地服役,这一情况在其他国家的军队中很稀罕。

"这里发生了什么事?"那名少尉上来向巴基斯坦军官敬礼后询问道。

"有人征收买路钱!"

"什么?"那名美国军官更是诧异,盯着那名巴基斯坦军官追问道,"民兵劫住政府军收钱?"

"他们是自治的,这是他们的权力。"巴基斯坦军人并没有去帮日本人,一直在旁边冷眼旁观。

"真他妈的操蛋!"美国大兵和狼人同样拔枪便要向前冲,不过同样被巴基斯坦军官拦住了。巴基斯坦军官指了指不远处石块堆成的堡垒里成排的 RPG-18 火箭筒,以及更远处的 NSV-12.7 毫米重机枪,在更远一点山坡上甚至架有中国产的 W86-120 毫米迫击炮。

"那怎么办?难道要交钱给他们?"美军上尉叫道。

"只能如此!"巴基斯坦军官尴尬地说道。一群人都笑了,从没有听说有人敢找军车收费的,这次倒是开了眼了。

那些民兵开始逐辆敲车窗向车内收钱,日本军官最后只好妥协。看着日本军人一脸诧异地盯着伸进来的手,我怎么看怎么想笑。为了加快速度,最后二十几辆车子都摇下了玻璃,伸出一只捏着钞票的手,看样子有二十美金左右。那个美国少尉看日本人都交了钱,最后咬咬牙也掏出一笔钱扔给了那个民兵。因为他们知道这里的民兵只是要钱而已,已经算是好说话了。更偏远的山区的文盲笃信极端的宗教思想,他们将美军视为危险的"侵略者"和"占领者",虽然这些人见钱眼开,给了钞票便放行,但不代表这些人对美军有好印象。

不一会儿那个收钱的民兵便走到了我们近前,一脸严肃地看着我们。本来这点钱给了他们也没有什么,可是看到日本人气愤难平的样子,我升起了竞赛的心理,就是不想和他们一样付钱。看着这些人肩上背着的中国产的 56 和 81 式突击步枪,我突然想到中国这么多年一直都在支持和援建巴基斯坦,也许能利用我中国人的身份讨到点好处,于是我便取下头盔露出脑袋上的五星红旗文身,指着身后的两辆军车说道:"我是中国人,中国人!你明白我的意思吗?"

那个民兵看了一眼我头上的文身,又上下打量我几眼,笑呵呵地拍拍我的肩膀说了句什么就向前走了,我虽然不明白他说的是什么,但看到那个日本翻译恼怒地离开便够了。而其他人则目瞪口呆地看着远去的民兵背影,纷纷向我投来羡慕的目光,我得意地享受着这一切。

"唐唐!早知道中国人的车不收钱,你应该告诉他你也是中国人!"我刚准备带着胜利的收获钻回军车时,意外地听到了那名黑人姑娘的抱怨。我扭头看过去,发现她抱怨的对象就是那位亚裔姑娘。

"我不知道这些!再说我已经拥有绿卡,正在申请美国国籍,三年兵役后我便是美国人了。有消息说,过了年美国总统将会发布命令,批准持绿卡的现役军人立即申请公民身份，取消三年等待期。所以我不会比你迟申请到公民资格的，妮可·肯特！"那个女孩的英语听起来很别扭，应该是新移民，不过言词很锋利。

"中国人？你来自哪里？"我用中文遥问那个女孩。

"高雄。"女孩儿因被队友抱怨而心情不好，回给我一句便甩上了车门。

台湾人！想到这里我笑了笑也上了车，看样子小姑娘在军队中待得并不愉快。种族歧视在军队中是很常见的事，现在因为黑人影响力的扩大，矛头已经转向了族群较小的亚裔和拉美裔。

美军小分队在交了钱车轮碾过那道麻绳后，便直奔边境省首府艾沙瓦尔。那里聚集着数百名国外记者和一些美国外交官员，那便是他们这次任务的使命。

我看着旁边车上仍气愤不平的日本兵和惊魂未定的红十字会的协调人员，再次感受到了国家给予他的人民的支撑。美国人也许在日本、欧洲备受青睐，但到了中东和非洲等第三世界就没有中国吃香了。几十年的援建工作打下的深厚友谊，为中国人提供了便利的工作环境。

头上数架 B-1B"枪骑兵"和 B-52"同温层堡垒"轰炸机在一队 F-16"战隼"的护航下轰鸣着从我们头上掠过，引得路人纷纷引颈观看。

"战争开始了！"巴基斯坦军官惊叹道，"没想到这么快！"

"不！这不是轰炸队形。看样子只是迁移机场而已。"水鬼抬头看了一眼，便又埋下头继续嚼他的烟草。

"我们巴基斯坦只给美国提供非战斗机场，它们是要飞到巴恩去。"巴基斯坦的军官赶紧解释。毕竟甘茵斯坦和巴基斯坦部落区的都是同一民族，他们都是以同胞兄弟相称，虽然迫于美国的压力和政治许诺提供了基地，但仍对外宣称不会给美国开放用作直接战斗，不过听说 CIA 和 NSA 倒是来了不少人。

军车顺着崎岖的山路爬上一座山坡，眼前顿时豁然开朗：远处左右两座大山挺拔雄伟，一片平原从中破土而出，簇簇绿色点缀其间。我坐在车上抬头望天，落后地区的天总是特别地蓝，慵懒的阳光毫不费力地挤透清澈的天罩倾泄下来，在空气中闪射出一片金灿灿的色彩。行驶在平坦的山路上，四周是一片不毛的荒野，天低路阔让人显得自己格外高大，让人有种顶天立地的幻觉。

公路穿过一座城镇，沿途各类商铺生意照常，身着制服的学生三三两两地上下学回家，偶尔有几只山羊慢吞吞地穿过街道，让人觉得一切都很平静，仿佛逼近的战火只是大家的错觉。车队静静地前进着，所有人都停止了喧哗，打破这片宁静会让人有种犯罪感。

大约一个半小时的颠簸之后，我们便到了托尔哈姆的边哨站。居高临下的我看不到任何边界线，没有想像中的铁丝网，也没有木栅栏，目所能及的只是一些或清晰或模糊的民房。巴基斯坦军官指着前方说，前面是巴基斯坦的民房，再远处就属于甘茵斯坦了。

所谓的托尔哈姆边哨站，其实就是一个小镇，国境线几乎是从小填内穿过。无数的难民正蜂拥而至，人数之众不仅将整个小镇填满，露宿荒野的营盘也将托尔哈

146

姆围了个水泄不通。越是靠近小镇,关卡越多,众多的军警手持棍棒驱赶着阿富汗人。

"你能想像你的邻居明天就要被美国人攻击吗?"我正在为甘茵斯坦难民之多而吃惊的时候,一只握着笔形录音机的纤细小手伸到了我的面前。

我扭头看了一眼驾车冲上来的女记者,年纪二十五岁上下,棕发绿眼,高挺的鼻梁和颧骨看上去像高加索人,白皙的皮肤看上去健康但略显粗糙,手上带着一只样式古朴的腕表,看样子已经年代久远。

"表很漂亮!手工的?"我只是看了一眼她的表。对付记者是佣兵的必修功课,因为毕竟我们的身份是见不得人的。

"对,瑞士产。杰丽·麦尔斯!"对方看我没有直接回答问题,收回录音笔伸出另一只手问候道。

"你好!"我握了握她的手,但没有自报家门的欲望。

两次碰壁后,这名女记者知道我不是初出茅庐的雏鸟,便尴尬地笑笑,收起了装出的那副无知样,看着眼前的人流淡然地说道:"难民不少啊!"

"是挺多!"我看到这一望无边的难民营,便知道后面的这几车资源根本是杯水车薪。

"估计有七万吧!"女记者指着最大的一片聚集区说道。

"九万七千上下!"我目测了一下人口密度和范围,心算一下得出个大概的数字。

"西南部的杰曼边境哨所聚集了更多的难民,巴基斯坦和甘茵斯坦接壤处多为山岭,几乎没有实质的边境。据说现在巴基斯坦国内已经聚集了近百万的甘茵斯坦人,战争就像瘟疫,不但带来死亡,更多的是恐慌。"女人看来已经碰了一串的钉子,没有回头的意思。

"最多的利益!"我笑着看了一眼面前这个美丽且自信的女人,"战争总是为了利益!不属于自己的利益!"

"对!很透彻。看来你已经在战场上打混多年了。"女人拐弯抹角地想套我的话。

"看来你是刚进入新闻界不久!"我说完定定地看着她,一会儿她便明白自己的小聪明又耍错地方了,讪讪地坐回了车内,降低车速重新回到队尾。

"新兵蛋子加新丁记者,甘茵斯坦真的这么安全,让全世界所有人都认为轻易地能从这里得到他们想得到的东西?"我扛着枪下了车,前面便是镇口的关卡,再走便闯进了难民群了。

"你怎么知道那个记者是新丁?"边上的日本军官凑过来问道。

"你知道一只百达翡丽(Patek Philippe)顶级复杂功能手工表要多少钱吗?"我看着身边凑过来的大兵问道。连狼人和刺客都好奇地挤了过来。

"多少?"狼人看看自己的三防军用表,我们狼群的表也是定制的,三万多美金一块。

"最低五十万美金一只!"我的话音未落便引起一阵吸气声。

"量产的!"我补充的一句更是让一群人大跌眼镜。

"提前三到八年预定。"身边的人眼睛越瞪越大。

"那个记者这么有钱呀!"一群男人扭头色眯眯地看向站在后面远处的女记者,"还这么漂亮!"

我已经看到这群雄性动物的眼中闪耀着大大的两个"$"符号。

"讲重点!"还是狼人了解我,知道我前面说这么多都是卖弄,后面才是重点。

"你们谁见过一个女人带着1953年产的百达翡丽古董表上战场?她十辈子也挣不到那么多的钱。"我抱着枪看着远处的难民,那些人不少都带着枪,这时候我才发现这些难民和我想像的颇为不同,看来百年烽火烙进他们心中的不安是死亡也无法抚平的。

"我们才不管她是干什么的,我倒是好奇你什么时候对女表这么熟悉了。"水鬼伸手勾开我的袖口,看到我带的也是同样的军用表奇怪地问。

"我曾经给我妈买过一只。"我摸着手腕上的手镯笑道。

"多少钱?"刺客靠着车子看着我。

"不到七百万!"我笑了笑,这笔钱是我花得最开心的。因为我送给父母钱越多他们越担心,所以我费尽心机、想方设法地把钱换成我爸妈猜不出价钱的小东西寄给他们。

"哐当!"边上的巴基斯坦军官的头盔掉到了地上,一脸惊讶地看着我说,"你花七百万买一只表?"

我发现这个军官很有意思,听说他在外国留过学,所以,既开放又保守、既不缺乏常识又没见过世面的样子看上去很可爱。我又不好意思嘲笑他见识短,只好对他笑了笑表示肯定。

当我们停到镇外后,镇里面住的外国记者一窝蜂地涌了出来,对着我们大家拼命地拍照。我们这些见不得人的佣兵便开始躲避,只有那群日本兵拼命地向前凑,不停摆出威武的姿势。而后面的巴基斯坦士兵则从车上开始卸下成盘的铁丝网,开车拉着,沿着国境线布防,进行隔离工作,并开始向下传达命令。紧接着便看到那些军队开始把难民向一起驱拢,并开始要求进入巴基斯坦的难民交出携带的武器。站在远处可以看到难民和军警为此发生了争执,但难民们由于要寄人篱下,最后不得不交出了护身的武器。我利用枪瞄的放大功能远远看到有些男人为了逃避缴械,还把武器交给了自己的女人,那些女人便将枪械放进了长袍内躲过了搜查。

日本的难民调查组的工作人员小心翼翼地开始接近那些看上去并不友善的饥民,为了表示自己并不是前来入侵甘茵斯坦的美国人,他们纷纷扯掉了头上的防尘巾或面罩,露出自己的东方面孔。而我们也不得已地跟着他们进入了难民的聚集营。九月份的巴基斯坦温度达到30℃上下,数万人聚集在一个干燥无水、尘土飞扬的谷地,他们的汗水排泄物淤积在营地周围,范围之广让人误以为那里是一片露出底的泥潭。营中除了有数月未洗澡的逃难者外,还有被地雷炸残的伤患以及疫病

148

患者。飞舞的蝇群挥动翅膀的共振声让人误以为自己住在机场附近，呛人的臭气让不少素爱干净的救援工作者干呕起来。

看着眼前衣不蔽体、削瘦孱弱的难民，他们皮肤上布满了臭虫咬出的红斑，挠烂后发炎化脓成疖子，这让我想起了同样可怜的非洲饥民，只不过他们包在骨头外的皮是黑色的。

"生活是一种极可怕的苦役！"跟在我们身后的"富豪记者"小姐轻轻地低叹道。

"莎士比亚？"同行的摄影师接口道。

"狄更斯！"玩文字游戏是记者的爱好。

那些难民调查员在给每片人口聚集区进行了统计后，便分发一些糖果和零食给那些可怜的小孩子。而日本随行队员会在分发过糖果后再附赠一面小日本国旗，作为友好的证明。

"人们往往用至诚的外表和虔敬的行动掩饰一颗魔鬼般的内心，这样的例子太多了。"看着日本兵抱着枪看着小孩子们挥动日本小旗在难民营中嬉戏，我禁不住说道。

"狄更斯？"那名摄影记者看样子很喜欢玩文字游戏，又凑了过来。

"不，莎士比亚！"我不理他尴尬的脸色，径自走开了。

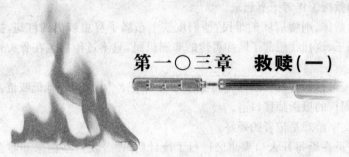

第一〇三章 救赎（一）

　　所有人都忙着工作，那名女记者寸步不离地跟在我们身后。我前面保护的是国际卫生组织的几名医生，他们正在为当地的卫生情况做鉴定，看他们难看的表情便知道评论不会好。我带着三名巴基斯坦士兵跟在他们身后，忍受着人群中投来的凶狠目光，看来我们不应该穿着美式制服来这里，也许换成法式军装是个不错的主意。

　　"那是干什么的？"麦尔斯小姐拉住一名巴基斯坦士兵，晃动着她手上的名表指着广场营地中立着的一根棍子问。

　　"那……是确……定时间的。"三名士兵中只有一名英文还可以，但讲起来仍有点奇怪的尾音。

　　"确定什么时间？"记者小姐看了看手腕上的表说道。

　　"邦克！"这个词那名小姐明显没有听过。

　　"什么是邦克？"记者的声音未落，突然听到不远处传来悠扬的声音："安拉……乎……爱可拜尔。阿什哈杜……"

　　"你们是喀非尔，应该离开这里！"那三名巴基斯坦士兵听到声音后便扭头对我们几个人说道。

　　"他说什么？"记者和那些医生奇怪地看着他，不明白他说的是什么意思，他们甚至不理解"喀非尔"这个单词怎么解释。

　　"邦克便是召唤，召唤穆斯林进行礼拜。那根棍子是用来确定礼拜时间的，伊斯兰教徒每天要进行五次礼拜，分为晨礼、晌礼、晡礼、昏礼和宵礼。"我看这时候不出来给他们解释一下是没有办法的了。那些士兵看来也是穆斯林，也要进行礼拜，"现在太阳偏西，物体的影子等于其本身的长度，是做晌礼的时间。另外，喀非尔是异教徒的意思，他们进行礼拜，作为异教徒打扰了他们礼拜后果严重。我们还是退开些好！"我在非洲跑了多年，那里有很大一部分国家都信仰伊斯兰教。

　　"你怎么知道这么多？听说你是中国人！"那名女记者看着随我们同来的巴基斯坦士兵都加入了礼拜的行列后，好奇地问我。

　　"中国也有伊斯兰教！而且拥有很庞大的信徒群。"没有了那三名士兵的帮忙，我加紧了对几名医生的保护，但难民营所有的人都聚到一起礼拜了，连小孩子都跟去了，空荡荡的营区看上去也没有什么危险。

眼前这群虽然一无所有但仍坚守信仰的忠贞信徒,一个个都满怀虔诚的神情做着圣行四拜、主命四拜、圣行二拜,就连那些已经饿得浮肿的人,磕头时仍非常尽职地伸展自己的身体。

"他们在干什么?"一个年轻的女医生指着正在以双手手掌轻拍地上的沙石,拍去灰尘,然后从左耳到右耳,从前额到下巴抹擦整个脸部的人群问道。

"在土净!"我拉下她指向教徒的手,看着他们再以双手轻扑地面,用左手擦右手及臂至肘骨,然后用右手抹擦左手及臂至肘骨后说道。

"土净?"年轻女医生不理解地看着我。

"对,伊斯兰教是一个非常爱干净的宗教,任何信徒在向神祈祷前,都要用水清洁自己的身体表示崇敬。如果找不到足够的水的话,也可以使用砂、土代替。"我又拉下边上其他对着礼拜人群指指点点的西方人士的胳膊。这也是我刚从书上看到的,现学现卖是我的一大优点。

"天呀!在这么多人聚集的地方,如此脏乱的环境下,他们还用这种方法清洗自己?一定会生病的,一旦引起瘟疫的话,后果不堪设想!"那些医生都吃惊地叫道。

"有足够的水,他们就不会这样了。"我笑着拍拍正在记录我的话的年轻医生说道,"现在不是记这个的时候,你应该想到一个更重要的问题。"

"什么问题?"看着这几个善良到发傻的援助人员,我笑了。

"他们都去礼拜了,你们统计的数据又要重做了!"我指着没有任何建筑物的野地,所有人群都是随机坐在野地上,有的甚至没有毯子。晌礼结束后,所有统计的病人都不在原来的地方了。

"噢!上帝呀!"几个医生立刻仰天长嚎起来。他们手里厚厚的统计资料可是忙了一上午才得来的数据。

"顺便提醒你们,过不了三个小时,他们还要做晡礼,之后还有宵礼。"我笑了笑,看着几个人手忙脚乱地核对资料。

"那我们怎么进行对症下药呢?"几个医生看着手里长长的名单说道。

"他们最需要的不是药,而是吃喝!"我对着简易窝棚中几个骨瘦如柴的孩子说道,"他们的病都是饿出来的。"

公路那边,在日本军人的帮助下,红十字会的工作人员刚将两车食物、200张毛毯和100顶帐篷卸下车。

大家看着边境上的军人和难民一起向麦加圣房方向跪拜,身边几十名各国记者纷纷抢拍这种难得的场面。这时,顺着我们来时的大路,一列车队拖着浓黄的烟尘尾巴奔驰而来,穿过边防军的防线时根本没有停顿,直接冲到了已经脱离边防军保护的记者群的旁边停了下来,下车的是美国海军陆战队的那些新兵,后面的卡车上坐着很多的欧美人,看样子他们便是他们要撤走的侨民和外交工作人员。

这群人一下车便引起了刚做完祈祷的穆斯林的注意。美国人,将要侵略他们的敌人!不少甘茵斯坦人紧张地将家人掩藏起来,而勇敢激进的年轻人则开始指着美国人叫骂起来。不少人拾起了地上的石块扔了过来,虽然没砸到人,但却让人心里颇有压力。

"我们最好回去吧,这里的情况开始复杂起来了!"激动的人群中已经开始有人向这里指指点点了。

"好的!"愤怒的人是没有道理可讲的,只要是成年人都了解这一点。那些连普通体质都称不上的科研人员纷纷抱起装备跑向刚立起的隔离网,准备穿过被重重把守的大门跑回车队旁边。

可是他们刚靠近隔离网就看到紧跟着美军车队之后又出现一支车队,不过这次来的不是先进的越野吉普,而是落后的破旧大卡车,十几辆车上数百名穿着民族服饰的是伊斯兰教徒,喊着宗教口号挥动着突击步枪向甘茵斯坦这边开进。还有不少零零散散步行的人,沿着大路跟在车后向这里走来。站在高处向下看,约有数千名巴基斯坦男人,包括老人和少年,背着步枪、机关枪、火箭发射器、斧子和长刀,踏着坚定的步伐冲出尘幕,沿着自己认定的"圣战"之路前进。

远远地看着这么多武装人员接近边境,所有人的心都提到了嗓子眼。好家伙!这可是大场面,我们的战斗人员只有不足百人,这要是打上来,看巴基斯坦军方这副样子,根本指望不上。

为了以防万一,我拉住一名女医生便向远处跑,其他人则跟在我身后跑。大家都莫名其妙地看着我,不明白我为什么放弃近在眼前的关卡,而向远处的山坡跑,最后又都莫名其妙地躲进了一个铺满粪便的大土坑里,坑底更是大滩的难民排泄物。大群的苍蝇围在头顶上形成一片黑云,如果是平时,我绝不会不抹避蝇药便蹲在这片容易暴露自己目标的地方。虽然我不在意,但身边其他人就有点受不了了,那三名巴基斯坦士兵也露出恶心的表情。

"好臭啊!我们跑这里干什么?"那名女记者小心地站在坑沿看着我。

"他妈的下来!"我一把扯住她的裤腰带将她拽进粪坑中,力气稍大了一点,将她摔了个狗吃屎,满头满脸都沾了一层黄浆。

"啊!"那名女记者还没有叫出声就被我捂住了嘴。

"你脸上沾满了大便,如果你说话就会掉进嘴里。"说完我便松开了手,她也没有敢再张口。因为除了沾满上唇的糊状物体外,还有一发擦过头皮的子弹帮她打消了说话的念头。

我抬头从瞄准镜中看到一名七十多岁的老汉,他举着一枝上世纪 20 年代的 M1936 法国伞兵步枪。远远地看着那枝擦得锃亮的老式步枪,我都奇怪他从哪儿找到的 7.5 毫米枪弹的,这种子弹现在早已经停用了。

"核实攻击行为!"我躺回坑内,拉住边上仍想冲出坑外抢拍镜头的摄影记者后在无线电中说道。

"未遇到攻击!"狼人的声音传来,"我重复!车队未受到攻击。"

"那飞过我头顶的是他妈的什么?该死的苍蝇?"我把枪口留在坑沿上,利用瞄准镜的电子摄像功能,从护目镜的小屏幕中看到,那名射击的老汉和几名想开枪攻击美军的年轻人已经迅速被边境军人给制服了,其他人也因为政府军的介入打消了趁乱打劫的念头。

"该死！"我诅咒着想从粪坑内站起来，但一声迫击炮的啸叫声让我又重新投入了大便的怀抱。我顺着炮声望去，已开进难民区的运粮车旁随着炮声升起两团烟雾，有黑有白。正在搬运东西的巴基斯坦边境军人被炸倒了两个，其他的则被吓得迅速躲进了车底下。而其他刚祈祷完毕的难民则四下奔逃而去，不愧是多年战乱中走过来的民族，虽然惊恐但不慌乱。

"怎么回事？"刺客他们的声音接踵而至，因为从弹道上可以看出，这发炮弹是从我正对面的山坡后发射的。

"我看不到发炮点……"我的话音刚落，炮声再起，一发炮弹落到了美军车队附近，显然这次袭击者的目标是美军。正当大家都注视着被炮轰的美军车队时，第一次被袭的物资车队中，突然有数辆汽车冲过人群疯狂地向对面的山坡开去。

"转移视线？"我架好枪对准已经冲过边境线正在爬坡的卡车前脸，通过热能显示可以清楚地看到铁皮下红彤彤的发动机，我慢条斯理地调整好瞄具，连我自己都奇怪自己趴在粪坑里还能这么镇定。

"砰！"巨大的枪声响起，肩头传来的巨大后坐力被我强壮的肩膀抵消于无形，地狱般的训练其实就是为了在这些小地方上提供别人无法相比的稳定性。这一丝丝的差别在 50 毫米口径的反器材武器效果上体现得格外明显。

巨大的弹壳从眼前跳过，没入身旁的秽物中。使用特制弹头的热能穿甲弹可以打穿主战坦克的装甲，何况是一辆普通的卡车。卡车一下子停在了大坡度的趴升中，来不及刹车便倒栽了回来。

"不要拍我！"我头也不扭地向边上说道，"如果你还要保住你的摄像机的话！"

"为……什么？"边上的摄像师被我的枪声吓得一缩脖子。

我没有理他，继续击穿了第三辆汽车的发动机。扭头看到他仍对着我拍摄，伸手便捏住了摄像机的镜头，用力一握将它抓了个粉碎，然后捏住变形的套筒向怀里一带便从他肩头扯过了机器，在坑沿上摔打几下后，价值不菲的仪器便成了一堆碎片。

"因为我很不上相，所以我讨厌看到电视上自己变丑的样子！"我将零散的碎片扔到坑底的粪便中。

几个人看着我的举动都呆住了，虽然军人以粗鲁而闻名，可是如此野蛮的军人他们可能还没有见过。我懒得再理会他们，扭过头继续注视远处冒着烟的车子。三辆车子趴了窝后，上面的人纷纷跳下了车拔腿向山上跑，不过距离仍是太远，看样子没个十分钟是过不了山坡的。

正在我准备射击那些逃兵时，耳边突然传来刺客的声音："你们不可以开枪。他们没有袭击我们！请记住你们的身份。"

我调转枪口指向刺客，看到他抓住一个日本狙击手的枪管正与那人争论。而边上的巴基斯坦边境军则因为对方已经驾车驶过边境线，只能眼巴巴地看着几个人形从驾驶室里爬出来，头也不回地逃去也不能有所举动，最后彻底放弃了追击的想法,竭尽全力维护已经开始骚动的难民和接近的志愿兵。

"身为大日本帝国的军人,怎么能坐视敌人耀武扬威后逃之夭夭……"那个家伙的声音透过耳机传入我的耳朵,如果说这句很有骨气的话有什么让我刺耳的话,那便是"大日本帝国"几个字了。

"你们是自卫队,如果没有受到攻击,是无权主动进行攻击的。"狼人看见刺客抓住那人的枪管,在边上接口道,"所以你们才要雇佣我们! 需要人保护的军队!"

"你!"狼人的话一下激怒了所有在场的日本军人,好几个都拔出枪怒指着狼人,顿时间场面变得火药味十足。

"放下你们的枪!"狼人毫不在意地说道,"如果你们还想活着回到自己的小岛的话。"

"你凭什么这么横? 这里有二十把枪指着你,只要任何一个人手指抖动一下,你就立时毙命,你凭什么……"我听到这里实在听不下去了,对着刺客抓住的那把Howa M1500 狙击枪开了一枪。凭借着优良的弹药和电子弹道校正系统的精密协助,子弹准确地在三百多米外击断了拇指粗细的枪管。我的本意是打碎它的护木,对于能打得这么准我也颇为意外。在他们吃惊的同时,车上的水鬼已经钻进车顶的机枪堡垒,调转特制的六管机枪对准了那些家伙。这枪的高爆弹威力简直像速射的大炮,几秒钟便可以把整支车队炸上天。

"告诉他们,如果不放下武器,我下一枪便打在他们车载导弹的战斗部上。"我把枪口瞄准车队最后的那辆 64 式车载导弹,一旦冲突爆发,这家伙对我是最大的威胁。狼人转述了我的威胁后,对方的日本兵犹豫了片刻后,在领队的一声令下被缴了械。看到这些家伙合作地放下手里的武器,我心中泛起淡淡的遗憾,从内心深处我十分想与这队日本兵来上一仗,试试他们的身手。

"食尸鬼,你个混账王八蛋! 卖弄个大头鬼呀! 要是那一枪打在我手上怎么办? 妈的个巴子! 咱们走着瞧。"刺客一头冷汗地在瞄准镜里对我指手画脚了好半天,最后当着数万人的面对着我的藏身之地竖着拳头,做了个绝对会报复的夸张手势。

"食尸鬼! 留下两个偷车的。"狼人的声音传来后,我确定日本兵没有可能报复我后才扭转视线重新搜索敌人的踪迹,发现几个司机已经接近峰线了,只要翻过峰线便逃出所有人的视线了。狼人之所以让我下手而不让刺客干,就是因为我正好在两帮人中间,这几个目标都没有逃出我的射程。

当我抽出背上的 PSG 中口径狙击枪瞄准那几个背对着我毫无防备的人形时,不知为何突然从心中产生一股无名的阻力,瞄准镜中隐约看到孤儿院的小天使们带着灿烂的笑容向我跑来。

"上帝呀!"我心脏狂跳着收回枪,大口地喘着粗气在心中惊叫着。而我惊恐的原因是害怕多于吃惊,因为即使在我第一次出手杀人时我也没有出现过幻觉,这让我对自己的战场判断力产生了怀疑。我已经成了纯粹的战场机器,只剩下了杀戮的能力,如果连这种能力也丧失,我真是感觉到无所适从,而正是这种感觉让我害怕。

154

第一〇三章 救赎(一)

"该死!食尸鬼,你在磨蹭什么?"狼人看我没有反应便自己举枪向近两公里外的敌人射击,但他拿的是我们自己改造的米尼米7.62毫米机枪,火力强大,射程也远,但精确度却不敢恭维。一通扫射后也只在对方的屁股后面溅起一片灰尘而已。

"不行!射程外!"刺客开了一枪,没有击中目标,匆忙跑回车里想要换把大口径的武器。

"狗娘养的!食尸鬼,你在干什么?"水鬼不敢把枪口从已经放下武器的日本兵身上移开,只能冲我大叫。

耳中充斥着队友的咒骂声,但我却没有再次举枪的勇气,我害怕再次出现干扰,害怕自己的精神真的出现了问题。以前我也曾精神错乱,出现幻觉,但从没有在我执行任务时发生。无法掌握自己状况的认知让我困惑,困惑到陷入自我混乱并且无法摆脱的地步。

我仍能意识到自己身处何处,也知道发生了什么事,甚至能看见身旁的记者和医生在我眼前挥动的五指。但我却如同被困在一间透明的牢笼中,看得到外面的世界,伸出手却是一场镜花水月。我拼命地想驱动自己的肢体,但却有种无处着力的失落感。

"咔嚓!"突然我眼前白光一闪,强度之大让我的身体本能地一颤,借由这一闪即逝的光的刺激,我又找回了身体的掌控权,而我正对着的便是正试图掩藏相机的女记者。

"食尸鬼,开枪呀!"天才的叫声大到吓我一跳,我慌忙探出脑袋再次瞄准那些司机逃跑的方向,这时原本的四名司机只剩下一名微跛的还没有爬过峰线。

当他再次被我锁定在瞄准镜中时,刚才的幻觉又一次出现在我眼前,不过这一次占据画面的还有静静地站在远处对我微笑的Redback。

"开枪!刑天,你给我扣动那该死的扳机!都靠你了!"狼人的声音再次传来,他的话像重锤一样砸在我的心头,我的手指不由自主地一紧,那道勒在指腹上的阻力被突然破了,肩头传来一记强有力的后坐,一颗弹头带着火焰呼啸着冲出了枪口,射穿了我眼中美好的图画。

"该死!你可算睡醒了。"狼人看到那人在跨过峰线的瞬间,被我一枪命中小腿仰面摔倒翻下山坡,欢快地叫道。

透过破碎的幻象我看到了那人身上溅起的细小血花,虽然不清晰,但极刺激。原本不应该对此景象产生任何感觉的我,竟然再次从心底产生了恐慌,就像我是第一次杀人一样,有紧张过后的害怕。我坐回坑内抱着枪把头埋进臂膀里,沮丧得几乎哭出声来。我知道我为什么会有这种反应了……

"喔!喔!要开联欢会了!"我还没有来得及为自己重新丧失的未来悲泣,狼人的尖叫便混着数声巨大的爆炸声传来。我抬头一看,原来那人被我击倒后,从山坡背面冲出了数名穿着长袍的士兵,他们背着轻重武器,站在高处向下面最近的美军车队发射了数发RPG火箭弹。其中一发击中了停在美军车队队首的悍马车,底盘上可怜的高强度合成树脂和铝合金车体,瞬间便像被炮仗炸烂的火柴盒一样飞散得无影无踪,两名站在车旁的陆战队士兵也被冲击波掀飞老远,趴在地上没有了动静。

"给他们枪！水鬼掩护车队撤退！"狼人在无线电中命令道,"食尸鬼,掩护我们！"

"没问题！"我的声音甚至是颤抖的。

"你确定?"狼人听出我声音不对头,在远处向我这里张望。

"我他妈的非常确定！"我咬着牙冲动地蹿出了坑沿,跪在地上端着枪快速地向冲过山坡的人一阵点射,打倒了两个扛火箭筒的民兵,也引来了一阵密集的火力扫射,打得我灰头土脸地倒回粪坑中。

美军反应很快,在第一辆军车遭到袭击后,立即呼叫友军援助,组织火力反击。有两名士兵迅速发射了"掠夺者"反坦克导弹,也许是经验不足,也许是紧张,所以犯了和对方一样的错误,用射程不足一公里的反坦克导弹打两公里外活动的人体,不过人家是从上向下打,抛物线可以帮大忙,怎么也能打到地上,美国兵就不一样了,看到打出去的导弹还没飞到一半便栽到了地上,美国大兵们才意识到自己白白浪费了两发造价高昂的新式武器。

"用MK19！"天才把无线电调到美国兵的公用频道上,狼人冲着那群正在发愣的大兵叫道。这时候他们才意识到悍马车顶上除了已经被摧毁的M2HB重机枪外,还有40毫米自动榴弹发射器的射程在两公里以上。

当这门"小炮"以每分钟三百发的速度将40毫米的高爆弹倾倒在那群士兵周围时,十数名枪手瞬间便身首异处了。

"呀哈！"当所有站立的生物都被扫倒后,从美国兵的方向传来了一阵欢呼。

"别动！"我按住想要探头查看情况的随行人员,"他们高兴得太早了！"

果然,欢呼声还没有落,迫击炮的啸声再次响起,山背后的82毫米迫击炮再次发威,不过这次没有击中美军,而是落在了难民营中。一片惨叫声随着黑烟升起,然后便是大地的震颤,几万人跑动时的响动可不一般。所有的难民在这一炮后全都打消了等待交火停止的念头,纷纷惊恐地抱着家产向远处的深山跑去。

"我们要冲上峰线确认他们的坐标！"美国车队里的一名士兵在无线电里大叫,但绝不是他们带队军官的声音。

"没有必要！这是他们的弹道射表,他们在……"无线电中传来日本兵不卷舌头的英语。车队后面拖着的迫击炮弹道预测机这时起到了作用,很快便测算出了对方炮兵的坐标,随后榴弹便像踢射的橄榄球一样画着抛物线落在山后,一阵爆炸声传来,谁也不知道有没有炸到敌人。

"我们需要确认攻击效果！"美国兵的话明摆着就是对我说的。

"要去你自己去,那不是我的工作！"我看了看背后惶恐到顾不上恶心、恨不得抱着脑袋钻进粪坑的救援工作人员无奈地回道。

"我们离得远,你离得近！"美国大兵竟然在无线电中跟我扯起皮来。

"你们开车比我快！"我才不愿冒这个险。

"我……"美国大兵的声音刚起,他身后便传来一阵直升机螺旋桨的转动声。

"上帝呀,你们可总算来了!"美国兵看到飞来的两架 AH-1 眼镜蛇攻击直升机后,兴奋地不停向机师挥手飞吻。

两架飞机飞过峰线后便传来密集的枪声,看来我的猜测没错,对方并没有受到重创。不过在眼镜蛇的一阵狂轰乱炸后枪声归于平静,看样子敌人的军事力量已经被粉碎。

"大狗,大狗,这是蛇王 2 号。弹药用完了,我们要回基地补充弹药。山坡对面有两个敌军的阵地,工事中约有数百军人,已经有不少离开了战壕……"直升机机师在回程的路上通过无线电说道。

"我们撤!"在看到眼镜蛇离去后,我赶紧让两名巴基斯坦士兵保护着这几名医生下山去,而我则跟在后面断后。等我们平安地撤到新建的隔离栏边上的时候,我才看清倒在地上的两名美军中一个是那名白人女兵,而另一个则是带队的那位少尉。不同的是前者还有动静,后者已经眼看着活不成了。

"上车! 撤!"狼人把吓得已经面无人色的医生推上卡车甩上车门,对我和摩拳擦掌的留守日本兵说道。

"撤? 这正是进攻的好时机呀!"日本军官指着第二波赶来的攻击直升机说道。

"记住你的身份! 你们只是随行护卫,不是正规军队!"狼人指着车上的日本国旗说道,"那是为你们救助队印在车上的,不是军队! 我们没有受到明显的攻击,也没有越境行动的授权。"

"这是美国人的战争,人家都要跑了,你们激动什么!"刺客指着迅速收拾伤员和尸体后驾车准备跑的美国兵说道。

"不要忘了抓几个俘虏!"我指着远处山坡上被我击倒的士兵,对准备离去的美国兵说道。

听到我的话的美国兵立刻显现出为难的表情,他是十二万分地不愿意冒着碰到敌人的危险前去抓人,可是那些家伙就躺在那里,抓上车也用不了多长时间,回去也是功劳一件。看着那家伙为难的样子,我轻笑起来。

那名军人在犹豫片刻后终于决定不放过这次露脸的机会,架车冲过边境线向倒在远处的伤兵驶去。正捏着鼻子冲我笑的天才说道:"无知者无畏!"

"那是什么意思?"脱掉身上臭气熏人的外套,正在洗脸的女记者听到他的话突然插嘴问道。

"战争里的英勇行为与和平时期的一样少。如果一个人冲向危险,是因为不这样结果更糟,或是他压根不知道这是危险。"狼人关上车门从倒后镜中看着那家伙飞快地开到几个伤兵旁边,跳下车不分轻重地将这些人扔到车上,"他可能会成为一个好士兵,但这并不是英勇,只是在军校待了四年,他想知道自己打仗到底行不行。"

回去的路上,我一言不发地坐在后车箱里,不管天才他们怎么讥讽也不应话。直到回到了基地,狼人他们才发现我真的不对劲,几个人把我围在中间语重心长地问个不停。我一言不发地看着他们口水喷了个把小时,直到几人决定要给远在伊拉克的医生打电话时,我才开口应了一句:"我没事!"

"你没事?这样还叫没事,到底发生了什么事?我知道一定有什么事发生了,不然你不会在任务中开小差。"狼人他们得到我的应答后又来了劲,你一言我一语地重新开始"关心"我。

看着他们激动的样子,我淡淡地挥挥手止住他们的话头,站起身脱掉满是排泄物的军装,赤裸裸地走向淋浴室。只在进门时对亦步亦趋跟在身后的队友们扔下一句:"兄弟们!你们相信我们能被救赎,重头再来吗?"

"不能!"他们没有任何犹豫地齐声回答。

"所以,我……我……"我扭头悲伤地看着有所觉悟的队友,想了半天也没有办法将自己的心情组织成言语,只能无奈地说道,"像我这种人,抱有幻想是一种罪过!"

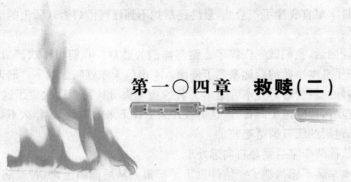

第一〇四章　救赎(二)

　　"太阳光线是由极其多数的不同波长的电磁波组成,红、橙、黄、绿、青、蓝、紫七色也只是波长符合人眼的可视光谱而已。"我看着眼前金属上的银光,不知为何脑中无端地蹦出了这段文字。

　　"感谢你们的帮助!国会已经通过法案,支持日本动用军队设备进行难民救援活动,并即将批准日本自卫队在美国领导的反恐军事行动中提供非作战的支援。"那个我记不住名字的日本军官兴奋地在我们几个人面前手舞足蹈地比划着,"多亏了你们当时阻止我们在冲突中进行反击,否则国会的反对势力便可以找到口实拒绝这项议案。"

　　"根据我们能在如此严重的冲突中一枪不发全身而退的事实,原本不坚定的议员也认同了'即使日本人伸着脖子,甘茵斯坦人也不会用刀子划过我们的脖子'。"叫堂本的上校看来是个文官,因为当天他并没有随军到边境去。"为了感激你们对我们的帮助,这枚友谊勋章虽然并非官方正式授予,但我们仍然希望借它来见证我们之间的友谊。"

　　"是呀!所有日本国民都相信,军事武装不会对参加战争的日本人有恶意了!这全是你们的功劳。"那个我叫不出名字的日本上尉又兴奋地对着狼人他们微笑着,"军方后天,也就是 10 月 7 日,会向巴基斯坦派遣日本自卫队下属的六架 C-130H 军用运输机,以便为由甘茵斯坦逃往巴基斯坦的甘茵斯坦难民空投救援物资。我们要到场监视,衷心地希望下次行动仍有你们伴行。"

　　"我们……啊!"天才兴奋地伸出手想要和他握手,被我从后面一把拧在他的屁股上面,疼得他尖叫起来。

　　"我们很高兴你们对我们的服务这么满意,嗯……但我们这些日子一直在执行军方的任务,你知道的!所以我们没有时间和精力来接你们的委托,不过仍然感激你们对我们的信任,它带给我们无限的荣耀,如果有可能的话,希望我们下次再合作……"我操着不熟练的交际用语试图打发这几个客户。

　　"不过,我们愿意支付两倍的价钱……"堂本上校仍想诱使我们接受这单委托,"不,三倍!……"

　　"你们是明白人,钱和美国的良好协作关系相比根本不算什么。对吗?"骑士看我不擅言词便自己接过了话头。

"那是!"两名日本军官犹豫了一会儿，最终还是找不到任何借口否认骑士的话，只能频频点头。

"如果没有问题的话，我们就先告辞了。谢谢你们的勋章！我们很喜欢。"骑士领着我们几个离开了日本军队的营地来到了外面。刚出门天才就叫起来了："刑天！你刚才干什么？多好的机会呀。日本可是出了名的冤大头呀！我们这次走了这么一趟，什么大事也没有，便赚进了两百万，这简直是天上掉下来的钞票，为什么不要？不会又是为了你那讨厌的厌日情绪吧？"

"没错！"我扔给他两个字后便径自向远处走去。

"看来你对日本军队不感兴趣了？信件发出了?"狼人从后面追上来，神经病似的扑到我背上把脸贴在我耳边说道。

"没有！"我手向后摸，抓住他的后衣领，弯腰一带把他从身上掀了下来。他在空中一个漂亮的空翻安稳地落在地上，扭头笑眯眯地看着我身后。他刚落地，刺客便接着跳到了我的背上，于是剧情再次重演，直到把水鬼扔到地上时，原本被甩在后面的骑士和天才也已经跟了上来。

"你这个人可是不行呀！"天才拍着我的肩膀装模作样地摇头叹气，"摸清了别人的底细便把人家弃如敝屣，真是狠心啊！"

"一支小型作战部队本就没有什么研究价值，更何况是一枪不发的部队。"我走向人影重重的营房。这几天由于赶到的雇佣军越来越多，营房根本不够居住，还要搭帐篷，最后几支小佣军被安排进了我们的房间。

"用不用我给你点有价值的东西？"天才笑着指了指自己的"大柜车"。

"不用了！"我知道天才的东西其实并不全属于他，有些东西他是不能够泄漏的，不然就有掉脑袋的危险。其实我们自己搞出来的先进东西也都是些小玩艺儿，真正的先进技术不是一两个人能搞出来的。

"怎么，还在为民族矛盾闹心？"骑士把烟盒中剩下的烟都抽出来点上分给大家，捏扁纸盒随手一扔，深吸了口白色的雾气后看着天上的星光问道。

"怎么说呢？我……"我按着停机坪前的悍马车前脸，纵身一屁股坐上了发动机盖，抽了口烟欲言又止道。

"随便说，又没有外人。"骑士晃了晃他胸前和我一样挂在"狗牌"上的十字架，"你这次和 Redback 出去，回来后确实有点不一样了。"

"是啊，是有点不一样！虽然你一直都比较多愁善感，但这次给我的感觉却很不同……"狼人把悍马的活动车门卸下来支到地上，坐在门框上看着我吐着烟圈。

"有点像摆不正自己位置的感觉……"刺客也拆下悍马的一扇门支在屁股下面，最后水鬼和天才把整辆悍马拆成了敞篷车，四个人一人坐扇门围着我，有点开班组会的感觉。

"我们确实没有想到你这么排斥日本人，如果早知道这样，这趟活就不让你走了！"水鬼和我在一起的日子没有狼人他们多，对我的反应有点不可思议。

"呵呵！"我笑了，"在泥潭里打过滚，不黑也灰！看多了利益驱动下的各种丑陋，我怎么会这么极端呢？只是我有种为杀亲仇人递刀子的负罪感。你要知道，能让我这种人感受到负罪感，可不容易。"

"没错，爱国主义！"骑士点点头，"战争，一个人打不起来，不管入侵者还是被入侵方，宣传民众的方式没什么两样，爱国主义是他们摇得最起劲的大旗，和中学生为自己学校球队胜利的自豪感相比，也并不成熟到哪儿去。只要有足够的旗子和军乐，任谁的血液都能沸腾一阵子。世界上任何国家都认为爱国主义是好事，但是对整个世界来说，爱国主义是好事还是坏事呢？这是个问题。无论什么行为，只要一冠上这神圣的名义就变得堂而皇之，大行其道，把民族仇视和爱国主义等同的后果，非洲频繁的大屠杀便是最典型的例子。"

"我知道。道理上谁都说得明白，但轮到自己身上就不是那样了。"我握着手腕看着银色的反光，"放下屠刀，立地成佛！苦海无边，回头是岸！呵呵。"我苦笑了两声，"你们知道吗？我曾以为我能借助宗教的力量从苦海中爬上岸。你知道的，那种得到救赎、洗净罪恶如获重生的感觉，就像神的恩赐！上帝啊！"说到这里我眼前浮现出一片淡淡的白光，耳边响起了庄严的圣歌和悠扬的唱经声，"但……"话到这里我眼中的光华一黯，"……"

"事与愿违？"骑士似乎明白了我的意思，面带笑容地看着我，"我明白你为什么会有那种表现了。你当初加入佣军并不是自愿的，所以无论征战在你心理上造成多大的负疚，都可以通过安慰自己是被迫的，从而逃脱内心的折磨。但这一回没有人强迫你，你是自愿回来的。你无法再继续欺骗自己，你以后的任何所作所为都要自己负责了。你就像个断奶的孩子一样，无所适从了，对吗？"

"不！称不上违愿。毕竟是我的选择……"

"等一下！吼吼，伙计，你的意思不会是说，你是为了我们放弃了重新做人的机会吧？我们可承受不起。"刺客夸张地捂着胸口一副受惊过度的样子，狼人虽然也是一脸笑，但他脑中的想法一定和刺客的不同，因为那笑容的含义更豁然。

"不不！当然不是，我只是养有几条狗，喜欢到处乱跑，我怕万一它们掉到哪条不知名的沟里，死了我连尸体都看不到，我会心疼的……挺贵的狗！"我笑着用手指捏灭烟头扔向刺客。

"王八蛋！"

"白痴！"

"这家伙和 Redback 性生活一定不协调，要不怎么有点中风的前兆啊？痴呆了！"狼人他们纷纷把烟头扔回。

"嘿！混蛋，还带火呢！烫坏我的发型，你们可赔不起！"我笑骂着跳下车。

"刑天，如果你能处理好自己的情绪，我就不再打听了。我只要你记住一点，狼群的成员都是自由的，如果你有任何不愿，立刻退出！任何人都没有资格指责你一句。"骑士拍拍我的肩膀，像个长辈一样抚摸我的头顶说道。

"我尻！你这话怎么不早说？现在放马后炮不嫌晚吗？"我撇着嘴不知道自己在笑什么。

"臭小子!"骑士扁了我一巴掌,"我去指挥部一下,听说下次行动我们要和美军混编,还有几个战地记者想去开开眼,有可能编给我们。妈的!什么歪瓜劣枣都塞给我们,不上前线作战也不用让我们当保姆吧!"

接近灯火通明的营房时,噪音和烟气扑面而来,沿着灯光的连线把我们和宁静的伊斯兰世界隔成两个空间。再走近些,可乐加汗臭的味道便从营房溢出,让人熟悉又亲切。

进了营房,先进入眼帘的是一群大兵围成团在哄笑着,不时从人群中传出女人的嗔骂声。一个外围的小子看到我们几个进了房拍了拍其他人,大家便收声散开,露出中间正在整理东西的女人,原来是那个被我扔进粪坑里的女记者。我的直觉告诉我,她来者不善,肯定是个麻烦。

狼人他们看到这个女人也皱起了眉头,不过都没有说话,直接回自己的铺位了。从我们一进房,屋里便顿时安静下来,所有的交谈也换成了小声,这是刚到这里时狼人和我给他们上过一课的结果。

回到床位前打开电脑,看着上面刚打好的家信,上面除了委托天才做的日本军队电子设备解析,以及这些日子观察日本军人训练而得出的单兵体能评估外,还有些对家里的公式化的问候,每次我都是寄点儿这种东西,但从没有得到过大哥的回复。也许他仍在生我的气,也许我的信被电子警察过滤掉了他没有收到,也许他收到了,可是发给我的回信又未通过审查……可能性太多了,我已经开始习惯不去设想这些了。

"家书?"我感觉到有人接近我,人还老远香气便钻进鼻孔了。我快速地按下发送键后赶忙盖上电脑,扭头看向双手支床倾身向我手里张望的女人,结果视线却顺着她敞开的领口中雪白的乳沟探进了深处,小腹的曲线在幽暗的内衣中更显诱人,我一时失神差点把她当成 Redback,想将手伸进去摸上一把。

"你在看什么?"女人发现我失神地看着她的领口,不但没有遮掩,反而把胸部向我贴了过来,两粒玉乳差点碰到我的鼻尖。

"你的奶子很漂亮!"几年的军旅生涯,我也粗鲁了不少,脏话不由自主地便随嘴漏了出来。

"谢谢!我以为中国人都很矜持的。"女人看着我额头的文身满脸笑意,一点也没有生气的意思。

"我是很矜持!"

"是吗?抱歉我没有看出来。"女人盯着我脸上的疤痕看了良久,到了后来竟意外地伸手要摸我的脸,动作大胆得吓人。

"嗨,小妞!这家伙已经名草有主了,他家那口子可是危险人物,要是被她知道你调戏她老公,你可有得受了!"天才端着文件夹走了进来,上面放的是我们这次的任务。

"是吗?她也是雇佣军吗?狼群的食尸鬼先生。"她低头看了看手心的纸条后说道,"这个绰号可真酷!我喜欢!"

162

"谢谢!"我把电脑放到床头躺到床上。这几天一直在深山里转悠,回来趟不易,虽然躺的是硬板床,但比零下十多度的山岩舒服多了。

"看样子你不是很高兴。为什么?你加入的是最富盛名的佣军,任务完成得很完美,赚进了大把的钞票,如他们所说,你还有美人相伴,人生混到这种地步做梦都会笑醒,你还苦恼什么?"叫杰丽的女记者和我说着话,边上其他几名新人也慢慢地坐了过来,兴致盎然地想探听些什么。

"既然你这么认为,那还问我干什么?"我笑了笑本能地捏了捏鼻尖,每当我无奈的时候便会这样。

我的话刚说完,刺客从侧面隔老远扔过来一样东西,我伸手一抄将快落地的物件捞入手中,仔细看是他的手机,上面有条很简短的信息:快刀在伊拉克挂了! 看到这里我不禁又捏了捏鼻尖,不过这次用力过大,我能感觉到鼻头上的黑头都被我挤了出来,有种填充物消失的释放感。

"KIA(KILLED IN ACTION,阵亡)?"手机上的屏幕巴掌这么大,边上的女记者没有可能看不到。

"哼哼!"我把手机抛回给刺客,扭头笑着面对她,"看来我室友是没可能做梦笑到醒了!"

"听到这个消息我很难过!"杰丽很有礼貌地表示同情。

"帮忙把我那份也加上!"我想起快刀,禁不住从身后抽出了那把曾刺穿我的老式巴克军刀在手里玩弄起来,银光如数只翻飞的蝴蝶不停地在我指间跳跃,最后混成一条流光溢彩的光带把我的五指绕于环中。

"你看起来很平静!"女记者谨慎起来,不敢正视我,低头看着我右手挥动的刀锋悄声问道。

"他已经去了!"我淡然地说道。如果说得到快刀的死讯与亲眼看到风暴和鲨鱼的碎片有什么不同,那就和普通人听说打仗一样,意识到某些事发生了,但无法真实地感受它。隔靴搔痒的感觉加上一个局外人带有责怪性的询问,让我泛起一股负罪感,它如同堵塞的马桶中的粪水一样慢慢在我胸中蓄存,从腹底开始向上漫涨,我甚至能闻到呼吸间喉头过往的气体被浸混的骚臭。那饱胀的感觉让我作呕,恶心到想把五脏六腑都掏出来摔在地上。

"弟兄死了竟然这种反应,怪不得狼群能混得这么好! 人家冷血嘛!"

"就是,无情无义才吃得开嘛! 没想到原来是街头混混的思想支撑着佣军NO.1,真是丢雇佣兵的脸啊!"

"是啊!"几个被我们教训过的佣兵在边上冷言冷语地挖苦着。

一直注视着我的女记者杰丽的眼神慢慢由沉着转变为惊恐,就在她要张口欲呼时,我一直闲着的左手一挥,从不离身的军刀连光都不闪便出现在了第一个张口发声的红发男子的手上,就像瞬移! 所差的只是他手掌接到的不是刀把而是刃尖,无坚不摧的锋刃刺穿了他的血肉和床头的铁板。

"啊——"也许是刀锋太过锋利,刺穿手掌几秒后他才感觉到痛,凄惨的叫声立刻使我胸口的淤结之气舒通了很多。边上和他同属一支佣军的伙伴纷纷抓枪要冲上来，却被早已盯他们好久的刺客、狼人和水鬼他们用枪顶住了面门，纷纷又举着手把抓起来的枪扔回了地上。

"让我告诉你，没错！狼群能混到现在的地位，凭的就是硬如铁石的心肠和冷若冰霜的感情。"我蹲到他的床铺前，看着他想拔下钉在手上的刀子，却被刀背上的锯齿挂掉数片肉片后疼得张着嘴叫不出声的样子说道，"你知道我们除了不为死去的战友悲伤外，还有什么更冷血的行为吗？"我说到这里站起来看着屋内屋外赶来看热闹的佣兵和美军大声说道，"我们绝不放过任何一个对我们有敌意或我认为有可能不怀好意的对头！"

说完我手起枪响把钉在床上的家伙脑袋打开了花，随着我的枪声一起，刺客、狼人和水鬼没有任何犹豫地和我一起射杀了他所有高举双手的同伴，顿时屋内躺倒了十来个大汉，原本弥漫的汗腥和脚臭味立刻被呛鼻的血气所掩盖。一名别支佣军的士兵被我射穿敌人身体的强力手枪弹所误伤，但他只叫了一声便吓得捂着嘴睁大眼看着我们几个，生怕招来杀身之祸。

也有大胆老练的佣军在枪响的同时也抓起枪和我对峙了起来，但大数人还是被我小题大做的霹雳手段给吓愣了，等到背后的其他人的枪栓声响起后才惊醒，慌忙去床头找自己拆成块的武器。

"操你妈的！你吓唬谁？"

"妈的！狼群了不起呀？狼群就能随便杀人了？有本事你现在动动试试！"

"就是！娘卖X的！老子屁眼都给你打爆！"等到他们都把枪端到手里上好子弹，看清自己人多我们人少的事实后，才有人开始叫嚣起来。我们几个根本没有理他们，只是冷冷地端着枪看着这些家伙，众寡悬殊的两帮人便站在原地僵住了。

"别激动，大家别激动！"门外赶来看打架的美军这时才发现情况已经失控了，但手里又没拿长枪，只能站在远处大声叫喊。

"谁动谁死！"天才的声音打着颤从外面响起，话音刚落就看见一个满身银光的机器人从门口开了进来，原本应该架机枪的地方竟然放了一箱反步兵破片地雷，上面还放着一个牙膏粗细闪着红光的小棍，荧光屏上还有数字在走。

"有本事就开枪！反正我没有什么损失！"天才躲在水泥墙后面，戴着防弹头盔和防弹衣探出半拉脸对我们一群人叫道。

"我尻！"当时我和刺客他们眼里就只蹦出这两个燃烧着的字眼。

164

第一○五章　正义无限（一）

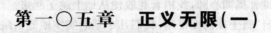

再多的子弹也比不上一箱子炸弹吓人，再看看门外万无一失的操控者，屋内所有人都不是傻子，纷纷把枪放了下来。门外的美军赶忙冲进来把所有能冒火的物件都没收了，连我的打火机都没有放过。

这个时候，骑士才和美军指挥官匆匆赶了过来，进门一看这阵势便愣住了，地上横七竖八地躺满了死人，所有人都气喘吁吁地盯着我们几个人。

"谁挑的头？"骑士明白和狼群有关后，便责无旁贷地站出来指着我们几个人问道。

"我干的！"我话还没有说完，脸上便重重地挨了骑士一拳，力道之大将我直接从站着的2号铺位置打飞，摔到5号床上，将支撑床板的钢架砸变了形。我后腰被钢梁硌了一下，"嘎嘣"一声如同骨头摔断了一样。紧接着水鬼、狼人他们一个个也被骑士踢飞了，把屋里新添的桌具砸得七零八散。

"你们这群没有纪律的混蛋！也不看看是什么地方什么时候，竟然在这里胡闹。按军法应该把你们都枪毙。"骑士不断地在我们几个身上狂踢猛打，从挨在身上的力度看来，这家伙是真的生气了，我们只好躺在地上抱着脑袋缩成一团装受伤。

"噢——吼！大手笔！"托尔和其他海盗旗伙同与我们相熟的队伍冲进来，看到地上的死尸纷纷哄叫起来。

"他妈的闭嘴！"骑士脸红脖子粗地把我们痛扁一顿后，才喘着粗气指着闯进来的其他佣兵骂道，"你们知道什么？都什么时候了还窝里斗，现在每天有上万的圣战者从世界各地跨越边界到邻边领取武器装备屠杀我们。现在可好，还没交火，自损臂膀已经是愚蠢之极的事了，竟然还有人看这事的笑话，你们可真聪明啊！"

"没错！"海盗旗的同性恋老大带着一贯的优雅走进了军营。他用脚挑起地上的死人脸看了一下接着说道："即使是小的佣军也应该得到应有的尊重。他们是我们的战友，支援我们的行动，任何孤军都不可能在战场上生存，我们面对的不是小股的匪徒，而是一个政府，一个国家，一个民族，一个巨大的信仰共同体。这是场战争，不是战斗。"

"把尸体抬走，把他们也押走。"在美国军方负责的上校的命令下，两个大兵走过来揪着我的头发想粗暴地把我们从地上提起来。

"我可以打他们，你们不行！"骑士用指头在那家伙肘关节的麻穴上弹了一下，那家伙刚把我从地上提起来，便手一麻又松开了我的头发，被骑士的怒火吓到、不敢反抗的我又一头栽回地上，气得我禁不住翻着白眼趴在地上直骂娘。

"都给我起来！装什么死？"骑士一脚踢在我屁股上，军靴前头夹层里的强化陶瓷顶得我尾椎骨痛彻心肺，我捂着屁股便从地上跳了起来。

"跟我走！"骑士在前面带路，我们几个老老实实地低头跟在他身后，像一群犯了错误的小学生一样。只不过在经过托尔他们身边时，我偷偷地对他们做了个鬼脸，然后击个掌庆祝一下，结果招来骑士一记强有力的白眼。

我们跟着骑士来到了美军驻地后，宪兵们把我们关进了一间小黑屋，看样子是想把我们禁闭起来。在狼群里没有关禁闭的说法，犯事了最多就是不给装备，把你扔到离海岸数十公里的荒岛或雨林中，让你自己想办法回来。最惨的一次是在南美洲犯错，我和屠夫被铐在一起扔错了地方，差点被雨林中的土著给扒了皮。就是在那里我第一次尝到土著吹箭的厉害，也知道指尖大小的箭毒蛙的厉害。

骑士临走前还点着我们的额头骂我们："王八蛋！真有本事！捅下这么大的娄子，佣兵内斗罪不至死，但你们知道规矩，犯了众怒我也不一定能保得了你们。"他说完转身出去了。紧接着我们便听到隔壁的指挥室内传来骑士拍桌子摔板凳的大叫："我不管那些白痴怎么想，谁动我的兵我剁谁的手……"

"我操！"我们几个在屋里摸着淤青的脸都笑了。

骑士和美国兵谈得怎样不知道，但我们在不见天日的小铁皮屋里待的日子可不少，还不给足够的饮水和食物，看样子这便是对我们的惩罚吧。虽然不知道我们待了多久，但大约在我们被关进来的第三天，便听到了巡航导弹从头顶飞过的声音。战争开始了！

"捣毁本·拉登的老巢。摧毁这个恐怖分子的武器装备。炸掉他的营地。从下到上消灭他的指挥机构。在他们吃饭、睡觉和祈祷的时候杀了他们。毁掉本·拉登珍视的一切。我要让他疲于奔命到连停下来呕吐的机会都没有。最后，当他一无所有的时候，击毙他。"大扩音器中传来一个陌生的声音，似乎在做战前动员，不过对于甘茵斯坦人，这便意味着入侵开始了。

"这个笨蛋是谁？"我坐在冰凉的砖地上拿砖头丢到边上走来走去的水鬼身边，这家伙的自制力不怎么样，尤其是和我们这几个受训保持冷静的狙击手待在一起。

"鬼才知道！我又不是美国人！"水鬼看到大家都坐在那里没有动，只有自己走来走去，只好耐下性子坐回地面上。

"听起来像个大官！"狼人笑笑搂着水鬼的肩膀让他坐下，用蹩脚的得克萨斯口音重复了刚才听到的话。

"拜托！绝不会是美国总统！如果他敢跑到甘茵斯坦来，我就改信摩门教。"刺客听着狼人的西部口音笑出声来。

"我看你是早就想加入摩门教了，听说他们最多能娶 25 个老婆！"我指着刺客的老二笑道，"如果加入了摩门教，你那个爱乱开枪的小东西可就没有精力实现嫖遍全球的梦想了。"

"哈哈哈!"我们几个笑成一团,只有刺客有点郁闷地提提裤裆。

"听起来你们很享受拥有自己娱乐的私人空间!"骑士的声音在外面响起,"那就继续!"说完脚步声便远去了。

"他妈的!一定是喇叭里的声音太大了,我才没有听到他的脚步声。"我好像看到自由又离我而去了。不过我没有太多时间为此懊悔,因为狼人他们已经扑过来将我压在了身下,疾风暴雨的拳脚中夹杂着"笨蛋"、"都怪你"、"还我自由"等咒骂的声音,而我只能怪自己没有动物一样的听觉,并咒骂那个军队播音员和演讲的美军将领,然后开始奋起还击……

接下去,不知是哪个混蛋出的主意,军方不知用什么办法把小黑屋完全隔绝了起来。声音、光线,甚至连气味都没有办法进到狭小的空间内。他们还利用不定时灯光照明模仿白天黑夜,来打乱我们原本规律的生物钟。这的确是个好办法,生物钟的紊乱影响内分泌,最直接的折磨便是严重的心理焦虑。

我是狙击手,受训在任何情况下控制情绪稳定,极度安静也是必修的功课,但也从来没有持续这么长时间过。这种状态继续下去,严重的话可以把人逼疯,不过好在我们关在一起的人多,还能互相逗乐,可是即便如此,到了最后,我们还是逐渐失去了说话的欲望。沉闷顺着空气冲进体腔挤压我的精神防线,在灵魂深处引起阵阵难以压抑的呕意。水鬼最早失去自制,开始撞击墙壁渴望解脱,然后是狼人开始急躁不安,等到刺客和我也心浮气躁时,骑士才打开门放我们出去。那"哐当"一声门栓响,像天使的号角一样令人兴奋。当清爽的空气冲进屋内驱散黏人的腥臊味时,泪水差点从我眼眶里冲出来。

走出密闭空间后,我们做的第一件事便是抓住边上的天才询问具体的日期和钟点。当天才告诉我们已经是十一月下旬的时候,我突然感觉仿佛什么东西从天而降将我箍了起来。从完全混沌的状态回到规律中来,让我对时间有了独特的体会。

"如果我以后说要自己一个人静静的话,记得踢我的屁股!"水鬼满脸泪水地狂叫着。

"你们应该感到幸运,他们没有把你们分开关起来。"天才偷偷蹑到我们身边低声说道,"一个人待在无声环境中,用不了半个月就会精神崩溃。"

"我的上帝呀!"走出牢笼后并没有让我们好过一些,我仿佛感觉到体内的自我要疯狂地冲破躯体的束缚融入到无限的自由中,那无法自持的欲望仿佛层层海浪强有力地冲击着灵魂的外壳。我拼命地摸,拼命地听,拼命地看,贪婪地享受着周遭的一切,希望能利用满足压抑奢糜的欲望。原来世界这么美好!

天才含笑给我们每人打了一针镇静剂,借用药力防止我们精神失控。我现在终于明白什么叫禁闭,也深深体会到怪不得这种惩罚能震慑人类最危险的暴力机器——军队了。

迷迷糊糊中,我记得骑士说了些训人的话,然后便把我们几个扔上了飞机,拉到了一片荒野中的营地。等我带着些许迷幻感走进略为扭曲的低矮土房时,看到的是大半个房间空空如也的床位,那个女记者的铺位在我的对面,原本欧洲人那没有血色的苍白面容被黝黑的肤色代替,只着内衣的佳丽正不顾形象地撕着脚底磨出的硬茧,而其他佣兵也没有了原先的饥渴相,各自拿着自己的武器,仿佛那才是他的情人。

"好久不见!"女记者把撕掉的脚皮放到眼前仔细地端详着,仿佛在看什么新奇的发明一样。

"嗯!"我应了一声,直接在她面前脱下了穿了两个多月的军装,从衣服里带出的臭气熏得女记者直皱眉头,抬头看我一眼但没有说话。我和刺客他们几个赤身裸体地走到这个山脚下小村庄的中心,那里有美军搭起的洗浴间,用空运来的净水洗了个热水澡后,那种精神冲动才在药力和慵懒的睡意中消失。

"嘿!没想到你还能回来,而且还是在杀了那么多人后。"我屁股还没坐稳,那名好奇的女记者便缠了上来。

"我也是!"我懒得理她,应付一句便想休息,可是在小屋关的时间过长,自由带来的兴奋感,连镇静剂也没有办法压下,刺客他们几个在床上也是翻来覆去睡不着。

"你就这样拿别人的东西?如果半夜他们回来呢?"女记者看我很自然地从旁边空出的床位上扯过一张毯子,略带意外地问道。

"无所谓!反正他现在不在这里,也许永远也回不来了!"镇静剂让我的警戒性降低了不少,也让我觉得眼前的女人无比亲切。

"越和你讲话,我越觉得你们很恐怖,不敢想像漠视生命到你们这种程度要经历什么样阵仗的磨练。"女记者杰丽的摄影师在边上插嘴道。

"你的话里似乎另有深意,你有什么内部消息吗?"女记者凑过来低声问道。

"我能有什么话?"我话音还没落,边上精神有点亢奋的水鬼却接了嘴说:"那还用说吗?如果不是缺人手,怎么会把我们几个放出来?"

"水鬼!少说两句没人把你当傻瓜。"刺客不愧是从无数磨难中蹚过来的老怪物,精神防线像钢铁一样坚硬,思绪仍非常清晰。

"你们不用装神弄鬼,我父亲也是军队高层,不说就算了,我不会去问他吗?"杰丽高傲地抬起下巴,一副无所谓的样子。

"是吗?你爸是美军的高层?麦尔斯?我对美军头目的名字还是有印象的,怎么不记得有姓这个的将领?"狼人一脸狐疑地问道。

"嗯……"杰丽看狼人把握十足的样子,像被抓了现形的窃贼一样低着头喃喃地承认道,"我只说是军队高层,没有说是美国。"

"弗兰克·麦尔斯是你爸?"狼人突然想到了一个名字。

"你怎么会知道?"杰丽·麦尔斯瞪大眼睛看着狼人,为他知道自己父亲的名字惊讶。

"我怎么会忘记那个爱吃牛角面包的大鼻子!"狼人笑出声来,看杰丽的眼神也变了,"我记得他离婚了,女儿随老婆回加拿大去了。"

"分居，分居！"女记者被狼人如此了解自己的家庭情况吓到了。

"你说的是谁？"刺客在队里待的时间比我和水鬼都长，不像我们对狼人所说的名字没有任何印象。

"弗兰克·麦尔斯，你忘了？法国那个空中机动师的二把手！1995年我们去穆克寻找失踪的八千多名穆斯林的那次……"狼人笑着提醒刺客。

"噢！我想起来了，1994年在图西被看到的尸体吓哭的中年人？"刺客想起他提到的人是谁了。

"嗨！"杰丽大声地制止刺客嘴角浮起的笑容，"那可是几十万死人堆成的尸山，漫山遍野的残尸谁见了都会害怕的。我看过战地照片，太恐怖了！除了丧心病狂的纳粹，没人能承受那样的精神打击。"

"呵呵！这种事情每天都有，少见多怪！"水鬼再一次不识相地插嘴。

"每天？怎么可能？那是继纳粹大屠杀后……"说到这里杰丽突然顿住了，"你们当时在场？难道……"

"不要乱猜，当然和我们没有关系！"刺客说到这里向我吐了吐舌，"不过第二次在穆克，看到堆满山沟的老少妇孺的时候，他的表现就好多了。"

听到这里边角正在擦枪的几个老佣兵哄笑起来，刺客看了他们一眼，扔过去一个会意的眼神。看样子这些家伙曾到过那里，只不过弄不清是帮谁打谁而已。

"既然你认识我父亲，那就是熟人了，透露点不为人知的消息吧。这几天他们只让我跟着后勤跑，我根本没有见到真正的战争场面。"看到说下去只有被当傻瓜的分儿上，杰丽放弃了为父亲的荣誉争辩，而改为争取些有用的信息。

"呵呵，作为战地记者，你可是够失败的！怪不得你老爸把你扔到美军中不管，你可真得历练历练了。我问你，打了都两个月了，美军报的战斗阵亡是多少？"

"五人负伤，零死亡！"

"打仗不死人？这几张空床便够写一篇了！"天才捧着食物走了进来，"美国人把全世界都当傻子？死的不是美国兵罢了！看看这些空出来的床位，他们中的大多数只是为了一张绿卡来了这里，可惜最后和美国无缘。"

"放我们出来干什么？"药效稍减，我感到头脑清醒了不少。虽然被关了两个月，但我们并没有放下体能锻炼，所以精神状态虽然不好，但身体状况还不错。

"总不是出来泡妞的！"天才放下吃的坐到我床上，"支援甘茵斯坦的圣战者越过巴基斯坦边境时每人要付1美元过境费，你知道最近边防所收入有多少吗？"

"九万七千多？"天才用中指弹了一下手里的战报，"还真有不怕死的，听说巴基斯坦的宗教学校最近要再派一万名伊斯兰学生志愿开赴甘茵斯坦。也许这便是你想要的内部消息！"

"怎么？要我们前去镇压？"水鬼有点自不量力了。

"五六个人去镇压一万人的志愿军？要去你去。傻蛋！"我把手里吃剩的巧克力扔向他的脑袋，意外的是他竟然没有躲过，看样子给他注射的镇静剂分量比较大。

"反学生军北方联盟正在攻打北方的昆都城，那里聚集了大约三万到三万五千的外籍圣战者。因为数目太大,北方联盟啃不下这么大的骨头,要求美军支援。"天才扔给我们几幅照片,上面是从天上拍的学生军阵地照片,有几张竟然是交火的场景。"我们只是负责战略物资的运送,补给线太靠近山区了,那里面藏有上万的北方残留部队。"

"没有悬念的战争!乏味!"狼人把照片扔到床上,"就这么点事?看来美军真的是人手不足了。"

"死了数百人了。"天才环视了一眼周围的空床位,"几支小的队伍甚至全军覆没了。甘茵斯坦的山洞真不是人钻的,前两天'血腥妖精'的几名武力搜索队员因为在山区迷路了,硬是被冻死在了雪区。唉!这么多大风大浪都挺过来了,他们却在甘茵斯坦这小阴沟翻了船。"

"嗨!出去找点乐子?"这时门外走进一个不认识的佣兵,对屋内正在擦枪的几位问道。

"好呀!这几天有那些胡子兵跟着,快把我憋死了!这下走了可算能让我们轻松一下了。你们去不去?"对面一个被烧坏了半张脸的佣兵扔下清理好的M4,拉着其他队友一起出去找乐子,还想怂恿我们也一起去。

"我们不去!你们玩得高兴点。"狼人摆摆手继续读自己的战报,那几个人看我们不愿意,便悻悻地结伙而去了。

"找乐子?找什么乐子?"杰丽看着离去的男人们奇怪地问道,"这荒郊野外有什么好玩的?"

我们几个看看她相视一下没有接话,有些事情还是不告诉她好一些。

"他们不会是去掳劫甘茵斯坦的女人吧?这里可是伊斯兰国家,他们这么做可是罪大恶极的,会引起众怒的。"有时候女人在这方面的敏感来得很不是时候,怎么现在变得这么聪明起来?

"找乐子不一定要找女人才行!"水鬼说完这一句可算栽倒在床上睡着了。

"上帝呀!什么意思?我要去看看!"杰丽不顾摄影师的阻拦,拿着摄像包光着脚便冲出了小屋。

"你不去跟着?她这一去可能就成了别人的'乐子'了。"我用手指捅捅边上束手无策的摄影师,看他吓得苍白的脸色心里觉得好笑。

"别吓他了!我走一趟吧。"狼人看样子和杰丽的父亲感情还不错,竟然在这种状态下还愿意出去惹麻烦。

看到摄影师如获大赦地跟着狼人走出了营帐,我换好作战服,喝了口清水漱漱口,便合衣躺到了床上。听着外面风吹戈壁沙子相互磨擦的沙沙声,我感觉心里无比踏实,原来噪音有时听起来也这么美好。

也许是镇静剂的作用,第二天清晨我竟然没有察觉杰丽是什么时候回来的。睁眼看到满脸泪痕的女记者,除了吓我一跳外,还让我在心里为自己降低的警惕性而狠狠地骂了自己几句。

"怎么回事?"我看着床头梨花带雨的美女,奇怪地问正在吃饭的狼人。狼人顿了下吃饭的动作,但终是没有停下来回答我,而是摇摇头继续吃自己的罐头。倒是那名摄影师递给我一部数码相机,我接过来调出里面的照片后便明白她为什么要哭了。图片中显示几名军人从野外的小村庄抓住了一家人,拳脚相加硬是把一名花甲老人活生生打死,然后把家中的母女两人绑在装甲车上轮奸,并逼着她们看着家中最小的孩子被架在火堆上烧烤个半死。由于是用夜视装备拍摄的,所以士兵的面容并不真切,但仍可以分辨出除了佣兵外,还有几名美军围观和参与了此事。一个富家千金大小姐,看到这种场景没有出毛病已经算她精神强韧了。

"他们最残忍的是在做了这些事后,还放走了那对母女。在有些伊斯兰国家除去面纱对女人都是极大的羞辱,失贞的女人更是死路一条。"女人捂着脸哽咽道,"战争不应该是这个样子的,不应该是这个样子的!他们连畜生都不如。'持久自由'?难道自由便是这么换来的吗?"

"嗨!它原本还要被命名为'正义无限'来着。"我看着门外走来的美军新闻官,把相机扔到床上,"柏拉图说过,从来没有一个好战争或坏和平!"

第一〇六章 正义无限(二)

黄沙依然被寒风包裹飞舞在历史悠久的文明古国上空,悠扬的颂经声依然带着真主的祝福庇护着亘古存在的土地。

坐在颠簸的军车里,我手把方向盘奔驰在无人的荒野中,原本放手驰骋的乐趣却被身边一触即发的危险所败坏,头顶上方穿梭不停的轰炸机编队带着巨大的噪音低空飞过。由于甘茵斯坦贫乏到可怜的防空系统对美军没有任何威胁,所以美国空军大胆放心地把退役的各种飞机都调了出来,如果不是怕丢了军事大国的面子,估计他们会连喷除虫药的农用机都给派过来。

"妈的!这群不用走路的王八蛋!炸了一夜也不累,昨天晚上十分钟一趟,吵得我都睡不着。现在又来,想补个觉都没办法。"托尔躺在我的车后,他是我车上的炮手,负责车载的陶式反坦克导弹发射站和六管机枪。

通向昆都的公路已经被封闭,北方联盟的士兵配合着美军把守着每一个交通要道。穿长袍扛 AK47 的反学生军联盟士兵看到我们的车队,都纷纷挥手示好,大群的孩子聚集在道路两旁对着美军欢呼,每次微笑赢得的是美军坦克上丢下的大把糖果。

"你看这帮家伙和学生军有什么不一样?"同行的是美国海军陆战队和加拿大的特种兵,我们现在的身份由助战部队提升到了军事顾问。说话的是我副驾驶位子上坐的陆战队士兵,后面还坐着一名美国兵,好笑的是她便是那名我见过面的叫唐唐的华裔女兵。

"最大的不同是,他们同样微笑挥手,但等我们走近也不会开枪。"我看了看身边这个刚从军校毕业的新生,带着金丝眼镜框的腼腆年轻人看起来就像个助理律师一样文质彬彬。听到托尔从车顶传来的回答,他似乎高兴地笑了笑。

"你笑什么?"我冷冷地打断他的欢欣。

"没什么,长官!"新丁听到我的声音赶忙收起了微笑紧张地看向窗外。虽然脸向外,不过他仍用眼角的余光跨过眼镜架瞄我,眼神中除了紧张还是紧张。

"你叫什么名字?二等兵!"我打量着这个清秀的小伙,甚至看到他战术背心胸前用来装工具钳的通用杂物袋里卷放着的一本《浮士德》。

"丹尼尔,长官!"二等兵丹尼尔听到我的问话,赶忙坐好回答我。

"那好!丹尼尔,你知道为什么其他士兵都不愿和你坐一辆车吗?"我仍语气不善地讲话。

"不知道，长官。"

"因为没人喜欢和一个拿着上膛步枪的家伙坐在同一辆车里，而且枪口还不是指着外面。你这个笨蛋！"我说完这句话冷不丁一巴掌扇在他的凯夫拉头盔上，没用什么力，却把他打得一头栽在了前控台上。

"对不起，长官！"丹尼尔扶着头盔坐好，赶紧把手中的 M4 枪口伸到了窗外，后面的女兵唐唐听到我的话，也很聪明地赶紧把枪口伸到窗外，然后脸红地偷偷向后视镜中看一眼，发现我看到她的小动作后，尴尬地低下头浅笑起来。

车子接近一个繁忙的检查站，那是山脚下一排低矮的土房，大约有八九间。十多个挎枪的反学生军联盟士兵穿着长袍在屋前哨卡边停靠的卡车队旁打排球，还有几个人躲在路边的战壕里从重机枪后面眯眼看着我们的到来。一切看起来都很平常，但不知为什么，我就是觉得不对劲。

我把车子拐到另一条车道上减慢速度，后面的狼人加快车速赶上我，从窗口探出头向我叫道："怎么了？车子出问题了？"

"没有！"我头也没回，只是看着前面的关卡回应道，"我只是在奇怪一个小哨卡用得着三十多个人把守吗？"

"没错！我也觉得奇怪。"水鬼在狼人车顶的炮塔中架着望远镜向对面观察着，"这里挨着山区，又是去昆都的必经之路，有问题不奇怪。"

"我感觉那个弹坑里似乎有人，但因为温度过低和地面的温差小，所以成像不清晰……"刺客用热成像装置探测后说道，"不过，那停着的车队中肯定藏着人。"

"发生什么事？"无线电中传来后面队伍中美军和加拿大部队上尉的询问。后面跟着的卡车不少，但多是司机，战斗人员少得可怜，只有 15 个人。

"等一下就知道了！"我拿起无线电让他们等着，"水鬼，对那个弹坑开一炮！"我对水鬼指了指哨卡后面的一连串弹坑中最大的那个，那些应该是美军轰炸山上的至高点时留下的。

"所有人做好战斗准备。"狼人作为此行的高级军事长官，拥有命令权。

"和谁？"无线电顿时一片混乱，军人还好，主要是后面的各国战地记者马上慌乱起来，各种奇怪的声音都跑出来了。不得不佩服的是，水鬼的榴弹炮还没落地，已经有扛着摄像机的记者冲到了队伍的前面。

"轰！"车窗挡住了气浪，声音从两侧挤进车内，像阵清风带走了车内原本的躁动。没有听到惨叫，便看到碎尸块从坑中被抛上半空，然后重重地摔回地上，又因肉体的弹性重新跳起，冒着热气铺了一地。

"现在你知道和谁了！"我话音未落，头顶上的机枪已经雷鸣般响起，一条弹道冲破火舌带着高温从我头顶射出，紧跟着，身边枪声大作，子弹像暴雨般泼向对面已经迅速卧倒的敌人。

战斗在瞬间展开，又在刹那结束，吉普森兄妹提供给我们的威力无比的小口径弹药，像雷神之锤将面前的一切轰成了碎片。悍马车后面的拖斗里放了十多万发子弹,通过由战斗机上使用的全自动无弹链弹药输导轨系统,可以直接由货舱传送到车顶炮塔,提供用之不尽的火力。但托尔根本不熟悉自己手里的武器性能,毫不知情的操作并没有将射速调低,弹药以每分钟一万发的高速喷射出去,超高的射速让你在射击时无法分辨出两次击发中的间隔,所以这喷火的怪兽发出的吼声就像重型混凝土钻孔机一样。

"喔——吼!爽呀!"托尔在为手中小家伙的巨大火力震惊的同时,也为敌人的悲惨下场和屠戮的畅快而欢欣雀跃起来。对面的敌人也有还击,但很快便被两挺"怪兽"的火力给吓坏了,他们尖叫着,哭喊着,拼命地压低身子缩进工事的深处,想躲过擦顶而过会爆炸的子弹。但当他们看到原本以为万无一失的坚固掩体像卫生纸一样被撕得碎屑乱飞时,人类绝望但又不甘心的本性让他们选择了做些什么——逃跑或冲锋。

但无论他们做出什么样的选择,结果都只有一个——粉身碎骨。那些冲出掩体的士兵,最后完整留在人世间的便是手里经典的 AK47 步枪了。

"停火!要留活口!"狼人在无线电中的吼声制止了所有人的火力。远处被炮火激起的灰尘散去后,剩下的除了废墟还是废墟。

"检查战场!"狼人发下这话的时候,除了久经战火的佣兵和少数老兵,其他新兵都相互看了半天才开始跑向已经凑到敌人阵地的"军事顾问"身后。

"这就是为什么美国人要雇佣佣兵。"我看着行动僵化、迟疑不定的新兵,如果不是经过专业的军事训练,估计他们早已经被脚下的血腥气熏得五脏翻天,连胆汁都吐出来了。

"危险清除!没有活口。"打头阵的"邪神"洛基从燃烧的卡车后面伸出拇指,其他士兵也做出了安全的手势。老兵仍在观察周围环境的时候,新兵们已经舒着长气收起了枪。

"还有人在那些屋里!"刺客指着更远一点的土屋说道。

"收到!我们来处理。"洛基还没有行动,走在前面的美国大兵已经迫不及待地冲到了屋前。

"不要莽撞!"美军的指挥官看到三名非裔年轻大兵准备破门,赶忙在无线电中喊道。

"年轻人!"我看着抬脚准备踹门的大个子摇摇头叹息道,"为他祈祷吧!"

"为什么?"后座的女兵把脑袋伸到前排看着远处的三人紧张极了。

"轰!"一声爆炸传来,踹门的大兵被炸飞出四五米远,倒在地上不动弹了,他身后那两名瞪着大眼寻觅敌人的掩护手也被气浪冲了个跟头。简陋的土屋被炸塌了半间,露出里面的内室,仍有一道门紧锁着。

"现在你明白为什么了!"我笑了笑,这种门上挂雷的小戏法,在中国每年八一建军节都要重播上一遍的《地雷战》中,是简单到弱智的常识了。美国大兵什么时候才能改掉到哪儿都横冲直撞的习惯?

"我的上帝!"女孩捂着嘴看着倒飞的战友愣住了,也许是第一次看到自己人受伤,也许是对自己归属的军队有太强的信心,她无法相信在这么简陋的地方竟然会瞬间炸翻三名武装到牙齿的美国海军陆战队精英。

"咚"一声,这次美军学聪明了,把新配置的破障弹调了上来,这种像枪榴弹的东西没有什么威力,只是用来破门。也只有美国这种人命值千金的国家会专门为了这种小事设计一种新武器。

"举起手!跪到地上……让我看到你的手,谁动谁死。"

"别开枪,别开枪!……"

"让我看到你的手……他妈的!听到了吗?你这个混蛋!……"

"砰!砰!……"

在美军冲进那个房间后,无线电中一阵混乱,最后以两声枪响给嘈杂画上了句号,接下去便是一阵无声的静默和急促的呼吸声。

"我说了让我看到他的手的!"无线电中再有信息传出时,便是一个年轻颤抖的声音。

"欢迎来到真实世界,孩子!"狼人对我笑了笑,自言自语道。

等到这些美军押着一队人从屋里走出来的时候,我和狼人他们才下了车和美加联盟的军官一起凑了过去,这时候那三名美军的救治也已经结束了,踹门的那个小伙已经挂了,一块门碎片扎进他的左眼,刺穿了大脑。而另外两个一个皮外伤,一个脱白。跟在身后的记者们冲着伤兵和死亡的学生军士兵一阵猛拍,他们绝没想到自己会碰到这种情况,这可是大新闻,光凭那些人的死状便可以写一篇了。

被抓出来的人排队躺在小屋外的土地上,几个美军士兵正在为自己的朋友"报仇",一阵拳打脚踢后,这些人除了天生的肤色外,已经看不清原本长什么样子了。

"不要打死了!"军官说了句话便去安慰伤兵了,而其他人则去阻止正在拍摄殴打战俘行为的记者。

"美军没有伤亡?是吗?"我翻开一块身边倒塌的土墙,在泥砖下面赫然压着一条血淋淋的小腿,而腿上套着的沙漠作战靴明明和边上其他美军穿的一模一样,地上还有块三角形的黑色碎块,上面还有记弹痕。我拾起来掂了掂,扔给边上的其他人,大家传阅过后递给了身后的美军士兵。

"是什么?"女记者杰丽也学我的样子掂了掂那块东西。

"轻武器防护插板!是拦截者防弹衣增强防护措施,插上这东西能抵挡863米/秒的7.62毫米口径子弹的射击。"我拉了拉她身上防弹衣后面的防弹板袋,敲了敲里面的陶瓷防弹板,"这东西顶得住一枪,顶不住十枪。不管这碎片是谁身上掉下来的,他是凶多吉少了!"

看了看身边的女兵唐唐身上的防弹衣,她穿的是M69型老式防弹背心,那是美军在越战中使用的防弹背心的改进型,重25磅,人穿上后行动十分不便,而且挡不住AK47的子弹。

"用老式步枪,穿老式防弹衣。看来你的人际关系也不怎么样嘛!"我冲着她笑了笑。一个受排挤的中国移民?我感觉到自己的好奇心开始蠢蠢欲动。

第一〇七章　志愿军（一）

　　"这是我自己的私事！谢谢你的关心，长官！"女兵听我提起这事，明显心里很不爽。边上的女记者用手肘捅捅我的腰，一脸坏笑地冲我眨眨眼说道："原来酷男也不是人人都喜欢嘛！"

　　看着眼前的女人，我顿时感觉到很无奈，这家伙也不去像其他记者一样抢拍战斗现场，而是抱着相机一直围着我们几个转，看向我们的那双贼溜溜的眼睛让我想起屠夫的名言："跟秃鹫走，坟场就不远了！"

　　"嘿！唐唐，过来！"美军一名少尉站在远处对这里招手，他身边是成排的大兵，端着枪正围着刚才从屋里抓到的俘虏。

　　"什么事？"唐唐抱着枪走了过去，和我坐一辆车的两名新兵，像保镖似的亦步亦趋地跟在她身后，直到她回头瞪了他们一眼，他们才识相地掉头走开。

　　"他们说的是中国话！"少尉指着地上蹲着的人说道，"你的中文最好，你来问吧！"

　　"什么？"原本不在意的我听到这话，惊讶地快步走了过去。在战时的甘茵斯坦抓到讲中国话的人，我脑中想到的除了是"阿尔泰"的恐怖分子，还有就是国内派来的"战况观察员"，其实说白了也就是情报人员，这我一定要听听。

　　"谁说国语？"女兵抱着长枪走了过去，用枪口顶顶盔沿露出眼睛，看着面前蹲着的二三十号俘虏问道。我站在她的身后看着面前跪在地上的男人们，地上蹲的不只是亚洲人，还有欧洲的白种人。从他们的衣着打扮上看，似乎都是穆斯林，只是不知是真是假。

　　"谁说国语？"唐唐问了两遍都没有人回话，这时一个用枪顶着俘虏的大兵，伸脚在一个没有胡子的年轻人后腰上踢了一脚，骂道："嗨，说话呀！刚才不就是你说的话吗？现在怎么不说话了？想死呀！"

　　"我是！"一个惊慌失措的年轻小伙子左手抱着头，举起另一只手颤抖着说道。

　　"你叫什么名字？来自什么地方？怎么到这里来的？你这些同伴的身份是什么？……"唐唐从口袋里抽出一张纸，照着上面的文字念起来。

　　"我……我……"小伙子抱着脑袋打断她的问话，"我……我记不住你的话，太快了！"

　　"那好，我重复一遍！……"唐唐又把要问的问题重复了一下。那个年轻人才记住了。

"我叫谭伟,是中国人。这些人我都不认识。我是一名德国留学生,我是汉族人,不是穆斯林,我来这里只是为了观光的……"年轻人有选择性地回答了唐唐的问话。很聪明!知道回避一些敏感的问题,只是介绍自己的身份和主张自己的权利。但他忘了这里不是警局而是战场,同样的目的,警察使用的是审讯,而军人使用的是刑讯,一字之差,性质却完全不同。

"观光?放屁!你已经不是第一个被老子逮到的中国人了,你们都是阿尔泰的成员,和基地组织是一路货。"一个美国大兵操着德语飞起一脚将他踢倒,"恐怖分子!就地枪决你一点问题都没有。"

"砰!砰!砰!"三枪点射在谭伟的面前,无情地指出他离死亡只有不远的距离。

"我不是,我不是!"年轻人拼命挣扎着站了起来,扑上去双手抓住面前的枪管举过头顶,失声惊叫着,"我只是不满美国的霸权主义,在学校和几个朋友饭后谈论起伊斯兰应该如何抵抗美军入侵,我们都只是军事发烧友而已。其中有个同学说他在甘茵斯坦有关系网,可以让我们来这里体验一下战争,所以我们就把它当成旅行过来了。到了这里我们便被扣住了,护照被没收,那些人迫使我们参加训练,说是在战争爆发时让我们参战,我有的同学拒绝后被以间谍罪吊死了,为了活命我只有答应他们,可是到现在我连枪都没有摸过。真的,我说的是真的!……不要杀我!不要杀我!……"

"谁带你来的?你那个同学在这些人中吗?"说到这里时我看到谭伟偷眼瞄了一下身边不远处跪着的一个穿白布长袍的卷发阿拉伯青年,在对上他阴狠的目光后把到了嘴边的话又吞回了肚子。

"看来有些人在场比较不合适问话。军士长!把他带走。"美军负责人指着那个阿拉伯人发话道。他话音未落,那个阿拉伯人猛然从地上弹起扑向向他走来的美军士兵,从袖子里抽出一把大马士革猎刀向美军士兵肚子捅去。

可是还没等刀触及那名军士长,他背后的士兵已经抢先一步举起 M4 步枪在他的后脑上狠狠地来了一枪托,力道之大竟将跪着的那人砸得一头栽进了沙土中,同时传来像椰子壳被敲开的清脆碎裂声,一块黑色的碎片从枪托上飞出,吓得那个大兵惊慌地抽回枪,心痛地检查起来。我搭眼扫了一下,斜面贴腮枪托使用的高强度工程塑料被强大的反作用力震裂,弹飞的是枪托内用于存放激光瞄准装置或其他要用电池的战术附件所用的 123A 电池的两个管状电池盒。

"有钱的小朋友呀!"我看着身边的唐唐笑了。

"怎么说?"杰丽收起了相机,刚被新闻官没收了存储卡的经验告诉她,面前这些画面,美军是不允许流出的。

"那家伙砸坏的枪托不是 M4 原配枪托,而是特制的,是专门提供给海豹突击队的,小朋友能搞到这种枪托不容易,应该花了不少钱。"我指着抱着裂了缝的枪托欲哭无泪的年轻小伙说道,"对于街上飚车的飞车党,一辆装了离心增压器和氮气加速系统的十八缸跑车,能爽得让他们兴奋得睡不着觉。对于使用 AR15 步枪的发烧友,这种增强型枪托便是他们的梦想之一。"

"那你干什么对着那个女兵笑？看上人家了？"杰丽蹲下身歪着头,看着被打倒在地一动不动的家伙,试图研究为什么他趴在那里不起来。

"别看了！他起不来了。"我抱着枪可惜地摇摇头。

"为什么？"

"如果你被人打碎了后脑壳,也是没有再爬起来的可能的。"我看着地上的年轻人,也许称他孩子更为合适,头上包裹的阿拉伯头巾并没有救他一命,只是延迟了血水洇透的速度。

"什么？你的意思是他已经死了？"杰丽瞪大眼睛看着我,不过随后便接受了这样的说法,因为没有更好的解释来圆面前的情景。不过让她更惊讶的是眼前所有人对地上的死人的态度,即使那些刚入伍的新兵也没有表现出任何不忍,所有人都非常平静地接受了一桩无谓的谋杀发生在眼前。

"嗨！乔,你逞什么狠角色？怎么样？把枪托砸坏了吧？活该！"在场的大兵没有人关心那个血流满面的孩子,更多的是把注意力投注在那个价值一千美金的枪托上。看到自己没有的东西被搞坏了,他们纷纷幸灾乐祸地指着那名叫乔的士兵嘲弄着。

那具仍有余温的尸体就那么静静地趴在躁动的土地上,映衬着投注其上的各色目光。

"太没人性了！"杰丽低下头吸吸鼻子,整理整理自己的情绪,抬起头时脸上又挂满了笑容,"算了,不说这些了,狗狼养的战争！你刚才在笑什么？"

"没什么！"

"说嘛！请你喝咖啡。我知道你喜欢！"杰丽打开随身携带的小密封瓶,浓郁的咖啡香便经由鼻腔钻进了我的心尖。

"顶级牙买加蓝山咖啡豆,非市场流通货。"我抽动鼻子努力将周围的香气收集进我的肺里慢慢消化,"你知道吗？我为了每年喝上这种极品咖啡,曾经替牙买加毒贩训练了一个营的专业枪手。可恼的是第二年那个笨蛋便被英国佬给抓住了,因为他给我的豆子是牙买加专门供给英国皇室的那批。你能搞到这种不是靠钱就能买到的东西,想来你家不只是富有而已了。"

"这么说来,我还不能一下子把这罐豆子给你,分匀提供也许能换更多的内部消息。"杰丽一脸的狡黠,没有一点刚从难过中强转过来的样子,"说吧！你为什么对着那个女孩笑？也许我可以替那个毒犯履行他未完的承诺。"

"女人太聪明不是好事！"我伸手接过她手里的"黑金",小心翼翼地装进口袋,然后才喜笑颜开地替她解释道,"你知道的,美国特种部队的单兵装备可以说是世界上最好的。目前,一名美国特种队员的单兵装备包括战斗装备、服装及日用品三大类,即使是普通队员也配备了 AM16 系列 5.56 毫米突击步枪,M9 多功能刺刀,手榴弹 2 枚,防毒面具,钢盔,防弹背心,急救包,夜视眼镜,化妆油,水壶或水袋,各种军服和口粮等,最少也有四十多件。

"各国军队仓库里的军火都是有新有旧。美国虽然是世界上最大的军事强国，虽然天天在报纸上看到美军换装各式武器，但它仍是一个很懂得节俭的国家。换装备替下的武器要么是编入了国民预备役手里，要么便是保留通用配件等待拼装。军人的武器是由军火管理员配发的，你看看那个女孩子身上的东西，全身上下都没有一样是好东西。尤其是身上那件 M69 型防弹背心，它是美军在越战中使用的防弹背心的改进型，重 25 磅，不光穿上后行动十分不便，而且挡不住 AK47 的子弹，和凯夫拉根本不是一个档次上的装备。手里的枪也是越战的 M16 改进型，虽然护木装得挺先进，但看固定枪托、准星和机匣，这把枪基本是用拆下来的旧零件组装而成。这些都说明这个女孩在军队中受到了某种程度的不公平待遇……"

"就为这个？也许她和仓库管理员的关系不太好吧。"杰丽对这个问题并不感兴趣。

"小姐，要当战地记者首先你应该了解一下有可能面对的致命武器。在军队中配备枪械的时候是要看个人体质的，如果把重机枪配给一位身高不足一米六的女性，我想你也就用不着我的提醒了。"我用手点指着周围士兵手里的武器，"那些男兵手里拿的柯尔特 MOD733，只有 60 公分，但唐唐手里的 M16A2，长 1 米，而且比前者重了三分之一。你不觉得应该颠倒过来装备才比较合适吗？"

"嗯……"杰丽看着粗长的步枪挂在唐唐瘦小的身体上，像竹竿上挂衣架一样显眼时，也有些同意我的说法了。

"'军营中的种族和性别歧视'？太老套的内容了，也不是什么吸引读者的题目，我需要更有震撼力的素材，不然就把豆子还给我。"女记者把手伸向我的胸口，欲将我装进战术背心内的密封罐抢回。

"OK，OK！"我赶忙护住胸前的"宝贝"，伸手从头盔内衬里卸下一块火柴盒大小的硬盘，"我是个公平的人，如果不能提供你满意的服务，我就不会收你东西了。别忘了，佣兵也是生意人。"

"这是什么？"杰丽接过我递给她的小硬盘，翻来覆去地打量，却没有弄清这个比存储卡厚一点的是什么。

"硬盘！"我从口袋里扯出一条数据线递给她，"用这种线进行数据传送，你最好找个好一点的电脑，不然系统承受不了这么大的数据吞吐。里面是我们前两天进昆都侦察的录像，有战斗场面和一些你平常看不到的东西。"

"谢谢！"女人飞快地把硬盘装进内衣的口袋里，全然不顾这个过程中敞胸露腹的画面，在身处一群长期经历战火、死亡、恐慌和寂寞的雄性动物中间，这一行为将会引起的后果远比秀色可餐这句场面话严重得多。等扣好衣服的女记者抬起头发现一圈的男人双眼冒火地投注在她身上的目光时，她才发现这些人已经不是前些日子在一起的绅士了。

面前跪着的俘虏的身份已经确定完毕了，这些人都是从外国怀着不同目的前来甘茵斯坦的圣战者。大多是伊斯兰信徒，也有的是被扣留的像谭伟一样怀着猎奇心理的志愿者。他们被学生军政府先以间谍罪收押，然后利用各种手段迫使他们答应协助作战。

眼前这群手无寸铁的战士听说是被打死的这批军人的后备队,由于前来帮助学生军的人太多,所以枪支不够用,这些人躲在屋里等外面有人死了,然后才有枪给他们用。

通过无线电从前方岗哨赶来的反学生军北方联盟负责人,在美军的重重监视下走了过来,后面跟随的民兵都被联军给拦在了远处,谁知道他们会不会突然给我们一家伙。美加联军的负责人和他蹲在一块,不知在议论什么。

身边响起一阵枪声,原来是记者为了拍些威武的照片,跑到远处的人群中去拍那些拿着枪的士兵,有的甚至给那些士兵美元,让当兵的放上一梭子。

在记者们的争相效仿下,前方顿时枪声一片,把车队后方不知发生什么事的驾驶员和作战部队纷纷给引了过来。等发现竟然是这种情况后,他们又纷纷咒骂着退了回去。

正在大家捂着耳朵阻挡身边巨大的枪声折磨时,突然一发炮弹带着尖厉的哨声落在了车队的正中间,将一辆十吨重的载重军车掀翻在地,被枪声吸引下车的幸运司机目瞪口呆地跪在地上看着眼前拦腰炸断的大卡车。

"炮袭!找掩护!"听着熟悉的哨声连接成的乐章,我拉着身边的新丁和记者扑倒在地后才把这句警告喊出口。

第一〇八章　志愿军(二)

"妈的!"在我被从地上震起又重重地摔回吃了满嘴沙后,除了把头更深地埋进黄土中颤抖外,我想不到人在性命操于上帝之手时的更佳反应。

"怎么回事?他妈的美国佬搞错了坐标吗?"刺客趴在我对面不远处抱着脑袋一边骂娘一边用手抱紧狙击枪,"这他妈的是150毫米的榴弹炮。"

炮弹不停地从天上落下,在车队周围爆炸,但打中车队的却屈指可数,大多数落在离我们二十米外的路旁,气浪掀翻了几辆悍马车,弹片炸伤了数名站在路中间的军人,他们死没死我是没有心情去注意了。

"像是俄罗斯D1,老毛子的东西劲儿比美国佬的足!"狼人的头盔被冲击波吹飞了,满头短发被黄沙填满看不出原来的颜色,他在炮轰的间隙跟在我们的身后跑离了车队,冲向不远处的掩体时叫道。

"只要打不着我,我管它是哪国的炮!"水鬼抱着脑袋从背后追了上来,以箭一样的速度超越大家,飞身跃起跳进了刚才向我们射击的民兵的散兵坑中。他刚跳下去便发出一声惊呼:"不要过来!"

等我们听见他这句话的时候,大家都已经奋身越过了所剩无几的掩体,落到了后面的散兵坑底。

等我们落到了坑底的时候,也已经用不着他再提醒我们发生了什么事——一颗未爆的152毫米炮弹就扎在散兵坑底的肉堆中。顾不得擦拭溅到脸上的血水,所有人都看着面前的"小可爱"傻了眼。

"你是对的,这确实是俄罗斯的D1火炮。"我愣愣地看着冒着热气的弹头,不知为何竟然回了狼人一句无关紧要的戏言。

"所有人都不要动!"最靠近炸弹的狼人轻轻地蹲下身,看了看弹头的屁股和被它击穿的尸体片刻后说道,"兄弟们!我有一个好消息和一个坏消息,要先听哪一个?"

"先说好消息!"刺客不敢动,扭动身体伸长脖子想看一下弹头的状态。

"好消息是这不是俄罗斯原装货,是重装的弹头,甘茵斯坦人的手艺有限,只有触发引信而没有时间引信。"狼人再从头到尾看了看这颗炸弹确定地说。

"坏消息呢?"

"坏消息是虽然不知道这颗炸弹为什么击穿了地上的尸体而没有爆炸,但如果引信没有故障的话,任何东西碰到它或它碰到任何东西都可能爆炸,而威力足够把我们都炸上天。下轮炮袭马上就到,我们却没有时间解决这东西。"狼人的话说完,大家也就只有一个选择了。

"出去!"我向身后的大兵挥挥手,"后面的先走,迅速、小心!"

话音未落第二轮炮袭已经开始了,大地再次人为地颤抖起来,一个站立姿势比较不稳的士兵被脚下颤动的土地晃得失去了平衡,面带惊恐双手乱抓地倒向面前的硕大弹头。

"我操!小心!"刺客一把抓住那家伙的后背包带,我在旁边伸出胳膊反手捞住他的脖子,可是这家伙背着的东西足有几十公斤重,加上自身的体重和现在晃动的地面,我们很难托住他。看着他的去势只是被减缓,整个人仍在向前倾倒时,坑里所有人都吓坏了,死亡的威胁迫使他们疯狂地冲了过来从旁抱住了这个家伙,或拼命地逃出这个散兵坑。

每次炮弹在不远处的地面上炸开时,我的前列腺便一阵痉挛,尿急的冲动顺着小腹冲上大脑。一个刚爬出坑沿的大兵被弹片削掉半截手臂跌回来时,所有其他想逃离这里的人都放弃了出去另寻庇护的念头,乖乖地和那颗可爱的未爆弹待在了一起。

"该死的空中支援还没有到吗?"狼人使劲把倾倒的大兵扯回来摔到坑壁上,冲着无线电兵抱怨道。

"来干什么?他妈的是哪儿向这里打炮我们都不知道。"我慢慢地把头探出坑沿,炮击覆盖范围并不大,但密集度挺高,轰击的持续性甚至比不上在非洲一些小国家遭受的炮击。但这里的炮击有一个和那些长年战乱国家相同的特点,那就是火炮口径的不统一。从爆炸威力和烟雾可以看出,从老式 76 毫米的山地炮到 152 的榴弹炮都有。

我从护目镜框中抽出数据线插进头盔的接口中,打开的弹道测算系统对准着弹点,护目镜中出现了条条白线,那是根据着弹点和参照物以及声场、力场、温差、风力等因素计算出的炮弹的飞行轨迹,最后核对全球电子定位数据得出发射地的坐标。

"天才!让美军把这个坐标的附近给轰平,然后再把那里的卫星图片传过来,那里有人炮轰我们。"我把坐标给天才,然后回头指着远处的丛山问身旁的美军,"那个最高的山头上是不是有个要塞?"

"是的!那里有学生军的一个制高点,它是我们攻打昆都之前第一个拿下的要塞,现在那里驻扎的是反学生军军阀杜塞姆斯将军的部队。"美军的情报官手按头盔凑了过来,向远处张望了一眼后,蹲回坑底缩着脖子说道。

"看来它已经不在那个家伙的手里了!"第三轮炮袭再一次由十公里外的山头扑了过来。这一次明显更加密集和猛烈,似乎对方刚到了批火炮部队一样。

"天才!怎么搞的?怎么火力支援还不来?我们快被炸烂了!我要是活着回去,非打跛你另一条腿不可。"我捂着耳机躲在坑底,敌人的炮越打越准,已有数发就

182

打在我们的坑边了,那枚未爆弹卡在放平的尸体中间摇摇晃晃的样子越看越让人心惊。

"我只是传信儿的,不是负责拉炮绳的。"天才声音里的轻松听起来让人既恼火又羡慕,"不过卫星图片已经到了,这是我能做得最快的了。"护目镜的显示屏上显示出卫星照片,很清晰地显示了远处山上的要塞顶视图,藏在要塞周围树丛中的每门炮旁站的填充手都可以看得清清楚楚。

"妈的个巴子的!"一发炮弹就落在不远处,大量的沙土从天而降砸在我头上,仿佛有人站在坑沿上想活埋我们一样。

"天上的父呀!愿人都尊你的名为圣。愿你的国降临,愿你的旨意行在地上,如同行在天上。免我们的债,如同我们免了别人的债。不叫我们遇见试探,救我们脱离险恶……"身边的唐唐和杰丽双手交握拱在胸前,随着每发炮弹的炸响颤抖地祈祷着。

其他士兵也跟在两人之后纷纷蹲在坑底开始祈祷,看了太多电影而抱着张狂梦想的士兵,在并不猛烈的炮火中上了身为陆战队士兵的第一堂课——什么叫步兵?那就是炮灰。

"食尸鬼!你有没有发现,这帮王八蛋越打越准?"狼人也不敢把头露出去,只好把枪口举起来利用瞄准具在护目镜上的投影观察外面的情况。边上的美国兵看我们奇怪的样子颇有些不习惯,也有多多少少能明白我们使用的装备的人开始发出艳羡的赞叹声。

"他们不可能有激光定位或 GPS 定位,一定有人就在这附近使用工具目测。"看着在第三次炮击中完全被摧毁的运输车队,我意识到对方有人在为炮兵修正弹道参数。我打开热成像器,想看看远处哪里有热能反应,但我的便携式热成像系统对于发热量较小的人体只在七公里内有效,还达不到坦克使用的那种大型机所能探测的距离,但即使这样,也已经足够探测到温度达到零下的山顶上那个可爱的小热点。

"我们需要更大的枪才可以打瞎那只眼!"枪口的激光测距仪测算出来的距离是 5.3 公里,但我们运输车队现在没有任何武器可以打到那个距离上。

"呼叫空军炸死他!"边上的美国大兵听到我们的话异口同声地接道。

我和水鬼他们相对一眼无言地笑了,美国人就是有钱,基层士兵都这么大手大脚,怪不得仗没打几天就花了上百亿。为了一个敌人叫空军炸,一把炸弹抛下来就是百万美金,如果美国不是碰到甘茵斯坦这种软脚虾,而是北国那种硬角色,耗上个几年的高强度战争,非把美国人耗到油都买不起。

正在我们几个为美国兵被惯坏的作战习惯感叹的时候,无线电中传来飞机驾驶员的应答,两个 F/A—18 战斗机抛下诱饵弹从山谷中低空掠过。果不其然,两发便携式地对空导弹从山头背面冲天而起,结果都击中了诱饵弹,顿时天上爆起几蓬火云。

在地对空导弹没有奏效后,便看到不少高射炮在天空拉出一片弹幕。落后的高射炮根本追不上美式的先进战机，两架"大黄蜂"轻松地一个俯冲，抛下两枚巨大的JSOW集束炸弹，炸弹慢悠悠地降至预定的高度后自动打开，射出数十甚至数百颗子炸弹，同大的覆盖范围炸平了整个山头，黑白相杂的烟雾从半山腰包住了半截山。等烟雾散去后，便看到熊熊的大火裹住了几乎没有林木的山顶。

"喔！"躲在路边地沟里的大兵们纷纷挥动着双手探出了路面，为拯救自己的航天英雄欢呼。

袭击我们的炮火在山顶被夷平后便戛然而止，可是大家都知道，山里除了那个基地，仍有大量的学生军武装藏在其中，所以没有人走出掩体。直到B-52"高空堡垒"编队扔下上万磅的炸弹地毯式地将临近的山脉都炸成焦土，来支援的M1A1主战坦克以及自行火炮编队等重武器部队上来，大家才从躲藏的路沟中爬出来。

清点人数后，我们知道联军在这次遇袭中伤了19人，只死了两人，而且都是货车司机。唐唐和那几个女兵面色煞白地互相搂抱着不停尖叫，如果说是欢呼，脸上却没有笑容；如果说是惊叫，声音中却充满喜悦。那个被我们大家从炮弹上拉回来的大兵，坐在地上握着拳头拼命用力，仿佛想将体内的恐惧强行挤出来似的。其他三十多名运输兵有的哭，有的笑，有的手握十字架跪在地上向上帝祈祷，而更多数的是和战友抱成一团互相安慰，互相鼓励，互相庆祝。

"呸！呸！"我边吐着嘴里的沙土，边走向车队中惟一完好的代步工具，我们自己的防弹悍马车，虽然创痕累累，但至少仍是辆整车。

"我的车！"狼人看到自己的悍马被重炮轰得只剩下一个前引擎盖和两个轮子后，摊着手大骂着。同样发出这样怒吼的是美军运输队的负责人，后面长长的被炸成火龙的车队预示了他的军事生涯已前途黯淡了。

"帮帮忙！"听到后边的声音我扭头一看，是杰丽正在拽她的摄影师。他运气不好，被身旁炸飞的刺铁丝网路障给罩住了，越挣扎铁丝网上的刺扎得越深，他已经痛晕过去了。

"帮帮忙！"杰丽手里拿着美军的大铁剪在绞铁丝，可是那个东西太重，她掌握不了，剪了几下都没有把铁丝给绞断，反倒把晕过去的摄影师的衣服剪出了几个口子，把她吓得再也不敢下手了。

"没问题！"看到自己的队友和爱车没有问题后，我的心情比刚才经受炮袭威胁的折磨时好多了。

我抽出胸前的军刀走了过去，对准绕在木桩上的铁丝像砍麻绳一样"咚咚"几刀将它剁成碎段，而锋利的刀刃连个小豁口也没留下。

"谢谢！"杰丽擦着脸上的泪水，将摄影师从路障铁丝网下缓缓拖了出来。在大家都挂伤和抢救伤员的时候，女士优先的绅士精神远没有女人能顶半边天更受人欢迎，所以没有人过来帮她。我也不愿在这种战时在一个无关紧要的女人身上花费精力，便将手里的军刀借她让她完成剩下的工作，自己回头去检查爱车的损毁程度。

等她好不容易将摄影师从铁网中拖出来送上医护车后，她才满手鲜血抽着鼻子拎着我的军刀来到我的面前。

"好刀！"杰丽对我削铁如泥的军刀留下了无尽的好感，把玩着有些不舍得还我。

"如果战争是地狱的话，那么你用的刀要比魔鬼的好。"我接回刀子笑了，"回头送你一把！"

"谢谢！"杰丽满脸都是沾满沙土的血水，看上去好像快要重伤不治似的，"这句话我喜欢！可以引用到我的报道中吗？"

"当然可以，只要你标注引自恰克·卡尔文的《戈博银色三叉戟战斗刀》就可以了！"我笑着扔给她从车内抽出的一本佣兵杂志，上面有介绍这把以海豹资格章命名的格斗刀的文章。

大路上陆续赶来的援军越来越多，身边的场面也越来越混乱。战斗部队开始在这个地方设防，美国的各种火炮开始比照着间谍机传来的GPS信号进行炮轰，但从反学生军联盟士兵的议论中可以听出，美军的这种炮击是没有什么效果的。顺着山势走向和各种山洞，学生军的藏兵可以轻易地躲过任何攻击并转移到山脉深处。

联军在陆军上将的命令下，展开了典型的美式搜山。地毯式的推进没有遭遇到任何抵抗，联军轻易便再次占领了被夷为废墟的要塞。在焦黑的山石上，架满了已经变形的各式火炮。上百具赤裸裸的尸体铺满了通向山顶的小道，烧焦的肉体在山顶的低温下已经结上了霜，黑白相间的一块一块，有点像圣·路易的巧克力糕点。

而炸弹的主要覆盖区，倒是一片干爽，没有雪也没有尸体，这里的一切都被炸弹的高温汽化了，只有要塞那里原本应该深埋在地下的奠基石，光秃秃地露出了地面。

"阿尔姆要塞已经有两千多年的历史了。"跟随在身后的一位满脸乌黑的记者说道，"这个要塞是亚历山大大帝当年修建的一个屯兵点改建成的，几千年的战火都没有撼动它崔巍的身躯，没想到今天……"

"老兄！"我拍拍这个有几分多愁善感文人气质的男人道，"你知道什么叫人类文明的进步吗？"

"什么？"男人看到五大三粗的我突兀地来这么一句，有点诧然。

"当现在的人们忙着破坏时，如果能意识到将来他将必须帮助重建这个他正在摧毁的文明，便已经是人类的进步了。"我看了看山脚下跟在军车后面的石油勘探车说道，"而在没有破坏前，便已经为将被摧毁的世界写好重生的企划书，这可是人类社会前进的一大步！"

戈博银色三叉戟战斗刀

这把刀的名字来自海豹部队的资格章——"三叉戟"。现在海豹部队的三叉戟是金色的,但以前的海豹资格章是银色的,所以这把刀被命名为银色三叉戟。

银色三叉戟采用了非对称的双刃设计,长6英寸(15.3cm),宽1~3/4英寸(4.5cm)。刀身采用154cm高碳不锈钢材,热处理达到HRC57~59的硬度。这样刀锋保持持久,也相对容易打磨,很结实,同时拥有在盐水环境下良好的抗腐蚀能力。刀刃表面经过了防反光处理。刀背尖端1~7/8英寸处和底部1/2英寸处保留了全部厚度以拥有强度,必要时用户可以用这部分撬东西。刀刃剩余的部分打磨得如剃刀般锋利。刀背底部的1~3/4英寸长度的锯齿用来切割绳子、渔网或其他纤维类物体。

手柄的末端安装了坚固的不锈钢尾帽,这个设计有很多用处,例如钉帐篷,做方向标,拯救行动时敲碎房子或者汽车的玻璃,制作点火点等,还可以用来钉钉子和封箱子。在野外生存时,可以用它来敲开坚果的硬壳或贝壳来获得食物,在水下敲打硬物发信号,甚至用它来填充塑胶炸药等等。

刀鞘设计用 Velcro 纽扣带固定在腰带上,你也可以用其他方法把它带在身体的其他部位,比如很多潜水员喜欢把刀带在腿上。刀鞘的正面有一个很大的附件袋,可以装各种小东西,像磨刀器、指南针、生存装备、信号器、Gerber Multi-Plier 复合工具钳,等等。

第一○九章　志愿军(三)

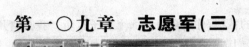

"嗨!我叫马克,马克·韦伯。"一个拎着 L85A1 的平头、满脸雀斑的英国皇家海军陆战队队员,拎着瓶可口可乐靠到我身边的悍马军车上,艳羡地看着我手里的 PSG 狙击枪。英国人的陆虎车队停在远处,十几个英国和加拿大军人正倚车看向这里,看来马克只是个打前站的。

"好枪呀!我能试试吗?"马克看着我手里的武器跃跃欲试道。他的话引起我身边的刺客和狼人他们的一阵轻笑,这些家伙已经是今天第三批前来试探的士兵了。武器交流是多国部队闲时打发时间的游戏,但低级佣兵队伍的武器都是美军提供的,没有新意可交流,这些家伙便把眼光瞄向了拥有独立武器系统的高级队伍。远处不少人正在打靶,大多使用的是从战场上缴获的俄式武器。

"当然!"我从车厢内抽出备用枪扔给了他,他虽然不乐意,但考虑到以后还要在一起共事,英国大兵便接过我的家伙,他的战友都围上来七嘴八舌地研究起来。

拉掉头上的保暖帽,挠挠头上发痒的文身,我觉得从寒冷的山顶回到山脚有种春回大地的感觉。供给线上频繁的遇袭让美军极为恼怒,前方部队因要求给养而在电话中粗鲁叫嚣的脏话,让直接负责的某些将军在听闻本次事故后爆发了。为了让自己的战士能吃饱饭,采取的措施便是五步一岗十步一哨地保证供给的安全,供给线上消耗了大量人力,就必然削弱了军队的战斗力,军方只能利用制空权增加空袭力度,反正为打着滚增加的军费头痛的是美国财政部。

不过,这不是我这个外人担心的问题。增加的军队和拨款让大家拥有了更好的吃喝和工资,不少原本在前面冒死作战的一线士兵来到这里后大呼轻松,眼前这些英国兵便是调来做运粮兵的好命鬼。

"这枪的构造和德国的原形枪不同。"英国皇家海军陆战队的狙击手怀抱 L96A1 狙击步枪,原本想熟练地拆解我的武器来显示一下自己的本领,脸没有露成,反而看着打开的枪膛露出了尴尬的表情。

"你们谁见过这种子弹?"一个加拿大枪手拿出从枪膛里退出的子弹放在眼前晃动,惊讶地看着里面的水银状液体。

"这枪好重呀!"

"看看这个瞄准镜!接口比我的随身电脑还多……"

"听说美国人都用佣兵来测试新武器的实战性,就像前两天刚发给那些佣兵的新型 XM8 步枪,听说便是将要替代 M16 的下一代战斗步枪。莫非这就是美国政府花费了数亿资金开发的陆地勇士单兵系统?"一群人抱着我扔给他们的枪研究半天也没有得出什么结论,最后又重新围到了我们的身旁,希望我能说一下关于这些奇怪东西的资料。

"关于武器的情报,你们可以向那个瘸子打听。我只管用!"我指着旁边正在和杰丽那些女记者们调笑的天才说道,但眼睛却看着远处地平线上出现的一支由十多辆集装箱车和推土机组成的队伍。在如此落后的地区,这样大规模的车队绝对不是平民可以调动的。我举起枪从瞄准具中看到,每辆卡车的后座上都挤满了持枪的北方联盟士兵。

"那是什么?"我对着边上的狼人问,"昨天晚上我就看到一队这样的卡车,从那个方向过来。他们这是拉什么东西?他们去的方向应该没有任何军用或民用设施的。"

"没错!那个方向只有一望无际的戈壁,他们把油跑光了也见不到任何建筑。"狼人躺在越野车前盖上的椅子里,用望远镜观察了片刻回答我。

"从车轮的形状看来,车子是满负荷行驶的。我比较好奇的是他们运的是什么。"水鬼剃了个光头,看上去年轻了不少。他正在清理刮进车顶重机枪管的沙子,手头没有望远镜便用陶 2B 导弹发射站进行观察。炮塔转动的样子仿佛他想攻击那支车队,引得边上正在休息的军人以为有突发状况,纷纷跑过来准备战斗。

"在看什么?"杰丽和天才拨开人群走了过来,看着接近的车队。

"不知道,一支车队。昨天跑了两趟了,只有推土机是盖不了房子的。"我用热成像观察发现,车子就像块装了轮子的红面包一样行驶在公路上,"里面装的是人!"

"用不透风的集装箱装人?"其他人听到我的话也纷纷打开热成像功能,没看两眼便发出一阵惊叹,"这里面有多少人啊!"

大伙纷纷调节频谱,希望能区分开不同的热源,仔细辨认到底有多少人被装在集装箱中。过了片刻,水鬼惊讶得叫出声来:"那里面最少也有 150 人。""20 尺的集装箱里塞上 150 个活人?"这让我想起了开往奥斯维辛的火车。

"他们没有想把车上的人活着运到目的地。"狼人肯定地说道,"如果有目的地的话。"

女记者杰丽用狼人的望远镜看完后,脸色煞白地说道:"不管车上拉的是什么人,这都是集体的屠杀。"在几番战斗后,被允许留在队伍中的随军记者只剩这姑奶奶一人了。

"啊哈!"天才看着远去的车队恍然大悟,"现在我明白为什么要我们把守这里,连头驴都不让放过了。他们有些事情要处理!"

"不去看看怎么回事吗?"杰丽看着我和狼人,似乎我们应该管管这事似的。

"我们不是警察!"狼人没有回答她问话的意思,我只好接了一句,毕竟这女人能搞到市面不流通的好多东西。

"必须有人管管这事!"杰丽虽然在战争中有所成长,但心中我们看似无聊的正义感仍根深蒂固,她明白自己一个人跟上去的后果,那便是一名记者在视线不清的情况下意外中枪身亡。

"算了吧!他们狗咬狗,关我们什么事?杀得越多,我们越省事。甘茵斯坦的所有监狱已经爆满。这些野蛮人都是恐怖分子,只有他们进了坟墓,世界和平才会得以保障。"边上的英美联军士兵在杰丽的眼神扫到自己的时候都纷纷躲掉,最后,一名小队长总结了所有人的心声。

"太……太……"杰丽看着热能探测器中集装箱的温度正在减弱,这说明里面的活人已经开始减少,再听到边上美国兵的"道理",让她有种身处地狱般的阴冷,"太残忍了!"

"杰丽!人命在战争中是不值一提的,尤其是内战产生的战俘。"我放下枪不再看那支开往地狱的车队,回头瞥了一眼站在车旁的女人,拿起身边的保温杯尝了口咖啡缓缓地说道,"因为战俘的命运是以他们本国政府的实力为依托的,失去了政府的庇护,即使被杀,也不会有人站出来为他们讨回权益。"

"有人说过:一个种群去攻击另一个,要么是为了掠夺对方的土地或财富,要么纯粹是要证明自己的优越,除此以外没有什么更好的理由。但是他们有同样的血缘、同样的历史、同样的信仰,为什么就不能共存呢?"杰丽满脸不解地看着我们队伍中站着的北方联盟士兵。

"哈哈!亲爱的杰丽,你长得这么漂亮,怎么不动动脑子呀?"水鬼从车里钻出来,一脸痞气地从后面拍了女记者的屁股一下,"历史上多少厮杀是发生在兄弟阅墙、同族相争之间的?杀戮是人的本性,所有宗教都为了约束它而设下种种条律,显然效果有限。"

"我仍然不敢相信,他们在全世界的注视下不顾死活地虐待这些战俘。看在上帝的分上,那足有上千人……"杰丽虽然走南闯北,但仍没有混到能见到这种我们认为司空见惯的场面的程度,"也许他们在什么地方盖了个秘密监狱,这些犯人是转移而已。你们都说了,甘茵斯坦的监狱已经爆满。"

"是吗?"水鬼看看表,满脸淫笑地向女记者提议,"现在是下午3点40分,等到晚上9点的时候,这些家伙就应该会回来,如果你能给我提供些特别服务,晚上我可以带你去看看。"

他的提议招来狼人和我的一阵狂踹,这种恶心的要求听起来就像钱债肉偿的感觉,真是有损我们这些精英在广大女性群众心目中的形象,看看边上其他女兵的反应就可以知道。

"杰丽,我可以带你去,不要你的肉体!"我按住水鬼的脖子,狼人在后面拼命地踹着他的屁股,刺客则在边上拿手巾摔他的脸……

"我也想去看……"边上一直跟着我的唐唐也凑了过来,炮袭对她的打击太大了,原本想悠闲地在甘茵斯坦待到役满的愿望被炮弹碎片击碎,从理想的缝隙中,她隐约看到了真实世界的轮廓,现在她想看得更清晰。

"也许我们应该再找两个,凑足四个,我们一人一个……"水鬼被我们三个压住,仍然色性不改……

甘茵斯坦贫瘠的土地在我们眼前展现了它的极致，像月球表面一样荒凉的平原上留着崭新的车辙，过分平整的沙面显示出不久前这里被人工处理过，半埋在黄沙之中的大量物件——念珠、毡帽、鞋子——告诉我们它下面掩盖的不是历史。黄沙上还有一道道推土机碾过之后留下的长长痕迹！不少野狗等食腐动物就在远处看着我们这些打扰它们进餐的不速之客。

"你想挖开看看吗?"我踢了一脚露出地面被啃得光秃秃的半截小臂，不小心却踩到了露出沙面还带肉的头骨差点滑倒，"这些人是活埋的，有不少差点爬了上来。可怜的家伙，再努点力就出来了。"

"呕——"后面的呕吐声说明这种程度的画面已经足够超越女性的承受能力了。

"我就知道那群穷家伙没钱盖监狱，看! 这样多省事。"刺客看着伸出沙面林立的手臂摇头感叹道，"不过，连子弹都想省了的后果就是这样，他们忽略了人的求生欲望有多大，看来他们不常活埋人。业余!"

"兄弟们，有朋自远方来!"狼人坐在车顶向我们叫道，"吼吼! 大手笔! 一天跑这么多趟，胆儿够大的。"

我趴上沙丘向狼人手指的方向看去，发现那支车队再次满载而来。他们已经发现我们，不少士兵已经从驾驶舱探出了头。

"我们不走?"杰丽看我们几个不上车，有点不可思议地问道。边上唐唐和另外几个女兵也一脸惊异。

"为什么要走?"我们把车子停成品字型，让一起来的托尔他们架好武器以防万一，"又不是外人，逃跑还会招人起疑。他们光凭眼看，可没有夜视装备。"

冬天夜晚的沙漠温度比雪原温度高不了多少，身上虽然穿着保温衣，但冷风仍像冰锥一样刺穿了外套。我们几个还好，都有雪原潜伏的经验，但边上的女兵就没有那么健壮了，一个个抱着枪不住地颤抖。虽然没有与敌人接火的经验，但她们毕竟是受过正规军事训练的士兵，无论从个人武力准备还是队形，都是无懈可击的。

车队慢慢地接近我们，上面的武装民兵早早地便跳下车，端着机枪先车队一步慢慢靠了过来。严密的 W 前进队形显示出优良的训练成果，手里的武器也不是破旧的 AK47 步枪，而是清一色的 M16 小口径，看样子这些人受过美军的训练。

"报上身份!"对方看到我们的军车便知道我们不是学生军士兵，所以只是远远叫了一嗓子。

"我们是海军陆战队武力搜救队的二等兵阿米利亚·唐和军事顾问。"从唐唐的话中我第一次知道她真正的名字。

"你们来这里干什么?"对方一名精通英语的士兵走过来核对我们的身份后，向身后挥手示意没有问题后问我们。唐唐听到他的话，没有立刻回答，而是抬头看向我和狼人，因为不管真假，这里我们的军衔要比她高出不少。

"有野兽把新鲜的肢体带到了我们驻地附近，我们以为是有自己人受到了袭击,所以前来查看。"我指着远处游荡着的食腐动物向他们解释。虽然我小时候不善于撒谎,但现在已经有所改观了。

"你们立刻离去!这里不是你们的管区。"对方口气不小,看样子在北方联盟里的官不小。但他不愿报官阶,只是说他叫纳叶尔。

"没有问题!"反正我已经达到了目的,杰丽应允给我们的各种条件已经赚到了,没有什么留下来的必要了。我们路过那些集装箱车旁时,可以清晰地听到里面急促敲打箱壁的声音,隐约还有吼叫声传出。从热成像器中可以看到,这些车内一半的人已经死去,只有上层还有几个发红的人形。

在我们经过最后一辆车旁时,司机正打开集装箱门让里面的人透透气,可是意想不到的是,无数尸体像死鱼一样从门缝中滑了出来,他们看上去全部都湿漉漉的,衣服被撕得粉碎,身上被抓咬得稀烂。开门的司机看到如洪水般涌出的尸体,吓得坐到地上掩面痛哭起来。

"上帝呀!"杰丽想要拍照但被阻止了,她也知道这里发生的一切都不被允许留下证据,任何可疑的动作都会给自己招来杀身之祸。责任和负罪感包裹在恐惧中从她眼角滑落,但她身边的女兵们却没有哭泣,原本抖动的目光反而更加坚定起来……

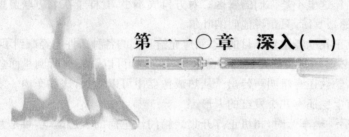

第一一○章 深入（一）

　　黑色，仍是凌晨时分的主色调。颠簸百十公里后的劳累并没有将所有人都拖入梦乡，坐在我身边的女人们脸上没有了以往的万种风情，蜡黄成了惊吓过度的体现。

　　"我有点怀念当娱乐记者的时光了！"月亮在无污染的天空中显得格外通透，不用望远镜便可以看到其上蜿蜒的月球山，水银泄地的明亮月光把冷风吹起的沙粒包裹成白色，在车灯的照射下如同飞雪般从车旁飘过，杰丽抱着双臂坐在后座上，看着窗外静静流动的沙面。

　　"为什么？因为那些人？"刺客抱着枪滑躺在她身旁的位置，双脚翘起搭在前排的椅背上，头盔盖在脸上让人以为他是在睡觉。

　　"不！是为了我失去的纯真。"杰丽单手插进额前的棕色发丝内，头顶车窗玻璃，闭上眼睑抽动地说道，"在意大利待了两年后，我便以为自己见到过世界上最肮脏的事，没想到……"说到这里她再也说不下去了，满脸悲痛地沉浸在自己的回忆中。

　　"小妞儿！你在这里看到的不是肮脏。"刺客顶起盔沿看着身边的女人说，"在华盛顿看到的才是！"

　　"那这里有的是什么？混乱、饥饿、疫病、血腥、暴力……死亡！"杰丽拿起自己的相机从电子取影器中翻看着存在相机硬盘中的照片，越看脸色越坏，泪水缓缓从眼角顺着鼻翼滑落。

　　"这些全都是……人类本性……所造成的结果。"刺客并不善于说教，但这并不代表他缺乏思考的能力。

　　"但这是为了什么？只是石油？钱？这太可耻了！"杰丽激动的样子让人对她的同情心肃然起敬。

　　"我记得几小时前有人刚说过：一个种群去攻击另一个，要么是为了掠夺对方的土地或财富，要么纯粹是要证明自己的优越，除此以外没有什么更好的理由。"刺客边说边用他的军靴后跟磕击坐在副驾驶位子的女兵唐唐的头盔，"这句话也许不适用于刚才看到的情况，但对于某些飞离家乡几千公里的人就再合适不过了。对吗？美国人！"

　　"我……"唐唐拨开他的脚扭过头，刚想回嘴，好像突然意识到什么，瞪着眼愣住了。

"想起你是美国人了?"我看着她无话可说地跌坐回座位上,明白了她是为什么而困惑。

唐唐摊开手歪着脸看着我,翻起的白眼表示出了她的无奈。

"既然你享受到了国籍带给你的荣耀,便同样应该担当起它带给你的责任,哪怕那些责任会让你难堪和失去性命。"我把肩上的美国国旗魔鬼粘扯了下来贴到她的身上,"我保证你当初换国籍的时候没有想到这点吧?"

车里出现了短暂的沉默,停了片刻我看到唐唐眼圈红了,雾气从眼底浮起,鼻子开始抽动,急促的吸气声让我想起了狼人养的那只美洲狮。可是等了半天,预期的哭声也没有出现,只是抽气声仍在继续。

"食尸鬼,你得想点办法。"刺客伸出脚在我的椅背上踹了一脚,震得我向前一趴差点栽到方向盘上。

"为什么?"

"因为这是你的'劳动成果'!嘴巴这么坏,我真不知道你是如何泡到 Redback 的。哦!我差点忘了,是她泡到你的。"刺客一脸坏笑地冲着后视镜做了个痛苦的脸色,伸着脖子呻吟道,"轻点,轻点!痛!……"

顿时,淫声荡语充斥车厢,车内原本心情正坏的两个女人马上变成了一副尴尬又忍俊不禁的表情。我听过队里所有人模仿他们从窃听器中得来的我的"初夜"实况,但从来没有人比刺客学得更像,甚至连我当时半生不熟的中国式英语咬字都模仿得丝毫不差。

"请——帮我扶着方向盘!"我非常客气地请唐唐从边上接手驾驶。

"不要帮他!"刺客猛地坐正身体,把脸凑到唐唐身边,"你不帮他,我告诉你一个 20 岁处男的故事。"

"我操!……"我顾不得什么安全驾驶,撒开方向盘扑向后座鬼叫不止的刺客。车内悲伤的气氛立刻被我们两人的叫骂和女人的尖叫声冲散。

"搞什么鬼!操……"

"会不会开车?想死呀?……"后面紧跟的车子里的狼人和水鬼纷纷从无线电中破口大骂。

"你在干什么?不想活了?快放开我!放开我!这甘茵斯坦地下可有一千多万颗地雷,你这么开车,万一碰上颗不长眼的,我们可就全完了!"刺客被我压在身下抱着脑袋笑得喘不过气,一边闪躲我的拳头一边打屁道。

"没关系!怕什么?不就是地雷吗?我们无敌的刺客害怕了?"我抱着他的脑袋使劲勒紧,但头盔撑住了胳膊无法给予他足够的力量造成疼痛,所以这家伙仍一脸贱笑地和我打哈哈。

"有本事你就向北开!那是最近的雷区。"刺客的话把边上的两个姑娘吓到了,她们发现同车的两个家伙竟然不正常后,第一个反应便是帮我踩下了刹车。

"你们两个有病!"这是两个女人在车一停下后发表的一致意见。

"你想往北走,来呀!怕你?"我正拍打他的头盔时,耳边的无线电响了:"阵地呼叫狼群！回答。阵地呼叫狼群！回答。"急促的呼叫声让我们几人的动作都停在了原处。

"狼群收到！"水鬼回应了联军的呼叫，"什么事？"

"你们是十七区吗？"接线生甜美的声音传来。

"没错！"

"有一支武力搜索队在十九区失去联系，军部要求所有附近单位前去支援，具体信息已经传送到你们的单兵系统中。"甜美的声音报告的却是麻烦。

"十九区？"我愣住了，因为那里并没有联军部队，"去那里不是深入山区吗？我们人手不多且离那里可不近，没有比我们更靠近的友军？"

"有！英国陆战队的一队狙击手正在那附近执行任务，但是他们只有一个班的人，我们需要你们立刻前去支援，其他单位随后就到。"

"收到！我们这就上路。"狼人的话音让我改变了行车的路线，调转方向奔十九区的深山开去。

"嗨，小姐！听你的口音是来自加州，对吗？那真是一个好地方，我打赌你一定喜欢穿着比基尼趴在沙滩上，涂上乳液把自己晒成小麦色。"水鬼听完通知竟然开始在无线电中泡起了妞儿。不过没有想到的是回应他的竟然不是刚才那个声音甜美的小姐，而变成了喉咙沙哑的男声。

"搞什么鬼？"男人的低声咒骂带着一股子英伦口音，"哪儿的王八蛋？"

"嗨！我的甜妞怎么变成臭男人了？"水鬼比对方还生气，"你个狗杂碎是谁？"

"我是英国皇家陆战队的达伦·费尔顿上尉。"看样子甜美的接线员已经把我们和远处的英军狙击分队接通了。

"我是你爸！"水鬼在无线电里骂了一句后便没有了声音。对方想大声叫骂，但估计位置不允许，只能尽量控制在适当的范围内提高音量表示自己的愤怒。但水鬼没有理他，让他一个人在那里傻傻地骂了半天。

"杰丽！你不是士兵，这趟'生意'太危险，我们没有精力照顾你。一会儿到了山脚，你就留在车上，等着支援部队过来就行了。"我指着远处越来越近的山峰告诉边上的女记者，"唐唐留下保护你。车厢后面有枪，如果不会用就让唐唐教你，任何人接近，只要不报明身份便开枪，明白吗？"

"我会开枪！"杰丽听着刺客和唐唐整理武器的声音坐直了身体，紧张让她暂时抛开了刚才看到的惨剧所带来的悲愤。

"我要和你们一起。"唐唐在杰丽说话的同时也叫出了声，"我可以作战，这也是我来这里的原因……"

"闭嘴！二等兵。这是命令！"虽然我臂上的中尉军衔是骑士胡乱从军部要的，但在部队里无条件地服从是真理，所以这东西让我得到了不少好处，尤其是命令他人的权力。看着唐唐张着嘴没话说的样子，那感觉真是让人舒服极了，下次一定让他们给我要个校级军衔。

"又不是我们国家的军官，横什么……"唐唐不敢正面和我起冲突，但在下面唠叨两声的胆量还是有的。

"我们是为了你好，小妞儿！"刺客压低枪管敲了敲唐唐的头盔说道，"你脸长得也不赖，如果被打烂半边就不好了！"

"我是士兵！来甘茵斯坦就是为国作战的。我不怕死！"唐唐气势很足地瞪着眼睛对我抱怨。

"奇怪！是我打的头和你说话，你看他干什么？"刺客从后面伸出手捞住唐唐的脸，迫使她向后转头对准自己，"是不是看上他了？嗯？我告诉你，他已经有主了，他婆娘可是个狠角色，我都不敢招惹的。不过我还是单身贵族，如果想'打仗'的话，来找我吧！我可以向你保证，我'火力'十足。"

"我可以告你骚扰的，长官！"唐唐凶狠地甩开刺客的纠缠正告他。

"嘿嘿！食尸鬼，他要告我骚扰。哈哈哈！"刺客听到她的威胁放声大笑起来，仿佛从没有听过这么可笑的事一样，我知道这家伙肯定还有下文，便没有接茬。

"你知道吗？小婊子！就算我现在干了你，你以为谁会帮你？我战友？还是边上这个棕发的小娘们？嗯？"刺客一把揪住唐唐的衣领拉到脸前，面目狰狞地骂道，"她敢吱声我连她一起干了，然后把你们两个杀了扔在这大沙漠里，你以为谁会为你讨回公道？你的国家？不，你还不是美国国籍，他们没有义务。你的长官？不，不，不，他正跟自己甜美的打字员调着情呢。军营里的同胞？不，他们大部分是来自日本……现在你来告诉我，谁能帮你？……"

"我……"刺客的话正好击中了唐唐心中最脆弱的一环，意志瞬间便被击溃，原本愤怒的眼神成了恐惧，不敢和刺客凶狠的目光相碰。

"够了！刺客，别闹她了！"刺客的老练不是唐唐这种菜鸟所能应付的，再听下去她非精神崩溃不可。

"尻！你急什么？不管以前处在哪个政府的统治下，反正现在她都不再是中国人了。"刺客正说到兴头上。挖掘别人内心的恐惧不止是屠夫一个人的嗜好。

"她和我仍是同宗同源。"说到这里我看了看身边脸色苍白的小女孩，"都是炎黄子孙。"

"人家可是台湾人，不一定承认这个。"

"放屁！你才是数典忘祖的杂种。呸！"听到这里的唐唐不知从哪来的勇气，竟然猛地扭过头，一口唾沫啐到了刺客的脸上，刚才闪烁不定的目光也炯炯有神。

"哈哈！"我看着满脸难以置信的刺客笑了，"伙计，民族归属感不在政治范围，它流淌在我们的血液里，烙印在彼此的灵魂中。无论何时何地，都无法改变。即使与整个阿拉伯世界为敌，你们犹太人最终不是仍抢回了祖先诞生的土地吗？当年你们怎么向世界解释来着，你忘了吗？"

"祖先在召唤我们回家。我记性很好……"刺客说到这里也没有了刚才捉弄人的兴致，手摸胸前标有六芒星的老式军牌道，"两千年来犹太族遭受了太多的不公与残暴，如果不是种族的凝聚力，恐怕我们已经被灭种了。"

"我们也是！"我笑着指了指唐唐和自己。

"所有幸存的种族都是！"一直没有言语的杰丽·麦尔斯突然插嘴，"没有向心力的种族都已经被消灭了。想想刚才在沙漠里看到的那群自相残杀的甘茵斯坦人，真是可怜、可叹、可悲呀！"

"那些人大多是外国来的志愿军，印尼人、马来人、中国人、俄国人。他们认为自己是在驱逐侵略者，你可以这样想，如果这能让你好过一些的话。"

"也许吧！"女记者又开始心不在焉起来。

车子还没有开到黑乎乎的山脚下，远处已经响起了直升机的螺旋桨声。听起来就在不远处盘旋，但在夜色的掩盖下，只能看到一团黑乎乎的影子。

"他们来得挺快！"刺客的话音未落，一张火箭弹网便如同天降火流星扑面而来。刚开始我还以为是飞机的指示灯，等发现这红光屁股后面还带着烟的时候，火网已经在我们车旁炸开了。

坐在车中的我先听到沙粒和弹片击打在挡风玻璃上的刮响，然后是玻璃破碎、钢铁扭曲的声音。冷风还没来得及吹进驾驶室，我就感觉车头猛地被掀起，身体后仰，胸前的子弹带沉坠得压在胸前，膝盖重重地磕在了方向盘下方，虽然有冬装军裤顶着，可是骨头上的钻心疼痛，仍逼出我一头冷汗。

爆炸瞬间便结束了，重归平静的沙漠让人误以为刚才只是偶尔刮过的一阵大风而已，金鸡独立的巨大车身保持微妙的平衡倒立了片刻，便轰然侧躺在了沙漠中，没系安全带的我滚过悍马巨大的中控台，重重地摔在副驾驶位的唐唐身上。全副武装的我加上自重，足有一百公斤，砸得瘦弱纤细的唐唐发出"哎哟"一声呻吟便闭过气去了。

大头朝下地撞在车内的金属支撑架上后，头盔保住了我的脑袋没有被撞破，但我听到脖子里面的骨头轻脆地响了一声，心中一惊！我下意识地顾不得身处何境，奋力甩动四肢扑腾起来。等感觉到四肢撞击硬物传来的疼痛，"瘫痪"这个恐怖的字眼才顺着汩汩的汗水从我体内流出。

"怎么回事？"我掏出枪射穿了头顶的车窗，然后拉着窗口引体向上爬出了车舱。等我连滚带爬地从沙子里站起身的时候，一架老式的米25直升机头朝下栽到了不远处的沙地上。

"怎么回事？"剧烈爆炸燃起的火团照亮了失去灯光的前路。

"到底是怎么回事？他妈的！"我声音未落，身后刚从沙中爬起的狼人发出了同样的咒骂。

"射击我们的直升机自己掉了下来？"水鬼从燃烧的军车旁站起，满脸都是沙子。

"找掩护！建立防线！"狼人打断大家的猜测叫道，"有人受伤吗？"

逃命时来不及拿长枪的我赶紧躲在一座小沙丘后面，握着手枪面对黑漆漆的夜幕。因为我同样发现远处有几个黑影在向我们这个方向移动。

"我很好！"我先自检了一遍，"只是失去了枪和头盔。"

"我也是！"刺客正在倾倒的车内努力帮助杰丽向外逃。

"我受了点轻伤，但没有关系！"水鬼看了眼身边只剩底盘的军车，摸了摸被汽车

196

碎片削飞的背包和大片的军服,借着火光我可以看到他背上的皮肤也被削飞了一条,黑红的血水顺着背流进了腰带内,"但我同车的一名记者和两名美国兵完了。"

"把陶式导弹从车上卸下来!"狼人手里有机枪和望远镜,"我们有'玩伴'了!"

我赶紧跑向横七竖八倒在地上的军车旁,打开固定件把陶式反坦克导弹从发射塔上卸了下来,扛在肩上深一脚浅一脚地跑回了原本藏身的沙丘。

"学生军还有直升机?"我趴在地上打开陶式反坦克工作站的红外观察镜,远处几辆杂牌坦克正编队向山里行进,其中三辆已经掉转方向成"品"字形向我这边开来。

"听说有五架老式的米25直升机。"水鬼顾不得后背少的那块皮,扛着"标枪"式反坦克导弹跑了过来,趴到了我左下方的沙坑中。

"哈!我们真幸运,五分之一的几率分配到数万军队中竟被我们撞中,真应该去买六合彩。"我打开陶式反坦克工作站的单兵支架,将它沉重的发射部架好,"不过,我不明白的是这东西怎么会自己无故掉下来?"

"俄罗斯出口的米25只有可安装支架,这些飞机上的火箭发射筒是自装的,在这种夜色下仍清晰可见尾烟,绝对是重型火箭弹,不过这类重型火箭弹只有经验丰富的飞行员才会用它,因为火箭弹飞出去时产生的尾焰浓烟会包住机身,导致发动机吸入废气而停转。"唐唐好不容易从车窗爬出,刺客蹲在打开的车门上从后车厢取出反装甲武器扔给杰丽,让她传递给其他军人,"显然这架机上的驾驶员经验并不丰富。"

"听着!这些坦克一旦进入射程便开火,射击后立刻转移阵地。其他人分散开保持掩护姿势,否则他们一炮就可以将我们全部消灭了。"狼人接过刺客拖过来的"标枪"重型导弹后说道。

"咚!"一声炮响,其中一辆比较先进,看起来有点像T72M的主战坦克率先在三公里外开炮射击,而其他性能落后的T54和T62则继续推进。听到炮声和炮弹着地间的时差是最令人恐惧的时刻,因为你不知道那该死的炮弹会落在什么地方。这种提心吊胆的感觉会让人产生身边空气动荡的错觉,似乎那看不见的铁块正排开空气向你飞来。这错觉又加深了恐怖的程度,直到爆炸声伴随着惨叫轰然响起,那颗提到喉口的心才掉回肚里。这次我依然幸运,炮弹打在了燃烧的军车照亮的地带,一个刚从四脚朝天的悍马中挣扎着钻出的美国兵还没跑出两步,便被炸开的车门从背后削碎了上半身,两只脚在跑出一米远后才"扑通"一声摔在沙面上,孤单地冒着热气。

"不要看着你的导弹,要看目标。"狼人的声音提醒我,"陶2是红外线半自动制导的老式导弹,你要用瞄准具对准目标才能击中。"

听到他的话我才想起以前在教科书中提到的东西,赶紧把制导瞄准具调回远处发光的T72M身上,这时在空中转了半天的弹体才拖着尾巴飞向目标。火光闪现,T72M被击中了正面,没有挂装反应装甲的主战坦克在可以击穿500毫米的重型反坦克导弹打击下,像炮仗炸开的火柴盒一样全身冒火、四下飞散。

二战中的美国士兵曾说过:"面对钢铁怪兽的坦克,再强壮的士兵也只能趴下颤抖。"相比那时我们应该感觉到幸运,因为我们手中有了屠龙的宝剑,也许脆弱,也并不锋利,但它让我们不再感觉渺小!

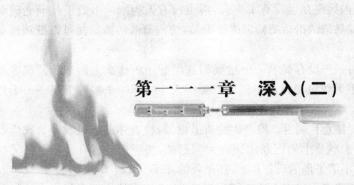

第一一一章　深入（二）

"哟吼！"看着远处炸开的步兵天敌、钢铁堡垒，几个趴在沙丘后面的美国大兵禁不住欢呼起来。毕竟坦克作为步兵天敌的传说已经深深烙印在每个陆军士兵的心中。见了屁股后面冒烟的就快跑，被小股步兵奉为圣旨真理。如今，亲身感受到科技差距带来的生死之别后，幸存的希望又重新在他们心中燃起。

"快转移！转移阵地！"在狼群里待的时间长了，还真不习惯看到战场上竟然有人比我还迟钝，我不得不伸手拉住身边女兵肩上的救生带，把正在欢呼的"小甜妞"拖离了已经暴露的发射点。

还没跑出两步，重型车队奔驰引起的大地微震便静止了，我知道这意味着逃离阵地的时间所剩无几了，于是越发拼命地蹬地希望自己能飞跃而起远离身处之地。松软的沙地让人感觉如同跑在口香糖上一样，扛着百十公斤的发射站更是没有可能跑得快。即使这样，背着大包的唐唐也落后我五米之遥。

"嘭！轰！轰！轰！"刚才所隐匿的沙丘被炮弹贯穿，巨大的沙浪夹杂着浓烟从屁股后面席卷而来。顾不上肩头的武器，抛下负担我便一头栽进了沙土中。沙浪从我背上袭来，兜住头盔的外沿拼命地向前拽，下巴的头盔固定带勒在喉结上方切断了气管通畅，憋得我无法呼吸，仿佛有人抠着盔沿想把我脑袋从脖子上拔下来似的。

接连不断的炮击在四周爆开，气浪一波高过一波。头盔越勒越紧，过度缺氧让我感觉自己的脸皮发麻发胀，不用照镜子都能猜出自己现在脸色一定是"紫气东来"，"祥瑞"得不得了。短短几十秒的炮袭如同几个世纪一样久，怎么也结束不了了。原本以为自己可以挺过这一阵的意志越来越松动，手指也开始拼命地在盔带上抠扯起来，想把这要命的东西解开。终于解开了后，气还没喘匀，冲击波又钻进了松开的盔缝，像吹风筝一样把它带上了高空。

拥有时不珍惜，失去了才觉得后悔。这句话用在这时虽然有点意境不符，但的确是我此刻心中所想，尤其是在沙石像小刀一样刮着裸露在外的头皮后。

"空中支援呢？"我在无线电中大声咒骂着，"学生军的飞机都到了，他们还不到？操！"

"呸呸！我他妈的怎么会知道！"听起来狼人也处于黄沙埋身的惨状中，"老子都能看见哈迪斯的地府长什么样了。"

刚才呼唤的美国兵现在也没有了声音,再也没有人为刚才击毁了几辆老破车高兴了,一个个像鸵鸟似的拼命把脑袋往沙里钻,仿佛薄薄的沙层便可以抵挡致命的炮弹一样。

"美国佬……可……没有警示……过我们这里有……这么大的车队。"刺客的声音断断续续,似乎无线电通讯出了问题,"美国人……那一千多颗卫星……干什么用的……"

"注意!刺客。注意!刺客。检查你的通讯设备,检查你的通讯设备。我听不清你说什么。"我按着喉节上的振动式话筒大叫起来,边叫边检查自己腰上的无线电接收器。我也弄不清是他的设备坏了,还是我的坏了。

"该死!"刺客的声音在炮声中消失了片刻后,重又清晰地出现在频道中,"兄弟们!卫星传输电台没来得及弄下车,看样子成炮灰了。大家把单兵电台从被动模式调成主动模式吧!"

"操!这样的话我们的通话范围不就局限在 30 公里内了?"我把无线电从被动调成主动模式后,大家的声音开始逐渐清晰起来。

就在我调好无线电后,坦克的炮声意外地戛然而止,我担心对方停炮是开始向这里挺进,于是拿过趴在我身边的唐唐的望远镜快速爬到坡顶,伸头向远处观察,透过没有夜视仪和热成像的普通望远镜,除了几个红点,其余黑乎乎的什么也看不到。破东西!我在心中咒骂着又滚回坡下,在沙面上寻觅了半天才找到已被沙子掩埋过顶的陶式发射站。等我费劲地把它拖到坡顶架好再看时,对面远处的坦克已经调转车头,沿着车队远去的车辙快速驶离了这里。夜幕中,只剩下被击毁的四辆老式坦克冒着烟在远处"呻吟"。

"怎么回事?这些混蛋竟然跑了?"狼人刚把反坦克导弹重新装弹,还没来得及架好,听到我的话同样不可思议地抱着望远镜冲上了沙丘。

"简直不敢相信!"狼人坐回沙面上,回头看了看身后熊熊燃烧的车队,"我们这是死里逃生呀!"

"没错!奥丁大神保佑。刚才差点要了我的小命,咱们怎么这么倒霉?竟然碰到学生军压箱底的家伙?"托尔提着一个瘦小的美国兵从沙子里钻了出来,随手将他向地上一扔,便瘫坐在那里。

"太奇怪了!他们要是冲过来,我们顶多再打掉两辆坦克,他们那么多人搞定我们简直易如反掌。看看食尸鬼那家伙,竟然连把长枪都没有。难道他打算用手枪干掉一个坦克营的重型部队?"刺客抱着枪从远处的黑暗中凑了过来,来到车队近前,看着燃烧的军车和我手里可怜的 MK23,摇摇头笑了。

"确实!"我看看自己手里的手枪,"我还没有开始为战死害怕,这些人就跑了!是不是有人在后面追他们?"

"不太像!"狼人一直在观察这无法理解的奇怪现象,过了好半天才肯定对方的确走了,但他仍不愿背对已经无人的敌方战线。

既然脱离了危险,我眼下的当务之急便是去为自己弄枝枪。幸好我自己的车

200

只是被炮弹掀翻了而已,虽然少了一半,但后面的屁股仍在。深一脚浅一脚地跑到那半截后斗边,里面多数东西已经不知哪里去了,压在车下的武器中也只有TAC-50的枪管仍是直的。

"我们伤亡重吗?"我整理好武器才开始关注那些美国兵的死活。

"全在这儿了!"水鬼满脸血但却没有伤口,看来和他同车的"乘客"都"自然分解"了。我数了数面前的人,除了四个叫不上名字的美国兵,其他都是熟人。

"二十一人剩十个半,这种情况下已经挺不错的了!"我拍拍正看着地上挣扎在死亡边缘的伤兵发呆的唐唐。

"他受伤了! 需要医治。怎么办?"唐唐看着齐腰断掉却仍未断气的战友慌乱地抓住狼人的胳膊摇着,急得双眼含泪五官挤成了一团。狼人看着地上稳死的二等兵后,扫了眼另几名面色苍白的美国军人,抽枪便要替这个可怜人结束痛苦,却被边上唐唐等人拉住了手。

"你不能这么做!"肩部挂彩的杰丽早已趴在旁边吐了半天,因为正好有段肠子掉在了她的眼前。

"他的动脉血管被高温烧焦封闭住了,不会有大出血症状。我们就看着他痛死吧!"狼人收起枪的动作让眼巴巴速求一死的伤兵徒然激动起来,可是失血过多的他张张嘴却说不清话,只能勉强挤出一句:"给……我! 给……"

在狼人收起枪后,在场的人都看着地上的伤员无言相对起来,除了风吹过烧得正旺的军车时引动火焰的呼呼声,就只有那人露在外面的肠子蠕动时产生的"吧唧吧唧"的粘连声,这样的声音在静无声息的夜空中喷洒着一种叫恶心的感觉。

"结束他的痛苦吧! 能不能不要那么暴力?"破烂的大肠里泄露出熟悉的臭气,给人多了一种温热的感觉。在看着战友肠子散发的几秒钟热气后,唐唐等人便改变了主意。

"我来吧!"我拨拉开人群走到了那个伤兵的面前,从衣领下抠出一颗不大的胶囊在他眼前晃了晃,"这是氰化物,吃下去便会死,但很痛苦。"我又拿出一只吗啡在他面前晃了晃,"这是一只吗啡,我给你颈部注射后,你就会陷入昏迷,然后我会给你放血,你不会感到疼痛,在梦中便到了天国。"

伤兵的眼神在我手中的两种药物上打转,那为难的表情让我感觉自己很残忍。让一个不想归去的人挑选自己的死法,比亲手解决敌人要更刺痛我的灵魂。剧烈的痛苦没有给他时间仔细考虑,迫使他的眼神停在了氰化物上。

我把药丸放在了他的牙关,示意他如果准备好了便可以去了。他感激地看了看我,但仍下不了决心合上牙关。他颤抖着留恋身边的一切,那目光几近贪婪。但当最后从大家眸光反射中看到自己恐怖的残躯时,他终于绝望了,也醒悟了。

他合上了嘴,氰化物强烈的反应没有出现在他的脸上,缓缓地,如同沉浸在瑰丽的夜色中,他的眼神舒展了!

看着星光代替了他眼中的神采,我伸手扫合住他的眼睑,把士兵牌扯下来递给身后的唐唐,然后没话找话地对其他人说道:"好了! 既然我们和基地失去了联系,看在上帝的分上,告诉我山里要寻找的那支武力搜索队的频段是多少好吗?"

沉默!

"那附近的英国佬呢?"

还是沉默!

"OK!我们没有了卫星电台,没有车,也没有了水。而基地在两百里外,任务目标位置不明。"我感觉脚底下粘粘的,抬脚一看发现左脚军靴中间嵌着一块弹片,裂缝边上黑黑地粘了一片沙粒,伸手捏住弹片露在外面的尖角一拽,一片棱形的铁片带着血水从我脚底转移到了我手心,"太棒了!现在我要用一只挂了彩的脚去爬那该死的山。真是个好运的周末!"

"我们都这样了,还要去爬山?还要去救人?"那几个叫不出名的一等兵听到我的话,立刻不情愿地跳了起来,"现在,我们才是需要被救助的对象,我们应该呼叫救援。"

"让我来告诉你,孩子!你们的无线电隔层楼都听不清,你还想什么?想飞机从我们头顶飞过的时候再和他们打招呼吗?"刺客收拾好东西,径直向远处的山区走去,"而且动动脑子,如果你在家门口发现了不怀好意的敌人,会放心地让他在那里等援军来吗?也许那些装甲部队有什么重要的事不能理我们,但我拿脑袋和你赌,天一亮大批晚上没有夜视仪不敢过来的学生军武装,会像潮水一样涌来。"

这时已经是后半夜,再过两三个小时便天亮了。托尔他们都知道刺客的话绝对是正确的,于是便跟上他向山区进发了,只有那几个美国兵看着地上的尸体为难地伸着脖子对我问道:"我们就这样把他们丢在这里?如果那些人来了,不会破坏他们的遗体吗?"

我脱下军靴,从边上死人的脚上脱下他的防寒靴换上,没想到竟然不是军队统一配发的,而是意大利的 Scarpa 登山鞋。这靴子虽然尺码大了点,但还不错,挺舒服的。好命!

"长官?长官?"我正为弄到双非常满意的靴子高兴,没有注意到那几个美国军人的问话,直到他们开始拉扯我的袖子,才转回注意力:"什么?"

"他们的遗体怎么办?就扔在这里吗?"

"你们想背走?"

"我……"刚才责问我的大兵看了看满地的碎肉无言以对了。

"把大块的扔到火里烧了!弄完了要记得跟上。"我跟在狼人他们后面向山区走去。在走了两公里后,唐唐他们便从后面追了上来,而且没有背着尸体。

经过被击毁的坦克旁时,我们停下片刻欣赏了一下自己的杰作。21 世纪的武器对付 20 世纪 60 年代的老家伙,虽然胜之不武,但仍心有愉悦,闻闻钢铁炙烤过的气息,也很有成就感。

等我们走到了山脚下学生军武装经过的道路时,我们也从遗落在地上的东西明白了他们为什么放过我们了,那是一袋印着 UN 字样的大米。在开战前,甘茵斯坦学生军政权官员从万国联盟在甘茵斯坦的一个粮食援助办事处夺走了大约一千四百吨粮食,现在数万学生军军队躲藏在深山中,不能吃石头过日子,想来这车队运的便是那些抢来的粮食。

"看来你们这一仗可是有得磨了!"我向边上的美军咋舌道,"有了这些粮食……够他们躲在山里看上几年雪景了……"

其实我还保留了半句没有对这些新丁说,那便是如果这些家伙走这条路进山,那么前面等着我们的绝不会是几十人的小股流匪。我对这次进山有种不太好的预感!

第一一二章　深入(三)

"在和学生军交战的这几年中,我们从不在冬天发动进攻。"

这是我前段日子坐在热气腾腾的沙漠中透过望远镜欣赏远山飘雪的奇景时,一名甘茵斯坦反学生军联盟的后勤军官说的。当时我并没有在意,但现在我终于明白他话里的含义了。

磕掉脚底冻结的积冰,原本薄如烤饼的积雪渐渐掩过脚面,我抬头向上看着林线以上白雪皑皑的山顶。走在前面的狼人他们已经陷入了过踝的深雪中,看起来越向上走雪层越深。这让我想起刚到这里时美军提供的一份关于甘茵斯坦地理和气象的简报,上面有段关于山区的介绍,当时留给我很深的印象。

上面说甘茵斯坦自然环境十分恶劣。全境 85% 的地方不是崎岖的石岭就是险恶的谷地,大部分地区的海拔在 5000～6500 米之间,除了连绵起伏的山脉外就是干旱的沙漠或长有矮草的草原,地形复杂。据有经验的当地军人介绍,在甘茵斯坦山地实施作战运输和补给时,十辆坦克也比不上一头驴。

气候部分提到,甘茵斯坦的气候属于大陆性气候,其特点是冬夏气温差别悬殊,昼夜温差大。全国大部分地区夏季炎热干旱,冬季严寒多雪。夏天最高气温可达 40℃,冬天气温会降到零下 40℃,这已经比得上西伯利亚能冻裂钢铁的温度了。通常情况下,甘茵斯坦中部和北部地区 11 月底就进入冬季,有时冬天甚至会来得更早。从 11 月中下旬到下一年 4 月的冬季期间,大雪会封锁所有主要道路,积雪最厚可达 3 米。

虽然现在的天气还没有糟到这种地步,但刺骨的寒风已经轻易穿透并不很厚实的军装,把布料包裹中的人体温度带走。经过三小时的消耗,我甚至感觉手里的金属枪管也比自己的手温暖。

"扑通!"重物坠地的声音响起,我回头看到唐唐正被身后的队友搀起。从她头晕、心悸、气短、嘴唇发紫却脸色潮红的模样看来,她应该是有了高原反应。

"不要帮她!她需要自己适应。"我推开那几个男人,"头疼吗?如果只是头晕乏力,这是很正常的。"我从她的救生药袋中翻出抗高原反应的能量液递给她,"少说话,慢慢走,多饮水,慢慢吞咽……"说完我看着其他几个男兵指了指他们背包的肩带,"把它弄松点,那东西会压迫肩部的血管,影响肢体供氧,在平地上也许没有关系,但到了这个高度,这会要你的命的。"

204

"谢谢!"唐唐喝了这种美国军方专门为他们提供的高原专用能量液后,精神明显好了不少。倒是边上的女记者杰丽除了有点疲劳和害怕外,一切都正常。

"你身体倒是不错!三个小时爬升了 1700 米竟然没有任何不良反应。厉害呀!"我看着瑟瑟发抖的女人笑了,"是不是常登山呀?"

"我家在阿尔卑斯山上有座小屋,我和父亲经常在海拔三四千米的高度野餐,这种程度难不倒我。"杰丽不愧是有钱人家的孩子,身体好的理由都不是天天锻炼那样的中庸套路。

"你老爸什么时候这么有钱了?"狼人看到我们后面慢下来,便打回头过来查看,正好听到杰丽的话,于是一边帮那几个大兵整理行装,一边漫不经心地问道,"莫非图西大屠杀后,运输中丢失的部分死难者家藏被他搞走了?"

"放屁!你才偷死人东西呢!"杰丽听到狼人的话立马抓狂,看上去她和父亲的关系挺好,没想到接下来的话我就不爱听了,"你们之中连吃死人肉的'食尸鬼'都有,偷死人的东西估计更不在话下,所以不要把自己干过的事拿来和我父亲这样高尚的人做比较。不然,只是自取其辱!"

"嗨,小妞!我认识你老爸,而且交情不错,但这并不代表我允许你侮辱我的队友。食尸鬼这外号不好听,但我兄弟的人品绝对一等一……"狼人前半段话让我心里很受用,"虽然死人肉这家伙常吃,但我从没见他昧过死人的东西。"

"我操!我就知道你个王八蛋狗嘴里吐不出象牙。"我正查看 GPS 的坐标,听到他后半段明褒暗损的孬话,气得差点把手里保命的电子设备砸过去。

"你……你们……怎么不发愁?"一个颤颤巍巍的声音从后面传来,我回头找了半天才看到一个大兵低头掩脸小声嘟囔着,仔细看才认出来,原来是那个在检查站打俘虏把枪托打掉的家伙。晚上没看清都谁跟来了,现在才发现是他。

"怕,子弹就不打你了?"狼人整理好女兵的装备后,拍那家伙的肩。

"嗨!后面的跟上。雪越来越大了,别掉队!冻死了我可不管埋。"刺客是尖兵,他走在最前面,已经翻过了眼前的山坡。

"跟着我们的脚印,不要走偏了!甘茵斯坦的山区地雷多,北国侵略甘茵斯坦打了 10 年,它在只有两千多万人口的甘茵斯坦埋藏了 3500 万颗地雷。以甘茵斯坦的人口算,一个人一颗还多。在这里,现在还埋着一千多万颗地雷,每天要炸翻 80 个甘茵斯坦人,这种机会你们不想轮到自己头上吧?"我边走边说,身后原本蛇行的美国大兵听完我的话,立马像跟屁虫一样贴了过来,亦步亦趋踩着我的脚印行走。

水鬼在无线电中听到我的话接口道:"听说按照现在的速度,想把甘茵斯坦的所有地雷都扫清,还要 4300 年!每天要是炸翻 80 个人,那 4300 年能炸死多少人?甘茵斯坦人还不都给炸没了?"

"关我什么事,我又不是甘茵斯坦人。"听到水鬼挑我的语病,我也懒得和他解释什么叫概率了。

贯通甘茵斯坦全境的兴都库什山脉到了这里基本上都是石山,植被本就少得可怜。夏季从远处看,这山都是灰灰的一片,现在下了雪,到处更成了溜滑的冰场,稍不注意就有滚落山崖的危险。

按照地图的指示，我们走到中午才接近昨天拂晓基地给我们的坐标。我们已经不敢抱着救人的念头，只要能搞个电台叫架飞机把我们运回去就谢天谢地了。等我们趴在山头上看到远处被击落的黑鹰直升机周围焦黑的山岩和数米宽的弹坑时，连一向乐观的狼人也皱起了眉头。

"太棒了！全军覆没，任务结束。"水鬼眯着眼向下看去，雪地的反光让人眼分不清层次。现在仍是阴云密布，等天一放晴，在没有护目镜的情况下，雪面反光很容易刺伤人眼。

"不！你看那些还没有被雪掩盖的脚印，明明他们已经逃离了这里。你这话是什么意思？难道你没有看到吗？……"唐唐和身边的几个美国兵听了水鬼的话马上不乐意了，指着飞机旁一行远去的脚印叫嚷起来。

刺客白了一眼叫得脸红脖子粗的美国兵，连骂他们的意思都没有。不过那表情已经告诉这些家伙：你们都是白痴！

"少废话！长官说话有你们插嘴的分儿吗？"我拉紧身上的雪地伪装，甩手敲了身边一名大兵的头盔一记。

"你们根本不是我们的长官，如果是我们的长官，根本不会放着有难的同胞见死不救，你们只是唯利视图、见利忘义的佣兵，是战争流氓！"女兵唐唐别看身材娇小，胆子倒挺大，一句话不但把狼人和我们说愣了，就连她身边的队友也被她露骨的指责吓住了，尴尬地低着头不敢看我们，也不敢看她。

场面顿时冷住了，大家似乎被凛冽的风雪给冻结，面面相觑，无人吱声。沉默成了所有人处理现在情形的最好方式。

"这是你们大家共同的心声吧？"过了一会儿，狼人才又举起望远镜向远处看去，观察敌情的同时淡然地撂下一句。

前些日子，我因为一言不和杀了别人整队人马的事早已经在军中传得沸沸扬扬。

"你们训练了多久便被派到了这里？"我按住要发难的水鬼接过了狼人的话茬。

"三个月。"

"三个月？只参加了基本训练、射击训练和基本技能训练便让你们进入实战了？"她的回答让我挺意外，"你们勤务支援大队有没有进行山地作战训练？"

"嗯，有提过！"唐唐为难地想了想，最后一无所获地承认，"但不多。"

"噢！那你看到那些脚印时，只想到他们还活着，可有没有想到这些人为什么向山下跑，而不向我们现在的位置来？要知道那个方向可是深入敌人的纵深，会陷入重重包围的。"我指着离我们不远的半山腰的迫降点问道。

"也许是因为他们降落的时候，这个位置有敌人火力，他们没有办法过来。"

"很好！可是这个位置的敌人怎么能穿过岩体，在视线不可及的障碍物背面轰出弹坑来？"我指着离我们更近一步的山坡上突出来的被炸掉半截的巨大岩石问她。

206

"也许是手雷!"一个大兵插话道。说完便被同伴从后面扇了他一巴掌。那么大的坑,也只有他这种白痴会以为是手雷炸出来的。

"那就是我们所处的位置正好在敌人炮火的覆盖下,他们向这里跑便会损伤惨重。"杰丽·麦尔斯很聪明,第一个明白了我的意思。她指着对面隔着一座山头的高峰说道,"我们现在的位置正好是峡谷拐弯处的尖点,三座山并行,两高夹一低,对面山头设有火炮,要想逃命只有向下跑,让中间的矮峰挡住敌人的视线。所以……"

"所以,我们现在出去便会暴露在敌人的炮火下!"其他大兵也意识到,原来我们就站在敌人的炮口下面说话。两个本来站得挺直的高个子军人,立刻不自觉地矬了半截。

"没有人会拖着火炮去追逃命的!"刺客这时候才追加了一句,然后指着对面极远处雪白一片的山坡说道,"从炮击着弹的追击轨道看,它们应该在我们的1点钟方向,斜上二十度左右。"

"怎么算出来的?"杰丽偷偷凑到我跟前,手里拿着个小录音笔。

"根据最后的着弹点,以中间的屏障为参照点,射击位置应该就是在两点的延长线上。从弹坑炸开的倾斜度等可以看出炮弹射入的角度。"我拍拍头上的头盔,"如果我头盔里的弹道测算系统仍能用的话,可以根据几处着弹进行三角形测量,能得出非常精确的敌军位置,但现在目测只能估计个大概。"

"我看不到火炮的阵地。太多的山洞了,他们一定藏身其中。"狼人和刺客用望远镜观察了半天后回到大家身旁,"但看到了大片 GSR(火药残留物),很新! 是新雪开始后才出现的,还没有被完全掩盖住。"

"看起来有人在光天化日下冲过了他们的火线,也许是那些英国佬!"我坐到身边的巨大岩体后面,重新缠紧枪管上的伪装布条。

"可能! 希望他们没有离开得很远,我试着呼叫他们。"刺客走到远处去联系英国佬。

"我们不能再站在这里了,他们太显眼了! 十公里外都能认出我们来。"我指着没有雪地伪装衣的大兵和记者道,土黄色的沙漠军衣在白雪的世界显眼之极。

"到那个洞里去躲躲!"狼人指着不远处的一个天然山洞道。一路上这种山洞我们没少见,不少是人工挖出来的或打通的,但都已经废弃了,想来是当年对付北国人的。

"好的!"我带着那些大兵和水鬼一起躲进了山洞。干燥的天气蒸干了山洞里所有的水分,除了洞底几团焦黑的大便证明这里曾有人经过"留念"外,没有其他什么能显示出此洞是藏兵洞的迹象。

"感觉怎么样?"水鬼凑到杰丽身边递给她一根高能巧克力棒,这东西难吃得要死,但却能补充人体在寒冷情况下急需的热量。

"还好! 就是感觉有点像做梦。"杰丽接过巧克力咬了一口,她没想到会跟我们到这里来,更没有想到会被坦克炸翻车,自己除了包相机外什么也没有剩下,穿的衣服还是一个美国大兵借给她的。

"跺跺脚,感受一下地面对你的反震,会给你一种真实存在的感觉。"水鬼抱着自己特制的 7.62 毫米米尼米机枪蹲到地上看着外面的雪,"真不明白,你们这些人闲着没事,干嘛往这种地方跑?死了也没有人管,这不犯贱嘛!"

"记者的天职便是及时、客观和公正地报道战争的真相,让人们感受到战争的残酷,更深刻地体会和平的弥足珍贵。我愿意为此付出自己的生命!"杰丽此时完全没有了千金大小姐的娇纵和身为女性的柔弱,一股大义凛然的正气让人不可正视。

"你感觉你看到的东西都能见诸于笔端吗?"我看她一副理想化的样子不禁想给她降降温,"想想你被没收的那些照片和联军新闻官的那副嘴脸。"

"我有言论自由!"杰丽经过这么多但对此仍坚信不移,"这是宪法赋予我们的权利。"

"是吗?"刺客拿着无线电走进了山洞,"我就帮几个政府解决了些言论过于自由的舆论监督者。最后他们的死因从其同行的笔下出来的时候就成了'意外'。嘿嘿!"

"你……"杰丽瞪大眼看着刺客,"你真的是名刺客?"

"难道我们的外号是叫来好玩的吗?"刺客从手里的地图上抬起头看着面前的女人。

"那他呢?难道……"这时所有人的眼光再次聚集在我身上。

"嘿嘿!嘿嘿!"刺客只是阴笑不说话,但意思却再明显不过了。

"我要吐了!"唐唐和杰丽两个女人捂着嘴跑向洞底深处。

"好玩吗?"我看着一脸恶作剧得逞、洋洋自得的刺客冷冷地骂了他一句。太多人用这事作弄人了,已经激不起我什么火气了。

"呵呵!我们联系不上英国佬。奇怪的是竟然联系上一队加拿大人。他们和 187 旅在 100 公里外的山区正和敌人接火,接到我们的求救信号竟然还让我们去支援他们。哈!傻×!"刺客在 GPS 上标注好得到的坐标,然后用红外线把数据传输到我的机子上,"看样子整个山区都布满了敌人,通过加拿大人的电台,已经把我们遇袭的事传回去了,但基地给我们的回信很有爆炸性。"

"是什么?"水鬼站起来看着一脸苦笑的刺客。

"听说关押昆都和答卢坎战俘的恰拉尔监狱发生了暴动,犯人攻下了军火库,占据监狱的工事,抓住了几个 CIA 的特工,正和联军打得不可开交。所有原定前来帮忙的空军,全部被调回去镇压暴乱去了。"说到这里,刺客环视了洞内不到十个的队友苦笑一下,"另外,昆都的守军举白旗了!"

"这和我们有什么关系吗?!"

"但为了削弱敌人的力量,联军曾故意放走了数批混在逃难队伍中的学生军武装人员,据说那些家伙中有三千多人正撤向这里。估计是要进山……"刺客面带忧色地担心道,"我们后路被切断了,只能进不能退了!"

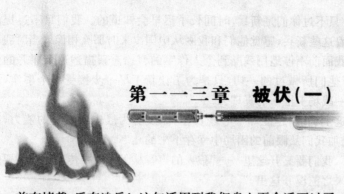

第一一三章　被伏（一）

前有堵截，后有追兵！这句话用到我们身上再合适不过了。

"三千多人？说你在开玩笑。刺客！说你在开玩笑。"水鬼瞪大眼睛看着语出惊人的刺客，难以置信地叫道。

"不是一批就有三千人，而是分成数股。"刺客无可奈何地叹了口气。这个数字加上山里的截兵，他自己心里也打颤。

"那些反学生军联盟的人真是废物，连带手铐的犯人都能让他们抢了枪，真是不敢相信！他们脑子里注水了吗？"听到没有空中援助后，几个美国兵都急了，连记者杰丽都害怕了。美国能以如此小的伤亡打下甘茵斯坦，最大的优势便是制空权。如果没有了各种随叫随到的战机做后盾，铁打的士兵也挡不住铺天盖地的子弹。

"你怎么知道那些犯人抢枪暴动是意外？"我虽然也心里发毛，但忍住没有报怨，只是拉紧衣领打了个哆嗦而已。

"你什么意思？"女记者是很聪明的，"难道这是……故意安排的？什么类型的陷阱？欲擒故纵之计？"

"是不是欲擒故纵我不知道，我只知道，如果监狱发生了暴动，官方武装动用武力去镇压，死多少人都不会有第三方提出异议的。而且即使是暴动者抢得武器，其战斗力也不会比投降前强。为对付那些手无寸铁的暴动者，在美国空军和美英特种兵协同作战的情况下，打了都一天还没有结果，看来冲突程度很高，那死的人也不会少。"我咬了口巧克力，冰天雪地里保持身体热量比什么都重要，"但这都叫合理损耗。"

"恰拉尔的监狱我去过，我记得那地方应该能装八百人左右吧，听说这次抓的俘房最少有五千都关在那里，生活条件一定没有办法符合那个叫什么战俘什么的条约来着，所以一直没有向各国记者开放。看样子昨天我们看到的那几车人就是从那里运出来的，再加上这次镇压过后，估计那里的生活条件就可以向你们开放了。"水鬼看着杰丽和唐唐他们不可置信的表情，微笑着替我进一步解释，"听说不就是你们这些记者一直提出要去观看战俘的待遇和人权状况吗？"

"你话里的意思是说我们逼死了那些人？"杰丽听到这里急了，"我可背不起这么重的罪责。"

"你是说我们美国军人纵容这种屠杀？"唐唐和她的伙伴同样生气了。

"这不是秘密！只不过你们是新兵，时间长了迟早会知道的。我们只不过提前告诉你而已。"我看着这些新兵，感觉他们和我刚从中国出来时那么相像。当时我同样痛恨屠夫他们在我面前不停地用残酷到令人作呕的言语重新描述这个罪恶的世界，但现在我重复了他们所做过的一切，只是为了让新丁早一步接受一个事实，那便是"强者生存"这一战场上惟一的真理。

他们越早接受这个真理，越能卸下心理负担，激发身为战士所应有的能力，越有战斗力，就越能增加我们从眼前的困局中幸存下来的几率。

"没时间废话了，我们要离开这里——"狼人的声音从无线电中传来，"我们要赶在后面的逃兵追上来之前离开这里。"

"收到！"刺客看了看仍一脸天真、无法置信的几名大兵，失望地摇摇头，用法语对我说："食尸鬼！看看这些家伙，你明白当初屠夫为什么执意要把你带进这个圈子了吧？有人生来就是战士的料。"

"你的意思是说我天生就是杀人的料？"我向地上吐了口唾沫，黑黑的巧克力渣子看上去和地上干燥的大便一个颜色。

"那是你的本质，就算我不说也不会改变。"刺客学起了屠夫的语气，"我只是提供了你发挥天赋的舞台！"

"真是太感谢了，哈哈哈！"我虽然嘴里在笑，但脸上却没有任何高兴的表情。虽然我已经尽量去疏远身边这些新兵，但相处的时间越长，还是会发觉自己接受"某些问题"的速度确实有点过快了。这打破了我一直坚信自己本质不坏，只是环境所迫的信念。

我心情抑郁地走出洞外，雪花重新打在脸上，湿冷的空气让世界清新得有些少点什么的感觉。

"后面那些逃兵最好快点追上来，好让我们去干掉几个头上包尿布的王八蛋！"身后陆战队中惟一的一个戴有婚戒的男兵再次看到被炮火轰下的武装直升机旁破碎的凯夫拉头盔后，满是怒气地对身旁的队友号召道。

"注意！"我扭头看了一眼其他几名脸上潮红的士兵，正色地警告道，"你们都从战报上知道，昆士道的士兵多是外籍志愿者，也就是雇佣兵。这些人来自世界各地，不全是黄种人，其中白人和黑人也为数众多，而且逃命的时候没有人会仍一副穆斯林战士的装扮，而且美军军服并不难搞到。所以，我现在郑重地警告你们，除了现在站在你面前的人外，任何不认识的人都是值得怀疑的。明白吗？"

"明白！"几位原本没有想到这一点的士兵恍然大悟的表情，让我感觉自己又把他们从危险边缘拉开了些距离，这么想后便会有种挺舒服的成就感。

"好的！"我笑了笑，"记住我的话，当我们停下休息的时候，不要把时间浪费在聊天上，因为现在的情况下我们不会有很多的机会停下了。"说完这些话我把三点式枪带套到脖子上，回头向前面带路的狼人追去。

"我们到哪里去？"杰丽没有很多负担，所以走起路仍有余力说话。

"深山中一个小村庄。那里曾是穆斯林游击队反对北国'圣战'中的一个难民营。”

“那里没有敌人把守吗?”杰丽喘着粗气从没过小腿的积雪中拔出腿后问道。

“正好相反!那里有大把武装人员坐镇,而且地形极为复杂,到处是相互连通的山洞,那是名副其实的迷宫。从招降的甘茵斯坦军官所绘制的部分地图来看,那里可以与希特勒自杀的地堡有一拼。”我掏出 GPS 系统示意给杰丽,“从卫星拍摄的热能感应照片上看,学生军至少有数千人藏身在那里。而且那里有大量的电子数据反应,应该有大型的尖端通信设备,可能是山脉中主要的军火供应站和指挥控制区。美军相信学生军抢来的 1400 吨粮食应该就是运向那里,所以才派人去攻打那里,我们想得救就要向那里走。那些美国兵本来就是要去打探那里的武装力量的,他们明白,只有到了那里才能得救,所以脚印所指的方向也是那里。”

“攻打那里的是那些加拿大人?”

“没错!你应该对加拿大军队挺有感觉的。”我笑了笑,“你不是住在加拿大吗?”

“没错!但那是小时候,现在我只在圣诞节回去陪母亲一段!”杰丽一点也不觉得这有什么不好,“毕竟我有自己的事业!”

“当然!”我没有说什么,欧洲人对待双亲那种平淡的态度,是我这个东方人无论如何都不能接受的。

绕了个远路让过守军的防线,黑夜再次降临。我们进入了山区深处,身边的色彩渐渐消失后,拥有各种高科技装备的大家心里的安全感大大增加,白天的时候生怕其中一发炮弹打来的惶恐被带上夜视仪后清晰的视界打消。夜战是美军单兵小队最拿手的技能,是美国在过去二十年的冲突中总结出的自己的最大优势,所以哪怕是做饭的炊事员都深谙夜视仪的使用方法。

我抱着狙击枪跑到队伍前去替换狼人当尖兵的时候,被他一把拉住了。

“别急!”狼人努力地抽动发红的鼻头,企图从空气中捕捉什么讯息的样子让所有狼群的成员都警觉起来。

“怎么了?”我调节自己的夜视仪,急忙四下观察,不论是微视还是热能探测都没有发现周围有敌军存在的迹象。

“我闻到了什么味道!”狼人慢慢走到杰丽的身边,蹲下身在她脚下的雪里刨挖起来,不一会儿手里抓了一团黑黑的东西出来。

“什么东西?”我凑过去还没看清,已经明白是什么了,草叶被消化的气味已经告诉我这是驴马的粪便。

“有驮队从这里经过!”狼人话说完,大家已经明白周围应该有村落或据点。

“多大的队伍?”我看着仍在雪堆里挖粪便的狼人。

“二十到三十头驴子的队伍。是外地人!”狼人扫掉浮雪露出下面被踩实的蹄印。

“你怎么知道?”带婚戒的美国兵是他们几个中最年长的,所以有什么问题都是他代问。

“甘茵斯坦的驴子都是 1.3 米到 1.4 米高,驴子是甘茵斯坦最主要的交通工具。

从这个蹄印看来,这些驴子都有1.6米左右,比较像活动在中国和巴基斯坦的西藏野驴。而且以前由于学生军武装派别控制了全国近90％的领土,因此甘茵斯坦毛驴这种战略资源大多被学生军所控制。现在怕美军进山,已经连私人的驴都充公带走了,所以北部不可能找到这么大的驴队了。"狼人在驴子的蹄印旁清扫出一大片人的脚印后,指着其中一对比较明显的鞋纹说道,"典型的巴拿马式花纹,从前脚掌起脚的位置看,鞋底内有保护双脚免遭刺伤的金属片;从靴底的厚度看,这是丛林作战靴。欧美联军都是配有两双军靴的,平常穿沙漠作战靴,上了山就换成了厚重的防寒靴。但这些人没有,看来是些习惯在热带跑而没有上过高山的家伙。"

"那他们现在脚一定很冷。"我想起丛林作战靴上的排水孔就笑了。

"嘿嘿!没错!那靴子的透气性可是挺好的。"水鬼他们在边上也笑了。

"这么小的驮队不可能是拉那批粮食的,那他们运的是什么?武器?"我扔掉手里接过来的驴粪。

"不知道!从蹄印的深浅看,应该是满载。"狼人指着不远处的山头,"向那个方向去了。"

"我们去看看!"刺客站在远处警戒着,通过无线电和我们交流意见,"也许那里有大功率电台。"

"好!"狼人点点头,"我们必须再和加拿大的那群人联上,不然跑到他们前面的话,就会死得很惨。"

"好的!"我抱着枪率先向狼人先前所指的山头爬去,受了伤的脚底因为冰冷的关系所以木木的,但每迈一步都有种要从中间碎裂开的感觉。

爬到了山头向下看去,群山环抱之中有座小村落,房子的屋顶被低矮的常绿树木和灌木环绕,如果不是房檐下透出的微弱灯火,这么远的距离我们肯定发觉不了。

"发现一个地图上没有标注的村落。"我用暗语在无线电中通知其他人。不一会儿,他们便都跑了上来。

"我们下不下去?"我从背包中抽出TAC-50粗大消音器套到枪管上,利用热能探测器可以初步探测到村落里大约只有二十多个人,其中半数都集中在一间大屋内不知干什么,周围也没有任何警戒用的地堡或山洞。

"下去!"狼人卸下身上的背包说道,"刺客和食尸鬼你们两人负责掩护,其他人跟我和水鬼下去,除了武器弹药,不要带任何东西。"

我身边顿时响起了一片窸窸窣窣的响动,那几名大兵毕竟是军人,虽然紧张,但到了动真格的时候并不会怯阵,一个个握紧手里的M4步枪,眼中闪动着害怕但兴奋的光芒。

"你跟着我!"我拉住跟在刺客身后向前走的女记者。面对胜负莫测的实战,她也没有往常那么多的问题,乖乖地和我待在了最后面。

刺客挑了棵个儿不高的灌木架好了他的SSG550狙击枪,而我为了身边女人的安全,找了块突起的大石头做藏身点。本想让她安生地躲在石头后听响就行了,没想到这女人虽然怕死,但距离却让她打起了摄影的念头,脑袋探得比我还长。

战斗结束得比我想像得快,狼人他们潜入人少的屋内,无声无息地两三趟进出,便只剩下主屋和旁边的两间屋内有活人了。等他们冲进主屋第一记枪声响起时,我和刺客已经用不着掩护他们了。从头到尾我只发了一枪,击毙了一个从屋内逃出来向山顶跑想逃命的人。

等到狼人表示一切都在控制中后,留下刺客作警戒,我和杰丽扛着其他人的背包走进被攻下的主屋时,被眼前看到的景象惊得一愣。因为屋内床上躺在那里残喘的是一个大肚子的孕妇! 看一下周围地上缩在那里的俘虏,竟然都是女人,怪不得这间屋子里人这么多,原来是全村的女人都在这里为这个孕妇接生忙活。

女人已经失血过多死了,刚生下的孩子仍连着脐带挂在她的腿间,孩子已被冻得发青,闭着小眼睛不知死活。

"甘茵斯坦 65% 的山区妇女都会因怀孕或生产而死! 看来是真的。"杰丽在检查过女人后,发现并没有枪伤后叹气道。

"这个村落里只有老人和妇女!"狼人指着缩在墙角的几个女人说道,"除了几枝中国产的自动步枪外,没有其他东西。"

"你们的男人呢?"我操着半生不熟的阿拉伯话问其中一个比较年长的妇人。

"跟人打仗去了!"老人眼中虽然紧张但不害怕。

"去哪里打仗?"

"山里!"老人所指的方向正是刚才冲出屋的人奔去的方向,看来那里才是真正的据点,驴队应该也是向那个方向去的。说话间,刺客抱枪哆哆嗦嗦地走进了屋,水鬼已经派人出去替换他的位置。

狼人让我们看着这些妇人,自己顺着逃走人的足迹爬到了对面的山头观察一阵,确定附近没有武装力量后才回来。

"抓紧时间休息,过一会儿我们就离开这里。"狼人果断地说道,"如果这里的男人就在附近驻守的话,听到女人要生孩子的消息,很可能随时回来。"

正说着话,无线电中突然传来一声闷哼,是我们在外面警戒的士兵。

"有敌人!"我当机立断吹灭了身边的灯火,屋内顿时陷入了黑暗之中。

"是不是他们的男人回来了? 是不是附近山里的驻兵听到枪声赶来了?"片刻不安的揣测后,大家七嘴八舌地开始各抒己见。

"安静!"刺客的低吼像巨掌一样捂住了其他人的嘴巴。所有人都屏住了呼吸,凑到窗口向外张望。黑暗中呼吸声和心跳声连成了一片,成了小屋内惟一的声响。

我戴上夜视仪从门缝向外看去,除了绿绿的一片雪景外什么也看不见。刚打开热能探测器,对面的雪地里突然白光一闪,一发子弹无声无息地击穿了我面前的门板……

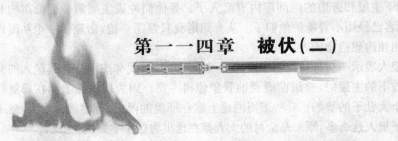

第一一四章　被伏(二)

等半拉弹头撕穿防弹衣扎进肉里，我才确定自己是腹部中弹，然后才感觉到自己像被人大力踹了一脚般地飞退，前趴的身子被顶成倒坐，屁股还没有挨地，肚皮便传来火辣辣的疼痛，像热漆浇在身上一样烧得要命。

"他们有……咳！咳！啊！……"我捂着肚子坐在地上，被子弹冲击力击到的胃部，便被强力挤压出了所有的东西。胃酸加上难闻的消化物从口鼻中喷出，打断了我要出口的警示。

"他们有夜视仪和热能探测器！"狼人看到我被隔着门板击倒，第一个意识到我没有说出口的后半句话。

"没错！"我捂着肚子跪在地上，头顶着地，好不容易才吐净了嘴里的残渣，咽了点口水湿润被胃酸刺激得同样火辣辣的食道支支吾吾道。但是我并不明白，他怎么会看到我的，因为我的伪装衣和作战服都有防红外探测功能，在热能探测仪上是看不到我的。

"梆！梆！"两声木头被击穿的声音响起，屋角内蹲着的一名女人被穿墙射杀，而另一发子弹则打在了我刚才所在位置挡住的一名美军士兵的背包上。他是名辅助机枪手，包里面装的是为机枪手提供的大量弹药，击中背包的子弹打在了弹链上，引爆了背包里的子弹，然后便是骨牌式的连锁反应，周围大量的子弹都被击发了。黑暗中他就像个冒火的大烟花，不断有火弹从背上射向四面八方。所有他背对着的人都倒了霉，因为引燃的弹药像机枪一样对着后面的人喷射起来。

"扔掉它！你这个笨蛋！"我不怕子弹炸死他，倒担心子弹打到我。话音未落，水鬼的惨叫便印证了我灵验的第六感。

"我操！"看着正在卸背包的美国大兵突然一顿停住了动作，然后直接垂直地躺倒在地上，他的身体被仍然压在身下乱射的子弹冲力顶得不断弹跳，这让我想起了在芬兰附近钓到的那只15公斤重的大马哈鱼，它被扔在船甲板上时也是这么扑腾的。

子弹不断从四面八方射来，穿透木墙将躲在墙角的十几个俘虏全部枪杀，唐唐的胸口同样被击中一枪，直接震晕了过去。但在被我挡住的那名士兵中枪倒地后，便再没有子弹打向我躲藏的角落，躲在门后和墙口下的刺客和狼人也没有中枪。

"他们看不到我们！"我一把拉过昏迷中的唐唐，卸下她的背包后把她压在身下，

214

尽量用自己的伪装衣盖住她。狼人和刺客他们也把杰丽和幸存的美国兵拉到身边，用防寒衣挡住他们散发的红外热能辐射。

"我们也看不到他们！"在枪声稍停后，狼人抬头向外面观察了片刻无奈地说道，"他们也有防红外作战服。"

"他们是自己人？"水鬼捂着屁股趴在地上，咬着牙哼哼着。对方拥有夜视仪和红外探测器我不意外，因为苏联解体时曾有不少老式的这种装备流传到周围国家。但防红外探测作战服是在发达国家的特种部队都属于高级装备的，在甘茵斯坦这种穷乡僻壤再有钱也弄不到这种东西。

"有可能！"狼人调节夜视仪半天后放弃道，"有办法探测到他们的无线电频率吗？我们需要和他们谈谈。"

"DJ 不在这里，我们身上的无线电没有那个功能。"刺客搂着一个家伙看着我和狼人说道，"顺便提一下，你们太狡猾了，把美女都抢走，留给我一个大胡子。"

"干！你碰到我的伤口了。"水鬼捂着屁股给了身上的小子一巴掌。

"也许我们应该打开窗户大叫一声！"我捂着肚子上的伤口说。

"好主意！你去！"刺客做了个请的手势。他用披风把自己包得像个粽子，连眼皮都不想露出来。还没凑到窗前我便放弃了这个想法，因为从钉在窗框上破碎的羊皮缝中传来的风啸声，比足球裁判的哨声还大。

"嘘！"在我们还没有想出任何对策的时候，从山顶吹下的强风中送来了一丝丝雪被压平的摩擦声，俯卧在地板上的我轻轻地感觉到一记震颤后，利用声带震动器无声地在无线电中传递道："他们来了！"

"操！看不到他们。"刺客捂住怀里人的嘴四下张望半天。

"我也是！"狼人和水鬼放弃不便的长枪掏出手枪，做好了室内近战准备。我忍住肚子上的巨痛，从腿侧取出 MK23 打开保险，对刺客和狼人分别指了指前后两个窗口，对水鬼指指自己和他又指了指门，要他和我配合守住前门。

水鬼点了点头，拉过地上一具尸体推到门前，但并不把门堵死。由于他下身受伤行动不便，便把披风留给了身上的士兵，自己爬到了门边挨着尸体脸朝上装死。

而我则拉起两具尸体堆成了临时的防御工事挡在身前。等一切弄好了后，我才发现身下的唐唐已经醒来，睁着两只明亮的大眼睛一眨不眨地看着我，发现我注意到她时，竟然对我笑了笑。

狼人和刺客分别掀起夜视仪，从杂物袋中掏出铝箔包，打开后挑出赛卢姆安全发光棒中照明能力最强的银白色型对我摇了摇。那是一种携带方便、使用简易、价格低廉的照明具，采用一种易弯曲的塑料管制成，手指粗细，内装有两种无毒化学溶液，其中一种装于悬浮安瓿（密封小瓶）内，原理有点像灭火器，使用时将塑料管折弯以压破安瓿，使两种化学溶液相混合而产生化学反应，发出无热、无焰、无火花的明亮的冷光。光的颜色有红、黄、绿、蓝、橘黄和银白 6 种，发光时间为 30 分钟至12 小时，依型号的不同而异。该安全发光棒可在风雪天及水下使用，不需火柴、打火机或任何电源与导线等引燃装置，并且压裂安瓿也不会对人的眼睛、皮肤造成伤害。狼人他们拿出的那种是我们潜水时遇到混浊的泥水时使用的,光线强度比得上手电。看样子他们是想利用对方使用夜视仪在强光下过曝的原理,给他们出其不意的一击。老办法,但屡试不爽!

正当我也要取下夜视仪的时候,手指无意间触动了调节热成像灵敏度的转盘,顿时眼前的一切变成了光亮一片,斑驳的闪光区域像毕加索的涂鸦一样无法分辨其本质。天才给我们配备新热成像仪时,曾自豪地声称此东西性能已超越所有其他同类产品,为展示其优越性能曾给我们看过这种图像,说这种亮弱不同的色块表示其探测能力已经可以区分 0.01℃ 的温差,加大功率后灵敏度可以赶得上探测石油和矿藏的光子探测机器,而不用保持在零下 190℃ 的工作低温。但由于过于灵敏而失去观测对象的纹理细节,人眼没有办法区分看到的到底是什么东西。所以被大家嘲笑是"伟大的无用进步"!

但是现在我看到的影像却和当初不太相同,外面零下 30℃ 的低温成了浅灰色的背景,所有其他一切如同曝光成相的摄影底片,虽然看不出形态,但我发现原本是树和石头的地方成了稳定不变的稍深白色条块,诡异的是另有些极细小的色块却以闪烁不定的高亮显示。

等看到同样高亮的银色火焰从我身前窜起时,我突然意识到这些高亮显示的色块竟然是人的呼吸。没错!从肺里呼出的热气温度高达 37℃,虽然被红外辐射阻隔布料掩盖住了,但热传递在空气中仍有效,与其口鼻部位接触的空气温度仍会上升。如果不是极灵敏的仪器,当然发现不了这种差别,但天才提供给我们的"伟大的无用进步"却捕捉到了这种细微的差别。

来不及调节显示强度和通知其他队友这一发现,因为我可以确定地看到有个敌人已经快速凑到了窗下,从他行进和蹲下的战术姿势来看,是前来投手榴弹的,如果成功那么我们全都完了。

"手榴弹!"我大叫出声,单手抓起身边的 TAC-50 反器材狙击枪,像用手枪一样对着那个亮斑开了一枪。巨大的枪口火焰像闪光弹一样耀白了一切,高亮的白光刺得我眼睛都睁不开,我赶忙关了热成像功能,眼前从银白闪回了淡绿一片。眼睛还没适应切换回来的界面时,便听到了木门被踹的声音,一个黑影一脚踹开房门想要冲进来,但房门开到半途被水鬼摆放在地上的尸体挡住卡在那里,挡住了他半边视线。他的反应非常快,瞄了眼地上的尸体,便扣着扳机扫向门板正后方并迅速向后退去,意图在撤退的同时,把藏在门后的敌人扫成破布。可惜的是大胆的水鬼并没有藏在门后,而是正对着他的脸,等他发现地上的两具尸体中只有一具是死人时,已被水鬼的 G3A4 扫断了脚一头栽倒在地。与此同时,狼人和刺客对着后墙靠近窗口的位置上也是一阵狂扫,打得木屑乱飞,枪声停后便传来一声重物倒地的响动。

"他们知道我们的存在!"我收起手枪叫道,"他们要扔手榴弹炸我们。"

刚说完,一声爆炸从我射向的角落响起。原木夹杂泥坯糊成的屋墙被炸开一个大洞,子弹夹杂在风雪中从四面八方通过豁口钻进屋中。没有了屋墙的阻挡,借助夜视仪的帮助,对方可以比较清楚地看到屋内的物体,他们这一轮射击明显不是无的放矢,数发子弹就打在我眼前的尸体上。"噗哧噗哧"的声响,让我担心面前的肉块能不能阻挡住对方子弹的穿击。

"啪啪"两声轻响,狼人和刺客顾不上戴夜视仪,先折亮了发光棒。把手里白炽灯管似的东西扔到了豁口外边,顿时夜视仪中的弹洞成了太阳一般的光团,挡住了外面所有人的视线。

"我们是美国人!我们是美国人!"一个美国大兵挥着手对屋外喊叫道。第三句还没有来得及出口,他便被一枪打在了胳膊上,被打飞的肢体告诉所有人,数百米外的狙击手听不到他的声音。

这时候,我的成像仪屏幕上的图像可有意思极了,所有射击的枪口像夜空中的星光一样闪个不停。我冲几处闪光点打了几枪,但由于隔在面前的墙体影响了弹道而没有命中。但打到对方附近的子弹仍起到了威慑作用,闪光点立刻便转移了阵地。

"我们从屋里出去!"我拉起身下的唐唐冲边上的其他人喊道,"对方有 16 人,可能是渗透排,应该配有火箭筒和榴弹发射器。"等我们跌跌撞撞从后窗户跳出来时,对方攻击手也动用了手里的反坦克火箭筒。两枚弹头把脆弱的小屋撕成了碎片,大块的木头从天而落,幸好没有砸到我,不然非折筋断骨不可。

从埋过头的雪堆抬起头,枪声没有了屋墙的遮挡,听得更真切了。我拉起唐唐和狼人他们又重新跑回燃烧起来的木屋旁,希望借火光和散发的热量作掩护。

"开枪!"我对身边的女兵大叫了一声,打断她上气不接下气的强喘。

"可是他们不是有可能是友军吗?"女人大口大口地呼吸,有缺氧的征兆,但脑子还能反应过来,知道用我的披风把自己裹得紧紧的。

"管他是谁!你不开枪的话,他们就打死你。就算是你爸也得给我开枪!"我的热能探测仪被身边燃烧的小屋影响得无法正常工作,眼前一片银白,什么也分辨不出来了。

还能动弹的美国兵纷纷靠在屋墙边上开始还击,不管是作为火力点还是吸引火力的饵,都大大缓解了我们几个的压力。

"把他们扶到远处那个结了冰的柴垛去!"我指着水鬼和不知从哪儿拾了把 M4 的杰丽,对正在向远处射击的唐唐说完,然后扭头对狼人和刺客喊道,"是 AK74 步枪,不是英国佬。"

因为长期接触武器的缘故,所以现在我也能听出对方使用的是 AK 系列步枪,那种与众不同的射击节奏和响声,每次带给我们的都是亲切和紧张。

"不一定!特种部队可以选择自己的武器,小口径在雪原作战的能力比较差,说不定他们专门挑了 AK74 也不一定。婊子养的!"狼人刚把脸伸出墙角便被一记点射打了满脸泥,"我听到了米尼米的声音,他们的火力太强了!"

"我看到他们的火力配置,似乎是 4:4:8 的不均衡配置。"我慢慢地调节热成像仪的敏感度,可是仍是被身边的火光影响,什么也看不到。

"没错!"刺客对着越过墙体盲区的一名敌人放了一枪后,回头说道,"他们开始低估了我们的战斗力,估计把我们误认成了甘茵斯坦人,所以采用的是三角方阵,把重火力和狙击手留在了后面防止我们逃跑,所以折了第一组突袭小队。"

"嘿嘿!"我和狼人都笑了,对方用的三角方阵,是以三个火力扇面,将面向目标区的三个方向以两组的尖端制住,而在进行攻击时转为口袋包围战术,而分配方式则有许多种,最简单的配置方式是由两个火力组左右包夹,而斥候与指挥组则合并为第三组,在第三面对敌人进行清除确认的工作,但这种分配法由于第三组的火力过分薄弱,而很少受到采用。

"把热成像仪的灵敏度调到最高,你可以看到他们的呼吸。"我赶紧把自己刚才的发现告诉其他人。此时天色已经隐约发白了,加上雪地的反光有种天已放亮了的错觉。

"我操!还是算了吧。"刺客和狼人调了一下便又放弃了,"什么也看不见了,还打什么呀?"不断打在身边的子弹不给我们反复调试的机会,对面的家伙仗着火力优势,展开双纵队斜线进攻,从两个方向要包夹我们。

"你们两个守着侧翼,我到别处去!这个地方太热了。"我试了多次,确定挨近身边热源的时候,绝对没有办法使用热成像后,便和两人打了个招呼,抱着枪匍匐爬向身后远处的其他木屋。

但卡在防弹衣夹层里的弹头,像根扎进我身体的铁钉,不断在皮肉中晃动,每次抬起胳膊,便感觉自己像被剖腹了一样,金属弹体不断在伤口中磨擦。除了痛得像火烧外,还有种爬钉板的感觉。

我还没有爬到地方便被一种金属的反光吸引了,我看到一个巨大的东西从我们后方的山脊后面一个隐蔽地滚了出来。起初我还以为那是一辆俄罗斯 T-50 坦克,但在装主炮的地方却是一架四管的 ZSU-23-4 型高射炮。通过瞄准器可以看到穿着长袍的高射炮手露出炮塔。当车子停稳后炮塔转向前方,那竖立在炮塔处的四个 23 毫米的金属管里便开始迅速发射出一股浓浓的烟,在杀伤爆破燃烧弹和曳光穿甲燃烧弹的轰鸣声中拖着粗亮的轨迹轰在我们对面的山坡上,密集的火力散布,将正推进中的对方左侧小分队打得人仰马翻。

这种突发状况把我们和对方都弄晕了,用高射炮打步兵,明显就是学生军这种武装的风格。可是他们能发现对面伪装的渗透部队,竟然没有发现帮助的人并不是自己一方的伙伴已经让我们吃惊了,但我和狼人更奇怪的是这架自行高射炮是从哪儿跑出来的。

对面山坡上的渗透部队虽然没有想到这时候我们会跑出来帮手,但却没有慌乱,左侧小分队立刻停止推进,找好掩护躲了起来。而右侧的分队则迅速从鞭长莫及的村尾突入了我们躲藏的村落,并从高射炮高低界的盲区,利用反坦克导弹打瘫了大发淫威的钢铁战车。

可是还没等到他们喘口气掉过来头来招呼我们,数发迫击炮弹便从山顶准确地落在了击毁炮车正要撤退的三人小组身上。现在可以明确地知道这些人应该是联军的士兵,是帮他们的忙打学生军还是待着别动再看会儿热闹,我和狼人他们也不知道应该怎么办了。

"我们是不是应该去帮忙?长官!"唐唐想到刚才打死自己战友的便是这些人,指着被炮火炸得抬不起头的"盟友",为难地问狼人。

"你过去的话,不论是谁都可能喂颗子弹在你漂亮的小脸上。"狼人看着打得正火热的两帮人马说,"我们赶紧向上爬。等到天亮后,这些人看清我们也是侵略者时,可没有人能帮我们。"

趁着两帮人打得火热,我们剩下的七个人用了几分钟的时间就爬到了半山腰高射炮被击毁的地方。这时候,天已经亮了,近在眼前的山洞中,数名学生军分子一边说笑,一边对着山下狂轰猛炸,等发现我们再去拾枪时,狼人和刺客带着唐唐他们已经用先发制人的强大火力扫清了道路。

小心翼翼地钻进这个岩洞后,我们才发现学生军部队的迫击炮阵地隐蔽得很好,而且发射的炮火出乎意料地精确,这是因为他们已经预先将迫击炮的底座埋进地里并测试了其弹道。这是一支训练有素、经验丰富的正规部队。我们拿下的两个山洞建造得非常精细,一个里边有厚实的干泥加固和"射距装药卡片",这些参数标示了任何可能的敌方阵地的距离和位置。另一个比较宽大的洞内,一名头戴坦克盔的负伤战士躺靠在光溜溜的石洞壁上,身旁扔着俄罗斯的先进夜视装置,这就是为什么他们能在天黑后和美军步兵一样看得见周围事物。

"食尸鬼,狼人,过来看!"刺客指着那名血流不止、奄奄一息的甘茵斯坦小伙子道。起初我不知道他让我看什么,等过了一会儿,我才从血水冲洗出的石缝中的闪光看出端倪,原来这个小伙子身下的山壁竟然是一条裸露出地表的金脉。

长长的兴都库什山脉从东北向西南,将这个国家一分为两半,土地贫瘠却埋藏了许多地下宝藏,地上只长草,地下却长金子,像大多数中亚国家一样,"芝麻开门,财源滚滚"。但可惜,招来的淘金者都不是本国人!

ZSU-23-4 式高射炮

　　该炮是前苏联 20 世纪 60 年代初期研制装备的高射炮。主要装备前苏军摩托化步兵团和坦克团,主要用于野战防空作战。其性能特点是:(1)配用了"炮盘"炮瞄雷达与火炮稳定装置,可在行进间射击;(2)重量轻,机动性好,能协同坦克与机械化部队作战;(3)稳定性好,射击精度高,火力密度大;(4)具有三防作战能力;(5)口径小,弹丸威力较弱;系统雷达不能边跟踪边搜索,对付超低空快速目标有一定困难;反应时间较长,对付多批多架次目标的能力较差。

口径	23mm	爬侧倾坡度	30%
最大初速	970m/s	越壕宽	2800mm
有效射程	2500m	携弹量	2000rds(发)
最大射高	5100m	配用弹种	杀伤爆破和曳光
理论射速	3400rpm(发/分)		穿甲燃烧弹
高低射界	−4~85°	毁歼概率	停止间33%;
高低瞄准速度	60°/s		行进间28%
管数	4	行军战斗转换	5s
最大射程	7000m	时间	
直射距离	900m	单位功率	4.7kw/t(千瓦/吨)
有效射高	1500m	长	6540mm
实际射速	4×200rpm	高(不含雷达)	2250mm
方向射界	360°	履带中心距	2670mm
系统反应时间	14s	履带着地长	3800mm
战斗全重	19t(吨)	爬坡度	60%
最大时速	44km/h	通过垂直障碍高	1100mm
最大行程	260km	装甲厚度	10~15mm
涉水深	1070mm	乘员	4 名

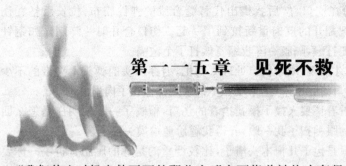

第一一五章　见死不救

"我们什么时候去救下面的那些人?"杰丽指着被炮火轰得躲在木屋墙后不敢动弹的武装小队。

"那群混蛋! 让他们去死! 老子累成这样还不能坐,还不都是这群王八蛋害的。"水鬼在托尔的搀扶下捂着屁股恨恨地骂道,"上帝保佑! 打烂他们的屁股才好。"

"等一下!"我打断他们的讨论,对唐唐他们指着洞口说道,"守好洞口! 我脱一下衣服。"

"都什么时候了,你要干什么? 撒尿? 尿在裤子里便好了,像平常一样!"狼人接过我满是秽物的伪装衣在雪地里蹭起来。边上打得热火朝天,我们这里却一片宁静,没有任何人发现我们已经打下了这里,没有无线电等现代通迅设施也有好处。

"你常尿在裤子里?"杰丽抱着 M4 卡宾枪对洞外的炮声并不显得惊慌。这是军人家庭出身的好处,也许她对看到的不公正现象感到震惊反胃,但对于家人描述过千百遍的战争场面并不会无所适从。

"不常!"我用牙咬住射击手套将它扯掉,光手解开防弹夹克,密封的防寒衣刚解开,蓄存在我衣服里的血水便从衣缝里涌了出来。

"老兄,你这回不只尿尿,还尿血了! 真丢人呀!"水鬼痛得一条腿打颤,刺客正在给他查看伤口。

"没有你痔疮爆肛丢人!"我不敢上掀防弹衣,怕仍卡在防弹衣里的子弹把伤口扯烂,把防弹衣完全解开才敢垂直把防弹插板从身上拔下来,上腹靠近肋侧的地方,一个手指粗的血洞便显现在所有人眼前。

托尔把子弹从防弹板上抠下来,上下打量后扔给水鬼:"50 普通弹。你可真幸运! 如果是被甲或钢芯的,你就完了!"

"是挡在我面前的原木房门救了我。"看着伤口周围被护板分散的弹头冲力所震出的淤青,我知道光靠防弹衣和插板根本没有办法在这么近的距离挡下这么大口径的子弹,全凭了那层挡在我面前的厚有二十多公分的木头,弹头才没有射穿防弹板。

"我们没有时间做那个了!"我看到刺客从水鬼屁股后面取出弹头还给他缝合了几下后,又转头向我走来,挥挥手说道,"随时可能有人过来,要是他们发现我们躲在这里就完了。"

洒了点止血粉在伤口，然后我掏出代替缝合线的弹性胶布，拉长后粘在伤口上，胶布的收缩力把翻开的皮肉重新拉到了一起。伤口合并时一阵刺痛如钢针扎心一般，疼得我双腿打颤，隔膜一阵收缩竟然打了个饱嗝。

我伸手摸了摸才发现，刚才伤口处理太匆忙，射穿木头的弹头上夹带的不少木刺没有来得及从伤口清除出来，结果现在一锅浆地都包了进肉里。

"怎么了？我看看！"狼人摸了摸我捂着的伤口，检查了一下便明白是怎么回事了，用看白痴一样的眼神扫了我一眼，弄得我尴尬地摸摸头笑了。

"没有关系。只是包了几根木头渣子，比较严重的是你的尾肋骨折了。你要小心，不要压断了！"狼人检查完我的伤口指着其中一块紫里发黑、黑里发红的淤青嘱咐道。

"我没事！"我拍开狼人的手，便想穿回汗衫，但却发现沾了血水的衣料已然冻成了冰块，冻在一起的衣边揭都揭不开。

"穿我的吧！"结了婚的美国兵从背包里翻出一套备用汗衫递了过来，"虽然你没有我高，但体格比我壮多了，穿我的应该会合身的。"

我接过那件汗衫后，没有立即穿上，而是和狼人他们一起定定地看着这个男人。

"怎么了？放心吧！我没有穿过的！"结婚男看大家都注视着他，有点不好意思起来。

"不是这个！"狼人一把将他拉到眼前，伸手将他背后半人高的背包抢了过来，扯开绳结翻起里面的东西。

"你干什么？就算你是我的长官，也不能随便翻我的东西呀！"结婚男看到狼人不断把他的东西翻出来扔到地上急了，扑过来要和狼人拼抢。

"这他妈的都是什么？备用军靴、备用军衣、防毒面具、生化服、组合式睡袋系统、单兵帐篷，这个是什么？尿袋吗？"狼人不断从那家伙的背包内翻出大量东西，最后掏出一个巨大的塑料制物件晃动着。

"那是我的单人便携式浴室！"结婚男吐出一个令大家怔然的单词。

"什么东西？"其他人也好奇地凑近，扯着那块塑料翻动起来，"这不就是个大塑料袋嘛？"

"什么呀！这可是我老婆从美国给我寄来的淋浴袋。"结婚男想抢淋浴袋却被狼人一脚踢开。

"你这是干什么？野餐吗？背着这么多没有用的东西，还能打仗吗？还想从这雪山中走出去吗？"狼人把里面各式各样的奇怪东西都扔在地上骂了起来，"还有你！那个小妞。估计你背后的包里的废物更多，都给我掏出来扔了。背着一百多斤的东西，还跑得了吗？看你们刚才爬山时的速度，要不是有子弹在那儿催着，你们估计上都上不来。"

"把东西都扔掉，除了弹药、食物和医用品，什么都不要带！轻装上阵。不然便死定了!"刺客看着地上的这些东西,再看看仅剩下的两名美国兵,摇摇头说道。

"可是你把我的睡袋拿走,这冰天雪地里我们怎么睡觉呀?"唐唐看着扔掉的睡袋不舍极了。

"我们不睡觉!"我穿上结婚男的汗衫,将血水洇透的防寒里衬和军装又重新裹到身上,"这种凛冽的寒风和零下几十度的低温能使熟睡的人在几分钟内就得上冻疮,即使躲在睡袋和帐篷中也无济于事。"

"瞌睡了那怎么办?"

"坚持!"这是寒带作战的终极训练,要求作战人员数天数夜都不睡觉。我们最多曾半个月不眠不休地在科肯斯的雪原上逃脱过挪威"猎人"的追捕,那简直是噩梦中的噩梦!

"多长时间?"

"等我们回到温度不低于零下15℃的地域。"我忍着剧痛重新裹紧满是血冰的军装,冰冷的感觉顺着皮肤上的鸡皮疙瘩蹿遍全身,将原本因失血已经开始发冷的体热再降了降温。

"节约弹药!我们没有多余子弹挥霍了。"狼人抱着手里的机枪检查过自己身上的弹药后,无奈地摇摇头说道,"弹药补给手挂了!"

"那代表什么?"杰丽看着我。

"代表我们没有持续的火力压制敌人的还击,容易被突破防线和接近。"我看到水鬼同样抱着机枪对我摇了摇头。

"带上他们的家伙!"我把结婚男手里的枪要过来,卸掉弹匣后把弹药袋扔给唐唐和杰丽,指着地上的M72B1突击步枪又指了指边上的RPK弹药箱,"只带弹鼓和加长弹夹。"

"我不会用AK!"结婚男捡起地上南斯拉夫产的轻机枪,入手比他常用的M4要重近一倍,这让他极不适应。

"首先,没有人生下来便会用枪;其次,这是7.62口径的RPK轻机枪,你想让女人用这东西?一梭子打不完她们的肩膀便会脱位。"我抱起自己的TAC-50时,牵动伤口痛得我手一软,差点拿不稳这枝重达10公斤的大家伙。

"好吧!"结婚男看了看两个女人的瘦小身材,又掂了掂手里上了弹鼓后增加了一公斤重量的机枪,只好答应。

"你们没有问题吗?"杰丽看到我痛得连腰都挺不直,而水鬼则站立不稳的样子担忧道。

"只要你不拖我们的后腿就行!"水鬼吃了点东西后看着杰丽,对她的担忧不屑道,"顺便说一下,你最好扔掉那些照相机和镜头包。"

"相机是记者战斗的武器,扔了它我拿什么保住我的事业?"杰丽听到水鬼的话立马做出了强烈反应。

"现在开始,你的武器换这东西了,你要用它保住你的命!"刺客拍了拍她胸前的M4步枪走出洞去。

"美国人的飞机来了！"狼人看着外面天边出现的几个黑点说道，"下面那些人肯定是某一国家的特种部队，他们顶不住要援军了！"

"把频率调到美军通用频道上，我们便能和飞行员对话。"我提醒刺客时耳朵中已经响起了直升机机师的声音，"锁定目标！准备进行攻击。"

"嗨！AH64的机师注意！不要攻击被击毁的高射炮后面的山洞。我是美军陆战队刑天上尉。兵籍号是……"我掏出美国军方提供给我们的士兵牌，把上面的数字照样念出，"我重复！不要攻击被击毁高射炮后的山洞。"

过了片刻，对方才回了话："身份核实！不攻击高射炮后面的阵地。"

五架阿帕奇直升机由远及近，最后悬停在小村庄的上空，利用70毫米火箭弹对一直打炮的山顶开始轰炸。在瞬间倾倒了三百多枚火箭后，又开始用30毫米机关炮开始扫射一切可疑的目标。我们洞顶的积雪被爆炸震塌，雪崩一样倾泻而下，垒了有半人高。

"弹药耗尽！我们要回基地。"打完最后一发子弹后，机师扔下句话，便掉转机头准备离去。

"等等！叫你们来的是哪支队伍？把他们的通信频率给我们！"狼人看见飞机掉头，马上冲着无线电叫了起来。

"频率是225;975MHz,317;662MHz,440;107MHz 三点跳频，XM加密……"设置军用无线电最麻烦，大家各自使用专用机器，遵守独特的跳频标准。设备在一定的超高频段范围内进行跳跃式发射信号，根据设置的程序，不断地从一个频率自动跳到另一个频率上发送信息，接收端配有高度同步装置，使它能自动跟踪发信端的频率变化，同步调频接收。要真正做到同步，必须达到收发双方的调频频率相同，跳频的序列相同，跳频的时钟相同，三者缺一不可。

为了能摆脱跟踪式干扰机的干扰，现在的通讯设备的跳频速率都能达到5000跳/秒，如果不知道对方的跳频频段、跳频时钟、序列和加密方式，想联系上对方简直是做梦。

"我要走了！太阳出来了！"机师迫不及待地想要离去。

"为什么这么急？多停一会儿，会死啊？"唐唐还没有记住对方说的东西，不满地埋怨道。

"他们有苦衷，有些情况飞机是不能出动的。比如昨天晚上由于风雪极大地降低了能见度，武装直升机和轻型战斗机将陷入危险。白茫茫的大雪会造成飞行员'雪盲'，导致飞行员完全看不清地面目标。而现在，太阳马上就要从东边出来了，归航的方向是西方，太阳光照射到雪面上的反光会使这种情况更糟糕。"这是我从鹰眼的口中学到的飞行经验。

而学生军武装也没有让对方轻松溜走的意思，十数发RPG肩扛火箭拖着尾巴，缓慢地从地面爬上天空，开始追赶掉头的阿帕奇，准备"亲亲"它的屁股。其中几发是从远处我们来时的方向打上天的，看样子进山的"外籍圣战者"已经接近这里了。

速度极慢的RPG火箭在这种宽阔的空域很难打到机动性世界一流的"长弓"，

对方看到连尾尘都吃不到的火箭全都落空，马上换上了高射机枪，12.7毫米的子弹虽然无法穿透阿帕奇直升机的装甲，但是它们能对直升机造成足够的损害，并迫使其着陆。

五架 AH64 中四架在密集的火网中挂彩，但拖着浓烟硬是跑了。让人不得不佩服美国佬造飞机的观念：皮厚才是硬道理。

经过一阵狂轰乱炸后，突如其来的平静让战场上所有人都不适应，这也让边上呼叫下面队伍的狼人的声音显得极突兀。

"你们是哪个单位的？我们是美国海军陆战队。"狼人不断地呼叫，但对方一直没有回应。

"死完了，还是保持无线电缄默？"水鬼听了片刻，抬头看着其他人，满脸疑问。

"也许死完了！我们要立刻离开这里。大家都看到那些火箭弹了，那些佣兵已经非常接近这里了，还有没暴露的队伍，谁知道最前面的兵马到哪儿了？"刺客指着 RPG 射上天最近的位置说道，"我们要离开，马上！"

他话音未落，无线电缄默便被打破了。一个虚弱的声音透过电子信号挣扎着传到我们耳中："我们是英……英国……皇家……陆战队。"

"太棒了！"水鬼捂着屁股笑了，"这算什么？误伤？我有人身保险吗？王八蛋！"

"你们现在处境如何？伤亡有多少？"狼人伸手打断水鬼的叫骂。

"二人轻伤，六人重伤，其余阵亡。我们需要帮助！"对方说话断断续续，大口地喘气，看样子和我们理解的轻伤不太一样。

狼人看着我们其他人，用眼神征询大家的意见。但从刺客和水鬼漠不关心的表情看来，他俩是没有任何救助这些袭击过我们的友军的意思。

"我们要去救他们，他们是自己人！"唐唐和杰丽看到我们脸上的表情，马上意识到了我们达成的共识，激动地喊叫起来。

"即使他们刚杀了两个你的队友？"上山的时候美国兵还有四个，现在只剩两个了。

"那是误伤。"唐唐思想变通得倒是很快。

"美军战机刚刚轰炸了这里。任何附近的学生军或基地组织成员都能猜到这里藏有一队联军小队。如果我们下去救人，只会被他们赶来的援军包围屠尽。你想过吗？"我看了看边上一直不言语的结婚男，"很明显你的战友想到这一点了。"

"艾哥·拉维达，你不支持我？"第一次认真听到唐唐正式叫出结婚男的全名。但这位中年人并没有她想像中的那样无条件地支持她的意见。

"我结过婚了！我有老婆和……"

守在洞口的刺客扭头冲我们叫了一声："屁股后面的逃兵已经翻过山头了。"

"孩子……"结婚男并没有把话说完，潜台词便是：不想老婆当寡妇，孩子当孤儿！

正说着洞外响起了枪声，看样子是那些家伙被发现了。

"好，不用再讨论了！我们现在就离开此地。"狼人说完看了一眼愤愤不平的唐唐和杰丽，"他们没有生还的机会了！"

"你们怎么能这样？你们抛下的是战友，他们同样有妻儿等着他们回去。"杰丽泪眼蒙眬地控诉我们，然后眼神扫到我和水鬼，"你们两个也受伤了！如果到了紧要关头，难道其他人也抛下你们两个逃命吗？"

杰丽的质问非常地严厉和残酷，直指不久之后便极有可能成为现实的问题。

"正确的选择总是痛苦的！"我说出这句话的时候，虽然有了多年的思想建设，但心头仍是一阵抽痛。

"没错！"水鬼给的答案也很迅速，"我不想死，但更不想你们陪我一起死！"

第一一五章 见死不救

第一一六章　生死一念间

联军战场上流传着三句格言："谁敢争第一"，这是行动神速的 SAS 突击队员的口号；"力量和荣誉"，是"匕首特遣部队"总部的作战信条；"速度、奇袭和猛烈打击"，是"三角洲"特种部队的做法。

与这些充满力量与热情的口号不同，"从不迟疑，毫不怜悯"是狼群的生存守则。这个生存守则从文学角度听起来似乎缺乏自信，甚至带些萧索的自卑和冰冷的残忍。丰富的感情一直被狼群摒弃，因为它会影响作战决断，但这并不是任何人都能接受的，而不能接受者的命运就像沙漠里的河床一样——枯竭了！

连续三天不间断行军耗尽了大家的体力，这种机械式的行进仿佛永无尽头。每绕过一座山梁，便会看见前方是更多、更无尽的曲折往复的雪覆山梁，它们的面貌都一模一样，都是那同一种噬人的苍茫，当雪景从情趣盎然变成单调，人的心情便开始烦躁，等烦躁积累到令人作呕的程度时，便是寒带行军的痛苦进入了前戏阶段。

极度疲惫和困乏像个无形的巨大蚊虫，贪婪地吸干了所有的精力后仍不放过我，酸麻的空乏感从五脏六腑向上顶得人头重脚轻。每走一步我都觉得自己摇摇欲坠，这种失衡感觉让我想起小时候母亲买给我的"不倒翁"，那是一个慈祥的寿星老，调皮的我总是喜欢把"他老人家"倒着立起来，千方百计但却稳不住他沉甸甸的屁股的感觉和现在是多么相似。

我的双脚已然没有了知觉，被失血掏空热量的身体一片冰冷，冷风吹来没有阻挡地便穿过身体向后漂去，突突跳的眼皮像吊了铅块，稍不注意便摔下来砸住了视线，伸了伸始终弓着的腰身，肋扇间的剧痛抽走了些眼皮的重量，让我从"睡魔"的捆绑中挣脱出片刻。

借着痛苦换来的清醒，我嗅了嗅被雪花擦拭过的空气，清冷、深邃、干干净净。月光被雪层反射投映回天幕上，把本应淡黑的视线涂成了乳灰色，自然界的奇迹仿佛将时间固定在了黄昏。

此时我站在没膝的雪坡上抬头看，月亮正圆，却挡不住满天拥挤的星星，一条银河横跨夜空，一望无际的雪线，层层叠叠的群山，白云似乎就飘在身旁，天空一尘不染，蓝得空灵。这是城市中见不到的美景。

"砰！砰！砰！……"一阵枪声震碎了我眼中幻如仙境的平和，涌来的危机感吓得我一屁股坐在雪地中，勉强把狙击枪口调转瞄准了枪声响起的位置。在即将扣下扳机之时，我才看清打枪的原来是杰丽。这时想停住扣扳机的动作却有股力不从心的感觉，如同大脑的指令延迟无法传达到，手指不听指挥继续了弯曲动作。

眼看这一枪就要将面前的瘦弱女子撕成两段，我只能拼命仰头带动身体微微地后仰，这才抬高了一些枪口，轰然炸响后，子弹溜边从女记者身边飞过，射进了背后的山坡中。

巨大的枪响震醒了所有被疲惫折磨得恍恍惚惚的队员，原本只是迟钝地扭头看向打枪的杰丽的唐唐和结婚男打了个激灵从迷茫中恍醒。狼人和刺客则被我失控的行为吓了一跳，冲过来一把将枪从我手里抢了过去。而杰丽仍自顾自地对着不远处的树丛扫射，丝毫没有意识到死神擦肩而过和子弹已打完。

刺客冲过去卸了她的枪，一巴掌扇了她个跟头，然后又赶紧把她从雪地里拎起来摇醒，扶着肩让她站好，这才开始检查她的状态。过了片刻，刺客扭头对狼人摇了摇头，表示杰丽已经到了极限，支撑不下去了。

体能透支和多日不休，再加上高原缺氧，会造成严重的大脑机能障碍。身心憔悴、精神恍惚下许多人会将普通的树木看成敌人，把坚硬的石头当做面包，甚至出现各种奇怪的幻觉，时间长了精神便会崩溃。

坐在雪里，凉湿的感觉钻进屁眼，顺着肠子开始向上爬，穿过的部位反而没有了冰冷的感觉，取而代之的是一股滚烫的热意，仿佛肚子里烧起了一把火，炙烤着包裹在外的皮肉，力量挤开僵缩的血管激活了无力的肌肉，原本疼不可抑的肋骨经热流扫过，也化成了淡淡的舒畅。但这股热流没有让我有星点的享受感，且吓得我不知从哪里得来的力气，腾地从地上跳了起来。

"怎么回事？失手走火？这可不像你！"狼人拎着我的武器在我眼前晃了晃，"是不是不行了？"

我没有说话，只是摇了摇头抢过枪紧紧地握在手里，希望借着手里的充实感找到力量。狼人端详了我片刻，疲惫地摇了摇头，拖着沉重的脚步走开了。他也不是铁打的！

按着肚子揉动了片刻，驱散原本应是如此冰天雪地中求之不得的暖意，当冰冷和疼痛重新收复失陷的阵地后，我才缓缓地长舒了口气，但心中的恐惧却没有随着这口热气离开我的身体，不安和紧张咬住了我绷紧的神经。

"感觉热？"水鬼拄着自己的枪挪到我的身边，看着我揉肚子的手笑问。

"你也？"我猛地抬头盯住眼前整张脸已经冻成胀紫色的家伙。

"嘿嘿！"水鬼想撇嘴大笑，却挤不动冻僵的脸皮，只是做出了个比鬼还难看的古怪表情，然后摇摇头径自向前走去。

228

冻死的人不少是裸体的，这是因为体内失温过度会导致肠胃功能紊乱，肠温一旦低于摄氏34度人便会神志不清，感到倦怠渴睡和甘美的恍惚感，最终失去正常的思维能力和产生幻觉，很多冻死的人的表情并不痛苦，甚至是热得脱光衣服便是这个原因。

刺客仍在意图重新理顺杰丽的意识，唐唐却眯着眼走到我的身边无精打采地哆嗦着。她犹豫了片刻后鼓起勇气向我问道："我已经穿得极厚，一直都没有感到冷，可是现在不知为什么开始越来越冷，现在已经冷得受不了！这是为什么？"

我还没解决自己因失血造成的体温流失问题，竟然成了别人的取暖顾问，上帝真是和我开了个振奋人心的玩笑。但别人已经问上门了，我总不能拒之门外，只能仔细打量起眼前已经裹成球状却还颤抖不停的女人。

过了片刻，我似乎看出了点端倪，直接问道："你穿的什么内衣？"

"什么？"她明显没有想到我会问这个，愣了一下竟然脸红了，踌躇了半天后才低声说道，"艾丽丝的浪漫闲情系列……"

"我没有问你品牌！什么材质的？"怪不得她会不好意思，看来她穿的一定是性感型的。

"纯棉的！"唐唐看着我，为自己的误会不好意思起来，头含得更低了。

"脱了！"我抽出刀子递给她，"棉质内衣吸汗是好，但在高寒的地方活动的话，棉质内衣简直就是杀手。如果不是专业的排汗内衣，吸收了汗水的棉质内衣变凉后会吸走你大量的体温。"

"现在？"唐唐看着我递过去的刀子迟疑了。

"如果T恤也是棉的，就把你从睡袋里抽出来的羽绒层垫进去，隔开它和皮肤的接触。"我勾了勾她塞在军衣里的原本睡袋里的保暖层，"注意头盔内的保暖，人体一半以上的热量是从头部和颈部散失的。"

"噢！"唐唐慢慢地把贴身的纯棉衣物褪掉后，从领子和裤腰里扯了出来，在里面不觉得如何湿的内衣，到了外面经寒风一吹冻成了冰坨后，唐唐终于明白手里的"浪漫闲情"偷走了她不少存活下去的几率。

加上进山前的两天，大家已然五天没有睡觉了，边上受过相同训练的结婚男已然支撑不下去，离无意识状态相去不远了。但唐唐仍然能保持清晰的思考能力，不得不承认男性不及女性耐寒、耐饥、耐疲劳、耐受精神压力。

我伸手入袋摸了摸所剩不多的巧克力和能量棒，我们千辛万苦训练出的强悍躯体消耗的能量成倍于普通人。普通行军我们只准备一个星期的口粮，这种环境下能量消耗会加倍，即使尽量节省，剩下的余粮也已然不多了。

受伤失血的身体能撑到现在，我已经对自己的表现很满意了。但看着一望无际的雪原，我有种力不从心的感觉。面临死亡的威胁早已不是第一次，有几回的经验比现在还糟，甚至肚破肠流，但这次不同，即使我仍有体力，却明显感觉到死神的双手已然掐紧了自己的脖子。

"你怎么了？"唐唐整理完自己的衣服后，努力睁大眼睛隔着防风镜打量我的表情。

"没事！"阵阵昏睡感从眼底传到脚底，引起肌肉一阵阵轻颤。骨骼寒战提供了微不足道的热量，随之而起的沉重酥麻感从骨神经线放射到皮肤，舒服极了！

不能睡！不能睡！我不停地在心里呼喊。但身体却不听从大脑的指挥，不断突突地抖动，没法协调。

"还能走吗?"在我沉浸于与自己的身体战斗时,狼人走到我身边问道,"食尸鬼!食尸鬼!"

强烈的摇动把我拽回现实,用手指顶了顶眉头撑开些眼皮,我看着已然走在队伍前面的水鬼,不由心中产生一股强烈的惭愧感,咬了咬牙逞强道:"嘿嘿,我是鬼!怎么会有事?"

"实在不行的话,我们就再搭个雪屋!"刺客拎着吃了点提纯咖啡因后醒点神的杰丽走了过来。前天我们费了数小时的工夫才搭了个雪屋,谁知才刚进去喘口气,后面的追兵竟然骑着毛驴追了上来,人数不多,都是侦察兵,见了我们也不交火扭头便撤,不费一枪便逼得我们放弃了半天才建造的休息室,带着追踪后加倍的疲劳再次开始行军。

"不,那来不及! 他们有驴子代步,我们不能停。"我打断了他的话,"我没事! 只是对眼前一成不变的景色有点厌烦而已。狼人,你知道我的能力不止如此。"

"兄弟们,快来!"水鬼越过面前的山头突然急促地大叫起来,吓得刺客还以为遇到了敌人,丢下杰丽匆忙向他跑去。狼人听到叫迟疑了一下,慎重地审视了我片刻,把手搭在我肩上点了点头,才跟在刺客后面向前跑去。

"噢,上帝呀!"狼人和刺客的低呼同时从无线电中传来,其中包含的惊诧让我莫名心慌起来,踩了踩受伤的左脚,借着些微疼痛为双腿夺回的知觉,我拔腿向他们消失的山头跑去。

可是当我翻过山坡到达山顶时,蓦然间,一方碧蓝仿佛自天而降闯入了我们的视线,五天,除了白色什么也没看见,突如其来的新鲜颜色刺痛了我的眼球,顿时将我们那因为贫乏而开始干渴的眼睛清凉地安抚下来。

大家都愣在了那里看着谷底纯净的蓝色湖水,乍看下,平静的湖面衬着的雪山如同一颗巨大无瑕的蓝宝石镶嵌在洁白的天鹅绒上。

那种蓝,它是如此宁静地躺在遥远的谷底,它就像是蓝的家园,它就是蓝本身,就是宁静与遥远本身。

那种蓝,那种凝固、深沉、矜持的蓝,在四周削立的褐黄峭壁的映衬下更显出一种雍容和高贵,仿佛深藏着一个人类无法知晓的秘密,因为这秘密,却又显得如此泰然自若。

等我慢慢适应了眼前的自然界奇迹,才开始注意到眼前的山中湖如同溢出的一杯酒,在山谷狭窄转折处狂泻而下形成层层雪白的瀑布,四处一片水气氤氲,飞沫在空气中游荡。

"好美!"大自然的美景投身进我的眼中,脑中长久压抑的白色恐怖被这一块蓝色砸得粉碎。

"蓝色! 是湖,是湖!"连已濒临崩溃边缘的杰丽也从茫然中被撼醒,捂着脸痛哭起来。

"赞美奥丁!"托尔翻过山头跪在地上,手伸着想够眼中的这一片水色,贪婪地汲取跳动的河水传来的活力。

结婚男已然激动得说不出话，撒腿向湖边跑去，那里有座小木屋□
居住的船坞。可是他还没有跑出去两步，就被什么东西绊了一下，一头□
等他回头一看，吓得惨叫出声："人！"

"哗啦！"狼人我们几个被他的叫声扰醒，本能地抱起了武器把枪口对□
男摔倒的方向。等他慌张地在雪地里拨拉了几下，显现出一具穿着军装□
我们才又放松了下来。

"美国人！"大家围到尸体周围打量面前僵硬的人体后，托尔翻开死人的白色雪
地迷彩露出美式军服抬头说道。

"难道是我们要找的那群家伙？"在所有人都对本次前来这里的目的不再抱有
希望的时候，却出现这种转机，不知是该庆幸还是该埋怨。

"没有军衔？ 他们不是正规军！"托尔继续翻找了片刻后找到一张卡片说道，"保
安职业资源公司？ 是佣兵？"

狼人从尸体周围的雪地中找出一把史太尔 AUG 后点头道："美式制服，奥地利
武器。是佣军！"

"他们怎么会出现在这里？"看着死亡，对于虚弱的人颇有"振奋人心"的作用。

"不知道！ 但不是冻死的。"托尔是东欧人，那里高山雪原多，他对失温致死很有
经验，"冻死的人脸色应该红润，像喝过酒一样。但你看他的脸，都快成茄子了！"

托尔说到这里翻转过硬得像石块的尸体，背后肩头的防弹背心上的布料上一
个弹孔赫然入目。

"把子弹取出来！"狼人对托尔说道。有射入口没有穿出口，那说明子弹还在
里面。

"好主意！"托尔掏出瑞典 NL1 雷神大博依刀，用尽全力一刀刺在了伤口周围。
冻硬了的人肉不但看着像石头，砍上去的硬度也挺像。好在托尔身高力大，手里的
家伙又是世界顶级锋利的夹钢刀，这才刨开了地上的冻尸。等看到他取出的子弹，
大家都精神一振。

那个套着外壳的标准锥顶圆柱体，很明显地告诉了大家，这东西不是普通人能
搞到的子弹。

"AP！"我从托尔手里接过那个弹头仔细查看片刻，认出手里的子弹是美国货。

"M995 穿甲弹？"边上的唐唐和结婚男是美国兵，当然了解这种为他们开发的
用来对付轻型装甲车的专用弹。

"从弹头外壳的碎裂程度看，这一枪应该是远距离狙击。最少 500 米开外！"刺
客看了一眼破裂的锥体弹头外壳，摇头说道，"5.56 口径？ 这种天气？ 这种风力和
可见度？ 绝对是好手！"

确定死者穿的不是防红外线军装后，狼人用热能探测器对着周围观察了一遍
后说道："这里没有活人！"

"我们先到山脚下面的小屋去休息一下，顺着河走一定能有村庄。无论这些人
是哪来的佣兵，他们和我们的想法肯定一样。"狼人搀起刚想跌坐在地的水鬼指着

小木屋说道，"如果能找到他们，也许这些家伙有大型的无线电台或卫星电话。"

看着就在眼前的湖水，走起来却没有那么轻松了。4000 米的急速落差让山顶的温度和山脚的温度差了近 20℃，这也是为什么湖水竟然没有结冰的原因。原本因极度瞌睡引起的头重脚轻就已经够难受了，加上下山的惯性，脑袋更是冲在第一位，坠着所有人冲下了山坡。

等连跌带摔地赶到山脚下小木屋的时候，所有人看到那原木垒成的墙壁，脑子里浮现出的第一个画面便是壁炉和一张床，于是纷纷争先恐后地扑向了那可怜的小门。

"慢着！"不知道为什么，我突然感觉小屋子里怪怪的，似乎有什么东西堆在里面，于是急忙叫喊。可是我话音刚落，门便已经被打开了。冲在最前面的杰丽和结婚男像被钉住了脚一样，直立立地杵在门口不动了。

借着不太明亮的日光，我隐约看到屋里的确有人，而且不是一个！等凑到跟前才看清楚，原来满屋子都是硬邦邦的死人，看样子是在睡眠中冻死的，他们穿着的军装和使用的武器与刚才山坡上翻出来的死人是同一型号，看起来他们是一伙的。

在屋子周围设了警戒后，我们才钻进屋里仔细观察。这些人中的佣兵所占成分不大，只有三人，用的是奥地利武器，不少人都挂有轻伤。而更多的像是学者，都挂着眼镜，满脸的书卷气。

狼人捡起地上的仪器打量了一下说道："这些人不是美国军人，而是探测资源的商人。这是资源探测器，看样子不是为了石油也是为了黄金。"

"战争永远是政治的继续！"我知道大家拼死拼活的原来仍是为了那黑色的液体后，不免有些丧气。

"好消息是他们这些人有远程通信工具。"狼人又抛出个好消息。

"我们有救了！"大家都兴高采烈地想欢呼。得知自己有救后，原本硬挺着身体的支柱立刻出现了裂纹，积蓄的劳累从高空径直砸在了眼皮上，我虚弱的身体晃了三晃差点坐倒在地。

"但大家在救兵赶来之前绝不能睡觉。"托尔神色凝重地看着地上的尸体，"这些人都是冻死的，而且都是睡姿，这其中一定有古怪！"

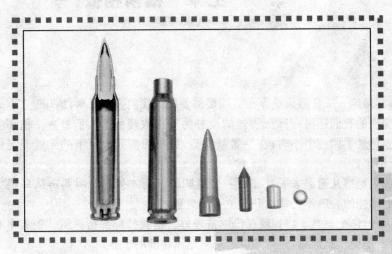

穿甲弹结构

第一一七章　福祸相依(一)

弹尽粮绝——比敌人更令士兵痛恨的梦魇。我们弹没有尽,粮却绝了!而更糟的是,受伤的我们还得在冰天雪地的屋外为里面取暖的女人们警戒。稍稍值得安慰的是:休息了两三个小时;在一番鼓捣后,屋里那群死鬼留下的无线卫星中转站终于干活了。

"你们跑哪儿逍遥去了?都快一个星期了。"天才久违的叫骂声从耳机中传出时,我们冰冻的心底不自禁地升起了一丝暖意。

"天才,你个臭瘸子!我现在没空搭理你!给我接师部指挥所。"狼人平心静气的声音听不出什么情绪,但我知道这绝对是风暴前的宁静。

"联军师部。我是准将本森……"

"该死的臭杂碎!"无线电刚接通,对面的人话音未落,狼人便开骂了,"王八蛋!你这个从当婊子的老母裤裆里爬出来时脑子沾了梅毒的杂种……"一通超级咒骂听得我对狼人从不显山露水的骂功大为佩服。好家伙!骂到最后连西班牙语都用上了。

"你是谁?臭小子!表明身份!"对方一个堂堂准将被狼人一顿臭骂给骂愣住了,过了片刻才想起来和他通话的是个低阶军士,马上回骂过来。

"我是你亲爹!……"狼人骂完换托尔上,又是一通夹杂北欧俚语的大放厥词。

"闭嘴!"对面联军准将还没开口,队长熟悉的骂声不知从哪儿传了过来,立马打断了几个人的谩骂。

无线电中一阵沉默后,水鬼才低声地吱了一句:"是队长?"

"我是你爸!"带兵二十多年的队长骂人也不含糊,狼群通用的问候语顺嘴念来。

"你在哪儿?"狼人听到队长的声音立马乖了,收起脏话正经起来。

"伊拉克!萨达姆闺房的门外。"队长的声音传来时夹杂着时断时续的喘息,听起来像是在急行军中,"少废话!报告情况。死了几个?"

"咱们自己人现在还没有死人,冰鬼和食尸鬼中弹,其他人皮肉伤。和我们一起的'孩子们'挂得差不多了,只剩下两个大兵,其中一个是女的。"狼人的声音有点颤抖,这家伙就趴在我对面山岩下的雪堆里,"我们弹药够用,但吃喝断顿,没有办法再前进了。屁股后面有帮骑驴的混蛋……"

"什么?和你们一起的整个班都阵亡了?"前面吱了半声的准将听到狼人的简报

后,突然冒出了句惊叹,"怎么回事?"

"我们的坐标已经传给天才了,但卫星通讯装备坏了,电子地图系统没有更新信息,所以不知道具体所在地域。"狼人根本没搭理那个准将,径自进行简报,"但我们就在一个巨大的湖边,应该不难找。"

"找到你们了!"天才的声音和狼人的声音重叠响起,听起来像个电话会议,"地形图马上就发到你们手里。你们所在的地方是接近阿姆河的源头,海拔近 3300 米。你们怎么跑到这么高的地方去了?"

"高?嘿嘿!我们刚从山上下来,那儿才叫高,老子都喘不过气了!"托尔牙关打架的声音,听着清脆极了。

"我们会想办法把你们弄回来。坚持住!"这回队长的声音夹杂的不只是急喘气,还有模糊的枪声,看来他们也是在逃命中。

"担心你自己吧!听起来你们有不少'玩伴'。怎么,你们偷看萨达姆他老人家好事了?"水鬼虚弱的声音时高时低,让我担心得一直想伸头向他躲藏的小木屋张望。

"嘿嘿,都死半截的人了还嘴硬!我知道你小子喜欢看 A 片,等你周年我烧给你!食尸鬼呢?那小子是不是挺不住先挂了?"屠夫的声音一出来听得我浑身直颤,才几日不见真是如隔三秋呀!想到如果现在挺不住,以后就再也见不到这个把我拖进这摊混乱的罪魁祸首,心里竟然一阵酸楚,手掌不禁攥紧了顶在肩头的步枪握把。

"你尸体烂臭了我也不会死!"作为狙击手最重要的便是保持悄无声息,所以只能无声地在心里大骂特骂。

"我受够了!罗杰队长,你的人太没有规矩了。别忘了你们还要我的飞机才能撤下来,得罪我是自断生路。"准将发现我们竟然聊起了天不理他,恼火了,"我要知道我的兵是怎么死的。"

"狼人!"队长身边的枪声越来越大,看样子是近距离接火了。

"好的!"队长的吩咐下了,狼人不能再装聋作哑,毕竟这家伙说得有道理,鹰眼不在这里,我们必须要用联军的支援,"你给我们下套子的时候,路上正好有队押粮的装甲兵。我们被坦克轰了几炮,所以人都挂了!"

"什么押粮?什么装甲兵?我什么时候给你们下套了?"对面的本森准将听得也是一头雾水。

"不要装了!你个老杂种。说有队武力搜索队失陷敌阵让我们来救,结果竟然是一批找石油的勘探队。"狼人越说越生气,又有开骂的意思,"说我们有援兵,可是等了半天,兜着屁股撵上来的竟然是你们从昆都放出的一群伊斯兰雇佣军。老子的屁股差点被打烂了!你对我们说谎话,还差点害死老子,别让我堵到你……"

"那个……那个……我也没想到……"准将虽然官不小,但听到这种"不光彩"的责难,也要想个好点的错开话题的借口,"你们找到那队勘测人员了?他们怎么样了?"

"他们全都死了！"狼人悻悻的口气一听就是在幸灾乐祸，"任务结束！派飞机来接我们。"

"当然！不过你们要把他们勘测器里的硬盘带回来。"相比人命，他们显然更关心的是石油分布信息。官僚！

"当然会给你带回去！"狼人的声音听起来是咬着牙挤出来的，"你等着吧！"

"你什么意思？威胁我？注意你的身份，士兵！"对面的人能混到准将便不是省油的灯，弄清自己想知道的事情后便不再忍气吞声，"你们是佣军，我们付了钱，你们便要为我们服务。现在竟然讨价还价，还威胁雇主？这就是号称佣军界头把交椅——狼群的作风吗？"

"本森准将，没有任何冒犯的意思！没错！我们是佣兵，为了钱打仗。看不看得起我们是你的事，像今天这种勾当我们干得多了，你用不着蒙我们。"队长那边枪声渐远，看来是逃离了追击，所以说话也开始不紧不慢了，"我们并不像你手下的美国士兵，还有意外保险和伤亡补助，执行命比金贵的美国人不愿干和不能干的危险活计，不正是我们佣兵来这里的目的吗？你所需要的是给我们一个明确、清楚的任务。我说得够明白吗？"

"好的，我知道了！"对面的本森准将听到队长把事情摊得这么明白，也知道解释对我们这种人也没什么用，他换了个人对我们说道："飞行员提供的信息，山谷中暴风雪太大，直升机根本没有办法进山，更不要提降落了。我们只能派轰炸机帮你们进行火力清除，你们要支撑到暴风雪停了才行。"

"你放什么屁？我们只有八个人，一半挂彩，没吃没喝，还要让我们撑到暴风雪停？你跟我开什么玩笑？"狼人听到这里便急了。

"英军有一支狙击分队在你们附近，我们尽量联系，让他们前去和你们会合。这样你们的人手便够支撑一阵了。天气预测说后天暴风雨便会停了。"无线电中的情报官坐在军帐里不急不徐的说话速度，听得我好想一巴掌扇烂他的脸。

"我想不用了！那群家伙自己能活下来就不错了。"狼人不好意思说那群家伙和我们互相误射以及见死不救的事，"如果没有办法立刻接我们离开，那我们需要空投，需要吃的喝的，甚至来个取暖炉也是不错的主意！"

"那也是个问题！山里全是雪，我们无法分清地面上的任何目标物，空投失败的几率很大。"

"我们挨着那么大的湖面，你们总不会看不到吧？蠢驴！实在不行就把补给抛到湖内，给我们扔个皮艇，最后的下下策，我们用它乘水路逃离这里。"水鬼听到这里急了，上气不接下气地骂了起来。

"好吧！我立刻安排。"到这里无线电那头的声音被切断了，换成了天才，"兄弟们，你们有麻烦了！"

"怎么了？"原本听到有空投支援感觉希望重现而稍稍放松的神经立刻重新绷紧。

"卫星图片显示，有批不明武装就在你们附近，湖对面的山后便是一个巨大的村庄，从红外卫星传来的图片看，那里有极高的热能反应判断，还是明显的电子流动迹象。"天才通过卫星把图片传给我们，从四通八达的热力反应来看是拥有供暖系统的山洞和地堡之类。红色区域的规模之大看得我心里发毛，原本以为我们远离敌军，没想到竟然自己又送上门。

"这么大的基地你们竟然没有标识？"

"刚发现的！卫星资源也是有限的，美国人拍照不要钱呀？哪能像手电筒一样在地上不停地找东西。"天才听到大家都没有事，心情轻松不少，在那头笑了，"今天收集情报的速度这么快是因为美国把军网的端口全都开放了，不然以从前的效率，这些东西没一两个小时哪有可能到位。"

我们也确实感受到了这一点，因为手里 PDA 系统中的卫星图片刷新得也特别快。且超远程多方网络会议是极耗资源的，现在这种刷新率加上网络会议，如果不是我们现在得到的这部转发器的能力有限，我们网络视频也不是不可能的。

"你拿到了使用军网系统的器材和权限？"

"没错！美国这回下血本了，竟然租用了全美各大商业通信公司卫星带宽，妈的！带宽高到 20G/S，我现在在甘茵斯坦一秒钟能到法国下数部 A 片哟！"反正现在也没有事情，大家便想多聊两句来提提神。天才似乎也得到了队长的提点，不停地和我们说话。

"妈的个巴子！老子提着脑袋在前面挨枪子，你小子在后面下 A 片。老子回去把老二给你剁了！"水鬼听了天才的话立马恢复了活力，凶狠的叫喊在呼啸的风声中仍传出老远，我在上风口都听到了。

"你能活着回来再说！"

"我操！……"

无聊地听着隔着无线电的两个人叫骂着，随着两人话中的色情和暴力味加重，我也感觉注意力不再全部关注于寒冷，身体也没有那么僵硬了，这也是他们故意这么说的原因。

风声越来越大，天色渐晚，原本天蓝色的湖面开始转成蓝黑色。原本海拔 6000米以上特有的寒冷随着夜雾出现，开始的时候那浓雾中的水分集结成小小的水滴，衣服上就被饱含水分的雾气打湿，然后变成石块般坚硬，我一双握枪的手被冻得发麻。再过一阵水雾转为冰雾，直接打在了脸上，遇到皮肤被体温融化的同时带走了皮肤的温度，然后再次迅速冰冻，在体外结成了一片片冰甲慢慢滑落。鼻毛全都冻成了冰针，扎得痒也不能皱鼻子。

"食尸鬼，换班了！这门怎么推不开呀？"无线电中传来女人的声音，轮到躲在屋子里的唐唐替换我。结果我就看见山脚小屋的门半天也没有打开，过了片刻听到唐唐在无线电中踹门的声音，紧接着便看到被雪糊住的木门外"咔嚓"一声响，什么东西像面墙一样砸在了门前地上。然后小门慢慢打开，借着火光唐唐和结婚男莫名其妙地推门而出，低头查看起来……

我现在明白湖边的人为什么冻死了！看样子是这里昼夜温差极大。傍晚时湖里的水气被山谷里强劲的寒风吹起,在空中直接凝成了冰粒,形成与能冰结飞机外壳的冰晶云相同的冰晶雾,这种冰晶体包裹住了湖面和湖边的一切,而附着在小屋上的冰晶雾在急转直下的急速降温作用下,转眼间变成了坚硬的冰层,封住了原本便有门无窗的木屋仅剩的透气缝隙,将其冻成了个冰块。原来里面睡觉的人并不是被冻死,而是在睡眠中血液缺氧而死,这种死法的症状和冻死都极似酒醉,所以我们乍看之下没有分清这一点。这种现象以前我曾在一次海岸急冻现象中见过,那是在极地那种低温下才会出现的现象,数十公里的海面片刻间冻结,把下海觅食的海豹冻在冰层下。

还好我们并没有跟随身体的意志睡在屋里,不然就算穿再厚也拖延不了归天的速度。这种现象实在是太诡异了,怪不得甘茵斯坦的高山区被称为"死亡无人带",原来不光指的是漫山遍野的地雷。

看着那个小妞伸头伸脑地边向我这走边张望,过了一会儿更夸张地把夜视仪装上,用夜视仪瞄了半天,最后她耷拉着肩膀冲着无线电叫了起来:"食尸鬼!你在哪里?我找不到你!"

"……"我差点从藏身的掩体中摔出来,只能挑开挂在面前的白布伸出手晃了晃,指示自己的位置。这样的女人为我警戒?我实在不敢留她在这里而进屋里去烤火。

"安拉至大!安拉至大!……我作证万物非主,惟有安拉;我又作证穆罕默德是安拉的使者;你们来礼拜吧;你们来成功吧……万物非主,惟有安拉……我证明安拉独一………"

悠扬的邦克声翻过山头从山那边传来,黄昏了,穆斯林的昏礼也开始了。宣礼声音的清晰度之高让趴在雪窝里的我惊讶极了,难道我们和敌人离得这么近?被结婚男替换下来的狼人,原本还慢慢地向屋子前进,听到传来的邦克声吓了一跳,兔蹿似的纵身跳进了木屋拉上房门,我也赶紧一把摁倒仍撅着屁股在那里整理阵地妄想舒服地在雪地里打盹的女人。

"你干什么?"女人啃了一嘴雪,恼怒地抬起头张口要骂我。

"别出声!"我捂住她的嘴指了指湖对面的山坡。那里原本洁白色的雪地上出现了无数的小黑点。如果不是有纯色的背景反衬,这种能见度下是看不到那些敌人的。

"从哪儿跑出来这么多人?"怀里女人的惊诧声从我五指缝中渗出来。

"山体里面!"我拉起她胸前的观察镜放在她眼前,"这些家伙就在雪层的掩护下,如果不是集体礼拜,他们出来转一圈我们也发现不了。"

"但是你在他们出来之前便把我摁倒了,你怎么会预知这些?"唐唐的名字有点幼稚,但人却很聪明。

"刚才最大的那声呼喊叫宣礼,是让所有的穆斯林开始礼拜的提示。这表示按照他们的宗教习惯,基地里所有人都要找个地方进行礼拜。"我指了指身上的卧垫,"穆斯林可以在任何地方礼拜,但必须是干净的、纯洁的,他们不会在浴室和牲畜圈等污秽肮脏的和不纯洁的地方礼拜,也不会在人来人往的不安静之地或妨碍别人行动的通道礼拜。拥挤憋闷的山洞里面根本无法满足这些要求,所以他们一定会出来。"

"噢!"身下的女人恍然大悟后挣脱我的压制,伸手推开我开始忙自己的。这时我才注意到她背上来的除了自己的 M4 步枪外,竟然还有一挺 MG3 机枪和大包子弹。

"你干嘛?"

"我要在这里警戒,水鬼说在雪原上最好使用火力持续高的武器,效果会更好一点。"唐唐熟练地摆弄着手里的机枪,看来基本训练的基础打得比较好,"我知道子弹飞出枪膛的时候温度极高,而雪山上的空气却极冷。极大的温差导致子弹旋转不均匀,弹道不稳定,子弹落下的地方与预定目标相差甚远。但我没有在这种情况下射击的经验,前两天的战斗也只开了几枪而已,到底能差多少呢? 你有经验吗?"

"在雪山上不同口径的子弹落下的地方与目标相差的距离是不同的,你习惯用的是 5.56 的小口径,但现在手里的 MG3,口径大、火力强、枪口跳动大,你瞄准目标身后 5 米左右便可以了。"我看着唐唐把 MG3 独特的鲨尾把顶在瘦弱的肩头时,颇担心她一开枪后坐力会把她的锁骨给震裂了,"不过,不到万不得已你不要用这东西。"

"为什么?"

"天快黑了! MG3 的枪口火焰之大就像个火炬,对面山头都能发现我们的藏身之处。而且……"我拍了拍自己枪口上套的消音器指了指远处的山顶,"MG3 的声音超大,会引起雪崩的。"

"声音大? 雪崩? 那手雷也不能用了?"

"是的! 而且……"

我话音未落,便听到天空中一阵轰鸣声,我还以为是联军的喷气式战斗机,结果抬头一看,发现数个大小不一的火球从远处飘了过来。

"巡航导弹!"我和唐唐还有其他人同时在无线电里叫出声来。

"怎么回事?"大家纷纷掏出望远镜等观察设备向导弹飞来的方向望去。十数枚的"战斧"空射巡航导弹喷着尾焰驾云而至。等飞到对面的山头离地面一二百米的时候突然解体,数千个小降落伞铺天盖地地夹杂在雪花中飘然而下。

"上帝呀!"边上的唐唐看着在集束炸弹笼罩下正摊开双手围在一起祈祷的基地武装人员,禁不住惊叫出声。

温柔落下的"雪花"在触地的那一刹那露出了狰狞的真面目,巨大的爆炸在对面数公里长的山脉上同时开花。整个山头变成了红色,特制的燃烧弹将雪也烧了起来。地面上的人不是被炸成了飞灰,便正包在火苗中向山下湖面冲去,但还没跑出两步便一头栽倒在雪中兀自燃烧殆尽。

"混蛋!"狼人在无线电中叫骂起来,"军部的杂碎用我们给出的坐标发现了这个基地,果然不顾我们的安危发动了进攻,甚至不通知我们一声。"

"你应该想得到!"天才无奈的声音传来。

在地面有生力量被清除后,大肚子的轰炸机才开始出现在空中,B-52"同温层堡垒"、B-1B"枪骑兵"有恃无恐地晃了过来。与此同时,山里的防空炮火开始咆哮,无数火线冲上高空拉出一片弹幕,这场面让我想起了二战时的英伦空战。可惜的是,所剩无几的防空炮对于能飞到万米以上的战略轰炸机几乎没有造成任何威胁。

在绝对的制空权的情况下,B-52拖着老迈的步履哼叫着挪蹭到山顶,扔下一枚巨大的炸弹,个头之巨让我心头一跳。等那颗庞然大物消失在岭线下后片刻,山崩地裂的巨响将大地摇晃起来,我感觉自己像顽童手里耍弄的棋盘上的棋子,在地面上不停弹跳起来。眼中对面的山头从内部塌陷了进去,巨大的威力几乎将整个山体摧毁,硝烟弥漫中的蜿蜒山岭如开山劈石般出现了个豁口。

远处的群山如同响应这里般纷纷"怒吼"起来,顿时周围的山脉一片雪沫飞扬。连我身前的浅薄的雪层也前滑了数米,吓得我还以为自己会被带下去,拼命地抠住了身边的岩缝,结果没注意碰到了胸前的伤口,虽然伤口冻得有点发麻,但还是痛得我直抽冷气。

好半晌大家才从震惊中醒转过来。崩溃倾下的雪层埋住了山脚的小屋,我藏身的岩块掉光雪的掩盖,成了光秃秃的显眼标识。

幸好有湖面作为分界线,天上的飞行员才没有把炸弹丢偏,不然随便是刚才扔下的任何一种炸弹,我们相信这会儿大家都由耶稣他老人家管饭了。

等雪崩停下,我看到一架B-1B低飞而来,在湖面上空远远地扔下一个挂着降落伞的巨大包裹,悠然地在所有人的注视下掉进了湖水中。

"他们把所有人从山洞里轰出来后,再当着他们的面堂而皇之扔给我们一包东西,这是想法救我们还是害我们?"刺客和其他人看着为了显眼而特意选的淡黄色降落伞道。

"感激!真感激你们这群婊子!"托尔看着淡蓝色湖面上的一点黄,打开无线电冲天上的飞机叫骂,"神保佑你吃弹子!我……"他的话说到一半,便看到几发肩扛式防空导弹冲天而起,直奔刚刚拉升起来的B-1B,其中一发正好打在B-1B的还未收起的投弹舱门上。

看着破烂的舱门从天而降砸在平静的湖面上溅起的巨大水花,再抬头发现那巨大的"铁鸟"竟然拖着浓烟摇摇晃晃地跑了。

"你还是为我们担心吧!"我看着没有被炸死的基地组织和学生军武装,开始凑到湖边对着湖中的黄色包裹指指点点,继而开始有所觉察地端起望远镜向湖对面的这边望来。

240

第一一八章　福祸相依（二）

第一发炮弹打在湖边小屋周围的水面时，狼人扛着杰丽，伙同托尔等人玩命似的冲出了木屋。

"他们跑什么？对方知道我们在屋里吗？"唐唐看到对面山上的人开始指着狼人他们指指点点，并纷纷登上湖边停靠的小船后问，"这样不是暴露了我们吗？"

"刚才那发是炮兵在测试弹道，第二发便不会打偏了！他们没有先进的自动弹道计算系统，机械测算要先打一发来修正误差。"我掏出怀里的超声波发声器，这东西能发出人耳听不到的高频声波，平时主要是用来在不惊扰敌人的情况下，驱赶走警戒的狗用的，这时候则可以用来激发设置的隐藏装置。

我连续按手里的超声波发声器，然后就看到湖中间的黄色降落伞覆盖下的空降箱突然从内部被大力撑爆，一艘武力运载的特种作战艇破茧而出，自由地徜徉在水面上。

我再按两下发声器，快艇屁股上的两个马达遥控启动，自动向我发出信号的位置驶来。湖面上的甘茵斯坦人看到突然出现的快艇先是惊讶了片刻，等发现快艇竟然自动向我们靠近时便开始拼命地射击，穿过鹅毛风雪的子弹打在湖面上激起大片的水花，如同天上掉下的不是雪花而是钢子儿。

狼人他们无法顺着湖边跑，因为湖岸线能作为炮手的参照系数，只有雪色才能隐藏他们的行踪。所以一群人拼命地向上斜行跑在山坡中间，但又不敢离开湖岸，而我和唐唐仍藏在暗处不敢动弹，生怕暴露自己，只能眼睁睁地看着他们引着快艇向对岸炮群的死角越跑越远。

"我们不去追他们吗？"唐唐焦急地看看我，再看看远处努力逃走的狼人他们，害怕地问道。

"不追！"我偷偷地向后退了退，尽量把枪口向后拖。因为阵地前原本为防止枪口气流激起雪花而浇了水结成的冰，都被轰炸震碎滑落到远处了。

"我们会失落敌阵的！"唐唐想到这里禁不住握紧手里的枪把，紧张得脸越来越白。

"炮手现在可以没有顾忌地开炮，我这时跑才是找死！耐心点，耐心点！雪地行军脱队两里地也很常见。"我掏出一个避孕套递给女人，"套上！"

"我不想用那个恶心的东西。"

"冰在某种情况下是一种很坚强的东西,硬到足以引起炸膛!"我指了指自己枪口一直裹着的"白色薄皮"笑了,"这里又没有人会笑你。相信我! 你不会喜欢脸上嵌入一块拐弯的钢管的。绝对有碍观瞻!"

说服一个女人最有效的方法便是把推销的理论和美容扯上关系,这一点即使对 Redback 那种女人都有效,何况是唐唐这种还打算下半辈子出人头地的年轻美眉。

"这几天打了好几仗,你开了那么多枪,有没有打中一枪?"审视一眼逃跑的退路后,我扭头对身边的女孩问道。

"我记不得了!"女孩儿盯着湖心上尾随着快艇越来越近的大批敌人开始冒汗,听到我的问话甚至没有扭头看我,"你怎么还有心情问这个? 我们怎么办? 有退路吗?"

第二次炮击来了,正如我所说,炮弹几乎全部落到了山下的小屋上,单薄的建筑连同里面的尸体登时灰飞烟灭,支解的肉片溅散在周围的雪地上。有如红梅一样。

"嗯——嗝!"身边唐唐嘴里开始冒酸气,我离这么远都能闻到。不见死人,她发挥了身为职业军人应有的一切优点,但当尸体出现在视线内的时候,这种反胃声便开始搅乱所有人的冷静。

"你来了这么久仍保持这种反应,那一定是难以想像的痛苦!"我调整起瞄准基线,雪地狙击是最难受的工作。温度、湿度、风力、气压,随着高度的起伏不定变化极大,几乎走两步就不是一个着弹点了。

女人不说话只是拼命地吞口水,看她的样子,我几次想一刀捅了她,一个死人躺在边上可比现在的情况让我放心。最后我还是放弃了这个念头,其实看着她担心的样子,反倒让我很羡慕,甚至妒忌,知道紧张代表着害怕,会害怕便有逃离这种生活的勇气。

听着她嘴里念念有词地引用《圣经》来舒解压力,让我想起了已经死在非洲的侍者。他也是这么啰嗦,每次和他伏击别人时就害怕他的"圣训"引来敌人的炮火。

第三次炮击已经追着狼人他们去了,但震动还是把岩石上仅剩的雪层给摇了下来。几十斤的雪像几床大棉被一样砸在我们身上,除了压得腹痛如刀割,还埋住了我的双脚。原本待在周围用来保暖和伪装的白色防寒布,这会儿成了我们与冻封地狱的惟一阻隔。

"我看不见了!"女人被白布盖住了脑袋吓得突然低叫了一声。受过的训练让她只是缩紧身体说了句话,还好她没有吓得挥手把伪装布撩开。

"身体不要动! 用手指逐步撑起压住的部分然后前伸直到指尖感到凉气。然后顺着进光寻找视角。不要有大动作!"我也同样慢慢地将遮住瞄准镜的部分轻轻扯开,这个平常一秒便能做到的动作却费了我们两人近一分钟才完成。在失去视线的情况下,每发落在山坡上的炮弹传来的剧震都仿佛近在咫尺,黑暗中,心里总是不向好的方向想,总感觉下发炮弹准会落在自己身上,于是背部一阵一阵发痒,仿佛已经能感到弹头散发的炙热气流。

等再次拉开伪装我们看到眼前的山坡已经大不同了,原本平展的雪面现在被震得堆积成波浪状,不少应深埋雪下的地表都袒露在空气里了。眼前的白雪全都蒙上了一层火药,黑黑黄黄的,闻着一股黑索金的味道。

看着眼前的景象,我倒是不用害怕枪口的火药残留物会暴露自己的位置了。身边紧挨着我的唐唐身上的颤抖通过接触的左腿传递过来,分不清是冷的还是害怕的。牙齿撞击的"咔哒"声让我意识到一件以前没有注意到的现象,那便是冷和害怕的身体反应竟然如此类似。

"越……越来……越……近了!他们……呵——呼!呵——呼!……"唐唐眼睛越睁越大,胸口起伏也越来越剧烈,逐渐出多进少喘不过气来,这么冷的天脸色却越来越红润,脑袋开始晃动起来。我赶紧伸手从她胸前的口袋里扯出一个牛皮纸袋,撑开套住她的脸说道:"深呼吸!深呼吸!"

过了好半天这家伙才平息了哮喘,抹了把脸莫名其妙地看着我:"我怎么了?缺氧吗?"

"没有!是缺二氧化碳。你太激动的缘故,所以呼吸加强,二氧化碳排出过多,呼吸过度了,在高原上会造成低碳酸血症和呼吸碱中毒,引起脑血管收缩,部分抵消缺氧引起脑血管扩张的反应,容易发生意识丧失,然后出现脑水肿,那就没有救了!"其实一直在平地作战的美军很少有人注意配发的这个纸袋是干什么用的,不少人都拿去逛街装东西用了。等到了缺氧的高原地带,他们才明白,在这里枪打得准没有用,会有效地控制平均呼吸才是制胜的法宝。

"咬!"我慢慢从怀里掏出个呼吸器塞进她嘴里吩咐道。

"哧!"唐唐咬着呼吸器上下颌用力,一股气流从嘴边泄出,脸上登时呈现出一股舒畅的表情。那里面装的是高压纯氧,量并不多,是在高原作战紧要时候用来醒脑子用的。现在就拿出来是有点可惜,但是让一个头脑迟钝的女人在身边更危险,逼不得已只能豁出去了。

"谢谢!"女人把沾满口水的呼吸器递还给我时竟然还顾得上不好意思。我有点后悔没有干掉她,留具尸体在身边多好,逃跑的时候还能迷惑敌人。操!

"别不好意思了!"我接过呼吸器放进嘴里,这女人竟然害羞到抬不起头来了,"轮到我们了!"

"什么?"唐唐一惊,赶忙抬头张望,发现湖面上的敌人已经逐渐靠近岸边。而在没膝深的雪地中两分钟跑不出五十米的狼人他们已经将被敌人衔尾追上了。

"我们能干什么?"唐唐看着远在千米外的敌人,再看看自己手里的 M4 和身边的 MG3,无奈地看着我。

"骚扰!"我把枪托顶在肩窝里,脸贴冻得起粘的腮托板在湖面众多的小船里寻找着目标,"狙击手不是一定要击毙敌人才能发挥作用的。"

说完我对着冲在队伍最前面,也是距离最近的一艘机动船坐人的尾部扣动了扳机。即使装了消声器,50 口径弹的超高射速带来的音爆仍不可小视,好像个皮球在你面前炸开一样响亮,巨大的后坐力有如什么人在我肩头踹了一脚似的,身子趴着仍后退了一下。巨大的枪口气流将悠然而下的雪幕扯开了个巨大的口子,从子弹后面甚至依稀能看到它冲出的巨大涡流,瞄准镜中的快船的木制船头甲板上霍然出现一个排球大的洞。

刚开始的片刻船面并没有什么异状,我甚至开始怀疑那一枪有没有效果,可就在这时,突然冲天的湖水从打出的洞中喷薄而出,转瞬间便淹没了船头,然后开始向船身蔓延,最后木制的船体因为进水太多而折断,将承载的六名士兵扔在了水中。

我再次对着弹点进行了校正,然后用食指挑起冻得发涩的枪栓,回勾拉出弹壳,又开了两枪。这回就好多了,瞄准船尾打中船中间,相差不到半米了。

这种距离,这种环境,我已经很满足了!

"好枪!"狼人的声音从无线电中传来,"等你半天了! 迷你炮手!"

"我们的……迷你炮手!"刺客跑动中看着水里挣扎的人说道,"嘿嘿! 逞自己是机动船跑那么快,把队友甩那么远,看现在谁救你。抢功抢进鬼门关!"

刺客说完举起不知从哪儿找到的一把极少见的TPG-1狙击枪开了一枪。没有打中! 但这把枪接近反器材狙击枪的惊人射程却吓了我一跳,怪不得他扔掉了自己的SG550。本以为刺客只是游戏一枪便撤的,没想到这家伙竟然慢条斯理拉动枪栓退出弹壳,开始调试起刚装到枪上的瞄准器来。

"你干嘛? 刺客!"我看到湖面上的小船开始拼命地朝他射击不禁问道。虽然距离影响了准头,子弹均没有打中他,但生于此长于此的高山战士们很明白应该怎么在雪山上开枪,他们全都是朝天射击,子弹轨道画着拱门从天上划落散射在刺客身旁。这种轨道落下的子弹仍有强大的威力,落在身上可就是一个眼。而且由上而下过来的子弹极容易打中没有防弹衣保护的腿脚和手臂,这次刺客没受伤算是他运气了。

"我要调枪!"刺客在瞄准器上拧几下后又打了一枪,这回比刚才精准了不少,子弹落在了那群拼命在水中挣扎的落水狗脑袋边上,吓得这群本想在原地踩水保持体力等求援的家伙,放弃了原本的如意算盘,玩命地迎着同伴的船游去。

第三枪响后,水面上一颗人头不见了。然而一招得手的刺客扭头便跑,没有任何乘胜追击的意思。跑出没多远,他刚才站的地方便被炮弹炸成了焦土。

"嘿!"我自嘲地浅笑一声。还是比不上刺客这家伙,如果是我一定会补上两枪。虽然时间也够逃跑,但危险总是大几分。冒险冲动! 这是当初入队快慢机便给我下的总结,时至今日我仍没有摆脱这个毛病。

其他手摇船看到打先锋的三艘快船无缘无故地竟然沉了,纷纷减慢速度举起望远镜沿湖岸观望起来。

"我们怎么办?"唐唐从没有应付过这种场面,看到随着望远镜一起移动的数百个黑洞洞的枪口,再想像远处山里更夸张的无数炮口也是不停在我们身上扫过,便不只是颤抖而已,开始拼命地夹紧大腿了。

"没有关系！别动就行了，他们看不到我们的！"我安慰她。

"你……怎么知道？"

"看到就开炮了！"我看到刺客的惊人判断力有点妒忌，所以口气没有刚才好了。

"那……那……我们什么时候才能动呢？"女人一直不停地问问题，我知道她是想借此来舒解紧张情绪。可是，我心里也发毛，经验丰富不代表不怕死呀，只是比较能分清局势发展，知道应进还是应退而已。

"等！到时候你自会明白的。"我懒得解释，只是按着她的头慢慢趴在了防寒垫上。

"等？"女人脸贴在防寒垫上对着我，"难道这就是你的作战方式吗？"

"应该说是'忍'更确切一些，你会发现等的过程中便开始出现一些要'忍'的困扰了。"我教她抱膝蜷成婴儿状好在雪地中减慢体温的流失，"先体会冷吧！"

看着狼人他们可怜的移动速度，如果不是雪地造成的同色视差，让人没有办法测算他们的位置的话，这些家伙早就完了。好在对面被空军一番轰炸后弹药补给似乎无法连续，炮打得时断时续。但水上行船实在是比雪中行军快得太多，看来我还是不能动呀！

天越来越黑，风也越来越大，瞄准镜中的温度指数从零下15℃已经跳到零下30℃，并且还在降。

零下30℃是什么感觉？那便是裹在衣服里的水囊也被冻成了冻坨，挤出来一块放在手里握着居然是暖的！冰是0℃的，身边的气温是零下30℃的，所以冰就像是一块厚的有机玻璃，或者塑胶什么的，再暖也不会化掉。鼻孔边上因为出热气而积蓄的水气也会被冻住，呼气时便被体温融化，吸气时便再冻结，脸上涂的防冻油脂都有发硬的感觉，更不要提被冻得发痛的皮肤了。

这种情况下，每秒钟都像数年一样久。

从身子下面掏出把雪放进嘴里，我不敢立刻咽下去，含在嘴里等它化掉并逐渐变温才敢下肚，不然肯定拉肚，然后绝对是肠胃炎、败血症，这种坏境下也就宣布了你的死刑。

"伙计们！我得到最新的消息，英军的狙击分队就在你们附近，已经前来支援你们了。"天才兴奋的声音颇有点得意。

"英国狙击分队？"原本冷冷清清的无线电这下可热闹了。

"太好了！"有人欢呼，是结婚男。

"那些家伙没有死完？"有人惊讶，是托尔。

"他们从哪里来？"有人质疑，是狼人。

"从山上刚下来。他们消灭了敌人一个前哨站，人力仍充沛，听到你们受袭来接应你们了。"天才顿了顿又开口道，"他们的位置已经非常接近你们了。"

"坏了！"这回所有人都叫出声，本来不好意思说出自己见死不救的事，怕英国的高层恼怒，结果竟然引来一群追命的。

"怎么了？"天才吓了一跳。

"我们见到了那群英国人,因为没有事先辨识,出现了友军交火,还互相误伤了几个人。"狼人扛着水鬼边跑边说话,开始有点大喘气。

"那群人死得都差不多了,怎么会人力充沛?"我接过狼人的"负担"解释起来,"来的肯定不是英国人!"

"那怎么办?"天才愣住了。

"你有没有把我们的通话频率告诉他们?"刺客对这个反应最快。

"说了!"天才声音颤抖起来。他也知道这下祸闯大了。

"换B套频率。"我马上把腰上的无线电接收器拨到另一个加密频道。

"食尸鬼,撤吧!"狼人心虚了,"你掉队太远了!如果附近有能抓住英国皇家陆战队的高手,那就太危险了!"

"收到!"我听到这里拍了拍唐唐,指了指身后一条岩缝说道,"顺着这条缝跑,里面雪少,跑快点甚至能早一步赶到登船点。"

"登船点?"唐唐看着发黑的远处满脸不解。

"这里。"我把手里的PDA塞给她,指着电子地图上标出的红叉说道,"这里是炮击的死角,只有在这里才能安全登船。"

"你呢?"唐唐看着地图本能地问了一句。

"我断后!"我架好枪打开热显夜视仪,看着湖面上的星星点点的红斑说道。

"噢!你保重!"唐唐脸带忧色地看了看我欲言又止,最后扔下一句便提着M4匆匆去了。

看着远去的娇小人影,我披着伪装布跪在雪地中四下张望了一眼。天苍苍,野茫茫,再次只剩下我一个人,心里不禁浮起一个奇怪的念头:我性格并不孤僻呀,怎么摊上个这种活计?

枪口对准已转成黑色的湖面上再次开始急划的船队,这次我没有了顾忌,拼命地扣动扳机。迅速打光了两弹匣的子弹,击沉了船队中数艘"倒霉鬼"。因为他们已分出了一部分队伍赶向我这里,所以这次船队似乎打定了主意,没有再停下观望,仍拼命地向前赶,落水的人由后面的船救。

看着山脚下已然登岸并开始向上攀登的士兵,我只好放弃攻击船只,击毙了两名登岸搜索的士兵,利用恐惧绊住了他们的脚。

就在这个时候,狼人他们行进的方向,突然响起了激烈的枪声。

246

第一一八章 福祸相依(二)

第一一九章　福祸相依（三）

在没过小腿的积雪中奔跑，每步都像被人抱住脚一样举步维艰，为了跑得快些，双腿迈动起来已不是直上直下从雪里抽出来前进，而变成了从两侧向前抢，把脚从雪里甩出来般跑动。即使如此，行进的速度仍慢得可怜，倒是剧烈运动让我有点喘不上气来，每次大口呼吸牵动胸腹上的创口都痛得我想打嗝儿。

"怎么回事？"枪声骤起即消，速度之快让我心里升起强烈的不祥预感，顾不得处于上风口说话易暴露自己的行迹，赶紧在无线电中呼喊起来。

"狼人？"得不到回复的我急了，"狼人？！ 狼人？！ ……天才！ 狼人他们怎么了？"

"等一下！"天才语气听起来也是气喘吁吁的，"最新的卫星图片全被军方调走，用来对刚才的 GBU-28 的轰炸效果进行评估了……"

因为我边跑边说话耗氧过剧，一时喘不上气憋住了已经到了嘴边的脏话，我只能在心里骂这群王八蛋。我们冒着枪林弹雨在前面冲锋的时候，这些家伙还在为新炸弹的杀伤力进行总结。不过，能联系上天才，说明中继站仍是完好的，这东西就在狼人身上背着，如果他挂了，它应该也会被毁掉的。

不知是因为跑得太快，还是伪装衣兜风鼓起来暴露了自己的位置，原来山脚下向上打上来的子弹，开始从盲目乱射变得目标鲜明起来。几发子弹带着哨声从我脸前飞过，让我有种差点撞到子弹上的感觉。

"图片来了！"天才在无线电另一端的叫声之大，令我生怕传出我的头盔让别人听到，"天太黑，我们看不清细节，根据热能图片看来，他们遇到了敌人的伏击。"

"狼人？ 狼人？"听到这里我的心里更紧张，生怕他们出什么事，拼命地呼叫起来。

"我…没空搭……理你！"狼人的声音终于出现在彼端，让我为之雀跃，但背景声中密集的枪声却又让我把心提到了嗓子眼。

"我们需要空军援助，火力援助！"结婚男在无线电里大声吆喝起来，"敌人从哪里来的？ 他们竟然有夜视装备。"

"唐唐！ 你在哪儿？"我想起了跑在我前面的女兵，如果狼人他们被包围了，那么我们前进的路上一定会遇到伏兵才对。

"我已经看到交战的火线了！"唐唐说话喘气，几个字也要分成段落来讲，"有敌人挡住了狼人他们前进的方向，后面的追兵已经上岸了。"

"他们多少人？"我跑得很快，大量的运动让自己开始感觉到身体变得暖和起来，但是脚上原本被冻麻木的伤口却开始随着知觉的恢复痛起来。

"我看不太清楚！我的夜视仪看不到那么远的距离。"唐唐无奈地说道。

"大约二十多人，并不是很多！"水鬼的虚弱声音响起，语气之弱让我担心这家伙是不是离死不远了，"但火力很强，而且很准……"过了片刻他喘会儿气才又补充道，"他们能看到我们！"

"怎么可能？夜视仪不可能看得到你们的……嗯……"我正跑着脚下突然踩到什么，尖尖的感觉有点像铁器，这种地方踩到铁器，我脑中第一个想到的便是"地雷"。我心中一惊，汗便冒出来了，身上的各种酸痛和追兵的担心也都不见了，全世界瞬间只剩那个刺刺的小尖顶在鞋底撑开伤口皮肉的感觉，脑中在刹那间闪过一段段曾看过的踩雷者的悲惨遭遇，画面中那些血肉模糊的残肢断臂散发的腥咸热气仿佛已然从我脚底的伤口倾泻出来。

"炸不死我，我操你妈！"我第一个反应有点令人沮丧，对于四肢缺损地过完下半生的恐惧甚至超越了死亡。

慢慢地蹲下身扫开脚边的积雪，脚下面的"地雷"终于露出了尊容，等看到这吓了我一跳的东西竟然是半拉人下巴的时候，我一屁股就坐到了雪里。看着那该死的牙床，不由得叹了口气，长在人嘴里时怎么也看不出虎牙竟然有这么长。

顾不得打量被我踩"破相"的可怜家伙，我挣扎着抱着枪重新站了起来，感觉着突突打颤的腿肚，原来恐惧比跑步还耗费体力。

"妈呀！我中弹了！我的手！痛死我了！嗷！……嗷！……快来救我。上帝呀！"受到刚才惊吓的启发，我正在把背包里仅剩的两枚反步兵地雷布在追踪我的必经之路时，结婚男杀猪般的惨叫声震得我手一哆嗦，"他又打中了我的防弹衣，快把我从这里弄走。"

"你没事吧？"唐唐作为他的战友第一个发出了问候，"坚持住！我马上就到！"

"不要冲动！唐唐。待在原地等我。"我听她的声音，知道她如果贸然出去，一定会被敌人发现。这种环境下连中两枪，这么准的枪法一定是狙击手才办得到。

"那个谁，移动你的位置，大距离的！"我记不住那个结婚男叫什么名字了，只能这样称呼他。

"我躲哪儿去？妈的！连块石头都没有。我在流血！天呀！"结婚男的叫声一阵高过一阵地传来，这家伙肯定死抠着呼叫器不停地叫唤。

"保持火力！"狼人的叫声总是伴随着大量的枪声，看来他是在最吸引火力的位置，所以对任何人停止射击后增加的压力体会得最为明显，"操！连续射击，都给我开枪。"

"但我的手中弹了！"结婚男听到狼人的要求仿佛是天方夜谭般。

"用另一支手。"托尔在无线电中的声音甚至有枪声大。

"我不会用另一只手……"

"你是猪啊！"水鬼的声音听起来有点精神了，估计是催命的战斗唤起的。

"天才,我们要空中支援。妈的!这些家伙不是甘茵斯坦的二把手,绝对是职业士兵。干!人不多但打得我们抬不起头。"连刺客都受不了,担心像握紧脖子的巨手掐住了我的呼吸。

"H1,这是S4。请求支援!请求支援!坐标是:东经70度23分141,北纬36度56分212,海拔……"唐唐焦急地在无线电中呼叫起来,最后还满怀希冀地加了句,"快点!我们顶不住了。"

"请求驳回!风雪太大,能见度太低。你们所在的区域隐藏有敌军的防空火力,低空飞行危险过高。而且你们与敌人的接火距离太近了,轰炸机会连你们一起炸碎的。"天才接通了联军的指挥中心,对方的军官否决了我们的要求。

"操!鹰眼在就好了。"这时候大家心里一定和我想的一样。不是自己人就不关心你的死活。

"听着!你们这些王八蛋,你们要的硬盘还在我们手里,里面记录的是甘茵斯坦的资源分布图。"别看托尔两米多的大块头,嘴巴倒挺利索,"如果你们不来帮忙,我们就把这东西给别人。甘茵斯坦打下来你们不能独吞,到分割战后利益的时候没了这东西,美国佬你们绝对会失去先机的。那可是难以计量的损失,不只是几架阿帕奇的数儿了!"

对面沉默了,过了片刻才犹豫地答应道:"空中支援20分钟后到。"

"妈的!人命还是没钱重要!"狼人换弹袋时拉枪栓开机匣的声音在无线电中听得一清二楚,可见这家伙是真的被打得抬不起头来。

跑得上气不接下气后,我终于在风雪中看到不远处有枪火。来往无数条火线在灰暗笼罩的雪原上交织成弹网。我放慢速度,顺着夹缝小心地接近战场,没走多远便看到穿着白色伪装衣的唐唐蹲在前面,正趴在雪地里观察不远处的交火状况。

等我快要摸到她的脖子的时候,她才似有所觉地突然扭转过身,幸好我眼疾手快地一把抓住了她的枪口,不然看她紧张的样子极有可能没看清我的脸便给我开个洞。

"什么情况?"我掏出小氧气瓶塞进嘴里急吸了几口解解缺氧的难受劲。

"对方占据了河岸拐弯处的高地,拦住了他们的前进之路,后面的追兵兜着屁股把他们夹在了中间。"唐唐指着斜下方不远处刚上岸背对我们的学生军士兵。本来天黑人太多,还看不太清每个敌人的位置,但这些家伙一上岸便开始对着陷在雪层中的狼人他们拼命射击,曳光弹画着光弧一头指出了敌人的所在,另一端则暴露了自己的位置。

"我们打谁?"唐唐比我早走那么长时间,竟然只比我早到片刻,二十多斤的MG3竟然还背到了这里。

"别急!你先把弹链都接好。"我爬出挡住视界的藏身岩缝,趴在雪堆里稍稍抬头,沿着埋过自己盔顶的雪层边沿,透过瞄准镜向混乱的"夹心三明治"张望。

狼人他们的藏身凹坑正好能让敌人从上方1000米外的山崖上俯射他们。而托尔他们仰射时,步枪和AT-4火箭发射器却超出了射程,除了刺客的狙击枪还能够着一点那些人的边儿外,其他人虽然有热像装置标明敌人的位置,但"缤纷多彩"的着弹点离自己的所想仍有距离。

而对面的敌人也很巧妙地把握住曳光弹的指向功能实施火力侦察的技巧。结婚男之所以被人打中两枪,是因为狼人、刺客和托尔他们作为渗透部队,都没有使用曳光弹的习惯,而他是正规训练出来的陆战队,常规作战比较多,使用的又是敌人的南斯拉夫 RPK,弹药中五带一磷火光束,引来的报复当然比其他人要精确得多。

"布局真是太巧妙了!这不完全是打靶吗!"作为旁观者,我看着双方互射的画面,第一个感觉便是惊叹敌人埋伏打得好,然后才是开始测量距离最远打伏击的敌人的位置。虽然夜视仪在这种天气下视距没有那么远,但热成像在这种温差大的环境中效果还不错。只是 1500 米的距离在风雪影响下,我对每发必中没有信心。

连开三枪才击中第一个目标,看到瞄准镜中由于武器射速最高而成像最大的机枪射手迅速在暴风雪中失去温度归为灰白后,我才对已经瞄准射程内的学生军追兵等得不耐烦的唐唐说道:"开枪!"

MG3 的轰鸣声确实惊人,不愧是改自 MG42 的经典武器。那刺耳的咆哮声和高过普通机枪 1/3 的高射速,将威力巨大的弹雨倾泻到敌人的后背上。除了长达半米的枪口火焰像火把明灯一样暴露了自己的位置这个缺点外,这东西几乎是远距离支援武器的最佳代言,怪不得二战美军听到它"撕碎油布"般的声音便闻风而逃。

不知是德国武器一贯的精确性太好,还是唐唐被震得直跳的肩头起了催化作用,弹雨打得还是蛮准的,没有防备的追兵竟被这一通枪子儿打倒十数人,作了"螳螂"的这些人登时被打晕了头,纷纷转身张望是哪里打枪。

"食尸鬼?"狼人试探性地在无线电中问了句。

"是!"MG3 枪口喷出的射击燃气夹带大量的火药沫,被对面吹来的山风一吹飘散开来,如细沙般铺在了雪面上,散发着呛人的气味。

狼人看到山脚下正向自己爬来的追兵被突然蹿出来的一阵弹雨打乱了阵脚,便命令身边的人放弃对山上无谓的还击,把牵制他们的任务交给了我和刺客,其他轻重武器全部调转枪口开始狂打腹背受敌的民兵,这次换他们体会到居高临下"打靶"的快感。

我每开一枪,巨大的后坐力便扯动胸腹的裂口,仿佛我自己在故意掰开已粘连的伤口。而更无奈的是,这种环境下,我打上数枪才有可能命中一发。等我第一匣十发子弹打完时,我已经感觉到包裹伤口的纱布重又开始"温润"起来。换上第二个加长弹匣时,我已经感觉到有液体顺着腹沟流进了裤腰。

"这没有什么,和戴尔蒙都那次差远了。"我一面不停地在心里安慰自己,一面拼命地扣动板机,想在对方发现我的位置前能多解决掉两个敌人。而这时远处的山谷中也传来了直升机的螺旋桨声……

发现狙击手的永远是狙击手。

第一发子弹打在离我十万八千里的地方时,我已经知道对方发现了我,而且他们也有大口径狙击枪。可是想缩回去变换位置时，却发现自己的双脚竟然被冻得失去了知觉。不管脑子中想什么都没有办法传达给肢体是一种怪怪的感觉，我伸手使劲拧了一把大腿，却只有一丝挤压的酸胀感，好像"二郎腿"翘的时间长了"木"掉的感觉。

"该死！"我只能用肘部撑地拼死向前爬，希望把一百多斤的身体拖离这个地方。这时第二轮打来的便不是一发子弹了，对方所有枪口都瞄准了这里。成片灼热的弹头穿透雪面时"哧"的淬火声，听起来令人毛骨悚然，近在咫尺的偏差仿佛在昭示下一枪肯定会中。

"打不中我！打不中我！"这种自欺欺人的想法，其实是在战场上保证自己精神稳定的一种非常有效的手段。我一面向唐唐藏身的缝隙爬去，一边这样安慰自己。

也许是出现在隘口的两架"阿帕奇"吸引了所有人的注意，预期中的第二轮射击根本没有来临。我呼叫着上帝和我妈的名字钻回了藏身的地方，来不及后怕，我做的第一件事便是伸出手拼命拍打自己的双腿，借着疼痛找到了站起来的力量。

"进入打击范围，请打开误击发射机。"机师要求的误击发射机，是美军的作战识别，其实便是头盔里的激光应答器，这样我们可以接收武装直升机上激光询问器发出的询问信号并做出应答，这样可以在雷达上标出友军的位置，避免误伤。

"目标核实！扫射开始！"直升机飞行员倒是挺干脆，上来对着山脚下和湖面上的追兵便是一阵狂轰乱炸，然后屁也不放一个掉头便要撤。

"你往哪儿去？"所有人看着来去匆匆的 AH64 傻了。

"回去呀！"飞行员的语气一副理所当然的味道。

"你还没有把敌人消灭掉，你往哪儿跑呀？"狼人火了，头上那些家伙才是要消灭的催命鬼。结果凶神还好好的，怎么杀了几个喽啰便要跑了。

"没有呀！所有没 CIDS（作战识别）的目标都被消灭了呀！"飞行员倒是挺负责任，又掉头飞了回来，重新确认一遍后说道。

听到这里大家都傻眼了。听飞行员的意思，那些来路不明的家伙也有美军的作战标识系统。难道又是误伤？

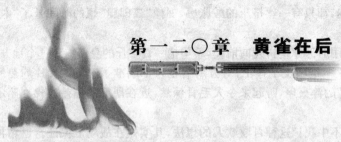

第一二〇章　黄雀在后

　　远远跟在后面的黑鹰运输机刚从山角冒个头，看到扑天盖地而来的导弹和防空炮弹，吓得掉头便跑。连号称陆军绞肉机的"阿帕奇"也在防空导弹的追逐下仓皇地消失在风雪中，只丢下一句："无法核实敌我的身份！"

　　"他妈的！搞什么飞机？"我们愣愣地看着飞机扔下的红外干扰弹的曳光，不知该为眼前的闹剧作何反应。

　　"什么叫无法核实敌我的身份？"女记者杰丽的声音抖如筛糠，不知是冻的还是吓的，"已经看到我们了还跑什么呀？我们就在这里！回来呀，回来呀！……"

　　绝望的叫声凄惨悲凉得比零下三十度的风雪还扎人心扉，似乎飞机一走，我们幸存下来的希望便完全被扑灭了。

　　"该死！"托尔他们离学生军士兵太近，被直升机炮火炸翻上天的雪泥埋过了顶。永久冻土硬得像水泥，砸在身上比子弹还要命。托尔他们好不容易推开身上的冻土，费了半天劲才把嘴里的土渣吐净。

　　"我们怎么办？我们怎么办？"杰丽的精神已经被地狱般的折磨逼到了崩溃的边缘，其实现在令人恐怖的不是死亡，而是无法逃脱这噩梦般的白色魔界。听着她无助的惨叫我也感同身受，因为疲困和虚弱如同狗皮胶粘着我的神经，随着时间不断地收紧挤压着，沉重的眼皮撕扯着心头空得发慌。

　　有时候我真想一头栽进雪里睡过去不再起来，但手里的枪、身上的血、身边的伙伴、对面的敌人，却又像根针顶在屁股下面，每当我要放弃的时候便刺醒我，重新顶起这具空乏的躯体。

　　很奇怪！对面的敌人自从直升机出现便再没有开过枪，战场上除了杰丽刚才喊叫的回声，便是没死透的学生军士兵的呻吟声。趁着四下无声的机会，我赶紧从背包内掏出纸包的弹药拆开封压进打光的弹匣中，就在这时，身边唐唐的头盔内突然轻响了两声。

　　"什么声音？"我看到唐唐脸上出现的古怪表情，不解地问道。

　　"是战斗标识器！"唐唐指了指自己的头盔，"对方正在进行身份确认。"

　　说完，她也拿出一个红外定位器，那东西平常是用来给飞机做红外定向，必要时也可以代替激光问答机做身份确认用。唐唐有点迟疑地对着对方躲藏的方向按下了按钮，一道激光束射向黑暗中的敌阵寻找猜测中的友军的传感器。果然，对方传感器向问答机回送一个无线电信号。唐唐手里的机器闪起了红光,意味着"不要开火,这是友军"。

"敌人可能拿到这种防误击装置吗?"我凑到唐唐身边低声问道。

"学生军? 不可能!"唐唐非常肯定地摇摇头,"这种误击装置是'陆地勇士'计划的一部分,连我们自己都没有普及全。只有特战部队才有装备,他们绝对不可能搞到的。"

"不! 我是指多国联军的其他部队。"我记得天才提起的那支"可疑"的英国盟友。

"各国都有自己的防误射装置,我们现在还没有统一过这方面的编码。他们不可能对我们的问答机做出回应的。"唐唐看来对当一个好士兵做足了功课,从到现在仍未被拖垮的体质和对装备的了解,以及战术的运用来看,她是有了充分的准备的。

"那你们的基层军械官有机会接触到这些东西吗? 他们有可能会卖这东西。"其实我知道这个东西是美军刚搞出来的,连黑市上也见不到,但军队有自己的劣根性无法解决,"靠山吃山,靠水吃水"是到哪里都不变的真理,不然我们从哪儿搞到的MK23和反坦克导弹。

"怎么可能?"我看着唐唐的脸色,便明白这是白问了。

"见鬼!"下面狼人他们埋伏的地方,结婚男突然握着右手从雪地里站了起来,看来他也得到了辨认信号,"妈的! 怎么会发生这种事? 你们是哪部分的? 哪个王八蛋打中老子的? ……"

我和狼人他们都没有提醒他要注意敌人是假冒的,因为我们都想用他来测试一下对方到底是哪方面的。反正这家伙已经受伤了,而且和他也不熟。

"艾哥,危险!"和我在一起的唐唐看到我关注的神色,猜到了一二,马上在无线电中警告站在雪地上显眼之极的结婚男。

"没有关系! 是自己人。"结婚男很自然地挥挥手。

意料之中的枪声没有响起,反而是对面站起了十多个同样身着雪地迷彩的敌人。咦? 我们几个又愣住了,这太出乎意料了。难道真的是友军? 我们心里矛盾极了,到底要不要相信他们呢? 以往我们都是没有后援的,除了自己都是敌人。碰到这种情况,只要一梭子扫过去就可以了。可是现在呢? 旁边都是些无法相信的"伙伴"和辨不出真假的援军,如果杀错便得罪了一个得罪不起的主顾。

"你们是谁?"对面的人主动放弃了有利地形走了下来。从红外夜视仪中可以看出,他们确实是所有人都出来了。

"怎么办?"我在无线电中询问狼人。

"看起来蛮有诚意! 等走近再说。"狼人说完和托尔以及杰丽也站了起来,只有刺客仍在黑暗中隐藏。

从瞄准镜中看着那些家伙一步一步地走近狼人他们,我的手指不停地在扳机上磨蹭,隔着防寒手套感受着那根敏感的铁条,心脏提到了嘴边,生怕下面的那些

狼
群

3
兵
不
血
刃

253

家伙发生什么变故。

"你们在这里干什么?"对方纵队中带头的尖兵端着把不常见的 XM8 步枪走近结婚男,掀起头上的防雪帽,露出了美军的凯夫拉制式头盔和长着红眉毛的苍白大脸。

仍属试验品的装备,典型的高加索白种人,英语还带点难听的地方腔调,给人的感觉非常顺,不自觉地便认为这些家伙也是多国部队的一员。

"我们在执行任务,你们是哪部分的?"结婚男看到后面陆续卸掉伪装的对方人马全都是非东方面孔,慢慢地放低了枪口,而狼人他们则仍冷冷地看着对面的人马不言不语。

"我们是武力搜索队的。我是上尉贾斯汀,对误伤你的事情很抱歉!"对方掏出一本军官证递了过来,然后在结婚男审验他的证件的时候轻松地看着狼人、水鬼、托尔以及杰丽。

"最近过得好吗,兄弟?"那人看到美貌的杰丽轻佻地说了句,"竟然还有美女相伴,这种任务什么时候轮到我们呀?"

"下辈子吧!"狼人突然抬脚踢掉了对方手里的武器,伸出手卡住对方的脖子拉到怀里,右手"哗啦"一声拽出全自动 GLOCK 手枪顶了他的腮帮上,与此同时托尔和水鬼分别端起了手里的机枪,指住了不远处同样做出了战斗准备的人群。

"怎么回事?"刚为转危为安而松了口气的杰丽和结婚男被局势的突然转变吓了一跳,结婚男手里仍拿着对方的军官证愣在了那里。身边的唐唐也吃了一惊,满脸质疑地看向我。

"没有人看到打死自己队友还满脸笑的,除非他心里有鬼。"我这次可以肯定对方必有所图。

"王八蛋!想骗我?你还早了些!"狼人掐着怀里敌人的脖子把他挡在身前大声叫道,"把身上的零碎都给我扔掉。快点!"

"嗨!你发什么神经?我们可是自己人!"那个家伙倒是有种,一边慢慢地用两根手指捏着手枪和配刀扔到地上,一边仍镇定地笑着。

"是吗?"狼人拉着那个家伙慢慢地向后退,边上的托尔和水鬼他们也慢慢地跟着他向山脚的河岸退去,"那一定不介意护送我们上船。对吗?"

"这可不好笑,大兵!你要对现在的行为负责任的。坐大牢的滋味可不好受。"叫贾斯汀的家伙被狼人挟持着走向山脚,没两步便开始恼怒了。

"你怎么知道?你尝过?婊子!"狼人躲在贾斯汀的身后,除了一只眼从他领子后面露出来观察前面的状况外,巨大的身体竟然全缩在了人质的后面。

"我不会再走一步,如果你想射我就射,我绝对不会受你的威胁。"贾斯汀很有种地挺胸站住了身子,不再跟着狼人后退,"我不信你会射杀自己的同胞。"

"为什么要生气?"狼人看着步步紧逼的贾斯汀的队员,再回头看了一眼泊在不远处的快艇说道,"是因为我们冒犯你,还是因为我们马上就要走出你们狙击手的射击范围?"

　　"你……"贾斯汀被狼人问得一滞,虽然背对着狼人,仍能猜出他脸上的神情肯定不自然。

　　"我怎么?"狼人一边说一边按动导引器,停在湖边的快艇"哼哼"两声后,打着了引擎慢慢向他们所处的位置接近。

　　他们的位置离我和唐唐越来越远,身影开始变得越来越不清晰。而山风随着夜色的加深和温度的进一步降低越来越强,我甚至感觉到头盔被风吹得如同有人从后按低我的脑袋一般。

　　"我们怎么办?"唐唐低声凑到我的身边问道。

　　"耐心等着。"我不愿说话,天气太冷了,甚至让人无端地开始生气,恨不得抓住身边不断穿梭的寒气使劲踩它两脚。

　　"等什么?"

　　"我现在还不清楚!等我弄明白了再告诉你。"我再一次用热成像扫了一遍对面,仍然没有任何迹象显示出有敌人躲在远处。难道他们也有红外屏蔽作战服?

　　想到这里,我突然意识到一个致命的失误。对方这么多人且在这么有利的情况下仍没有把我们杀光,除了风雪太大影响准头外,就是因为我们有伪装衣可以防夜视和热能探测,对方无的放矢所以拿我们没有办法。杰丽裹着水鬼的伪装衣还好,结婚男没有这种东西所以上来便被盯上。而我身边的唐唐也没有这种伪装衣,如果对方有热能探测器,那我所处的位置岂不是曝光了?

　　"你下去!"我赶忙开始四下张望起来,直觉告诉我一定会发生什么。

　　"下哪儿?"唐唐看我紧张地四下张望,也随着我打量起来。

　　"到下面!快!你没有特制服装,体热会被探测到。"匆忙间我看不出有人接近,只好赶紧转移阵地。

　　"哎,不会吧!我就这么下去?"女人看到我不顾她的死活跑了愣住了,不知该如何进退。

　　"喂,没事了!下来吧!"狼人探头向唐唐所在的位置喊了一句。

　　被人喊了,唐唐只好赶紧从岩缝中翻出来,顺着山坡向下跑去,没跑两步就被绊倒,跌跌滚滚地摔下了山坡,还好雪够深,不然非摔死她不可。

　　我无声地找到树下一个极佳的隐匿处躲起来,气还没喘匀,突然感觉到周围有点不对劲,总觉着身边似乎挤满了人。头还没有扭过来,就感觉树根左边的雪堆里突然缓缓地吹出一丝轻微的哈气。

　　狙击手?我乐了!没想到我竟然会这么巧和另一个狙击手躲在一个地方,估计是风声太大他没有察觉到我的接近。赚到了!我满脸窃喜地抽出军刀绕过树干来到他的身后想悄悄地解决掉他。看着毫无察觉的猎物,火热的杀意像岩浆注满了困乏挖空的躯壳,把紧绷多日已经干瘪的脑神经烧了起来,从轻飘飘有如月球漫步的麻木中找到了点脚踏实地的感觉。

　　"梆!"一记子弹穿入我身边树干的声音。别人发现我了!心里想着这个念头,眼前的狙击手却已经被这一声响动惊醒扭过头向我看来。近枪远炮,都是要命的事,但二选一是我最擅长的命题。管他呢！反正这种情况,下一枪打中我的机会要比眼前这个家伙的低很多。

刚要扑过去一刀解决那个来不及做出反应的敌人,却突然背上一沉,身子被重物砸在了地上。原来是子弹打在树干上,把树顶上的雪全都震落下来,这次我才知道雪也能杀人,几十斤雪差点把我的腰给砸折了。

等我从雪堆里挣扎着扒出来,身边同样被砸在雪下的敌人也已抓住机会抽出手枪瞄了过来。

"干!"我根本来不及思考,手一甩便把军刀扔了过去,由于根本没有瞄准和调整手势,只是想借此分散一下他的注意力,所以刀子便砸在了他的头盔上,吓得他本能地一闭眼,与此同时他的枪也响了。来不及担心子弹打到哪里,我伸手一把用拇、食、中三根手指抠住了对方的喉结使劲一拽。拳头缩回来,指间的充实感是他被挖掉的气管,血水像开水一样冒着热气喷出来,看着红红的一片扑过来,我闭上眼等着熟悉的腥臭血水。可是打在脸上的时候却不是湿湿的感觉,而是像米粒倾倒在皮肤上的感觉,睁眼一看,地上铺满的都是已然冻结的血滴,脸上却没有任何血迹。

"乖乖!"我看着一地的血冰有点傻眼。没想到还有这种事!

"嗖!"一发子弹贴着胳膊飞了过去。同样是火辣辣的痛,但从已经冻得发木的伤口传上来,就是没有平常那么严重。可是等我一溜滚拾起枪顺着枪声找到射击的枪手时,看到的已然是一具尸体了,刺客帮我解决了暴露的目标。但滚下山坡不知死活的刺客,又爆出一个惊人的事实,对方仍藏有大批人马。

山脚下一阵枪响,我顾不得胳膊上的枪伤,跳出已然暴露的藏身之处,顺着斜坡滑了下去。昏黑的夜幕中山脚下站着的只剩四个人,看身形都不像是我们自己人,于是顺着坡度下滑的同时,我飞快地从腿袋里掏出手枪对着四个人开始射击。

打倒了两个后,对方开始还击,等十五发子弹打完,四个人都被打死了,但我却躺在雪地里站不起来了。我左腿被打中了两枪,一枪小腿皮肉伤,一枪打在了大腿外侧,这都还不算什么,最厉害的是我在滑到人群中时,腹部正好撞在地上丢弃的火箭发射器上,钢铁的圆筒像撞门锤一样重重地顶在了原有的伤口上,我明确地听到自己肋骨折断的声音。

可是扭头一看边上的托尔,我倒抽了口冷气。他整个下巴都被打飞了,呼呼的热气直接从暴露在外的喉管像排气筒一样喷出,不断有血水流进白森森的喉管中,呛得奄奄一息的男人从晕迷的边缘醒转过来,一阵类似咳嗽般的剧烈呼吐,血水被气息重喷出气管,变成冰粒,从空中落到稀烂却仍在蠕动的肉团中。

结婚男套着戒指的左手就压在我的身下,而他的躯体则在三米外的唐唐身上压着,头盔裹着脑壳滚下山坡掉进了湖里,大脑被冻成了一整块硬邦邦的东西,看着有点像我小时候吃过的糯米雪糕。

"狼人？刺客？水鬼?"我挣扎着想从地上站起来,可是身子刚一动,腹部剧痛便抽干了全身所有的力气,除了冒冷汗,我现在只能叫唤而已。

"我在这儿!"狼人推开身上的尸体坐了起来,除了头盔是歪戴着,看不出受了什

第一二〇章 黄雀在后

么伤。

"操！"刺客捂着大腿在雪里边翻滚边不停地咒骂着。

"当"一声脆响后，我看到了水鬼，这个家伙趴在杰丽的身上护住了女记者。虽然没有死，但看他比身下雪花还白的脸色，就知道这家伙已经一脚跨过鬼门关了，刚才的脆响是这家伙砸坏了身上的掌上电脑。

看到他砸掉电脑后长舒口气放松的表情，我们知道他已经放弃了拼死一搏的想法，等死了！

我看了一眼口袋里和天才他们最后的联系途径，那里有所有关于狼群成员的位置分布、密码设置和分基地所在，破译了这东西，我们所有的作战信息都会被截获，轻易便可以找到狼群其他成员。这东西必须被毁掉，可是毁了这东西，没有GPS定位的我们便完全迷失在这陌生的土地上，即使没战死也会困死在荒凉的群山中。

"咣！咣！"两声响起，刺客和狼人没有任何犹豫，同样砸碎了手里的电脑。

看着镜面一样的屏幕，我按下了开机键，当屏幕上显示出 Redback 和家人的图片时，我含着泪用枪把砸碎了他们的笑脸。

电脑刚砸坏，我便被人一脚从地上踢飞了起来，三个大汉从山上快速冲了下来。看到我已经砸碎的电脑，便两人控制住狼人和刺客，另一人去翻已经死去的结婚男和仍在挣扎着的托尔的身。

"别放弃！我们仍有机会。"狼人看到我绝望的神色突然安慰我道。

我迟疑地看着仍一脸镇定的狼人和指在脸上的枪管，真无法想像他们的信心是从哪里来的。

"老板，人抓到了！"去搜身的那个家伙费了半天劲，累得一头汗后毫无收获，气得抓住狼人便是一阵猛踢。另外两个人中一个则掏出卫星电话冲着话筒简短地说了两句，突然把话筒凑到了我的耳边，一个熟悉却辨认不出身份的声音从冰冻的话筒中传出："食尸鬼，可让我逮到你了！我准备了盛宴等着你哟！嘿嘿嘿……"

附 录

1. 战斗手语

（著名反恐怖部队——德国 GSG-9 边境警察部队的战斗手语，该手语也是西方通用的一种战斗语言。）

明白——手腕举到面颊高度并作握拳状，掌心向着发指令者。

发现狙击手——手指弯曲，像握着圆柱状物体放在眼前，如同狙击手通过瞄准镜进行观察一样。

赶快——手部作握拳状，然后弯曲手肘，举起手臂作上下运动。

看见——掌心稍微弯曲并指向接受信息的队员，手指间紧闭，将手掌水平放置在前额上。

检查弹药——手执一个弹匣，举到头顶高度，缓慢地左右摆动。

向我靠拢——伸开手臂，手指间紧闭，然后向自己身躯的方向摆动。

指令已收到——伸开手，大拇指和食指呈圆形状，同"OK"的手势相同。

2. 刀刃的材料

258

1095：高碳钢中最优质者莫过于 1095，其含碳量达 1.03%，经热处理后可达 HRC58～60 的硬度，韧性十分好，但不耐用，多被应用于传统的欧洲式猎刀、大型砍伐刀及军用刀。二战时美国著名的 KA-BAR 军刀便是以 1095 作为刀身材料。

W-2：高碳工具钢材被命名为 W 型者为水硬钢（Water-hardening Steel），为工具钢中最廉价者。W-2 钢材经热处理容易达到 HRC65 的高硬度，兼且容易局部硬化，以使邻近各部位硬得可以耐磨，而又可以软得容易制造，加工性极优良，故用途广泛。但 W-2 耐锈力很差，故钢材的表面多以涂层保护，以防腐蚀。

O-1：油硬级（Oil-hardening types）的工具钢材使用最广泛，而其中最佳者是 O-1 型，其高锰伴同铬与钨可增加硬化能，使钢材可不需剧烈的水淬也能硬化至 HRC62 的高硬度。O-1 钢的加工性佳，但韧性及耐锈力则较弱。美国著名刀匠 Randall 便多以 O-1 工具钢作其刀身的材料。

ZDP-189：日本日立金属工业于 1996 年开发的粉末系新钢材，其研发目标与大同特殊钢（株）的 Cowry X 钢材一脉相承，是具有优良加工性的超硬合金钢。ZDP-189 含碳量达 3%，含铬量亦高达 20%，经热处理后可得 HRC67 之高硬度，金属组织微粒比 ATS-34 及 440-C 更均一细密，耐蚀性及韧性皆优，故日立对外宣称 ZDP-189 乃"跨向 21 世纪之次世代刃物钢"。

GIN-1（G-2）：日本日立金属工业的"银纸一号"钢材，为"银纸"系钢材的最优级别，钢材特性与"爱知制钢"的 8A 相近，但硬度则比 8A 稍软（HRC57～58），价格较廉。

3. 枪械名词解释

机械瞄准具——泛指机械上用的金属瞄准具，如表尺、准星和规孔等。英语术语字面意义是"铁锚具"，是相对于光学瞄准具而言的。

砚孔瞄准具——一种金属制瞄准具，通常这种瞄准具的表尺上有一小圆砚孔，通过它和准星配合瞄向目标。

光学瞄准具——又称光学瞄准镜，利用光学原理制成的瞄准装置，由镜头、镜体和照明装置组成。

红外线瞄准镜——用近红外光源照射目标，目标反射红外光，使光电变换成像而进行夜间瞄准的仪器。由红外线探照灯、光电变压器、瞄准镜和电源等组成。

枪用高射瞄准具——一种环形缩形瞄准具，主要用于对空中目标射击，由机坐和前后照准器组成。

微光夜间瞄准器——以像增强器为核心器件的夜间外瞄准具，其工作时不用红外探照灯照明目标，而利用微弱光照下目标所反射的光线，通过像增强器在荧光屏上增强为人眼可感受的可见图像，来观察和瞄准目标。

照门式瞄准器——由照门和准星构成，射击时用于瞄准。照门有不同形状：半圆形、矩形、三角形等。准星也有矩形、三角形等不同结构形式。

瞄准盘——一个硬质圆片，中间是靶心，靶心上有一小孔，然后挂于木桩上，供训练瞄准时使用。

缺口——又名"照门"，瞄准装置的一部分，通常位于表尺上，有方形、三角形、半圆形、圆孔形数种。与准星相互构成瞄准基线，用以瞄准。

准星——瞄准装置的一部分。通常位于枪口上端。有圆柱形、三角形、长方形等数种。与表尺缺口相辅，构成瞄准基线。有的可以高速方向和高低移动，以便修正。